D1438498

UN PLAN SIMPLE

SCOTT SMITH

UN PLAN SIMPLE

ROMAN

traduit de l'américain
par Éric Chédaille

LE GRAND LIVRE DU MOIS

Édition originale américaine :
A SIMPLE PLAN
© 1993 by Scott B. Smith.

Traduction française :
© Éditions Albin Michel S.A., 1995
22, rue Huyghens, 75014 Paris

ISBN : 2-7028-3234-2

Nul homme ne choisit le mal pour le mal ; simplement il le confond avec le bonheur, ce bien qu'il recherche.

Mary WOLLSTONECRAFT.

1

Mes parents se sont tués en voiture l'année qui a suivi mon mariage. Un samedi soir, ils ont voulu entrer sur l'Interstate 75 par une bretelle de sortie et ils ont percuté de plein fouet un semi-remorque chargé de bétail. Mon père a été décapité par le capot de sa voiture. Quant à ma mère, par miracle, elle n'est pas morte sur le coup ; elle a survécu un jour et demi à l'hôpital municipal de Delphia, branchée à un tas d'appareils, la nuque et le dos brisés, son sang se déversant lentement dans sa poitrine.

Le chauffeur du semi s'en est sorti avec quelques contusions bénignes. En revanche, son camion a pris feu et tous les bestiaux ont péri carbonisés. Après le décès de ma mère, il a intenté une action en dommages-intérêts. Il a obtenu gain de cause mais n'a reçu aucune réparation matérielle : mon père avait hypothéqué sa ferme jusqu'à la garde et, à l'époque de sa mort, il était au bord de la faillite.

La thèse préférée de Sarah, ma femme, c'est qu'il s'est suicidé, à cause de l'accablante prolifération de ses dettes. J'ai bien tenté, au début, de réfuter cette explication, mais sans grande conviction. Quand on y repense, il semble en effet qu'il avait pris certaines dispositions dans ce sens. Une semaine avant l'accident, il était passé à la maison avec son pick-up chargé de mobilier. Sarah et moi n'en avions pas l'utilité, mais il avait insisté, menaçant d'emporter le tout à la décharge, aussi l'avais-je aidé à descendre ces meubles au sous-sol. Ensuite, il s'était rendu chez mon frère Jacob pour lui faire don de la camionnette.

Et puis, il y avait son testament, dont la première clause nous demandait, à Jacob et à moi, de promettre verbalement, en

9

présence l'un de l'autre, de nous rendre une fois l'an sur sa tombe, le jour de son anniversaire. Il passait ensuite en revue, pièce par pièce, tout le contenu de la ferme, nous léguant nommément chaque objet, et jusqu'aux plus dérisoires. A Jacob, un nécessaire de rasage, un balai et une vieille bible ; à moi, un mixer hors d'usage, une paire de chaussures de travail et un presse-papiers en pierre noire en forme de corbeau. Tout ceci, bien sûr, n'a servi à rien. Nous avons dû vendre tout ce qui était tant soit peu monnayable afin de régler les dettes qu'il laissait derrière lui ; quant aux objets sans valeur, nous n'en avions que faire. Nous avons également été obligés de vendre la ferme, la maison de notre enfance. C'est un voisin qui l'a achetée, il l'a adjointe à ses terres, l'absorbant à la manière d'une amibe géante. Il a rasé la maison, comblé le sous-sol et planté de soja toute la parcelle.

Mon frère et moi n'avions jamais été proches, même pendant notre enfance, et les ans avaient encore creusé ce fossé. À l'époque de l'accident, nous avions peu de choses en commun, à part nos parents, et leur disparition soudaine relâcha encore nos liens. De trois ans mon aîné, Jacob avait arrêté prématurément ses études secondaires. Il vivait seul dans un petit appartement au-dessus de la quincaillerie d'Ashenville, le bourg où nous avons grandi, carrefour de deux routes marqué par un feu clignotant orange, ce qui se fait de plus rural dans le nord de l'Ohio. En été, Jacob travaillait sur des chantiers de construction et, en hiver, il survivait grâce à l'allocation-chômage.

Je suis le premier de la famille à avoir fait des études supérieures. J'ai quitté l'université de Toledo avec une licence en gestion de l'entreprise. J'ai ensuite épousé Sarah, qui était une de mes condisciples, et me suis établi à Delphia, dans la banlieue de Toledo, à une cinquantaine de kilomètres à l'est d'Ashenville. Là, nous avons fait l'acquisition de la parfaite maison de banlieue : trois chambres, un garage pour deux voitures, des parois d'aluminium vert foncé, des volets noirs, le câble, un micro-ondes et le *Toledo Blade* déposé tous les soirs à la tombée de la nuit sur le pas de la porte. Je faisais quotidiennement le trajet jusqu'à Ashenville pour me rendre au magasin d'aliments pour bétail où je travaillais comme sous-directeur et chef-comptable.

Il n'y avait aucune animosité entre Jacob et moi, pas le

moindre ressentiment ; simplement, nous ne nous sentions pas à l'aise ensemble, nous n'avions pas grand-chose à nous dire et ne faisions guère d'efforts pour le dissimuler. Plus d'une fois, en sortant du travail, je le vis se dissimuler dans l'embrasure d'une porte pour m'éviter, et j'en étais chaque fois plus soulagé que peiné.

Après la mort de nos parents, la seule chose qui nous unissait encore était la promesse faite à notre père. Chaque année, le jour de son anniversaire, nous nous rendions donc au cimetière pour nous poster, silencieux et contraints, devant sa tombe, chacun attendant que l'autre suggère qu'un laps de temps convenable s'était écoulé, avant de prendre congé et de retourner à nos vies respectives. Il n'y avait pas plus déprimant comme façon de passer un après-midi, et sans doute y aurions-nous renoncé dès la première fois si nous n'avions pas eu tous deux le sentiment que nous aurions été punis, maudits d'outre-tombe, au cas où nous n'aurions pas respecté notre serment.

L'anniversaire de notre père était le 31 décembre, et cette visite prit peu à peu la forme d'un rituel au même titre que tous ceux qui marquent cette période, un ultime obstacle à franchir avant d'atteindre la nouvelle année. Cela devint surtout le moment majeur de notre relation. Nous nous tenions au courant des événements de nos existences, nous évoquions nos parents et nos jeunes années, échangions de vagues promesses de nous voir plus souvent, puis nous quittions le cimetière avec le net sentiment d'avoir accompli sans trop de désagréments une obligation rebutante.

Il en alla ainsi pendant sept ans.

La huitième année, le 31 décembre 1987, Jacob passa me prendre aux alentours de quinze heures trente, soit avec une demi-heure de retard, accompagné de son chien et de son ami Lou. Ils revenaient d'une partie de pêche sous la glace, leur principal passe-temps en hiver, et nous devions aller déposer Lou de l'autre côté d'Ashenville avant de nous rendre au cimetière.

Je n'ai jamais aimé Lou et je pense que c'était réciproque. Il m'appelait monsieur le Comptable avec l'air de penser que j'aurais dû être gêné d'exercer cette activité, avoir honte de la stabilité qu'elle m'offrait et de son côté conventionnel. Ce type m'intimidait singulièrement, même si je n'ai jamais très bien compris pourquoi. Cela ne venait assurément pas de son physique : il avait environ quarante-cinq ans, il était petit avec une calvitie naissante et la taille qui commençait à s'épaissir. Ses cheveux blonds très fins laissaient voir la peau de son crâne, toute rose et comme grêlée, et sa denture anarchique lui donnait un air vaguement comique, un air de faux dur qui le faisait ressembler au méchant des bandes dessinées pour la jeunesse — un boxeur sur le retour, un escroc rangé des voitures.

Comme j'approchais, il descendit de voiture pour que je prenne place au centre de la banquette.

« Salut, Hank », fit-il en me souriant. Jacob, qui était au volant, m'adressa lui aussi un sourire. Son chien, une bête montée en graine, un berger allemand mêlé d'un peu de labrador, était à l'arrière. C'était un mâle, mais Jacob l'avait baptisé Mary Beth, du nom d'une fille avec qui il était sorti au lycée, sa première et unique petite amie, et il lui donnait du « elle », comme si ce nom lui avait fait oublier le sexe de l'animal.

Je montai dans la camionnette, suivi par Lou, et Jacob fit une marche arrière pour redescendre l'allée du garage.

Ma maison était située dans un petit lotissement appelé Fort Ottowa, comme l'avant-poste situé sur la Frontière dont les habitants étaient morts de froid dans une tempête de blizzard peu de temps avant le début de la Révolution. C'était une région de terres agricoles d'une inexorable platitude que l'on s'ingéniait à nier. Les rues contournaient des obstacles imaginaires, et les gens élevaient devant leur maison de petites buttes de terre semblables à des tumulus funéraires et plantées de massifs. La rue était bordée de maisons minuscules bâties côte à côte — « votre premier foyer », proclamait l'agence immobilière. Y vivaient des jeunes ménages qui commençaient leur ascension dans le monde, ou des retraités qui amorçaient leur descente ; les premiers faisaient des plans de carrière, projetaient d'avoir des enfants et de déménager pour un quartier plus plaisant, tandis que les seconds attendaient que fondent leurs économies, qu'empire subitement leur santé, que leurs enfants les envoient à l'hospice. C'était une halte intermédiaire, un barreau non loin du bas de l'échelle.

Sarah et moi appartenions bien sûr au premier groupe. Nous avions un pécule qui rapportait des intérêts sur un compte de l'Ashenville Savings Bank. Un jour prochain, nous allions partir, monter d'un cran sur l'échelle sociale. Du moins était-ce notre ambition.

Une fois sortis du lotissement, on se dirigea vers l'ouest, laissant rapidement derrière nous les amas de pavillons à un étage avec leurs allées circulaires, leurs portiques et leurs tables de pique-nique. Les routes devinrent plus rectilignes et aussi plus étroites. De la neige balayait par endroits la chaussée en longues lignes courbes et poudreuses avant d'aller s'amasser sur le bas-côté. Plus disséminées, les habitations étaient maintenant séparées par des champs entiers plutôt que par des petits carrés de pelouse. Les arbres disparurent, l'horizon s'élargit et bientôt le paysage ne fut plus qu'une étendue d'un gris laiteux battue par le vent. Nous croisions de moins en moins de voitures.

Ce ne fut pas un voyage confortable. La camionnette de Jacob avait onze ans et tout en témoignait. Elle avait jadis été rouge tomate, la couleur préférée de mon frère, mais la peinture avait viré au bordeaux et des pointes de rouille grêlaient ses flancs. Les amortisseurs étaient morts, le chauffage fort capricieux. La lunette arrière avait été remplacée par une feuille de plastique. La radio était cassée, les essuie-glaces arrachés, et dans le plancher s'ouvrait un trou de la taille d'une balle de base-ball. Un courant d'air glacé s'y engouffrait avec régularité et montait directement dans ma jambe de pantalon.

Jacob et Lou parlaient du temps, de la température des derniers jours, du moment où tomberaient les prochaines neiges, des pluies qui s'étaient abattues l'an passé à la même époque. Je demeurais silencieux. Alors que j'étais simplement mal à l'aise en la seule compagnie de Jacob ; avec eux deux, j'éprouvais un sentiment combiné de gêne et d'exclusion. Ils avaient une façon bien à eux de vous tenir à l'écart, leur langage était codé, sibyllin, leur humour puéril et obscur. Ainsi Lou prononçait-il « pamplemousse » en accentuant la première syllabe, ou bien Jacob meuglait comme une vache, et tous deux s'esclaffaient. C'était très déroutant, et je n'ai jamais pu me défaire de l'idée qu'ils se moquaient constamment de moi.

Nous longeâmes un étang gelé sur lequel patinaient des enfants en blousons de couleurs vives. L'horizon était ponctué de vieilles granges noires. Cela m'étonnait toujours : à dix minutes seulement de chez moi, il y avait déjà des exploitations agricoles.

13

Jacob passa au sud d'Ashenville, invisible derrière l'horizon, puis s'engagea sur le State Highway 17, d'un tracé absolument rectiligne. À l'intersection avec Burnt Road, il prit la direction du nord, avant de tourner à gauche sur Anders Park Road. Nous traversâmes Anders Creek sur un pont en béton long et bas. Le passage des chasse-neige avait élevé des congères au-dessus des parapets, et cela donnait à ce pont un air factice ; on l'imaginait en pâte d'amandes, tout droit sorti d'un conte de Noël.

De l'autre côté du cours d'eau s'étendait le parc naturel Anders. Ce parc, administré par le comté, formait un carré abondamment boisé de trois kilomètres de côté. En son centre se trouvaient une clairière fauchée et un petit plan d'eau très poissonneux. En été, les habitants de Toledo venaient y pique-niquer et s'y ébattre, y jouer au frisbee ou au cerf-volant.

A l'origine, l'endroit appartenait à Bernard C. Anders, un des premiers magnats de l'automobile de Detroit. Il en avait fait l'acquisition dans les années vingt et y avait construit une grande maison estivale dont les fondations étaient encore visibles à proximité de l'étang. À sa mort, pendant la Dépression, sa femme en hérita. Celle-ci en fit sa résidence principale et l'habita quarante ans. Elle ne la quitta que pour être inhumée. N'ayant pas eu d'enfants, elle avait décidé de léguer le domaine au comté, à la condition qu'il en fasse un parc naturel qui porterait le nom de son mari. Loin de tout, environné de terres agricoles, ce n'était pas un site habituel pour un parc de ce genre, mais le comté accepta, compte tenu des crédits alloués par l'État pour la création et l'entretien des réserves naturelles. La maison fut rasée, on installa des tables de pique-nique, on ouvrit des sentiers, et le parc Anders vit le jour.

Nous avions parcouru un petit kilomètre depuis le pont et nous trouvions à mi-chemin de l'orée méridionale du parc, lorsque quelque chose jaillit devant la camionnette.

Tout se passa très vite. Un animal se déplaçait sur notre gauche, arrivant du champ couvert de neige. J'eus juste le temps d'identifier un renard, un grand renard roux, luisant de santé, qui tenait un poulet entre ses mâchoires. L'instant d'après, il était devant nous, le corps complètement arqué, filant littéralement ventre à terre, comme s'il pensait pouvoir passer inaperçu. Jacob enfonça la pédale de frein, trop brutalement, et la camionnette dérapa, l'arrière vers la gauche. Il y eut un grand crissement, un bruit de verre brisé : l'angle avant droit avait heurté le talus de neige. Le pick-up s'était immobilisé. Nous avions été projetés en avant. Le chien avait traversé le plastique. Il battait frénétiquement des pattes, mais ne resta qu'un court instant dans la cabine ; je sentis juste le contact de son pelage glacé sur ma nuque, et il repassa aussitôt la lunette arrière, bondit par-dessus la ridelle et disparut dans les bois à la poursuite du renard.

Jacob fut le premier à réagir. « Merde, fit-il dans un souffle. Merde, merde, merde. »

Cela fit rigoler Lou. Il ouvrit sa portière et on descendit tous les trois. Il n'y avait pas de casse, à part le phare éclaté. On resta un moment à considérer les dégâts, rangés en demi-cercle devant le capot.

Jacob voulut rappeler son chien. « Mary Beth ! » hurla-t-il. Et il émit un sifflement suraigu.

Jamais personne n'aurait pu deviner que nous étions frères. Jacob tenait de notre père, moi de notre mère, et la dissemblance était saisissante. J'étais de taille et de corpulence moyennes, châtain avec les yeux marron. Ceux de Jacob étaient bleus, ses cheveux blond pâle, et il me dépassait d'une bonne dizaine de centimètres. Et puis il était énorme, incroyablement gras, d'une obésité quasi caricaturale. Il avait des grosses mains, des grands pieds, des verres épais, le teint blafard et terreux.

On entendait encore les aboiements du chien, qui s'éloignaient de plus en plus.

« Mary Beth ! » hurlait Jacob.

À cet endroit, les arbres poussaient en rangs serrés — érables, chênes, marronniers, sycomores — , mais il y avait relativement peu de broussailles. La trace du renard sinuait entre les troncs pour disparaître au loin. Plus sombres sur la neige, plus larges et plus rondes, les empreintes du chien suivaient un tracé parallèle. Le terrain était parfaitement plat.

Nous entendîmes les aboiements décroître peu à peu.

De l'autre côté de la route, il y avait un champ, lissé par la neige. J'y vis une trace qui allait se perdre dans le lointain, une trace toute droite, à croire que le renard avait suivi un sillon masqué à notre vue par la neige. J'aperçus au loin, vers le sud-est, la ferme de Dwight Pederson : une rangée d'arbres, une grange rouge brique, deux silos à grain, et une maison à un étage qui paraissait grise dans le paysage tout blanc, mais que je savais bleu pâle.

« Il avait un poulet à Pederson, dis-je.

— Ouais, fit Lou, barboté, et en plein jour. »

Jacob continuait de siffler Mary Beth. Apparemment, le chien avait cessé de s'éloigner : ses aboiements ne variaient plus d'intensité. Nous tendions l'oreille, la tête inclinée vers les bois. Je commençais à sentir le froid. Un vent glacé arrivait des champs, et il me tardait de remonter dans la cabine.

« Appelle-le encore », dis-je.

Jacob m'ignora. « Elle l'a coincé », dit-il à Lou.

Lou avait les mains enfoncées dans les poches de sa veste. C'était une veste des surplus de l'armée, blanche, pour le camouflage dans la neige. « Ça m'en a tout l'air, acquiesça-t-il.

— Va falloir qu'on aille la chercher », dit Jacob.

L'autre hocha la tête, tira de sa poche un bonnet de laine et l'enfonça sur son crâne rose.

« Appelle-le encore », suggérai-je, mais Jacob m'ignora une nouvelle fois, et je voulus tenter ma chance.

« Mary Beth ! » criai-je. Ma voix s'éleva, pitoyablement fluette dans l'air glacé.

« Il ne revient pas », commenta Lou.

Jacob alla ouvrir la portière côté chauffeur. « Hank, c'est pas la peine que tu viennes, dit-il. Tu peux attendre ici si tu préfères. »

Je n'avais ni bottes ni couvre-chef — je n'avais pas prévu d'aller marcher dans la neige —, mais je savais que les deux autres s'attendaient à ce que je reste dans la camionnette à les attendre comme un petit vieux, et qu'ils allaient en rire en chemin et me mettre en boîte à leur retour.

C'est pourquoi, bien à contrecœur, je dis : « Non, non, je viens avec vous. »

Jacob, le buste penché à l'intérieur, s'affairait dans l'espace derrière le siège. Il reparut avec un fusil de chasse. Il tira une cartouche d'une petite boîte en carton et l'engagea dans le canon.

« C'est pas la peine, dit-il. À moins que t'aies envie de te les geler.

— C'est pour quoi faire, ce fusil ? » demandai-je. Du coin de l'œil, je voyais Lou qui souriait.

Jacob haussa les épaules. Le fusil à la saignée du bras, il

remonta son col. Sa parka était rouge vif et, comme tous ses vêtements, trop étroite d'une taille.

« Tu as vu les panneaux ? fis-je. On n'a pas le droit de chasser par ici.

— Oh, juste histoire de me dédommager : la queue du renard contre mon phare. » Il lança un regard à Lou. « Je prends qu'une cartouche, comme le Grand Chasseur blanc. Ça te paraît correct ?

— Parfaitement », approuva Lou.

Et tous deux de s'esclaffer. Jacob grimpa pesamment le talus de neige, y resta une seconde en suspens comme s'il allait retomber en arrière, puis il se reprit et partit lourdement dans les bois. Lou, qui rigolait encore, lui emboîta le pas, me laissant seul sur la route.

Je restai un moment à balancer entre le péché de paresse et celui d'orgueil. Mais l'orgueil et la pensée de Lou se moquant de moi finirent par l'emporter. Avec un sentiment qui confinait à la répulsion, je me vis escalader le talus et les suivre à grands pas pour ne pas me laisser distancer.

On enfonçait presque jusqu'au genou, et cette surface lisse cachait nombre d'obstacles — des troncs couchés, des pierres, des branches abattues, des trous et des souches — qui rendaient la progression plus difficile que prévu. Lou avait pris la tête, plein d'allant, avançant rapidement entre les arbres, tel un rat traqué. Je marchais directement dans ses traces, et Jacob suivait à bonne distance, la face rosie par l'effort de mouvoir son énorme corps à travers la neige.

Les aboiements du chien ne paraissaient pas se rapprocher.

Nous continuâmes ainsi une quinzaine de minutes. Puis les arbres s'espacèrent subitement et le terrain s'évasa devant nous en une grande cuvette peu profonde, comme si, des millions d'années auparavant, une météorite géante était tombée à cet endroit. La dépression était plantée d'arbres rabougris, moribonds, en rangs parallèles : des pommiers, vestiges du verger de Bernard Anders.

Lou et moi fîmes halte au bord de la cuvette pour attendre Jacob. Nous ne disions rien, étant tous deux hors d'haleine. Jacob nous cria quelque chose que nous ne comprîmes pas, puis il éclata de rire. Je parcourus du regard l'étendue du verger. La trace du chien allait se perdre entre les arbres.

17

« Il n'est pas là », dis-je.

Lou prêta l'oreille aux aboiements. Cela venait toujours de fort loin. « Non, dit-il, il n'est pas là. »

Je promenai un regard circulaire sur les environs, le verger et les bois. La seule chose en mouvement était Jacob en train de se démener dans la neige. Il lui restait encore une cinquantaine de mètres à parcourir et il progressait avec une lenteur pathétique. Il avait ouvert sa parka et, même à cette distance, je pouvais entendre le sifflement oppressé de sa respiration. Il se servait de son fusil comme d'une canne, plantant la crosse dans la neige et prenant appui sur le canon. Il laissait sur son passage une trace profonde et irrégulière, comme si, traîné dans les bois contre son gré, il avait lutté et s'était débattu d'un bout à l'autre.

Lorsqu'il parvint jusqu'à nous, il était en nage et son corps fumait littéralement. Lou et moi le regardâmes reprendre haleine.

« Bon sang, fit-il dans un souffle, dommage qu'on n'ait pas apporté à boire. » Il ôta ses lunettes et les essuya à sa veste, fixant le sol comme s'il s'était attendu à trouver une carafe d'eau posée sur la neige.

Lou agita la main en l'air à la manière d'un prestidigitateur, fit claquer ses doigts au-dessus de la poche droite de sa veste et en sortit une boîte de bière. Il en arracha la capsule, avala la mousse qui s'en échappait et, avec un grand sourire, la tendit à Jacob.

« Jamais pris au dépourvu », dit-il.

Jacob en avala deux bonnes gorgées, s'arrêtant entre les deux pour souffler, puis rendit la bière à son ami. Lou but à longs traits, la tête renversée en arrière, sa pomme d'Adam jouant dans sa gorge à la manière d'un piston. Puis il me tendit la boîte. Vu son parfum douceâtre, ça devait être une Budweiser.

Je secouai la tête en tressaillant. J'avais commencé à transpirer pendant la marche, et à présent ma peau moite se refroidissait. Les muscles de mes jambes étaient parcourus de tremblements.

« Allez, dit Lou, bois un coup. Ça va pas te faire de mal.

— Non, je n'ai pas soif.

— Bien sûr que si. Suffit de voir comme tu transpires. »

J'allais refuser derechef, cette fois avec plus de force, lorsque Jacob demanda :

« Ça serait pas un avion ? »

18

Lou et moi levâmes les yeux vers le ciel bas, tendant l'oreille en quête d'un bourdonnement de moteur avant de prendre conscience que Jacob désignait le verger en contrebas. Nous suivîmes son regard jusqu'au centre de la dépression, et là, blottie entre les rangées de pommiers rabougris, presque complètement cachée sous d'épaisses couches de neige, se devinait la forme d'un petit avion de tourisme.

Lou et moi fûmes les premiers sur les lieux.

L'avion reposait parfaitement à plat sur le ventre, comme un jouet qu'une main gigantesque descendue des cieux aurait déposé là, douillettement niché entre les branchages. Il avait l'air étonnamment peu abîmé. L'hélice était tordue, et l'aile gauche légèrement repliée vers l'arrière, ce qui avait ouvert une minuscule brèche dans le fuselage. Le terrain était relativement peu marqué : pas d'arbres renversés, pas de sillon dans le sol qui eût montré le point d'impact.

Lou et moi tournions à distance respectueuse autour de l'appareil. Il était étonnamment petit, pas plus grand en fait que le pick-up de Jacob, et l'on avait du mal à croire, tant il paraissait minuscule et fragile, qu'il ait pu emporter un homme dans les airs.

Jacob descendait lentement vers nous. La neige était plus épaisse dans la cuvette, et il semblait progresser à genoux. Dans le lointain, Mary Beth continuait d'aboyer sporadiquement.

« Mince, fit Lou, t'as vu tous ces oiseaux ? »

Ils se tenaient si immobiles dans les arbres que je ne les avais pas encore remarqués, puis, tout à coup, dès que j'en vis un, j'eus l'impression que tous fondaient sur moi. Ils étaient partout, ils emplissaient tout le verger, des centaines et des centaines de corbeaux figés sur les branches noires et nues des pommiers.

Lou leur lança une boule de neige. Trois corbeaux prirent leur essor, décrivirent un lent demi-cercle au-dessus de l'avion et se posèrent avec un léger bruissement d'ailes sur un arbre voisin. L'un d'eux croassa, une fois, et son cri alla se répercuter sur les bords de la cuvette.

« C'est vachement réjouissant », dit Lou en frissonnant.

Jacob arrivait, tout soufflant et haletant. Sa parka était toujours ouverte, les pans de sa chemise étaient sortis. Il mit quelques secondes à reprendre haleine.

« Y a quelqu'un là-dedans ? » interrogea-t-il.

Personne ne répondit. Je n'y avais même pas pensé. Pourtant, il y avait forcément quelqu'un à l'intérieur : un cadavre, celui du pilote. Je considérai l'avion d'un air inquiet. Lou lança une seconde boule de neige aux corbeaux.

« Vous avez pas regardé ? » demanda Jacob.

Il passa son fusil à Lou et se dirigea pesamment vers l'avion. Il y avait une porte sur le côté, juste derrière l'aile endommagée. Il prit la poignée et tira. On entendit un grincement sonore, métal contre métal, et la porte s'ouvrit d'une douzaine de centimètres. Jacob recommença en y mettant tout son poids, et gagna encore trois ou quatre centimètres. Puis il saisit le bord de la porte à deux mains et tira si violemment que l'appareil tout entier roula d'un bord sur l'autre. La neige en tomba par plaques, révélant le métal argenté de la carlingue. Mais la porte ne voulait plus rien savoir.

Enhardi par l'agressivité de mon frère, je me rapprochai de l'avion. Impossible de distinguer quoi que ce soit à travers le pare-brise fractionné en un fin réseau de brisures et recouvert d'une épaisse couche de glace.

Jacob s'acharnait toujours sur la porte. Lorsqu'il s'arrêta, il était à nouveau hors d'haleine.

Lou se tenait à quelque distance. Avec le fusil de Jacob ainsi posé au creux du bras, il avait l'air d'une sentinelle. « Rien à faire, elle est bloquée », dit-il. Il paraissait soulagé.

Jacob regarda dans l'entrebâillement, puis se redressa.

« Alors ? interrogea Lou.

— Fait trop sombre. Va falloir que l'un de vous deux se glisse à l'intérieur. » Jacob ôta ses lunettes pour s'essuyer le visage d'un revers de main.

« C'est Hank le plus petit, dit Lou aussitôt. Ça sera plus facile pour lui. » Il adressa un clin d'œil à Jacob, puis me regarda avec un grand sourire.

« Je suis plus petit que toi ? »

Il tapota son début de brioche. « Tu es plus mince. C'est ça qui compte. »

Je regardai Jacob et compris aussitôt que je n'obtiendrais aucune aide de ce côté-là. Lui aussi affichait un large sourire qui creusait des fossettes dans ses joues.

« Jacob, qu'est-ce que t'en penses ? » demanda Lou.

Jacob eut un petit rire. « J'te vois pas passer par là, répondit-il avec sérieux. Pas avec ton bide. » Tous deux se retournèrent vers moi, impassibles.

« Pourquoi devrait-on entrer là-dedans ? dis-je. À quoi bon ? »

Lou sourit à nouveau. On entendit les battements d'ailes d'une poignée de corbeaux qui changeaient de perchoir. On aurait dit que tous ces oiseaux nous observaient.

« On ne ferait pas mieux de récupérer le chien, puis d'aller prévenir les autorités ?

— T'as peur, Hank ? » demanda Lou. Il passa le fusil sur son autre bras.

Je me vis céder à leur volonté, et ce spectacle me dégoûta. Une voix en moi analysait très lucidement la situation et me disait que j'agissais comme un gamin, que je faisais quelque chose d'inutile, et même de carrément stupide, pour prouver mon courage à ces deux types, que je ne respectais pas plus l'un que l'autre. Et, tandis que cette voix continuait de se faire entendre, raisonnable, rationnelle, et que je l'écoutais, acquiesçant à tout ce qu'elle me soufflait, je contournai l'aile de l'avion pour m'approcher de la porte.

J'introduisis la tête dans l'appareil et attendis que mes yeux s'accoutument à l'obscurité. L'avion paraissait encore plus petit vu de l'intérieur. Il y faisait chaud et humide, un peu comme dans une serre. Cela avait quelque chose de surnaturel. La déchirure dans le fuselage laissait passer un filet de lumière pareil au faisceau d'une lampe torche dont les piles s'épuisent, et cela projetait sur la paroi opposée un petit croissant laiteux. L'arrière de l'habitacle était presque complètement obscur. Le plancher de métal devenait de plus en plus étroit vers la queue de l'appareil. Il était vide. Juste à l'entrée, un grand sac de voyage était posé sur le côté. Si j'avais avancé la main, j'aurais pu l'attraper et le tirer à l'extérieur.

À l'avant, je distinguai deux sièges, vaguement éclairés par le jour qui filtrait à travers la gangue de glace du pare-brise. L'un était vide, mais un corps était avachi sur l'autre, le front reposant sur le tableau de bord.

Je ressortis la tête.

« On peut le voir d'ici », dis-je.

Jacob et Lou me dévisageaient. « Il est mort ? » questionna Jacob.

J'eus un haussement d'épaules. « Il n'a pas neigé depuis mardi, donc ça fait au moins deux jours qu'il est ici.

— Tu vas pas vérifier ? demanda Lou.

— Allons plutôt chercher le chien », fis-je, agacé. Je n'avais pas la moindre envie d'entrer dans cet avion. Pourquoi insistaient-ils stupidement ?

« Je pense qu'il vaudrait mieux en avoir le cœur net. » Lou grimaça un sourire.

« Écoute, Lou, déconne pas. C'est impossible qu'il soit vivant.

— Deux jours, ça fait pas tant que ça, dit Jacob. Y en a qui ont tenu le coup bien plus longtemps.

— Surtout avec ce froid, renchérit Lou. C'est comme quand tu mets de la viande au frigo. »

J'attendais le clin d'œil, mais il ne vint pas.

« Allez, va voir, dit Jacob. T'en as pour deux secondes. »

J'étais coincé. Je glissai la tête à l'intérieur pour la ressortir une seconde plus tard. « Est-ce que tu pourrais au moins faire sauter la glace qui est sur le pare-brise ? » demandai-je à Jacob.

Il poussa un long soupir, très théâtral, plus destiné à Lou qu'à moi. Néanmoins, il partit vers l'avant de l'avion.

J'entrepris de me couler à l'intérieur. Je me tournai de biais et passai la tête et les épaules, mais, lorsque j'en fus à la poitrine, l'ouverture parut tout à coup se resserrer et m'agripper comme l'aurait fait une main. Je voulus revenir en arrière, seulement, ma veste et ma chemise restèrent accrochées. Le tout était maintenant retroussé sous mes aisselles, et je me retrouvais nu de la ceinture aux omoplates.

La masse de Jacob assombrit le pare-brise. Il commença à gratter la glace avec son gant. N'obtenant guère de résultat, il se mit à frapper à coups sourds et pesants qui résonnèrent comme un pouls à travers le fuselage.

Je vidai mes poumons au maximum et me poussai vers l'avant. La poignée de la porte recula de mon sternum à la région de mon nombril. J'allais prendre un second élan, jugeant qu'il me propulserait à l'intérieur, quand je remarquai une chose singulière : le pilote paraissait remuer. Sur le tableau de bord, sa tête semblait de temps à autre bouger légèrement d'avant en arrière.

« Hé, murmurai-je, hé, mon gars, ça va ? » Ma voix se répercutait sur les parois de métal de l'avion.

Jacob martelait toujours le pare-brise. Blonk. Blonk. Blonk.

« Hé ! » fis-je, plus fort, en frappant le fuselage du plat de la main.

J'entendis Lou se rapprocher derrière moi dans la neige.

« Qu'est ce qui se passe ? » demanda-t-il.

Et Jacob : Blonk, blonk, blonk.

La tête du pilote était inerte, et je ne fus plus si certain de l'avoir vu remuer. Je tentai d'avancer. Jacob arrêta ses martèlements.

« Dis-lui que j'arrive pas à l'enlever, cria-t-il.

— Il est coincé, lança Lou, en joie. Tiens, regarde. »

Je sentis ses mains me saisir juste au-dessus de la taille. Ses doigts s'enfoncèrent dans ma chair, en une manière brutale de chatouillement. Je détendis violemment la jambe droite, ne rencontrant que du vide et perdant du même coup pied dans la neige. La poignée de la porte me retint. Le rire des deux autres filtrait à l'intérieur, assourdi et lointain.

« Tiens, à toi », dit Lou à Jacob.

Je tentais tour à tour d'avancer et de revenir en arrière, sans trop même savoir dans quelle direction je souhaitais aller. Je cherchais simplement à me libérer. Les pieds bien calés dans la neige, je me démenais à en faire osciller l'avion, quand quelque chose bougea soudain à l'avant.

Je n'aurais su dire ce que c'était. Il me sembla voir la tête du pilote se rejeter brusquement sur le côté, puis quelque chose jaillit vers le plafond en heurtant frénétiquement le pare-brise. Ce n'était pas des coups, réalisai-je lentement, mais des battements d'ailes. Il s'agissait d'un oiseau, un grand corbeau, pareil à ceux qui perchaient dehors dans les pommiers.

Il se posa ensuite sur le dossier du pilote. Je pouvais voir ses mouvements rapides, d'avant en arrière. Silencieusement, prudemment, je tentai de me dégager pour ressortir à l'air libre. Mais le corbeau reprit son essor ; il heurta une fois le pare-brise, rebondit, et fondit droit sur moi. Je me figeai, le regardant m'arriver dessus, et ce n'est qu'au tout dernier instant, juste avant l'impact, que je rentrai la tête dans les épaules.

Il me percuta en plein milieu du front, durement, avec ce qui devait être son bec. Je m'entendis pousser un cri — la plainte aiguë et brève d'un chien. Après quelques mouvements désordonnés mais violents, je réussis à me dégager et tombai à

23

l'intérieur de l'avion. Je m'affalai sur le sac et ne tentai pas de me relever. Le volatile repartit vers l'avant, heurta le pare-brise, puis voleta vers l'entrebâillement de la porte, mais il vira à droite au lieu de s'y engouffrer. Il alla se poser une seconde près de la brèche dans le fuselage, puis s'y coula comme l'aurait fait un rat, et disparut.

Lou éclata de rire. « Ah ben merde, t'as vu ça, Jacob ? Un putain de corbeau ! »

Je portai la main à mon front. Cela me brûlait un peu. Il y avait du sang sur mon gant. Je me laissai glisser à côté du sac de toile, qui était aussi dur et anguleux que s'il avait contenu des livres, et m'assis sur le plancher. Un rectangle de jour venu de la porte me tombait en travers des jambes.

La tête de Jacob s'encadra dans l'entrebâillement, occultant la lumière.

« T'as vu l'oiseau ? » demanda-t-il. Même si je ne distinguais pas ses traits, je savais qu'il souriait.

« Il m'a donné un coup de bec.

— Un coup de bec ? » Il semblait ne pas me croire. Il resta un moment sans broncher, puis ressortit pour dire à Lou : « L'oiseau lui a filé un coup de bec. » L'autre se mit à rigoler.

Jacob revint obscurcir la porte. « Ça va aller ? »

Je ne réagis pas. Je leur en voulais à tous les deux : rien de tout ceci ne serait arrivé s'ils ne m'avaient pas forcé à pénétrer dans l'avion. Je m'avançai à croupetons vers le poste de pilotage.

J'entendis la voix assourdie de Lou : « Tu crois que les oiseaux peuvent transmettre la rage ou autre chose ? »

Jacob ne répondit pas.

Le pilote portait un jean et une chemise de flanelle. Petit, mince, il devait avoir dans les vingt-cinq ans. Je m'approchai et lui donnai une tape légère sur l'épaule.

« Vous êtes vivant ? » soufflai-je.

Ses bras pendaient de part et d'autre du siège, effleurant à peine le sol. Il avait les mains bouffies, d'un volume inconcevable, avec les doigts légèrement recourbés vers l'intérieur ; on aurait dit des gants de caoutchouc gonflés d'air. Les manches de sa chemise étaient relevées, et les poils de ses avant-bras, d'un noir intense, ressortaient sur le blanc spectral de sa peau. Je l'écartai du tableau de bord. Sa tête retomba pesamment contre le dossier. J'eus alors une vision qui me fit sursauter, et mon crâne alla donner contre le plafond.

L'oiseau lui avait mangé les yeux. C'était deux orbites noires qui me fixaient. La chair alentour avait été complètement arrachée. Sous cet éclairage blafard, je pouvais voir les os de ses pommettes, tout blancs, pareils à du plastique. Une chandelle de sang glacé pendait de son nez jusqu'à la base du menton.

Je reculai, luttant contre une violente nausée. Et cependant, dans le même temps, cette vision exerçait sur moi une étrange fascination. Quelque chose comme de la curiosité, mais en plus fort. J'éprouvais le désir absurde d'ôter mes gants et de toucher ce visage. Une attirance puissante, morbide, sur laquelle je n'aurais su mettre un nom. Je la combattais, reculant d'un pas, puis d'un autre. Au quatrième, ce sentiment avait disparu, faisant place à de la répulsion. Le visage du pilote me regarda battre en retraite jusqu'à la porte. À cette distance, il avait l'expression implorante, un peu triste, d'un raton laveur.

« Bordel, qu'est-ce que tu fous ? » demanda Jacob, resté près de l'entrée.

Je ne répondis pas. Le sang me battait aux tempes. Je butai contre le sac, fis demi-tour et, du pied, le poussai devant moi en direction de la porte. Il était étonnamment lourd, comme s'il avait été plein de terre, et son poids me redonna la nausée.

« Qu'est-ce qui se passe ? » interrogea Jacob. J'avançais vers lui en me dandinant comme un canard, poussant toujours le sac devant moi. Il recula d'un pas.

Parvenu à la porte, j'y pressai l'épaule et, grâce à de meilleurs points d'appui, je réussis à l'ouvrir encore de cinq ou six centimètres. Jacob et Lou me dévisageaient avec une expression singulière qui oscillait entre l'amusement et l'appréhension. La clarté du jour me parut plus intense qu'auparavant, mais cela venait de ce que ma vue s'était accommodée à la pénombre. Je sortis avec le sac. « Tu saignes, Hank », dit Jacob. Il porta une main à son front et, s'adressant à Lou : « C'est le corbeau. »

Je sentais qu'un filet de sang coulait jusqu'à mon sourcil gauche. Cela me donnait une impression de froid.

« Il lui a bouffé les yeux », dis-je.

Jacob et Lou me regardèrent sans comprendre.

« Le corbeau, il était perché sur les genoux du pilote, il lui a dévoré les yeux. »

Jacob fit une grimace. Lou me fixait, l'air sceptique.

25

« On voit son crâne, dis-je. On lui voit l'os. » Je ramassai un peu de neige et me l'appliquai sur le front.

Le vent avait légèrement forci, et les pommiers se balançaient en grinçant. Les corbeaux sur les branches déployaient de temps à autre les ailes afin de garder leur équilibre. Le jour commençait de décroître et, avec lui, le peu de douceur de cette journée.

J'enlevai la main de mon front : la neige était légèrement brunie par le sang. J'ôtai mon gant pour toucher du doigt la plaie. Une bosse était en train de s'y former, comme si l'on avait inséré sous ma peau une bille ou un petit œuf.

« Tu as une petite bosse », observa Jacob. Il portait son fusil à l'épaule, il avait reboutonné sa parka.

Lou s'accroupit près du sac. Il était fermé par un cordon étroitement lacé, et Lou dut enlever ses gants pour l'ouvrir. Jacob et moi l'observions.

Lorsqu'il regarda à l'intérieur, son expression subit toute une série de transformations. Il y eut tout d'abord une pointe de perplexité, sourcils haussés, yeux écarquillés, comme pour mieux accommoder sa vue ; mais à cela succédèrent rapidement tous les signes de l'amusement et de l'excitation, ses joues s'empourprèrent, ses lèvres se retroussèrent sur des dents mal rangées. Ce spectacle ne me donna aucune envie de savoir ce que contenait le sac.

« Merde, ça alors ! » fit-il. Et il glissa la main à l'intérieur. Un geste en forme de caresse, comme si la chose était vivante et qu'il craignît de se faire mordre.

« Qu'est-ce que c'est ? » interrogea Jacob. Il s'avança lourdement vers Lou.

Mon cœur se serra. Me rappelant le poids de ce sac, je pensai soudain qu'il devait s'agir d'un cadavre, ou du moins de morceaux de cadavre.

« De l'argent, dit Lou en souriant à Jacob. Tiens, regarde. » Il inclina le sac.

Jacob se pencha en avant et resta bouche bée. Je jetai un coup d'œil moi aussi. Le sac était plein d'argent, de liasses de billets entourées d'une bande de papier.

« Des billets de cent dollars », dit Lou. Il sortit une liasse et la leva devant lui.

« N'y touche pas, fis-je en me redressant. Tu vas y laisser tes empreintes. »

D'un air revêche, il reposa la liasse dans le sac et remit ses gants.

« À ton avis, combien il peut y avoir là-dedans ? » demanda Jacob. Ils me regardaient tous les deux, s'en remettant à mes talents de comptable.

« Dix mille par liasse », répondis-je. Je jaugeai le sac du regard. « On ne doit pas être loin des trois millions de dollars », ajoutai-je sans trop réfléchir. Tout cela me paraissait absurde. Je n'y croyais pas.

Lou reprit une liasse de billets, cette fois avec ses gants.

« N'y touche pas, Lou, répétai-je.

— J'ai mis mes gants.

— La police va chercher des empreintes. Tu risques de brouiller celles qui y sont déjà. »

Il se renfrogna, mais laissa retomber l'argent dans le sac.

« C'est pas de la fausse monnaie, des fois ? demanda Jacob.

— Bien sûr que non, fit Lou. Sois pas idiot. »

Jacob l'ignora. « Tu crois que ça pourrait être de l'argent de la drogue ? » dit-il en me regardant.

Je haussai les épaules. « Cela vient d'une banque. C'est comme ça qu'ils rangent l'argent. Cent billets par liasse. »

Mary Beth apparut tout à coup sur le versant opposé de la cuvette. Il semblait abattu, comme si nous l'avions trahi en ne nous joignant pas à la traque du renard. Nous le regardions tous progresser dans notre direction à travers la poudreuse, mais nul n'émit le moindre commentaire sur son retour. Un des corbeaux croassa, une sorte de mise en garde qui flotta une seconde, haute et claire, telle une note de clairon, dans l'air cristallin.

« C'est complètement dingue, dis-je. Ce type a dû braquer une banque. »

Jacob secoua la tête d'un air incrédule. « Trois millions de dollars. »

Mary Beth contourna l'avion par l'avant en remuant la queue. Il posait sur nous un regard triste et las. Jacob s'accroupit pour lui caresser machinalement la tête.

« Je suppose que tu vas vouloir le rendre », dit Lou.

Je le regardai, sidéré. Jusqu'alors, je n'avais même pas envisagé une quelconque alternative. « Parce que tu veux le garder ? »

Son regard chercha un appui du côté de Jacob, puis revint sur moi. « Pourquoi ne pas prendre chacun une liasse ? On prend chacun dix mille et on rapporte le reste.

— D'abord, parce que ce serait du vol.

— Et qui est-ce qu'on volerait ? » Il eut un geste vers l'avion. « Lui, là ? Ça lui fera ni chaud ni froid.

— Ça représente beaucoup d'argent, dis-je. Il y a quelqu'un quelque part qui sait que cet argent a disparu, et je te garantis qu'on le recherche.

— Tu veux dire que si j'en prends un peu, tu me dénonces ? » Il avait repris une liasse et me la brandissait sous le nez.

« Je n'aurai pas à le faire. Ceux qui recherchent cet argent savent combien il y a. Si on le rend avec un petit quelque chose en moins et que tu commences à casser des billets de cent dollars dans le coin, il ne va pas leur falloir longtemps pour comprendre ce qui s'est passé.

— Je suis prêt à prendre le risque », déclara Lou en nous gratifiant, Jacob et moi, d'un grand sourire. Jacob le lui rendit.

Je leur lançai un regard noir. « Lou, ne sois pas stupide. »

Il souriait toujours. Il glissa la liasse dans sa veste et en préleva une seconde qu'il tendit à Jacob. Celui-ci la prit mais parut ne pas trop savoir qu'en faire. Accroupi, son fusil dans une main, les billets dans l'autre, il me regardait, hésitant. Mary Beth se roulait dans la neige à ses pieds.

« Je pense pas que tu me dénoncerais, dit Lou. Et je sais que tu dénoncerais pas ton frangin.

— Dépose-moi près d'un téléphone, Lou, et tu verras.

— Tu me balancerais ?

— Comme ça », dis-je en claquant des doigts, ce qui, du fait des gants, ne produisit aucun son.

« Mais enfin, pourquoi ? C'est pas comme si ça devait faire du tort à quelqu'un. »

Jacob n'avait pas bougé, il tenait toujours l'argent dans la main. « Repose ça, Jacob », dis-je. Mais il ne broncha pas.

« Pour toi, c'est différent, reprit Lou. T'as ton boulot. C'est pas comme Jacob et moi. Ce fric, c'est important pour nous. »

Sa voix avait pris une intonation plaintive et, en l'entendant, j'éprouvai une brusque sensation de pouvoir. Notre relation s'était renversée. C'était à présent moi qui tenais les rênes, j'étais l'empêcheur de tourner en rond, celui qui déciderait de ce qu'on ferait de l'argent.

« Si vous le prenez, moi aussi j'aurais des ennuis, dis-je. Vous vous feriez pincer, et on me considérerait comme votre complice. »

Jacob commença à se relever, mais reprit sa position initiale. « Et pourquoi pas tout prendre ? demanda-t-il en nous regardant tour à tour.

— Tout prendre ? » répétai-je. L'idée était absurde, et je me mis à rire, mais cela raviva ma douleur au front. Je grimaçai et palpai ma bosse du bout des doigts. Cela saignait encore un peu.

« On embarque le sac, proposa Jacob, on laisse le macchabée là où il est, et on fait comme si on n'était jamais venus. »

L'idée plaisait à Lou, qui opinait avec force. « Et on partage en trois.

— On se ferait pincer dès qu'on commencerait à le dépenser, dis-je. Vous nous voyez nous mettre subitement à sortir des billets de cent dollars dans les magasins du coin ? »

Jacob secouait la tête. « On pourrait attendre un moment, et puis aller refaire notre vie ailleurs.

— Un million chacun, dit Lou. Réfléchis un peu.

— Des coups pareils, soupirai-je, on s'en tire jamais. On finit par faire une connerie et on se fait prendre.

— Mais tu piges pas, Hank ? reprit Jacob, un peu énervé. Cet argent, c'est comme s'il existait pas. À part nous, personne est au courant.

— Il s'agit de trois millions de dollars, Jacob. Ils ne sont pas là où ils devraient être. Me dis pas que personne ne les recherche.

— Si c'était le cas, on en aurait entendu parler. On en aurait parlé aux actualités.

— C'est de l'argent de la drogue, dit Lou. C'est du fric qui voit pas le jour. Les autorités sont au courant de rien.

— On ne peut pas... », commençai-je, mais Lou m'interrompit :

« Bon Dieu, Hank. Tout ce fric qui te tombe du ciel, mais c'est le rêve américain. Et toi, tu parles de pas y toucher !

— Le rêve américain, on y accède par le travail. Pas par le vol.

— Alors, c'est encore mieux que le rêve américain.

— Quelle raison tu aurais de le rendre ? insista Jacob. Si on le prend, ça fera de tort à personne. Personne le saura. »

Ce qu'il venait de dire n'était pas complètement idiot. Cependant, j'avais le sentiment qu'on oubliait quelque chose. Mary Beth émit une plainte, et Jacob, sans cesser de me fixer, se mit à le caresser. Tout recroquevillés à cause du froid, silencieux, les corbeaux dans les arbres environnants ressemblaient à des vautours en miniature. L'obscurité descendait rapidement sur nous.

« Allez, Hank, fit Lou, gâche pas tout. »

J'étais trop hésitant pour répondre quoi que ce soit. Même si je me délectais de mon pouvoir sur Lou et Jacob, je ne tenais pas à décider, juste pour les contredire, quelque chose que je regretterais par la suite. Sans même en avoir conscience, sans même le vouloir, je commençai à chercher le moyen d'emporter cet argent sans prendre de risques. Et la solution se présenta à moi comme par magie, comme une inspiration divine ; un plan enfantin : il me suffirait de le garder au chaud, de le cacher jusqu'à ce qu'on découvre l'avion. Si, une fois l'épave retrouvée, il n'était pas fait mention de ces trois millions de dollars, je les partagerais avec Jacob et Lou, et nous partirions chacun de notre côté. Si, en revanche, quelqu'un semblait au courant de la disparition de l'argent, alors je brûlerais le tout. Le sac avec les billets serait l'unique preuve qui pourrait être retenue contre moi. Jusqu'à ce que je remette leur part aux deux autres, je resterais maître de la situation. Je serais en mesure d'effacer dans l'instant toute trace du délit.

En y repensant aujourd'hui, après tout ce qui est arrivé, il me paraît insensé de m'être engagé dans cette voie avec aussi peu d'appréhension. Ce fut un débat intérieur qui dura peut-être vingt secondes, le tiers d'une minute. Pendant un bref instant, je fus le maître absolu non seulement de la destinée de cet argent, mais aussi de la mienne, de celle de Jacob et de celle de Lou ; cependant, je n'en avais aucunement conscience, je ne mesurais pas l'importance de ma décision ni ne pressentais que, dans les prochaines secondes, j'allais mettre en branle une série d'événements qui chambouleraient chacune de nos existences. Dans cette ignorance, mon choix me paraissait tout à fait clair. Si je restituais immédiatement l'argent, ce serait irrévocable ; je le remettrais au shérif, et il m'échapperait à jamais. Mon plan, en revanche, me permettait de différer la décision jusqu'à ce que nous disposions de plus amples informations. J'allais avancer d'un pas, mais il me serait toujours possible de faire machine arrière.

« Bon, allez, dis-je, remettez ça dans le sac. »

Ni l'un ni l'autre ne bronchèrent.

« On le garde ? demanda Lou.

— Je le garde.

— Tu le gardes ? fit Jacob. Comment ça, tu le gardes ?

— Voici ce qu'on va faire : je garde le tout pendant six mois. Si, au bout de cette période, personne ne s'est pointé dans le coin pour le rechercher, on partage. »

Jacob et Lou me fixaient, assimilant lentement la chose.

« Pourquoi toi ? interrogea Lou.

— C'est plus sûr. J'ai une famille, un boulot. C'est moi qui ai le plus à perdre.

— Pourquoi pas partager tout de suite ? proposa-t-il. Chacun planquerait sa part.

— Non. On va faire comme j'ai dit. Si ça ne vous va pas, on peut rapporter l'argent sur-le-champ. À vous de choisir.

— T'as pas confiance en nous ? demanda Jacob.

— Non. Je crois que non. »

Il hocha la tête, mais ne dit rien.

« L'avion va être découvert avant six mois, dit Lou. Le printemps arrivera et quelqu'un tombera dessus.

— À ce moment-là, on verra bien si quelqu'un sait qu'il y avait de l'argent à bord.

— Et si c'est le cas ? demanda Jacob.

— Alors, je le brûlerai. On ne le gardera que s'il n'y a absolument aucun risque de se faire coincer. Mais au moindre danger, je m'en débarrasse.

— Et tu le brûles, fit Lou, dégoûté.

— Exactement. Jusqu'au dernier billet. »

Ils restèrent un moment silencieux. Nous fixions tous les trois le sac.

« Et on n'en parle à personne », dis-je. Je regardai Lou. « Même pas à Nancy. » Nancy était la femme avec qui il vivait. Elle était employée dans un salon de beauté de Sylvania.

« Elle finira bien par le savoir, dit-il. Elle va se demander d'où vient tout ce fric.

— Elle pourra être affranchie quand on décidera qu'il n'y a pas de danger. Pas avant.

— Alors, la même chose vaut pour Sarah », dit-il.

J'acquiesçai, comme si cela allait de soi. « On va continuer à vivre comme si de rien n'était. Je vous demande simplement de patienter six mois. L'argent sera là, à vous attendre. Vous saurez qu'il est là. »

Tous deux réfléchissaient.

« Entendu comme ça ? » Je regardai d'abord Lou, puis Jacob. Lou me considérait d'un œil mauvais, l'air en colère. Il ne répondit pas. Jacob, lui, eut un haussement d'épaules, hésita une seconde, puis hocha la tête. Il laissa retomber les billets dans le sac.

« Lou ? » dis-je.

Il ne bougeait pas. Jacob et moi attendions qu'il se prononce. Enfin, avec une grimace, comme si cela lui était douloureux, il tira la liasse de sa poche, la considéra un instant, puis, très lentement, la glissa dans le sac.

« On compte l'argent avant que tu l'emportes », dit-il d'une voix sourde, presque un grondement.

J'eus un sourire, un grand sourire. Je trouvais amusant qu'il n'eût pas confiance en moi.

« D'accord, dis-je. C'est peut-être pas une mauvaise idée. »

2

Comme il commençait à faire sombre, nous décidâmes de retourner à la camionnette et de compter l'argent là-bas. Sur le chemin, Jacob et Lou se mirent à parler de ce qu'ils feraient de cette fortune tombée du ciel. Jacob voulait une motoneige, un téléviseur grand écran, une barque de pêche qu'il baptiserait *Trésor caché*. Lou prévoyait de placer la moitié de sa part en Bourse et de dépenser le reste dans l'achat d'une villa avec terrasse, jacuzzi et bar, au bord de l'océan, en Floride. J'avais envie de leur dire de ne pas faire trop de projets, que nous ne pourrions peut-être pas garder l'argent, mais, pour je ne sais quelle raison, je me bornai à les écouter.

Lou et moi tenions chacun une extrémité du sac, ce qui nous obligeait à marcher de biais et nous ralentissait suffisamment pour que Jacob reste à notre hauteur. Ce dernier parlait sans discontinuer, il discourait comme un enfant. On pouvait sentir son excitation, elle en était presque palpable ; il l'exsudait tel un parfum.

La température baissait en même temps que le soleil. Sur la neige se formait une croûte verglacée que nous crevions à chacun de nos pas. Il restait fort peu de clarté sous les arbres. Des branches sortant subitement de l'obscurité semblaient nous jaillir au visage, et nous devions, tel un trio de boxeurs, esquiver et faire des pas de côté.

Il nous fallut près de trente minutes pour atteindre la route. Jacob remit son fusil derrière la banquette de la camionnette et commença à chercher sa lampe torche, tandis que Lou et moi vidions le sac sur l'abattant du plateau. Sans doute étions-nous éberlués par le nombre des liasses qui en tombaient, fascinés à la vue d'une telle fortune ; toujours est-il que nous ne vîmes pas la voiture du shérif avant qu'elle soit presque sur nous. Si nous avions aperçu ses phares quand ils planaient encore sur l'horizon, petits points jaunes venant lentement vers nous, peut-être aurais-je agi différemment. J'aurais eu le temps de réfléchir, de considérer mon choix avec un peu plus de soin, de sorte que, lorsque la voiture fut suffisamment proche pour que l'on distingue son gyrophare, j'aurais peut-être décidé de parler de l'avion au shérif Jenkins. Je lui aurais montré l'argent, je lui aurais expliqué que nous nous apprêtions à l'appeler sur la CB ; j'aurais ficelé le tout en un joli petit paquet que je lui aurais servi, mettant ainsi un terme immédiat à toute l'affaire avant qu'elle ne dévaste nos existences.

Mais les choses ne se passèrent pas ainsi. La voiture n'était pas à plus de deux cents mètres quand nous la remarquâmes. Ce fut d'abord le bruit du moteur, puis celui des pneus sur la route gelée. Lou et moi levâmes les yeux en même temps. Une fraction de seconde plus tard, Jacob sortit la tête de derrière la banquette.

« Merde », fit-il.

Sans réfléchir, mû par l'instinct, pareil à l'animal qui enfouit sa réserve de nourriture, je claquai l'abattant. Les liasses allèrent s'éparpiller avec un bruit mat sur la tôle du plateau. Après l'avoir vidé, nous avions laissé tomber le sac à terre ; je le ramassai et en couvris l'argent du mieux que je pus.

« Monte à l'avant avec Jacob, murmurai-je à Lou. C'est moi qui vais lui parler. »

Lou s'en fut rapidement, tête basse. Puis le shérif s'immobilisa de l'autre côté de la route dans un grincement de freins. Il se pencha en travers de sa banquette pour abaisser la vitre. Je m'avançai vers lui.

En réalité, Carl Jenkins n'était pas vraiment shérif, même si tout le monde l'appelait ainsi. Le shérif dépend du comté, alors que Carl était employé par la municipalité. Il était le seul policier d'Ashenville, rôle qu'il assumait depuis près de quarante ans. Les gens lui donnaient du « shérif » à défaut d'un autre titre.

« Hank Mitchell ! » dit-il en me voyant approcher. Tout son visage souriait, comme s'il avait pris ce soir-là sa voiture dans le seul espoir de tomber sur moi. Je ne le connaissais pas si bien que cela ; nous nous saluions d'un signe de tête quand nous

nous croisions, mais j'avais le sentiment qu'il était toujours sincèrement content de me voir. Je crois qu'il donnait cette impression à tout le monde, même à de parfaits inconnus. Il avait une espèce de bonhomie désarmante, un sourire qui vous prenait au dépourvu.

C'était un petit homme, plus petit que moi, avec un visage tout rond, un front large et luisant, et une petite bouche aux lèvres minces. Il était très soigné de sa personne : son uniforme kaki était toujours parfaitement repassé, ses ongles coupés, son épaisse chevelure blanche bien peignée avec une raie impeccable. Une odeur de propre émanait en permanence de sa personne, un mélange douceâtre le talc et de cirage.

Je m'arrêtai à deux pas de la voiture.

« Des ennuis mécaniques ? demanda Jenkins.

— Non, dis-je, c'est à cause du chien. » J'étais parfaitement calme. L'argent n'était qu'une petite lueur à l'arrière de ma tête. Je voyais bien qu'il n'allait pas descendre de voiture et que, par conséquent, il n'y aurait pas de problème. Je lui racontai pour le renard.

« Le chien l'a eu ? demanda-t-il.

— C'est ce qu'on croyait, mais on n'avait pas fait cent mètres dans les bois, qu'il est revenu ventre à terre. »

Jenkins se mit à me fixer intensément par-dessus sa vitre à demi baissée. « Qu'est-ce que vous vous êtes fait à la tête ? » demanda-t-il avec une expression pleine de sollicitude.

Je portai la main à ma bosse et fis un geste en direction des bois. « Je me suis payé une branche. » C'était la première chose qui m'était venue à l'esprit.

Il continua de me dévisager une seconde ou deux, puis il regarda dans la direction des deux autres. Ils l'avaient salué de loin lorsqu'il était arrivé, puis ils étaient remontés dans le pick-up. Assis tout près l'un de l'autre, le visage presque à se toucher, on aurait dit deux conspirateurs. Lou parlait en faisant de grands gestes péremptoires, et Jacob opinait. Installé sur ses genoux, Mary Beth nous observait à travers la vitre.

« Ils ont picolé ? s'enquit Jenkins d'un ton égal.

— Pas encore. Jacob et moi, on est allés au cimetière cet après-midi.

— Au cimetière ?

— Oui, sur la tombe de nos parents. On y va tous les ans à la même date.

35

— À la Saint-Sylvestre ? » Son visage s'éclaira. L'idée semblait lui plaire.

« J'ai pris ma journée », dis-je.

Jenkins se pencha pour manœuvrer une tirette sur le tableau de bord, réglant le chauffage au maximum. Il y eut un bruit de soufflerie dans l'habitacle. « Jacob n'a toujours pas de travail ? demanda Jenkins.

— Il cherche quelque chose, mentis-je, sentant monter la gêne qui me prenait chaque fois qu'on évoquait devant moi la situation professionnelle de mon frère.

— Et Lou, il travaille ?

— Non, je ne crois pas. »

Jenkins secoua tristement la tête sans cesser de les regarder. « C'est quand même triste. Deux garçons dans la force de l'âge, tous deux désireux de travailler. Ce pays... » Il ne termina pas sa phrase, apparemment perdu dans ses pensées.

« Bon, commençai-je, il va falloir qu'on...

— Lou a été coach de base-ball, m'interrompit Jenkins. À un camp d'ados dans le Michigan. Il se défendait sacrément bien comme *shortstop*. Vous saviez ça ?

— Non, vous me l'apprenez.

— On ne s'en douterait pas à le voir aujourd'hui. Mais à une époque... »

On entendit un grincement du côté du pick-up. C'était Jacob qui ouvrait sa portière. Jenkins se tut, et on regarda mon frère s'extraire de la cabine, refermer la portière et venir vers nous.

« Salut, Jacob, fit Jenkins. Je commençais à penser que tu cherchais à m'éviter. »

Jacob eut un sourire piteux. C'était son expression habituelle quand il était confronté à une figure de pouvoir. Cela me revint en le voyant : à l'école, il prenait cet air chaque fois qu'un prof s'adressait à lui.

« Non, dit-il, j'avais froid, je suis allé me réchauffer un peu dans la cabine.

— Ton frère me disait que vous étiez allés sur la tombe de vos parents cet après-midi. »

Jacob me lança un coup d'œil, puis adressa à Jenkins un hochement de tête hésitant.

« C'est bien, dit Jenkins, c'est vraiment bien de faire cela. J'espère que mes gosses en feront autant quand je serai plus là.

« — C'est mon père qui le voulait, dit Jacob. C'était dans son testament. »

Jenkins ne parut pas l'entendre. « Je me souviens de votre père », commença-t-il, puis il sembla se raviser, comme s'il n'était subitement plus tout à fait sûr de se rappeler notre père et non un autre type mort d'Ashenville. « C'était quelqu'un de bien, ajouta-t-il. Un homme exceptionnel. »

Comme ni mon frère ni moi ne trouvions quelque chose à répondre à cela, il y eut un silence, auquel Jacob mit finalement un terme en disant : « Tu lui as parlé de l'avion ? »

Je le regardai, complètement sidéré. Il arborait un large sourire, toutes dents dehors, ses grosses joues creusées de fossettes. Il me jeta un regard en coin et, l'espace d'un instant, j'eus peur qu'il ne me fasse de surcroît un clin d'œil.

« Quel avion ? demanda Jenkins.

— Hank et moi, on a pris cette route mardi dernier, et on se trouvait à peu près par ici quand on a cru entendre un avion qui perdait de l'altitude.

— Un avion ? répéta Jenkins.

Jacob acquiesça. « Il neigeait pas mal, et on a rien vu, mais, d'après le bruit, ça avait tout l'air d'un avion dont le moteur cafouille. »

Jenkins le fixait, sourcils levés, attendant la suite. Je cherchais quelque chose à dire, le moyen de changer de sujet, mais rien ne venait. Je restais planté là, espérant que Jacob voudrait bien la fermer.

« On a pas signalé la disparition d'un avion ? demanda-t-il.

— Non », fit Jenkins avec lenteur, comme pour montrer qu'il réfléchissait et prenait au sérieux ce que lui racontait Jacob. « Non, ça me dit rien. » Il me lança de nouveau un regard. « Un moteur, c'est tout ce que vous avez entendu ? Rien qui ressemble à un crash ? »

Je me forçai à opiner.

« Ça pouvait être n'importe quoi d'autre. Une motocyclette, une motoneige, une tronçonneuse. » Il eut un geste vers les champs qui s'étendaient au sud-est. « C'était peut-être Dwight Pederson qui bricolait une de ses machines. »

Tout le monde se tourna vers la ferme des Pederson. Les fenêtres du bas étaient éclairées, mais la grange et les dépendances étaient plongées dans les ténèbres.

« Si vous entendez parler de quelque chose, renchérit Jacob, qui ne s'était pas départi de son grotesque sourire, passez-nous un coup de fil. On pourra vous montrer où on était.

— On aurait déjà été prévenus, dit Jenkins. Quand un avion disparaît, ça se sait vite. »

Je regardai ma montre, désireux de couper court avant que Jacob n'en rajoute. « Vous avez sûrement hâte de rentrer chez vous, shérif. Il est cinq heures passées. »

Il secoua la tête en soupirant. « Je vais finir tard ce soir, rapport au réveillon. Il va sûrement y avoir de la viande saoule sur les routes. » Il regarda Jacob. « J'espère que t'en seras pas. »

Jacob en perdit son sourire. « Non. Vous faites pas de bile pour moi, shérif. »

Jenkins le dévisagea un instant, comme s'il attendait qu'il dise autre chose. Puis, s'adressant à moi : « Et comment va votre femme ? Elle doit approcher du terme, si je ne m'abuse.

— C'est pour la fin du mois de janvier », répondis-je. Ma femme était enceinte de huit mois. Ce serait notre premier enfant.

« Vous lui souhaiterez la bonne année de ma part », dit Jenkins. Il commença de remonter sa vitre. « Et dites à Lou de pas être aussi timide la prochaine fois. Je ne mords pas. »

Jenkins démarra comme nous remontions dans le pick-up. Il continua vers l'ouest, tournant le dos à Ashenville.

« Tu vas rouler un petit bout de temps, dis-je à Jacob. Ne le suis pas. Reprends vers Ashenville. »

Jacob lança le moteur. Il lui fallut un moment pour faire demi-tour sur cette route étroite.

« Et roule lentement », dis-je encore, craignant que les liasses de billets ne soient emportées par le vent si nous allions trop vite.

Personne ne parla jusqu'à ce que nous soyons en route. Puis, alors que nous franchissions le pont d'Anders Creek, je demandai : « C'est de qui, cette idée de lui parler d'un avion ? » J'étais penché en avant, pour les voir tous les deux. Lou était assis au milieu, le chien sur ses genoux. Il avait passé les bras autour de son corps et le serrait contre lui. Aucun des deux ne répondit.

« Ça vient de toi, Lou ? » J'avais prévu de les interroger calmement, de leur démontrer posément le risque qu'ils avaient pris, mais ma voix me trahissait, elle était tendue, chargée de colère.

38

Lou eut un haussement d'épaules. « On a mis ça au point ensemble.

— Dans quel but ?

— Pour savoir si on recherchait l'avion », dit Jacob. Il avait une note de triomphe dans la voix, comme s'il estimait avoir été plus malin que moi. « En plus, si quelqu'un se pointe maintenant à la recherche de ce zinc, Jenkins s'empressera de nous mettre au courant. Comme ça, on sera pas pris au dépourvu.

— Tu viens de décider de voler trois millions de dollars, et la première chose que tu fais, c'est d'interroger le shérif à ce sujet. Ça te paraît pas un tantinet aberrant ?

— On a appris que personne le recherchait, dit Jacob. On l'aurait jamais su si on n'avait pas posé la question.

— C'était une initiative stupide, Jacob. Maintenant, s'ils trouvent l'avion et découvrent que l'argent a disparu, Jenkins va tout de suite savoir qui l'a pris.

— Mais c'est toute la beauté de la chose. Jamais on lui aurait parlé de ça, si c'était nous qui avions pris l'argent.

— Jure-moi de ne plus recommencer ce genre de coup. »

Il m'adressa un sourire. « Tu comprends pas comme c'était futé ? Le fait de lui avoir parlé de l'avion nous met de son côté.

— C'était un risque idiot.

— Mais payant. On a appris que...

— C'est pas un jeu, Jacob. On vient de commettre un délit. On pourrait aller en prison pour ce qu'on a fait ce soir.

— Doucement, Hank, intervint Lou. On va pas nous mettre en prison pour ça. Aucun de nous n'a un casier, on est pas des délinquants. N'importe qui aurait fait la même chose à notre place.

— Tu prétends qu'on n'a pas commis un délit ?

— Je dis qu'on nous enverrait pas en prison pour ça. Et même si on était condamnés, ce serait à une peine avec sursis.

— Surtout si on avait encore rien dépensé de cet argent, renchérit Jacob. Je pense que...

— Je me fous de ce que tu penses, dis-je en criant presque. Si j'estime que vous prenez des risques inutiles, je crame tout. » Mon regard alla de l'un à l'autre. « Compris ? »

Ils ne répondirent pas.

« Pas question que j'aille en taule à cause de vos conneries. »

Ils me fixaient, frappés par mon éclat. Mary Beth émit un son plaintif. Je regardai par la vitre. Nous roulions sur Burnt Road en direction de l'est.

Je pris une profonde inspiration pour me forcer au calme. « Je vous demande seulement d'être prudents.

— On va être prudents, Hank, s'empressa de dire Jacob. Bien sûr, qu'on va être prudents. »

Lou ne disait rien, mais, bien que j'eusse la tête tournée vers l'extérieur, je sentais qu'il regardait Jacob en ricanant silencieusement.

« Arrête-toi ici, dis-je. On va compter l'argent. »

Jacob se gara sur la bas-côté et nous ressortîmes dans le froid. Nous étions à environ cinq kilomètres à l'ouest de la ville. La route était bordée de champs enneigés, et il n'y avait ni maisons ni lumières d'aucune sorte en vue. Si une voiture était arrivée de l'une ou l'autre direction, nous l'aurions vue à plus d'un kilomètre.

Jacob et Lou entreprirent de compter l'argent. Debout derrière eux, je les éclairais avec la lampe torche. Mary Beth dormait à l'intérieur sur la banquette. Ils faisaient des piles de dix liasses. Cela prit, me sembla-t-il, une éternité. Je partageais mon attention entre les tas de billets et l'horizon environnant.

La nuit était très calme. Le vent sifflait doucement sur la campagne déserte. La neige émettait de temps à autre un léger crissement en se tassant sur le bord de la chaussée. Et, en arrière-fond, faible mais régulier, me parvenait le bruissement des liasses que manipulaient Jacob et Lou.

Quand ils en eurent terminé, il y avait quatre millions quatre cent mille dollars alignés en piles le long des ridelles du pick-up.

Il nous fallut quelque temps pour réaliser. On resta un moment immobiles à couver cette fortune du regard. Lou recompta le tout en posant tour à tour le doigt sur chaque pile.

« Ça fait combien chacun ? » murmura Jacob.

Je dus réfléchir une seconde. « Près d'un million et demi. »

Nous continuions à fixer l'argent, abasourdis.

« Range-le », dis-je finalement, tout tremblant de froid. Je passai le sac à mon frère et le regardai peu à peu le remplir et lui redonner forme.

Quand tout l'argent eut réintégré le sac, je le pris et l'emportai dans la cabine.

Lou habitait au sud-ouest d'Ashenville, à l'opposé de chez moi. C'est là que nous nous rendîmes d'abord. Il faisait de plus en plus froid. Un bandeau de glace se formait autour du pare-brise. Le plastique déchiré de la lunette arrière battait au vent, envoyant un courant continu d'air glacé. Mary Beth était à l'arrière, mais il avait massé la moitié de son corps dans la cabine, tout contre notre nuque, en sorte que j'entendais son souffle près de mon oreille. Le sac était posé sur le plancher, étroitement serré entre mes jambes. Je le tenais fermé de la main.

Il était sept heures moins le quart quand on arriva chez Lou.

La voiture de Nancy était garée dans la cour, et la maison était éclairée. C'était une grande ferme délabrée qui comptait parmi les habitations les plus anciennes de la région. Lou et Nancy la louaient à Sonny Major, dont le grand-père était jadis propriétaire de tous les champs environnants, où il cultivait du maïs et des choux. Ce personnage était un des hobereaux du coin à la grande époque précédant la Dépression. Depuis, sa situation n'avait cessé de se dégrader. Au fil des années, le père de Sonny avait vendu presque toutes les terres, excepté deux étroites parcelles le long de la route. Sur l'une d'elles se trouvait la ferme ; l'autre, plus petite, située à un kilomètre au sud, était occupée par une petite caravane rongée par la rouille. Sonny y vivait seul, en vue de la maison où il avait grandi. Il se disait menuisier, mais la majorité de ses revenus venaient du loyer que lui versaient Lou et Nancy.

Jacob se gara dans l'allée sans couper le moteur. Lou ouvrit la portière et descendit. Il hésita avant de refermer.

« Je pensais qu'on pourrait peut-être prendre chacun une liasse, dit-il. Histoire de fêter ça. »

Je me glissai vers la porte, le sac toujours bien calé entre les jambes. Mary Beth, imprégné de grand air glacé, vint prendre la place que je lui laissais. Il s'ébroua, puis s'installa sur la banquette. Jacob passa un bras autour de son chien.

« Oublie cet argent, Lou », dis-je.

Il s'essuya le nez du revers de la main. « Comment ça ?

— Rien ne va changer dans ta vie au cours des six prochains mois. »

Jacob tapota le flanc de Mary Beth ; cela rendit un son creux. Des arbres se massaient autour de la maison de Lou, de gros fûts gris qui se profilaient très haut sur le noir du ciel. Ils

oscillaient un peu dans le vent, leurs branches s'entrechoquaient. Là-bas au loin, la caravane de Sonny était obscure. Il
n'était pas chez lui.

« Tout ce que je demande... », commença Lou, mais je
l'interrompis :

« Tu m'as pas bien compris, Lou. Ce que je voulais dire,
c'est : ne demande rien. »

Je claquai la portière. Il me fixa un moment à travers la vitre,
puis échangea un bref regard avec Jacob avant de tourner les
talons pour remonter lentement l'allée de sa maison.

Il fallait compter quarante minutes pour aller de chez Lou à
chez moi. Jacob et moi restâmes silencieux une bonne partie du
trajet, chacun plongé dans ses pensées. Je me repassais mentalement ma rencontre avec Jenkins. Je lui avais menti sans peine,
avec beaucoup de naturel, et cela ne laissait pas de m'étonner.
Je n'avais jamais été doué pour la dissimulation. Même enfant,
j'étais incapable de mentir ; je n'avais pas assez confiance en
moi pour cela, et je finissais toujours par me couper ou bien par
craquer et tout avouer. Pourtant, en reprenant le fil de ma
conversation avec Jenkins, je ne découvrais aucun point faible
dans ce que je lui avais raconté. Jacob avait certes forcé la note
en l'interrogeant au sujet d'un avion, mais je me rendais compte
à présent que ce qu'il avait dit n'était pas aussi compromettant
qu'il m'avait semblé au premier abord. Peut-être même que,
comme il le prétendait, cela allait nous servir.

C'est à peine si je pensais à l'argent. Je ne me laissais pas
encore aller à le considérer comme mien. La somme était si
énorme qu'elle me paraissait abstraite ; un simple chiffre, rien
de plus. Pourtant, c'est vrai, je me sentais presque un hors-
la-loi — un sentiment d'audace et d'orgueil mêlés, plus une
peur terrible de me faire prendre —, mais c'était plus l'effet de
ma duplicité face à Jenkins que d'une quelconque compréhension de l'importance de notre vol.

Jacob avait pris une barre de céréales dans la boîte à gants et
la mangeait tout en conduisant. Assis à côté de lui, oreilles
dressées, le chien le regardait mastiquer. Nous étions maintenant dans les faubourgs de Delphia. Des arbres apparaissaient
sur le bord de la route, les maisons commençaient à se
regrouper en lotissements. La circulation devenait progressivement plus dense. J'étais presque arrivé.

La pensée me vint subitement, avec un début de panique, que si nous nous faisions prendre, ce serait à cause de Lou.

« Lou va mettre Nancy au courant, n'est-ce pas ? dis-je à Jacob.

— Et toi, est-ce que tu vas mettre Sarah au courant ?

— Je me suis engagé à ne pas lui en parler. »

Il haussa les épaules et mordit dans sa barre de céréales. « Lou s'est engagé à ne pas en parler à Nancy. »

Je grimaçai, atterré. Je savais que, sitôt rentré, j'allais tout raconter à Sarah — le contraire était inconcevable —, et cette évidence confirmait mes craintes au sujet de Lou. Il en parlerait à Nancy, et l'un ou l'autre ficherait tout en l'air.

J'orientai le rétroviseur de manière à jeter un coup d'œil à mon front. Jacob alluma l'éclairage intérieur. Au toucher, la bosse était lisse et dure, un vrai galet. La peau était tendue, luisante, alors que le pourtour prenait une teinte violacée, une noirceur douloureuse, là où le sang avait coagulé dans les tissus lésés. J'humectai le pouce de mon gant d'un peu de salive et tentai de nettoyer rapidement la plaie.

« À ton avis, questionna Jacob, comment il a fait pour savoir qu'il y avait ce type à l'intérieur ?

— Le corbeau ? »

Il hocha la tête.

« C'est comme pour les vautours. Ils le savent, c'est tout.

— Mais les vautours, eux, ils te voient. Ils te voient en train de ramper dans le désert. C'est comme ça qu'ils savent que t'es mourant, quand tu rampes ou quand t'es couché, immobile. Le corbeau ne pouvait pas voir à l'intérieur de l'avion.

— Peut-être qu'il a senti quelque chose.

— Ce qui est congelé n'a pas d'odeur.

— Va savoir, Jacob. Il le savait, c'est tout. »

Il opina de trois mouvements courts et rapides de la tête. « Oui, fit-il, c'est exactement ce que je voulais dire. » Il croqua encore une fois dans sa barre de céréales et donna le reste à Mary Beth, qui l'avala tout rond.

Lorsque le pick-up s'immobilisa dans l'allée du garage, je contemplai un moment la maison à travers le pare-brise. La lumière du porche était allumée, elle éclairait les arbres de la cour, dont les branches étaient recouvertes de givre. Les rideaux du salon étaient tirés, et de la fumée sortait de la cheminée.

43

« Toi et Lou, vous sortez ce soir ? demandai-je. Vous allez fêter la nouvelle année ? »

Il faisait froid dans la cabine ; notre haleine et celle du chien sortaient en volutes de vapeur. Dehors, le ciel était nuageux, sans une étoile.

« Oh, sûrement.

— Avec Nancy ?

— Oui, si ça lui dit.

— Vous allez boire ?

— Écoute, Hank, pas besoin d'être aussi dur avec Lou. Tu peux lui faire confiance. Il veut que ça marche, autant que toi et même plus peut-être. Il va pas faire de conneries.

— Je n'ai pas dit que je n'avais pas confiance en lui. Ce que je dis, c'est que c'est un ignare doublé d'un ivrogne.

— Mais enfin, Hank...

— Non, écoute-moi jusqu'au bout. » J'attendis qu'il se tourne vers moi. « Je vais te demander d'être responsable pour lui. »

Il passa le bras autour de son chien. « Comment ça, responsable ?

— S'il se met à déconner, ce sera ta faute. Je t'en rendrai responsable. »

Jacob se détourna pour regarder dehors. D'un bout à l'autre de la rue, les fenêtres de mes voisins ruisselaient de lumière. Les gens finissaient de dîner, prenaient leur douche, s'habillaient, préparaient le réveillon.

« Et qui est responsable de moi ? questionna Jacob.

— Moi. Je veillerai sur nous deux. » Je lui souris. « Je vais être le protecteur de mon frère. »

J'avais présenté la chose comme une boutade, mais c'était plus que cela. Durant toute notre enfance, notre père nous avait seriné que nous devions veiller l'un sur l'autre, que nous ne pourrions compter sur personne d'autre. « La famille, disait-il, on y revient toujours au bout du compte ; les liens du sang, y a que ça. » Jacob et moi n'avions cependant jamais réussi à appliquer le précepte ; même gamins, nous nous laissions toujours tomber. A cause de son poids, on se moquait impitoyablement de lui à l'école, ce qui le poussait à de constantes bagarres. Je savais que j'étais censé lui venir en aide, que j'aurais dû bondir à son secours, mais je ne savais pas comment m'y prendre. J'étais petit pour mon âge, plutôt gringalet, et je me bornais à faire cercle avec les autres autour de mon frère et de ses persécuteurs pour le regarder en silence se faire casser la figure. Ce type de rapports ne se modifia pas au fil des années : Jacob allait d'échec en échec, et moi, taraudé par un sentiment d'impuissance, de gêne et d'indignité, je restais cantonné dans mon rôle d'observateur.

Passant le bras au-dessus du chien, je lui donnai un petit coup de poing sur l'épaule. Je me sentis un peu idiot de sacrifier à ce simulacre de complicité fraternelle. « Je vais veiller sur toi, dis-je, et tu vas veiller sur moi. »

Il ne réagit pas. Il se contenta de me regarder ouvrir la portière, sortir le sac et le hisser avec peine sur mon épaule. Et, tandis que je remontais à pas prudents vers la maison, je l'entendis faire une marche arrière et s'éloigner.

J'entrai silencieusement, déposai le sac au fond du placard de l'entrée, puis étendis ma veste par-dessus.

Il y avait une porte coulissante de chaque côté du couloir ; celle de droite donnait sur la salle à manger, celle de gauche sur le salon. Toutes deux étaient fermées. Celle de la salle à manger était rarement ouverte : nous mangions toujours dans la cuisine, à l'exception des très rares fois où nous avions de la visite. La porte du salon, en revanche, n'était close que lorsque nous faisions du feu.

Au bout, le couloir donnait à gauche sur l'escalier et à droite sur un long passage étroit. L'escalier menait à l'étage, et le passage à la cuisine, sur l'arrière de la maison. Le fond du couloir était plongé dans l'obscurité.

J'ouvris la porte du salon. Sarah était en train de lire dans un fauteuil devant le feu. Elle leva la tête en me voyant entrer. Elle était grande avec des yeux marron et des cheveux blond vénitien qui lui arrivaient aux épaules. Elle avait mis un rouge à lèvres incarnat, et, devant, ses cheveux étaient retenus par une barrette. Ces deux éléments, le rouge et la barrette, la faisaient paraître plus jeune, plus vulnérable qu'elle ne l'était en réalité. Elle portait son peignoir blanc, avec ses initiales brodées de fil bleu au-dessus du cœur. Comme les pans du tissu-éponge masquaient un peu la distension de son ventre, on aurait pu croire qu'elle n'avait qu'un oreiller sur les genoux. Près d'elle sur la table, était posé un bol de céréales à demi terminé.

Elle vit que je remarquai ce détail. « Oui, j'avais faim, dit-elle. Je ne savais pas quand tu allais rentrer. »

Je m'approchai pour l'embrasser sur le front mais, juste comme je me penchais, elle s'écria : « Oh ! » et, me saisissant la main, la posa sur son ventre sous le peignoir. « Tu le sens ? » interrogea-t-elle.

J'opinai. Le bébé donnait des coups de pied. Cela faisait comme un pouls irrégulier, deux coups appuyés suivis d'un autre plus léger. Je détestais qu'elle m'oblige à cela. C'était chaque fois le même sentiment de malaise : je sentais qu'il y avait quelque chose qui vivait en elle et s'en nourrissait à la manière d'un parasite. J'enlevai ma main en me forçant à sourire.

« Tu veux dîner ? demanda-t-elle. Je pourrais préparer une omelette.

— Non, ça va. »

Je m'assis dans le fauteuil en face de la cheminée. Je cherchais la meilleure façon de la mettre au courant pour l'argent, et soudain l'idée qu'elle pouvait ne pas être d'accord, qu'elle allait peut-être essayer de me faire rendre le tout, me traversa l'esprit. Cette pensée me conduisit à une prise de conscience dérangeante : j'entrevis pour la première fois combien je tenais à cet argent. Jusqu'à présent, avec Jacob et Lou, j'avais été celui qui menaçait d'y renoncer, et cela m'avait permis de nourrir l'illusion que je m'en désintéressais plus ou moins ; j'étais disposé à le garder, mais uniquement si l'on respectait au préalable certaines conditions très strictes. Et voici que maintenant, confronté à la possibilité d'être forcé à m'en défaire, je comprenais tout ce que ces conditions avaient d'artificiel. Je me rendais compte que je voulais cet argent et que j'étais prêt à presque tout pour le garder.

Son livre posé sur les genoux, une main sur son ventre, une expression rêveuse sur le visage, Sarah émergeait lentement.

« Alors ? demanda-t-elle. Comment ça s'est passé ?

— Ça a été », dis-je. Je ruminais toujours.

« Vous êtes restés tout ce temps au cimetière ? »

Je ne répondis pas. La pièce était sombre, uniquement éclairée par le feu et une petite lampe posée sur la table près de son fauteuil. Il y avait une pendule ancienne sur le manteau de la cheminée et une peau d'ours sur le sol, cadeaux de mariage de mes parents. Le tapis était en fourrure artificielle, les yeux en verre teinté et les dents en plastique. Sur le mur opposé était accroché un grand miroir dans un cadre en bois. J'y voyais tout un côté de la pièce, moi, Sarah et la cheminée.

Sarah se pencha vers moi. « Qu'est-ce que tu t'es fait au front ? »

Je touchai ma bosse. « Je me suis cogné.

— Tu t'es cogné ? Dans quoi ?

— Sarah, je vais te soumettre une hypothèse, d'accord ? Imagine que c'est un jeu. »

Elle posa son livre à l'envers sur la table et reprit son bol de céréales. « D'accord.

— C'est un problème d'éthique », précisai-je.

Elle prit une cuillerée de céréales, puis s'essuya la bouche du revers de la main, ce qui lui enleva un peu de rouge.

« Imagine que tu te promènes dans la campagne et que tu tombes sur un sac bourré d'argent.

— Combien d'argent ? »

Je fis semblant de réfléchir. « Quatre millions de dollars. »

Elle hocha la tête.

« Tu le gardes ou tu le rapportes aux autorités ?

— Cet argent, il appartient à quelqu'un ?

— Évidemment.

— Alors, ce serait du vol que de le garder. »

Je haussai les épaules. Ce n'était pas la direction que je souhaitais la voir prendre.

Elle parut à peine réfléchir avant de déclarer : « Je le rapporte.

— Tu le rapportes ?

— Bien sûr. Qu'est-ce que je ferais de quatre millions de dollars ? Tu me vois ramener autant d'argent à la maison ? »

Elle rit et prit une autre cuillerée de céréales.

« Imagine un peu tout ce que tu pourrais faire avec quatre millions de dollars. Tu pourrais refaire ta vie.

— Ce serait du vol, Hank. Je finirais par me faire prendre.

— Et si tu étais certaine de ne jamais te faire prendre ?

— Comment je pourrais en être certaine ?

— Tu saurais que personne ne recherche cet argent.

— Mais comment j'expliquerais les transformations de mon train de vie ? Mes toilettes, mes séjours aux Caraïbes, mes bijoux, mes visons ? Les gens commenceraient à se poser des questions.

— Tu t'en irais. Tu irais dans un endroit où personne ne te connaît. »

Elle secoua la tête. « J'aurais toujours l'angoisse de me faire pincer. Je n'en dormirais plus la nuit. » Elle contemplait ses ongles. Ils étaient écarlates, de la même couleur que la parka de Jacob. Elle essuya la trace de rouge à lèvres qu'elle avait sur le dos de la main. « Non, je le rapporterais. »

Je ne répondis pas. Sarah porta le bol à sa bouche pour boire ce qu'il restait de lait. Elle me regardait par-dessus le bord.

« Et toi, tu le garderais ? » interrogea-t-elle, le visage à demi dissimulé.

Je haussai les épaules, puis me penchai pour délacer mes chaussures.

Elle reposa son bol. « Il me semble que ce serait des ennuis à n'en plus finir.

— Supposons que le problème de te faire prendre n'existe plus. Supposons que cela ne puisse absolument pas arriver. »

Elle fronça les sourcils. « À qui est-il, cet argent ?

— Comment ça ? Mais il est à toi.

— Oui, mais à qui est-ce que je le vole ?

— À un trafiquant de drogue. À un braqueur de banque.

— Si c'est à un braqueur de banque, alors, l'argent appartient à la banque.

— Bon, alors, disons un trafiquant de drogue.

— Hank, tout ce que tu veux, c'est me faire dire que je le garderais.

— Et ce n'est vraiment pas pensable ?

— Sans doute que dans telle ou telle situation, j'y regarderais à deux fois avant de le rendre. »

Je ne savais pas quoi répondre. Ce n'était pas du tout ce que j'avais espéré.

Elle me regarda avec intensité. « Mais pourquoi me demandes-tu ça ? »

J'avais commis une erreur. Je pris soudain conscience que, dans l'absolu, moi non plus je n'aurais pas conservé cet argent. Je me levai pour retourner dans l'entrée.

« Où est-ce que tu vas ?

— Attends. »

J'allai tirer le sac du placard et le traînai derrière moi sur le carrelage de l'entrée et jusque dans le salon. Sarah avait repris son livre, mais elle le referma en me voyant arriver.

« Mais qu'est-ce que... », commença-t-elle.

J'apportai le sac devant elle, en dénouai le cordon et, d'un geste très théâtral, en vidai le contenu à ses pieds.

L'argent s'abattit en avalanche sur la peau d'ours, y formant un monticule.

Sarah le regarda, éberluée. Elle posa son livre sur la table. Sa bouche s'ouvrit, mais il n'en sortit aucun son.

J'étais debout devant elle, le sac à la main. « C'est des vrais », dis-je.

Elle continuait de fixer les liasses. Elle paraissait souffrir, comme si elle avait reçu un coup au plexus.

« Tu n'as pas à t'inquiéter », dis-je. Je m'accroupis, comme pour remettre l'argent dans le sac, mais, au lieu de cela, je me bornai à poser la main dessus. Les billets étaient encore froids, et leur papier souple et usé, pareil à un tissu. Des billets usagés, aux coins un peu abîmés, et je pensai à toutes les mains par lesquelles ils avaient dû passer avant d'arriver entre les miennes. Ils avaient transité par des quantités de portefeuilles, de sacs à main, de coffres-forts pour finalement aboutir ici, entassés sur le sol de mon salon.

« Ça vient du magasin ? demanda Sarah.

— Non. Je l'ai trouvé.

— Mais c'est à quelqu'un. Il y a forcément quelqu'un qui cherche à remettre la main dessus.

— Non, personne. »

Elle parut ne pas m'avoir entendu. « Il y a quatre millions de dollars là-dedans ?

— Quatre millions quatre cent mille dollars.

— Tu as trouvé ça avec Jacob ? »

Je fis signe que oui.

« Où cela ? »

Je lui racontai tout, le renard et Mary Beth, notre incursion dans le parc, la découverte de l'avion. Lorsque je lui parlai du corbeau, elle regarda mon front et une expression peinée, compatissante, passa sur son visage, mais elle ne dit rien.

Mon récit terminé, nous demeurâmes un moment silencieux. Je saisis une liasse de billets et la lui tendis. Je voulais qu'elle y touche, qu'elle goûte le contact de cette petite brique d'argent si dense, mais elle ne voulut pas la prendre.

« Tu veux le garder, n'est-ce pas ? demanda-t-elle.

— Je crois que oui. Je veux dire, je ne vois pas pourquoi on ne le garderait pas. »

Elle ne répondit pas. Elle posa les deux mains sur son ventre et eut l'air de penser à tout autre chose qu'à l'argent. Le bébé bougeait.

« Si on le garde, dis-je, l'argent ne sera plus jamais un problème.

— L'argent n'est pas un problème, Hank. Tu as une bonne place. On n'a pas besoin de ça. »

Fixant le feu, je réfléchis à ce qu'elle venait de dire. Comme les flammes vacillaient, je me levai pour ajouter une bûche.

Elle avait raison, bien sûr. Au contraire, sans doute, de Lou et de Jacob, et peut-être de mes parents, s'ils avaient vécu assez longtemps pour connaître la situation présente, nous ne pouvions prétendre que cet argent nous était nécessaire. Notre vie n'était pas une lutte de cet ordre. Nous étions des petits-bourgeois bon teint : lorsque nous nous inquiétions de l'avenir, ce n'était pas pour nous demander comment nous allions manger, payer les factures ou élever nos enfants, mais pour savoir comment mettre suffisamment d'argent de côté afin d'acheter une plus grande maison, une meilleure voiture, des appareils ménagers plus sophistiqués. Mais ne pas avoir besoin de cet argent ne nous empêchait pas d'en avoir envie, d'y voir un salut d'un autre genre, et de nous battre un peu pour le garder.

J'avais commencé des études de droit dans le but de devenir avocat, mais j'y avais renoncé après avoir raté mes examens. À présent, j'étais comptable dans le magasin d'alimentation pour bétail de mon patelin d'origine, ce même patelin que je m'étais juré de fuir pendant toute mon enfance. J'avais revu mes aspirations à la baisse pour ensuite me convaincre que cela pouvait aller. Mais cela n'allait pas, je le comprenais maintenant. Notre vie, à Sarah et à moi, connaissait des bornes, il y avait des limites à ce que nous pouvions faire, et le tas d'argent qui gisait à mes pieds les révélait, trahissant la banalité de nos aspirations, la médiocrité de nos rêves. Cet argent nous offrait une chance de quelque chose en plus.

Je cherchai le moyen de faire comprendre cela à Sarah.

« Mon boulot ne va pas nous mener bien loin, dis-je en tisonnant les braises. Je deviendrai un jour directeur, quand Tom Butler ne sera plus là, mais comme il n'est pas beaucoup plus vieux que moi, ce n'est pas pour demain, et le jour où cela arrivera, je serai moi-même à deux doigts de la retraite. »

Au cours des dernières années, il m'était plusieurs fois arrivé de me livrer à cette déprimante prospective, mais sans jamais l'exprimer à voix haute, et c'est avec étonnement que je m'entendis le faire ce soir-là. Il me semblait que ces paroles sortaient de la bouche d'un autre ; je me tus un instant pour les assimiler.

Sarah avait le visage calme, inexpressif, et cela me causa un second choc : elle n'était pas surprise par mes propos. Elle connaissait déjà aussi bien que moi mes possibilités de carrière au magasin. J'attendais qu'elle dise quelque chose, qu'elle se récrie un peu, mais elle n'en fit rien.

« Pense à la vie qu'on pourrait offrir à notre enfant, murmurai-je. La sécurité, les avantages. »

Elle ne me regardait pas. Elle fixait les liasses. Je me remis à tisonner le feu.

« C'est de l'argent égaré, Sarah. Personne ne sait où il est. Si nous le voulons, il est à nous.

— N'empêche que c'est du vol. Si tu te fais prendre, tu iras en prison.

— En le gardant, on ne fait de mal à personne. Pour qu'il y ait crime, il faut attenter à la vie de quelqu'un, non ? »

Elle secoua la tête. « C'est un acte criminel parce que c'est contraire à la loi. Tu seras arrêté, que tu aies ou non commis des actes de violence. Je ne veux pas me retrouver à élever seule un enfant parce que tu auras fait une bêtise et que tu moisiras en prison.

— Mais si c'est pour de bons motifs, pour qu'il en ressorte quelque chose de positif ? » Je commençais à patauger. Je voulais cet argent, et je voulais qu'elle le veuille.

Elle soupira, comme de dégoût. Lorsqu'elle reprit la parole, ce fut d'une voix plus forte. Elle s'énervait. « Je me fiche du côté moral de la chose, Hank. Je pense au risque de se faire pincer. Ça, c'est bien réel ; le reste n'est que bavardage. Si tu te fais prendre, tu iras en prison. Je te dirais de le garder s'il n'y avait pas ce risque. Mais ce risque, il existe, c'est pourquoi je ne veux pas. »

Je dressai l'oreille, stupéfait. J'avais d'emblée supposé que toute réticence de sa part à conserver l'argent s'appuierait sur des bases morales. Cela m'avait empli d'un sentiment d'impuissance ; il n'y avait pas à discuter face à ce genre d'arguments. Je découvrais à présent que tout était beaucoup plus simple : elle aurait bien voulu garder l'argent, mais elle craignait de se faire prendre. J'aurais d'ailleurs dû le comprendre dès le début. Sarah était avant tout quelqu'un de pragmatique — c'était la qualité que je préférais chez elle — , elle appréhendait toujours les choses à la base. Pour elle, la décision de garder l'argent devait reposer sur deux conditions très simples : la première — déjà acquise — était que cela n'implique pas de violences ; la seconde, que cela ne nous attire pas d'ennuis. Tout le reste, comme elle venait de le dire, n'était que bavardage.

Je lui exposai mon plan : « Cet argent est la seule preuve qu'on ait commis un délit. On peut le laisser dormir un moment et voir ce qui se passe. À la moindre alerte, on le brûle, et tout sera fini. »

Elle faisait la moue. Mais je vis que j'avais marqué un point.

« Il n'y a aucun risque, dis-je. On maîtrise la situation de bout en bout.

— Il y a toujours un risque, Hank.

— Mais, s'il n'y en avait pas, est-ce que tu le ferais ? »

Elle ne répondit pas.

« Est-ce que tu le ferais ? insistai-je.

— Vous avez déjà laissé pas mal d'indices.

— Des indices ?

— Comme vos traces dans la neige. Elles partent de la route, mènent droit à l'avion et en reviennent.

— Il va neiger demain, c'est prévu, répliquai-je triomphalement. Demain soir, elles auront disparu. »

Elle ébaucha un hochement de tête, suivi d'un haussement d'épaules. « Tu as touché le pilote. »

Je me renfrognai en repensant à Jacob interrogeant Jenkins au sujet d'un avion. Son initiative me parut à nouveau plus stupide qu'astucieuse.

« Si on te soupçonne pour une raison ou pour une autre, dit Sarah, ce sera facile de prouver que tu as été là-bas. Il suffit d'un cheveu, d'un bout de fil de ta veste. »

Je levai les mains, paumes vers le ciel. « Mais pourquoi veux-tu qu'on me soupçonne ? »

Elle répondit du tac au tac, mais elle aurait pu s'abstenir — je savais ce qu'elle allait dire : « À cause de Jacob et de son copain.

— Pas de problème avec Jacob, dis-je sans trop savoir si je le pensais vraiment. Il fera ce que je lui dirai.

— Et l'autre ?

— Du moment que c'est nous qui avons l'argent, nous le tenons. Nous aurons toujours la possibilité de le menacer de tout brûler.

— Et une fois le partage fait ?

— Il restera un risque. Il faudra faire avec. »

Elle paraissait réfléchir, le front plissé.

« Cela paraît un faible prix à payer », ajoutai-je.

Elle ne disait toujours rien.

« On pourra toujours brûler l'argent, Sarah. Et cela jusqu'au tout dernier moment. Ce serait idiot de renoncer maintenant, avant que quoi que ce soit n'ait commencé à aller de travers. »

Elle demeurait silencieuse, mais je voyais qu'elle était en train de prendre une décision. Je replaçai le tisonnier sur son râtelier, puis revins m'accroupir devant les billets. Sarah ne me regardait pas. Elle contemplait ses mains.

« Il faut que tu retournes à l'avion, dit-elle, et que tu rapportes une partie de cet argent.

— Que j'en rapporte une partie ? » Je ne saisissais pas.

« Juste une partie. Il va falloir que tu y ailles demain matin de bonne heure, comme ça, les traces seront recouvertes dans la journée.

— On le garde, alors ? fis-je, le corps parcouru d'une onde d'excitation.

— On va redéposer là-bas cinq cent mille dollars et garder le reste.

— Ça fait un sacré paquet d'argent.

— C'est ce qu'on va laisser là-bas.

— Un demi-million !

— Comme ça, on aura trois parts égales.

— On obtiendrait le même résultat en retranchant deux cent mille.

— Ce ne serait pas suffisant. Cinq cents, ça sera parfait. Personne n'abandonnerait une somme pareille. Comme ça, on sera au-dessus de tout soupçon.

— Je ne pense pas que... », commençai-je, mais elle ne me laissa pas terminer.

« Cinq cent mille, Hank. C'est ça, ou on laisse tomber. »

Je levai les yeux vers elle, surpris par la vigueur de son ton.

« Il faut pas être trop gourmand ; c'est ce qui pourrait nous perdre. »

Je réfléchis un instant, puis acquiesçai. « D'accord, dis-je. Va pour cinq cent mille. »

De peur qu'elle ne change d'avis, je comptai aussitôt cinquante liasses. Je les plaçai en piles à ses pieds, comme une offrande sur un autel, puis remis le reste dans le sac. De son fauteuil, Sarah me regardait faire.

« T'es contente ? » demandai-je en lui souriant.

Elle eut un geste vague de la main, comme pour chasser une mouche. « On ne se fera pas pincer, dit-elle. C'est ça qui compte. »

Je lui pris la main. « Oui, tu as raison. »

Elle me regarda, l'air soucieux. « Tu promets de tout brûler si les choses tournent mal ?

— Je te le promets. » Je montrai la cheminée. « Je ferai ça ici même. »

J'allai cacher le sac sous notre lit, tout au fond contre le mur, et glissai devant deux valises vides pour le dissimuler.

Nous avons veillé encore un peu. La télévision donnait un spectacle spécial pour le nouvel an. Quand l'orchestre a attaqué *Auld Lang Syne*, Sarah s'est mise à chanter, d'une voix frémissante, d'une beauté prenante. Nous buvions du cidre pétillant, non alcoolisé à cause du bébé. À minuit, nous avons trinqué, nous souhaitant le meilleur pour la nouvelle année.

Avant de dormir, nous fîmes l'amour, lentement, tendrement, Sarah agenouillée sur moi, le poids de son ventre reposant à plat sur le mien, ses seins lourds au-dessus de mon visage. Je les soutenais avec précaution dans la paume de mes mains, pinçant leur mamelon jusqu'à ce qu'elle geigne doucement, un gémissement sourd, animal, venu du plus profond de sa poitrine. Je pensai alors au bébé, me le représentai se balançant avec elle, enfermé dans sa bulle aqueuse, attendant de naître, et cette image déclencha en moi un étrange frisson de plaisir qui courut sur toute la surface de ma peau.

Sarah était maintenant allongée sur le dos à côté de moi. Elle me plaquait la main sur la peau tendue de son ventre. Nous étions serrés l'un contre l'autre sous les couvertures. Il faisait froid dans la chambre. Du givre se formait sur le pourtour des vitres.

Je prêtais l'oreille au bruit de sa respiration, essayant de deviner si elle était endormie. Son souffle était lent et régulier, mais tout son corps était tendu, comme dans l'attente que quelque chose se produise. Je lui effleurai le ventre d'une main légère. Elle n'eut pas de réaction.

Je commençais à glisser moi-même dans le sommeil, pensant au sac plein d'argent posé juste au-dessous de nous sur le plancher, au pilote mort dans son avion au milieu des ténèbres glacées au centre du verger infesté de corbeaux, quand Sarah tourna subitement la tête pour murmurer quelque chose.

« Quoi ? fis-je en émergeant péniblement.

— On devrait tout brûler sans attendre, tu crois pas ? »

Je me haussai sur un coude. Elle me regardait en clignant des yeux dans la pénombre.

« Des coups pareils, on s'en tire jamais », ajouta-t-elle.

J'enlevai ma main de son ventre et lui écartai les cheveux du visage. Sa peau était si pâle qu'elle semblait émettre une lueur. « Nous allons nous en tirer, dis-je. Nous savons parfaitement où nous allons. »

Elle secoua la tête. « Non, Hank. Nous sommes des gens tout ce qu'il y a de normal. Nous ne sommes pas assez dissimulateurs, pas assez malins pour ça.

— Nous sommes malins », dis-je. Je passai la main sur son visage pour qu'elle ferme les yeux. Puis je posai la tête à côté d'elle sur l'oreiller, me pelotonnant dans sa chaleur. « On ne se fera pas prendre. »

Je ne sais pas si je croyais vraiment à notre invulnérabilité. J'avais sûrement conscience, déjà à l'époque, des dangers de l'entreprise, je devais éprouver quelque crainte lorsque je me prenais à considérer toutes les difficultés qu'il restait encore à surmonter. Il y avait Jacob, Lou, Jenkins, l'avion, et cent autres façons que je ne pouvais que deviner, par lesquelles les ennuis pouvaient nous tomber dessus. À la base, je devais avoir peur pour la simple raison que je commettais un acte criminel. C'était quelque chose que je n'avais seulement jamais envisagé auparavant, quelque chose qui était suffisamment éloigné de mon champ d'expérience pour m'inspirer un sentiment d'égarement, sans même parler de la peur du châtiment. Mais je ne crois pas que ces considérations m'affectaient alors autant qu'elles me troublent aujourd'hui avec le recul. Je crois que j'étais heureux, je crois que je me sentais en sécurité. C'était la

Saint-Silvestre. J'avais trente ans, j'étais content de mon mariage et j'attendais la naissance de mon premier enfant. Ma femme et moi étions pelotonnés l'un contre l'autre, nous venions de faire l'amour, et, sous notre couche, cachés comme le trésor qu'ils étaient, il y avait quatre millions quatre cent mille dollars. Rien encore n'était allé de travers ; tout était encore tout neuf et plein de promesses. En y repensant aujourd'hui, je pourrais dire que ce moment fut par bien des côtés l'apogée de ma vie, le point vers lequel tendait tout ce qui avait précédé, et à partir duquel tout s'est ensuite effondré. Je ne pense pas qu'il m'aurait été possible d'imaginer que nous puissions être punis pour ce que nous faisions ; notre méfait paraissait trop insignifiant, notre chance trop insolente.

Sarah demeura un long moment silencieuse. « Promets-le-moi », dit-elle enfin en me prenant la main pour la replacer sur son ventre.

Tournant la tête, je lui murmurai à l'oreille : « Je te promets qu'on ne se fera pas pincer. »

Puis nous nous endormîmes.

3

Le lendemain matin, je me réveillai aux alentours de huit heures. Sarah était déjà levée. Je l'entendais qui prenait sa douche dans la salle de bains. Blotti sous les couvertures, bien au chaud, encore un peu endormi, j'écoutais la tuyauterie grincer sous la pression de l'eau.

Chez mes parents, les tuyaux produisaient des sons semblables chaque fois qu'on ouvrait un robinet. Quand j'étais petit, Jacob m'avait dit que les murs recelaient des fantômes qui gémissaient et cherchaient à s'en échapper. Une nuit, mes parents étaient rentrés ivres et s'étaient mis à danser dans la cuisine. J'avais six ans, peut-être sept. Réveillé par le bruit, j'étais arrivé juste à temps pour les voir trébucher par-dessus une chaise, le crâne paternel allant ouvrir dans la cloison un trou gros comme le poing. Terrorisé, je fis irruption dans la pièce avec du papier journal pour boucher le trou avant que les fantômes ne puissent s'échapper. À la vue de ce gamin en pyjama, les cheveux ébouriffés, en train de fourrer fébrilement du papier dans le mur, mes parents partirent d'un grand éclat de rire. C'est mon premier souvenir d'embarras et de honte. Ce matin-là pourtant, cela n'éveilla en moi nulle amertume mais une étrange nostalgie. Je pris conscience qu'ils me manquaient, et, l'esprit vagabondant, toujours un peu endormi, rêvant à demi, je les laissai peu à peu prendre notre place : ma mère, toute jeune, enceinte, faisait sa toilette à côté, tandis que mon père, couché dans la pénombre de la chambre, écoutait la tuyauterie grincer doucement derrière la cloison.

Je me les représentais toujours ainsi, aussi jeunes que Sarah et moi, avec la vie devant eux. Mais c'était plus un effet de mon imagination que de ma mémoire. En effet, je n'étais pas né depuis bien longtemps lorsque les choses avaient commencé de se dégrader, en sorte que les souvenirs que je conservais de mes parents, ceux qui me revenaient spontanément, dataient de l'époque où ils étaient déjà vieillissants, où tous deux buvaient trop et où la ferme était, sans qu'ils y prennent garde, en train de leur échapper.

La dernière fois que je vis mon père vivant, il était ivre. Il m'avait téléphoné au magasin un matin pour me demander, l'air gêné, si je pouvais venir jeter un coup d'œil à sa comptabilité. J'acceptai bien volontiers, moi aussi un peu embarrassé, mais également flatté, car c'était la première fois qu'il sollicitait vraiment mon aide.

Je me rendis à la ferme le soir même après mon travail. Mon père avait un petit bureau qui donnait directement sur la cuisine, et c'est là, sur la table à cartes pliante qui lui tenait lieu de table de travail, que je passai les cinquante minutes qui suivirent à débrouiller ses comptes. Il les tenait dans un énorme livre relié de cuir. C'était un enchevêtrement de nombres griffonnés à la hâte, de colonnes se mélangeant, d'opérations illisibles noircissant les marges. Il écrivait à l'encre, et, lorsqu'il faisait une erreur — ce qui semblait assez fréquent —, il raturait plutôt que d'effacer. Cependant, cette extrême confusion ne m'empêcha pas de comprendre instantanément que mes parents étaient sur le point de perdre leur ferme.

Je savais qu'ils avaient des problèmes, je le savais depuis toujours, mais je n'avais pas imaginé que c'en était arrivé à ce point. Ils devaient de l'argent à presque tout le monde, aux compagnies du téléphone, de l'eau, de l'électricité, à leur assureur, à leur médecin et au fisc. Encore heureux qu'ils n'aient pas eu de bétail, sinon, ils auraient également dû de l'argent à ma boîte. Ils n'avaient pas payé non plus la réparation de leur moissonneuse-batteuse, leurs commandes de carburant, de semences et d'engrais. Mais il ne s'agissait encore que de factures ; mes parents auraient fini, quoique avec peine, par les régler. C'était surtout à la banque que mon père devait de l'argent. Il s'était surendetté et avait mal géré son affaire. Il avait hypothéqué la maison, il avait hypothéqué les terres, et à présent il allait perdre l'ensemble. C'était une question de semaines.

J'œuvrai un moment, sans rien dire, à organiser les nombres

en colonnes cohérentes, à séparer le passif de l'actif, à effectuer des totaux. Assis sur un tabouret, mon père regardait par-dessus mon épaule. Ma mère et lui avaient déjà dîné, et il buvait du whisky dans un verre à jus de fruits. La porte du bureau était restée ouverte et nous entendions ma mère faire la vaisselle dans la cuisine. Quand je posai enfin mon stylo et me retournai vers lui, mon père me sourit. C'était un grand gaillard bien bâti, avec une bonne bedaine, des cheveux blonds qui se raréfiaient, et des yeux bleu pâle qui paraissaient petits pour son visage et se mouillaient de larmes chaque fois qu'il buvait trop.

« Alors ? interrogea-t-il.

— Vous allez être saisis, dis-je. À mon avis, ça ne va pas tarder. »

Je vis qu'il s'attendait à ce langage de ma part. Il était forcément au courant, la banque devait le mettre en garde depuis des mois, mais je crois qu'il espérait que je trouve une porte de sortie, quelque chose qui lui échappait parce qu'il n'était pas assez cultivé, pas assez familiarisé avec les arcanes de la comptabilité. Il quitta son tabouret pour aller fermer la porte, puis il revint s'asseoir.

« Qu'est-ce qu'on peut faire ? » me demanda-t-il.

Je levai les bras au ciel. « Pas grand-chose. Il est trop tard. »

Mon père réfléchit un moment. « Tu veux dire qu'après toutes ces additions et ces soustractions, tu trouves toujours pas le moyen de nous sortir de là ?

— Papa, tu dois de l'argent à des tas de gens. Comme tu n'es pas en mesure de tout régler, ils vont saisir la ferme.

— Personne va me prendre ma ferme.

— Tu as parlé avec la banque ? Est-ce qu'ils ne t'ont pas...

— Les banques, fit-il d'un ton méprisant. Tu crois que je vais laisser ma ferme à une banque ? »

C'est à cet instant que je me rendis compte qu'il était ivre, juste assez ivre pour sentir la chaleur de l'alcool courir dans ses veines. Pareil à un soporifique, l'alcool endormait ses sens, atténuait ses réactions.

« Tu n'as pas le choix », dis-je, mais il écarta cela d'un geste.

« Des solutions, j'en ai des tas. » Il se leva, posa son verre sur le tabouret. « Toi, tout ce que tu vois, c'est les chiffres, mais ça se borne pas à ça.

— Papa, tu vas être obligé de...

— Je vais être obligé de rien du tout. »

Je restai silencieux.

« Je vais me coucher, annonça-t-il. J'étais resté debout parce que je croyais que t'allais trouver le moyen de me débarrasser de toutes ces sangsues. »

Il sortit et je lui emboîtai le pas en cherchant quelque chose à dire. Ils allaient devoir prendre certaines dispositions, dont la moindre n'était pas de trouver un nouvel endroit où loger, mais je ne voyais pas comment aborder le sujet. C'était mon père ; il me semblait que je l'eusse insulté si je lui avais donné des conseils.

Ma mère se trouvait encore dans la cuisine. Sa vaisselle terminée, elle nettoyait un des plans de travail. Sans doute attendait-elle que nous en ayons fini, car elle laissa tomber son éponge et vint droit vers nous. Mon père passa devant elle et se dirigea vers l'escalier. J'allais le suivre, mais ma mère m'arrêta.

« Hank, non, me souffla-t-elle. Ça va aller. Il a juste besoin de dormir. »

Elle me prit par le coude pour m'entraîner vers la porte d'entrée. Elle était petite, mais robuste, et quand elle voulait que vous fassiez quelque chose, elle vous le faisait savoir. Présentement, elle voulait que je rentre chez moi.

Nous parlâmes un moment sur le seuil. Il faisait froid, il tombait de la bruine. Ma mère alluma la lampe extérieure, et tout se mit à luire.

« Tu es au courant ? » lui demandai-je.

Elle hocha la tête.

« Est-ce que vous avez discuté de ce que vous allez faire ?

— On va se débrouiller », dit-elle d'un ton égal.

Son calme, ajouté à l'aveuglement de mon père, me remplissait d'effroi. À croire qu'ils ne prenaient absolument pas la mesure de leur situation. « Mais enfin, Maman, c'est sérieux. Il va falloir que nous...

— Ça va aller, Hank. On va s'en tirer.

— Sarah et moi, nous pouvons vous dépanner de quelques milliers de dollars ou peut-être faire un emprunt. Je pourrais aussi aller voir quelqu'un à la banque. »

Mais elle secoua la tête. « Ton père et moi, on va devoir faire quelques sacrifices, voilà tout. T'inquiète pas pour nous. » Elle sourit et me tendit la joue.

Je l'embrassai, puis elle ouvrit la porte-moustiquaire. Je

voyais bien qu'elle ne voulait pas en parler, qu'elle refusait que je les aide. Elle me mettait dehors.

« Attention à la pluie, dit-elle. La chaussée va être glissante. »

Je courus jusqu'à la voiture. À peine étais-je monté que la lumière extérieure s'éteignit.

J'ai appelé mon père du bureau le lendemain matin. Je voulais qu'il vienne avec moi parler au directeur de la banque, mais il a refusé. Il m'a remercié de ma sollicitude, ajoutant que s'il avait besoin de mon aide, il me le ferait savoir. Sinon, je devais considérer qu'il maîtrisait la situation. Et il a raccroché.

Cela a été la dernière fois que je lui ai parlé. Deux jours plus tard, il était mort.

Sarah arrêta la douche et, comme pour combler ce silence soudain, une voix intérieure me murmura : *Tu as oublié d'aller au cimetière.*

C'était le jour de l'an, ce qui signifiait que Jacob et moi avions laissé passer une année sans nous rendre sur la tombe de nos parents. Je me mis à réfléchir à la chose et à débattre de son importance. Il me semblait qu'une pensée, le simple fait de se souvenir, comptait plus que la visite elle-même. Je ne voyais pas ce que notre présence physique au cimetière apportait de plus. Et puis, il s'en fallait d'une seule journée. Nous pourrions y aller dans l'après-midi, avec vingt-quatre heures de retard. J'étais certain que, compte tenu des circonstances, notre père nous pardonnerait cette petite entorse.

Cependant, je pris conscience que l'importance de cette visite découlait pour une bonne part de sa stricte observance, de ce qu'elle nous contraignait à réserver chaque année un après-midi bien particulier, à le libérer de toute obligation extérieure pour le consacrer à la mémoire de nos parents. Cette contrainte mineure était précisément ce qui lui donnait tout son poids. Le nouvel an constituait une date limite, que nous avions dépassée.

Je commençai d'envisager diverses formes possibles de pénitence pour cette transgression, dont toutes tournaient autour d'une fréquence accentuée des visites, et j'en étais arrivé à douze, soit une par mois, lorsque Sarah ressortit de la salle de bains.

Elle était nue, à l'exception d'une serviette jaune nouée

autour de la tête. Ses seins étaient si gonflés qu'ils en devenaient comiques sur sa petite carrure et évoquaient ces graffitis que tracent les galopins. Leurs mamelons rouge foncé faisaient comme deux blessures sur la blancheur de sa peau. Elle avait le ventre bas et lourd et gardait les deux mains dessous quand elle marchait, comme si c'eût été un paquet, et non une distension naturelle de son corps. Elle n'était gracieuse qu'au repos, quand, assise, elle affichait cet embonpoint de huit mois avec une singulière majesté, une élégance tout animale. Je la regardai se dandiner jusqu'aux fenêtres et relever les stores un à un.

La pièce s'emplit de lumière grise. Les arbres se dressaient, noirs et dénudés, sous un ciel bas. Il devait faire très froid.

J'avais les paupières mi-closes ; Sarah jeta un regard en direction du lit mais parut ne pas voir que j'étais éveillé. Elle déroula son turban et, penchée en avant, commença à se frictionner les cheveux. Son corps s'encadrait dans la fenêtre sur fond de ciel hivernal.

« On a oublié d'aller au cimetière », dis-je.

Elle leva un visage surpris, le buste toujours en avant. Puis elle continua de se sécher les cheveux. Lorsqu'elle eut terminé, elle se redressa et noua la serviette autour de sa poitrine.

« Tu vas pouvoir y aller cet après-midi, dit-elle. Une fois que tu seras retourné à l'avion. »

Elle vint s'asseoir sur le bord du lit, les jambes allongées, appuyée sur ses mains rejetées derrière elle. Je me redressai pour mieux la voir. Elle porta la main à sa bouche.

« Mon Dieu, mais tu es plein de sang. »

Je palpai ma bosse. Elle avait pratiquement disparu, mais une ligne de sang séché me barrait le front.

« Ça s'est rouvert pendant la nuit, dis-je.

— Est-ce que c'est douloureux ? »

Je secouai la tête en appuyant du bout des doigts sur la plaie. « Ça paraît guéri. »

Elle hocha la tête sans rien dire.

« Imagine qu'il m'ait frappé à l'œil », fis-je.

Sarah examina la blessure, mais avec une expression distraite. Elle pensait visiblement à autre chose.

« Tu devrais dire à Jacob que tu retournes à l'avion, dit-elle. Peut-être même l'emmener avec toi.

— Pourquoi ?

— Simple précaution. Il ne faudrait pas que lui ou Lou passe par là et voie ta voiture stationnée à cet endroit. Ils pourraient penser que tu manigances quelque chose derrière leur dos.

— Ça ne risque pas. Je serai revenu avant qu'ils soient levés.

— Ce n'est qu'une simple question de prudence, Hank. Et prudents, nous allons devoir l'être à partir de maintenant. Il va falloir tout prévoir en permanence. »

Je réfléchis un moment, puis acquiesçai sans grande conviction. Sarah me regardait attentivement, comme si elle s'était attendue à ce que je ne sois pas d'accord. Voyant que je ne lui opposais aucun argument, elle exerça une pression sur ma jambe.

« Mais nous n'allons pas lui dire que tu rapportes de l'argent. Tu vas le dissimuler sous ta veste et entrer seul dans l'avion.

— Tu penses qu'il pourrait retourner le prendre ?

— C'est possible. Jacob est humain. Ou bien il pourrait en parler à Lou. Et Lou le ferait, c'est sûr. » Elle se passa la main dans les cheveux. Humides, ils paraissaient plus foncés, presque châtains. « Comme ça, nous n'aurons pas à nous inquiéter. Nous saurons que cet argent est là-bas et que, s'il y est, nous n'avons rien à craindre. »

Elle me massa le pied à travers les couvertures. « D'accord ?

— D'accord. »

Souriante, elle se glissa jusqu'à moi pour m'embrasser sur le nez. Je sentis l'odeur de son shampooing, un parfum de citron. Je lui rendis son baiser sur la bouche.

Je me levai pour aller sous la douche, et Sarah, qui avait passé une robe de grossesse vert foncé, descendit préparer le petit déjeuner.

J'ouvris le robinet pour que l'eau vienne à température, puis allai examiner mon front dans le miroir. En son centre exact, il y avait un trou pas plus gros qu'une cicatrice d'acné. Du sang séché en partait en spirale, rehaussant la blessure comme les cercles d'une cible.

Je m'observai ainsi jusqu'à ce que la glace se couvrît de buée. Après avoir décollé avec l'ongle du pouce une partie du sang, j'enlevai mon pyjama. Je me sentais un peu bouffi, vaseux, comme si mon organisme avait su que c'était le nouvel an et en avait automatiquement conclu que j'avais la gueule de bois.

Au moment de passer sous la douche, je remarquai qu'il n'y avait pas de serviettes dans la salle de bains. Retournant dans la chambre, je trouvai Sarah accroupie près du lit, le sac posé à côté d'elle et des liasses de billets éparpillées sur la moquette.

Elle me regarda par-dessus son épaule avec un sourire où je crus lire une ombre de culpabilité. Un éclair de suspicion me parcourut. Je sus immédiatement qu'il était injustifié, qu'il provenait simplement de ma surprise de la trouver ici avec l'argent alors que je la croyais en bas dans la cuisine, et j'eus aussitôt le sentiment d'avoir été injuste à son égard, comme si je l'avais accusée à tort.

« Il me faudrait une serviette », dis-je. Figé de la sorte sur le seuil, nu comme un ver, je me sentais parfaitement ridicule. Je n'ai jamais aimé me promener ainsi dans la maison, pas même devant Sarah. Mon corps, l'espace qu'il occupe, la couleur de ma peau, tout cela m'a toujours inspiré de la gêne. Sarah est tout le contraire de moi. En été, les jours de canicule, elle aime flâner sans rien sur elle à travers la maison.

« Oh, Hank, excuse-moi. J'avais l'intention de t'en apporter une », dit-elle sans se lever.

Elle tenait une liasse dans chaque main. Je fis un pas en direction du couloir, puis m'arrêtai. « Qu'est-ce que tu fais ? » lui demandai-je.

Elle désigna le sac du menton. « Je voulais vérifier qu'ils n'étaient pas classés par numéros.

— Comment cela ?

— Si l'argent vient de l'attaque d'une banque, il se peut que les numéros de série se suivent. Dans ce cas, pas question de les utiliser.

— Et c'est le cas ?

— Non, ce sont des billets usagés. »

Je regardai l'argent étalé sur le sol. Elle l'avait très soigneusement rangé en piles de cinq liasses. « Veux-tu que je t'aide à les remettre dans le sac ?

— Non. Je suis en train de compter le tout.

— Mais c'est déjà fait. Jacob, Lou et moi, on a tout compté hier soir.

— Je tiens à le faire moi-même, sinon, cet argent ne me paraîtrait pas réel. »

Lorsque je ressortis de la douche, Sarah était descendue au rez-de-chaussée. Je l'entendais s'affairer dans la cuisine. Je regardai sous le lit et écartai une des valises vides. Le sac était bien là, poussé contre le mur, exactement dans la position où je l'avais laissé la veille.

Je remis la valise en place, m'habillai rapidement et me hâtai de descendre.

Après le petit déjeuner, je téléphonai à Jacob pour lui annoncer que nous devions retourner à l'avion.

« Retourner à l'avion ? répéta-t-il, l'air mal réveillé.

— Nous devons nous assurer que nous n'avons rien laissé derrière nous », dis-je.

J'appelais de la cuisine. Sarah, assise à la table, tricotait un pull-over pour le bébé tout en écoutant notre conversation. L'argent que j'avais compté la veille était posé près d'elle.

« Qu'est-ce qu'on aurait pu laisser derrière nous ? » demanda Jacob.

Je l'imaginais dans son petit appartement, allongé sur son lit, vêtu des mêmes vêtements que la veille, gros et gras, pas rasé, des couvertures douteuses bouchonnées à ses pieds, les stores baissés, le tout dans un remugle de bière éventée. « On n'a pas fait assez attention, dis-je. Il faut y retourner pour tout vérifier.

— Tu penses avoir laissé quelque chose ?

— Lou a balancé sa boîte de bière. »

Mon frère répéta avec une lassitude teintée d'agacement : « Sa boîte de bière ?

— Et moi, j'ai déplacé le pilote. Il faut le remettre comme il était. »

Jacob soupira.

« Il est possible aussi que j'aie laissé un peu de sang sur le plancher de l'avion.

— Du sang ?

— Oui, ma blessure au front. On peut apprendre pas mal de choses à partir d'un peu de sang. C'est pire que les empreintes digitales.

— Enfin, Hank, qui va remarquer deux gouttes de sang ?

— On ne peut pas prendre le risque.

— Je ne vais pas refaire tout ce chemin pour...

— On y retourne, dis-je en durcissant le ton. On va pas tout foutre par terre simplement parce que tu as la flemme de faire les choses comme il faut. » Ma voix était plus rogue que je ne le voulais, et cela eut un effet immédiat sur mes auditeurs. Sarah leva les yeux, étonnée. Et Jacob cessa de protester.

J'adressai un sourire rassurant à Sarah, et elle se remit à son tricot. « Je passe te prendre, dis-je. Ensuite, on pourra faire un crochet par le cimetière. »

Jacob émit un grognement sourd qui devint peu à peu syllabe : « Bon.

— Je passe dans une heure.

— Est-ce que j'appelle Lou ? »

Je réfléchis un instant, les yeux sur Sarah toujours en train de tricoter son petit chandail jaune. Je n'avais pas la moindre envie de passer la matinée en compagnie de Lou, surtout s'il avait la gueule de bois. « Non, dis-je. Il n'y a aucune raison pour qu'il vienne.

— Mais je peux lui dire qu'on y va ?

— Bien sûr. On est tous dans le même bateau. Pas de cachotteries entre nous. »

Nous n'arrivions pas à dissimuler l'argent sur ma personne pour que Jacob n'y voie que du feu. Il s'agissait de cinquante liasses de cent billets, ce qui revenait à cacher autant de petits livres de poche sur un seul homme. On m'en fourra dans les poches, dans les manches et les chaussettes, dans la ceinture. Au bout d'un moment toutefois, certaines parties de mon corps commencèrent à prendre une rondeur suspecte, et il restait encore quelques liasses à caser.

« Je ne crois pas que ça va marcher », dis-je finalement.

Nous étions toujours dans la cuisine. Avec ma parka sur le dos, je commençais à avoir chaud et à perdre patience. Mes vêtements bourrés de liasses me donnaient une impression de lourdeur ; le moindre mouvement en devenait gauche ; je me déplaçais avec la grâce d'un robot. Nous portions tous les deux des gants de ménage.

Sarah avait reculé de quelques pas pour me regarder de haut en bas. Je compris à son expression qu'elle n'était pas contente du résultat. « Peut-être que tu devrais tout simplement le transporter dans un sac.

— Dans un sac ? Et qu'est-ce que je raconterai à Jacob ? »

J'ouvris la fermeture Éclair de ma parka, et trois liasses en tombèrent, s'abattant sur le sol en une rapide succession. Sarah s'accroupit pour les ramasser.

« On pourrait peut-être en rapporter un peu moins ? » suggérai-je.

Elle ignora la proposition. « J'ai une idée », dit-elle. Elle tourna les talons et sortit rapidement de la pièce.

J'attendis son retour, tout raide, les bras loin du corps, pareil à un gros épouvantail. Elle revint en brandissant une pièce de nylon violet décorée d'un dinosaure de dessin animé. « C'est pour porter le bébé, dit-elle, apparemment très contente de son achat. J'ai vu cela dans un catalogue. »

J'enlevai ma parka, et elle entreprit de me harnacher, réglant les bretelles du sac pour qu'il m'arrive à la hauteur de l'estomac. Puis elle fourra l'argent dans un sac-poubelle et glissa le tout à l'intérieur. Lorsque ce fut fait, je remis la parka. Fermeture Éclair remontée, mon abdomen saillait indéniablement, mais l'ampleur du vêtement arrondissait les angles.

« Tu as l'air un peu grassouillet, dit Sarah en me tapotant le ventre. Mais ce n'est pas Jacob qui va te faire des remarques là-dessus.

— Dis plutôt que j'ai l'air enceint. On dirait toi. »

Petit et moche, le bourg d'Ashenville se composait en fait de deux artères, Main Street et Tyler Street, dont un feu orange clignotant marquait l'intersection. À chaque coin de ce carrefour s'élevait une des institutions essentielles de cette modeste municipalité : l'hôtel de ville, le magasin d'aliments pour bétail, l'église épiscopalienne St. Jude, et la Banque d'épargne d'Ashenville. Le reste de l'agglomération, succession hétéroclite de constructions de plain-pied ou à un étage, s'étirait à partir de ces quatre établissements de chaque côté de Main et de Tyler : la poste, la caserne des pompiers bénévoles, un petit supermarché, une station-service, une pharmacie, un restaurant, une quincaillerie, une laverie automatique, deux bars, une armurerie, une pizzeria.

Tous ces bâtiments avaient en commun un air de grisaille, d'universelle dégradation qui ne laissait pas de me déprimer chaque fois que je passais devant. Sur leurs flancs, la peinture se décollait en longues pelades des bardeaux, à croire qu'ils étaient en train de muer ; du papier journal jauni recouvrait les vitres fêlées ; des gouttières pendaient ; des volets battaient au vent ; et les toitures étaient tachées de grands espaces noirs, là où les tempêtes avaient arraché des pièces de bardage. C'était une agglomération pauvre, un bourg agricole qui avait connu sa période faste soixante ans plus tôt, dans la décennie précédant la Dépression, un bourg dont la population décroissait réguliè-rement à chaque recensement depuis 1930 et qui se crampon-nait comme une sangsue aux terres environnantes pour n'en tirer que la subsistance nécessaire à sa survie, un bourg replié sur lui-même, recru de soucis, moribond.

Il était neuf heures et demie lorsque je me garai devant la quincaillerie au-dessus de laquelle habitait Jacob. Ashenville était silencieuse, ses trottoirs déserts. La pâle lumière qui filtrait à travers la couche nuageuse lui conférait un aspect blafard et fatigué, comme si, à l'instar de ses habitants, elle eût étrenné la nouvelle année avec une gueule de bois, des jambes en coton et une bouche pâteuse. Des décorations de Noël étaient accro-chées aux réverbères qui bordaient la rue ; c'était des articles de pacotille verts, rouges et blancs, des bonshommes de neige, des rennes, des pères Noël, des sucres d'orge, qui paraissaient défraîchis et miteux, comme ces objets de rebut que l'on trouve dans les brocantes.

Adossé à un parcmètre, Jacob m'attendait dans la rue en compagnie de Mary Beth. J'étais soulagé de n'avoir pas à monter chez lui ; je m'étais toujours senti mal à l'aise dans ce lieu qui illustrait son échec. Jacob vivait dans la misère : son studio était sombre et crasseux, plein de meubles délabrés et jonché de restes de nourriture. Qu'il pût vivre, manger et dormir dans un tel endroit me remplissait d'un déplaisant mélange de pitié et de mépris.

En plusieurs occasions, j'avais tenté d'aider mon frère, mais cela n'avait jamais marché. La dernière fois, c'était juste après l'accident de nos parents, sept ans plus tôt. Je lui avais proposé un emploi à temps partiel au magasin. Il s'agissait de faire les livraisons avec le fourgon. Lorsque nous étions gamins, c'était un semi-attardé qui occupait ce poste, un géant aux mouve-ments lents, aux traits mongoloïdes, qui parlait d'une voix aiguë, ponctuée de hochements de tête et de rires sans objet, et que nul ne comprenait. Cela remontait à des années, et je l'avais complètement oublié, mais pas Jacob. Se sentant insulté, il était entré dans une colère comme je ne lui en avais jamais vu. Pendant un instant, je crus même qu'il allait me frapper.

« Je voulais juste t'aider, dis-je.

— M'aider ? répéta-t-il avec un sourire mauvais. Fiche-moi la paix, Hank. C'est comme ça que tu m'aideras le mieux. T'occupe pas de moi, c'est tout ce que je te demande. »

Et c'est à peu près tout ce que j'avais fait depuis lors.

Jacob fit monter Mary Beth sur le banquette arrière du break, puis il prit place à côté de moi en respirant bruyamment par la bouche, comme s'il venait de monter des escaliers quatre à quatre. Il tenait un gobelet de café à la main, et, après avoir refermé la portière, il tira de la poche de sa veste une serviette en papier graisseuse dans laquelle était emballé un sandwich à l'œuf frit, généreusement garni de ketchup, qu'il commença immédiatement à manger.

Je démarrai tout en le considérant. Il portait sa parka rouge vif, couleur qui soulignait la pâleur de son visage. Il n'était pas rasé ; il avait les cheveux gras et en désordre. Ses verres de lunettes étaient maculés de crasse.

« Tu es sorti avec Lou hier soir ? » demandai-je. Le sac pesait sur mon ventre, et le devant de ma veste touchait le volant. Cela me paraissait absurdement évident, et je prenais sur moi pour ne pas baisser les yeux.

Jacob hocha la tête, la bouche pleine de pain, d'œuf et de ketchup.

« C'était bien ? »

Il hocha de nouveau la tête, s'essuyant les lèvres d'un revers de main.

« Où est-ce que vous êtes allés ? »

Il déglutit, but une gorgée de café. Je remarquai que son café ne fumait pas : il était froid. Cette pensée me souleva le cœur.

« Au Palace, dit-il. À Metamora.

— Toi, Lou et Nancy ? »

Il acquiesça, et nous roulâmes un moment en silence. Mary Beth avait la tête posée sur le dossier, près de l'épaule de son maître. Nous étions maintenant en pleine campagne. On apercevait dans le lointain une vieille grange brune de guingois, avec une toiture qui se creusait, et, massé à l'arrière, un troupeau de vaches noires et blanches. Le temps était calme et gris, il ne faisait ni bon ni particulièrement froid, la température oscillant juste au-dessous de zéro. S'il devait neiger, comme c'était prévu, ce serait une neige molle et humide.

Je m'éclaircis la gorge pour parler, mais me ravisai. Jacob termina son sandwich, puis il roula en boule sa serviette en papier et la posa sur le tableau de bord. J'y jetai un regard dégoûté.

J'avais une question à lui poser, mais je pressentais qu'il la prendrait mal. Je finis par me lancer : « Tu crois qu'il en a parlé à Nancy ?

— Fiche-lui la paix », répondit-il.

Je lui lançai un rapide coup d'œil pour voir son expression, mais il regardait les champs qui défilaient sur la droite.

Je freinai et me rangeai sur le bas-côté. Mary Beth glissa et tomba sur le plancher. « Il lui en a parlé, n'est-ce pas ? »

Nous étions près de l'endroit où nous avions compté l'argent la veille au soir. Il n'y avait ni maisons ni voitures en vue. Le paysage était dépourvu d'arbres et d'une blancheur éclatante.

Jacob se détourna de la fenêtre. Il avait un visage fatigué. « Ecoute, Hank, allons-y, que ce soit fait. »

Je serrai le frein à main. Le chien remonta sur la banquette en gémissant. Nous ne fîmes pas attention à lui.

« Il faudra bien qu'il la mette au courant un jour ou l'autre, non ? dit Jacob. Comment veux-tu qu'il reçoive sa part sans qu'elle le sache ?

— Tu veux dire qu'elle est déjà au courant ? » Je pris une profonde inspiration. J'avais pris un ton paniqué, je m'en rendais bien compte moi-même.

« Me raconte pas que t'as rien dit à Sarah.

— Si, justement. »

Il me regarda, l'air d'attendre que je revienne sur mon mensonge.

« Alors, il lui en a parlé, oui ou non ? »

Il continuait de me fixer. Il parut sur le point de prendre une décision, mais il mit un terme à sa réflexion et tourna de nouveau la tête vers la fenêtre.

« J'en sais rien », dit-il.

Je ne bronchai pas. Bien sûr, pensai-je, que Lou l'a mise au courant. Tout comme j'ai mis Sarah au courant. Et Jacob n'est pas dupe. Je réfléchis un instant à l'importance que tout ceci pouvait avoir : Jacob m'avait menti, je lui avais menti en retour, et chacun savait que l'autre avait menti. C'en était presque drôle, et ça me fit sourire.

Jacob montra la route. « Allons-y, dit-il d'un ton las. Finissons-en avec ça. »

On arriva au parc naturel par la même route que la veille : on franchit le pont sur Anders Creek pour ensuite longer la lisière sud en laissant sur notre gauche la ferme de Dwight Pederson.

Un chien était posté à l'entrée du chemin des Pederson, un grand colley qui donna de la voix à notre passage. Mary Beth aboya en retour, ce qui nous fit sursauter, puis, la queue en l'air, il se tourna pour regarder le colley disparaître au loin.

J'arrêtai la voiture près de la trace laissée dans le talus par le pare-chocs du pick-up. J'étais horrifié par les marques que je voyais de notre passage. Partant de la route, nos empreintes ouvraient dans la neige une large estafilade qui s'enfonçait tout droit dans les bois. N'importe quel automobiliste passant par là les aurait immédiatement remarquées.

A gauche, la trace du renard barrait les champs enneigés en direction de la ferme de Pederson, ligne droite de pointillés noirs et précis. Je la suivis des yeux.

« Tu comptes laisser la voiture ici, bien en évidence ? » s'enquit Jacob.

J'y réfléchis une seconde. Il avait raison, bien sûr, mais je ne voyais pas d'autre solution. « Où veux-tu qu'on la cache ?

— On pourrait faire le tour jusqu'à l'entrée du parc et la garer à l'intérieur. »

J'avais déjà réfléchi à cette possibilité et j'y avais renoncé. J'en énonçai les raisons une à une : « La grille sera peut-être fermée, le chasse-neige n'a certainement pas déblayé le chemin, et puis, sans nos traces pour nous conduire à l'avion, on risque de se perdre. »

Jacob jeta un coup d'œil en direction du pont. « Ça paraît quand même pas très prudent de la laisser ici.

— On a bien laissé ton pick-up au même endroit hier.

— Hier, on savait pas ce qu'on allait trouver là-dedans.

— Ça va aller, Jacob. On ne va pas traîner. On y va et on revient aussi sec.

— On devrait peut-être laisser tomber. »

Je vis qu'il transpirait abondamment, une sueur de lendemain de cuite, qui sentait fort comme un fruit trop mûr. Et je compris en fait qu'il ne s'inquiétait pas, de ce que quelqu'un pût voir la voiture, mais qu'il n'avait pas du tout envie de retraverser les bois.

« Tu as trop bu hier soir, n'est-ce pas ? »

Il ignora ma question et s'essuya le visage de la manche de sa parka, laissant une tache sombre sur le tissu. « Ma camionnette hier, ta voiture aujourd'hui. On pourrait commencer à se poser des questions. »

Je détachai ma ceinture de sécurité et, sur le point de descendre de voiture, je sentis sur mon estomac le poids du sac contenant l'argent. Ce serait plus facile, pensai-je subitement, s'il ne venait pas. Je me tournai vers lui. Il avait une grande tache de ketchup en travers du menton.

« Voilà comment on va procéder : toi, tu vas rester ici. Et moi, je vais faire ce qu'il y a à faire et revenir aussi vite que possible. Si quelqu'un arrive pendant que je suis parti, tu n'as qu'à dire que tu répares quelque chose qui cloche sur la voiture.

— Et si ce quelqu'un propose de me donner un coup de main ?

— Tu lui fais la causette.

— La causette ? Bordel, mais qu'est-ce que tu veux que je raconte ? » Il parlait moins fort et plus difficilement ; je n'aurais su dire si c'était l'effet de la fatigue ou du mécontentement.

« Tu dis que tout va bien, que tu as réussi à réparer.

— Et pour les traces, qu'est-ce que je dis ? » Il esquissa un geste en direction des bois.

« Je vais emmener le chien avec moi. Si on te pose la question, tu racontes que Mary Beth s'est sauvé, et que Lou et moi, on est partis à sa recherche.

— Si quelqu'un se pointe, ça nous amènera que des emmerdes. Quand on découvrira l'avion, on se rappellera qu'on nous a vus traîner par ici.

— On ne découvrira pas l'avion avant le printemps. Après tout ce temps, personne ne se souviendra de rien.

— Et si le shérif repassait par ici ? »

Je m'étais efforcé de chasser Jenkins de mes pensées. « Ça ne risque pas, dis-je avec une confiance exagérée. Il a fini tard hier soir. Je te garantis qu'il est encore dans son lit.

— Et sinon ?

— S'il passe par ici, dis-lui qu'on a perdu quelque chose ici hier soir. Dis-lui que j'ai laissé tomber mon bonnet dans les bois et que je suis venu le récupérer.

— Hier, tu m'as engueulé parce que je prenais des risques. Tout ça me paraît bien plus risqué.

— C'est un risque nécessaire, Jacob. C'est toute la différence.

— Je vois pas ce qu'il a de si nécessaire. »

Je haussai les épaules, feignant l'indifférence. « Si tu y tiens, on peut brûler l'argent tout de suite. Cela m'évitera d'aller crapahuter dans la neige.

— Je veux pas qu'on brûle l'argent, je veux partir d'ici.

— Moi, j'y vais, Jacob. Toi, tu as le choix : soit tu restes ici à monter la garde, soit tu m'accompagnes. »

Il y eut un long silence pendant lequel il chercha une échappatoire. N'en trouvant aucune, il finit par dire : « Je vais rester ici. »

Je mis un bonnet de laine, du même bleu foncé que ma veste et mes gants. Puis je pris la clé de contact et la glissai dans ma poche.

Mary Beth courait en avant, disparaissait entre les arbres, puis s'en revenait au galop dans le tintement des grelots de son collier, le pelage éclaboussé de neige. Il décrivait quelques petits cercles autour de moi et repartait de plus belle. Je marchais à sa suite. Je me sentais bien ; l'air vif me réveillait, me revigorait.

Il me fallut une quinzaine de minutes pour atteindre les abords du verger. Je m'immobilisai, le temps d'examiner les alentours. L'avion était toujours au centre de la cuvette. Sa coque de métal luisait comme de l'argent poli entre les branches sombres des pommiers. Tout autour, nos traces de la veille creusaient des trous noirs dans la neige.

Une brise s'éleva, faisant bruire les arbres. Elle était chargée d'une légère humidité annonciatrice d'un changement imminent. Je levai les yeux. Le ciel était d'un gris profond, presque uniforme : il n'allait pas tarder à neiger.

Les corbeaux colonisaient toujours le verger. Je ne les remarquai pas depuis le bord de la cuvette mais, dès que je commençai d'y descendre, ils me semblèrent être partout, se déplaçant sans cesse d'arbre en arbre, croassant sans trêve comme s'ils se chamaillaient.

Je me dirigeais vers l'épave, soutenant des deux mains le poids du sac kangourou, le chien sur mes talons.

La porte de l'avion béait exactement comme nous l'avions laissée. Je vis la longue et peu profonde empreinte laissée par le sac sur la neige, lorsque je l'avais sorti de l'appareil. Mary Beth tournait autour de la carlingue, le nez au vent.

Je passai la tête par la porte, attendis que mes yeux

s'habituent à la pénombre, puis me glissai tout entier à l'intérieur. Comme Jacob était resté seul dans la voiture au bord de la route et vu tous les problèmes qui pouvaient en résulter, j'avais résolu d'opérer rapidement. Sitôt à l'intérieur, je sentis sur mon visage la même tiédeur que la veille, la même lourdeur de l'air, et le souvenir de l'oiseau s'imposa brusquement à mon esprit.

Je m'accroupis sur le sol, à l'endroit exact où j'avais trouvé le sac, m'appuyai de la main droite contre la paroi afin de garder l'équilibre et me mis à scruter la pénombre en direction du poste de pilotage.

Le pilote était sur son siège, dans la même position que la veille. Il avait la tête basculée en arrière, comme s'il regardait vers la queue de l'avion, et les bras tendus de chaque côté du corps, comme crucifié. Il avait gardé la même expression lugubre : les anneaux blanchâtres que dessinait l'os à nu autour de ses orbites donnaient à ses yeux un air de chagrin grotesque ; la chandelle de sang gelé pendait toujours de son nez jusque sous son menton, et le bout de sa langue, noire et gonflée, dépassait d'entre ses lèvres.

Je frappai le fuselage du plat de la main.

« Allez ! criai-je. Fiche le camp ! »

Ma voix résonna dans la coque métallique. Mary Beth s'approcha de la porte en reniflant bruyamment. Il émit un petit gémissement mais ne passa pas la tête à l'intérieur. Rien ne bougeait à l'avant.

« Allez ! » hurlai-je à nouveau. Et de taper du pied sur le plancher.

J'attendis, mais rien ne se produisit. Alors, certain d'être la seule créature vivante dans l'appareil, je me relevai et inspectai le plancher, à la recherche d'éventuelles taches de sang. Je n'en vis aucune. J'ouvris alors la fermeture Éclair de ma parka et avançai lentement vers l'avant.

Progressant à demi courbé, j'arrivai derrière le pilote. Mais où laisser l'argent ? J'avais pensé le déposer sur le siège du copilote, mais je comprenais à présent que cela ne pouvait convenir, car il serait tombé au moment du crash. J'allais devoir le mettre aux pieds du mort, tout contre le nez de l'avion.

Je tirai le sac-poubelle du porte-bébé et l'essuyai pour en effacer toute empreinte digitale, puis je le glissai entre les deux fauteuils jusqu'à la paroi avant de l'avion. Mon dos se couvrait d'une sueur froide. Je retenais mon souffle et cela me donna un début de vertige.

Lorsque j'eus poussé l'argent aussi loin que possible, je me relevai, saisis le cadavre par les épaules et le fis basculer vers l'avant. Il se prêta au mouvement avec une surprenante facilité, ses pieds glissant vers l'arrière. Au dernier moment, sa tête roula vers l'avant et percuta le tableau de bord avec un bruit mat, pareil à celui d'une batte de base-ball frappant la balle. La stalactite de sang alla se briser sur le sol.

Je pris une goulée d'air et reculai. Lorsque je me redressai, le haut de mon bonnet de laine rencontra le plafond. Je restai un moment immobile à réfléchir : j'avais vérifié qu'il n'y avait pas de sang, j'avais déposé l'argent et changé le pilote de position. J'avais fait tout ce que j'avais à faire.

Après avoir refermé ma veste, je tournai les talons, avançai d'un pas et m'immobilisai. Juste à l'entrée, deux oiseaux m'observaient. C'était très étrange, comme si j'avais imaginé ces deux ombres avant même de les voir, leur image flottant dans ma tête tandis que je me retournais. Comme si je les avais créées par l'effet de ma volonté.

Je les fixai. Ils ne bougèrent pas d'un pouce.

J'agitai les bras. « Barrez-vous ! » hurlai-je.

L'un d'eux recula. L'autre resta sur place.

Très lentement, je fis un pas en avant. Le premier battit en retraite jusqu'à la porte et s'arrêta pour me regarder. La lumière du dehors faisait luire son plumage. L'autre déploya les ailes comme pour m'intimider. Il balança la tête d'un côté et de l'autre, puis allongea le cou et croassa. Son cri résonna contre les parois de l'avion. Le silence revenu, il replia les ailes et fit un pas hésitant dans ma direction.

« Dehors ! » hurlai-je.

Le premier corbeau jeta un petit cri et, d'un saut, disparut par la porte. Je l'entendis s'éloigner dans un bruissement d'ailes. Mais l'autre demeurait immobile, me regardant tantôt d'un œil, tantôt de l'autre.

Je m'approchai en frappant le plancher de mes bottes.

L'oiseau recula vers l'arrière de l'avion et déploya à nouveau les ailes.

Je ne le quittais pas des yeux. « Je m'en vais », dis-je, comme un idiot. Je fis deux pas de plus vers la sortie.

Les ailes toujours déployées, il s'enfonçait dans la pénombre de l'arrière. J'étais contraint d'avancer courbé, et mes semelles raclaient bruyamment le plancher.

Parvenu à la porte, je sortis à reculons pour continuer à surveiller l'oiseau. Il leva les ailes un peu plus haut et tourna la tête pour me regarder disparaître.

« Je m'en vais », dis-je à nouveau en me faufilant à l'extérieur.

Dehors, tout comme la veille, le monde me parut plus lumineux. Je m'accotai à la porte et, d'une violente poussée, la refermai. Elle pivota avec un fort grincement métallique.

Mary Beth avait disparu. Je suivis des yeux sa trace. Il était reparti vers la route. Je l'appelai par deux fois, sans grande conviction, puis renonçai, supposant qu'il avait déjà retrouvé Jacob à la voiture.

Tout en gravissant la pente menant vers les bois, je sentis qu'il y avait un élément nouveau dans les parages, autre chose que l'accroissement apparent de la luminosité. Il fallut que j'arrive en haut de la cuvette pour comprendre ce que c'était. Il s'agissait du ronronnement plaintif et sourd d'une motoneige. Le bruit semblait venir de la route.

Je me figeai, tendu de tout mon être, me demandant ce que cela pouvait signifier. Le vent était retombé, il faisait plus doux ; levant les yeux, je vis qu'au lieu de s'obscurcir pour la tempête annoncée, le ciel se dégageait. On voyait même une grande tache de bleu vers le sud.

Le bourdonnement de la motoneige croissait en volume ; elle était encore loin, mais elle se rapprochait. Dans le verger, les corbeaux se lançaient des appels sonores.

Je jetai un dernier coup d'œil à l'avion, qui luisait faiblement au fond de la dépression, puis partis en courant vers la route.

J'aurais voulu écouter la motoneige, mais le bruit de ma respiration, de mes bras contre ma parka, de mes chaussures sur la neige ainsi que la masse serrée des arbres m'en empêchaient. Le sol était glissant, mes bottes trop lourdes, et je me fatiguai rapidement. Au bout de quelques minutes, alors que je n'étais encore qu'à mi-chemin de la route, je ralentis et me mis à marcher. Dès que je cessai de courir, j'entendis à nouveau le moteur. Tout près à présent. La motoneige devait être droit devant, seulement masquée par le rideau des arbres. J'entendis Mary Beth aboyer. Je marchai une vingtaine de mètres pour laisser mon cœur se calmer un peu, puis je pris une longue inspiration et recommençai à courir.

Je vis d'abord la voiture, mon break vert foncé garé sur le bas-côté de la route. Il m'apparut comme une ombre se matérialisant soudain entre les fûts des arbres. Puis je vis mon frère, debout devant la voiture, pareil à une énorme balise rouge. Près de lui se trouvait un homme beaucoup plus petit, et cet homme était assis sur la motoneige, dont le moteur tournait au ralenti et crachotait un épais nuage de fumée gris pâle.

L'homme portait une veste de chasse orange et un fusil en bandoulière. Je le reconnus immédiatement : c'était le vieux Dwight Pederson.

Je cessai aussitôt de courir. Il me restait encore une trentaine de mètres avant d'atteindre la route, mais sortir des bois en courant comme un fou ne pourrait qu'aggraver les dégâts qu'avait sans doute causés Jacob en parlant avec le vieillard. Je devais me déplacer lentement, réagir plutôt qu'agir. Je glissai les mains dans mes poches et adoptai un pas tranquille, afin de donner une impression de calme, de confiance et de détachement.

Perderson fut le premier à me voir. Il me fixa un instant, ne me reconnaissant apparemment pas, puis il me salua en levant à demi la main. Je lui rendis son salut en souriant. Jacob parlait à toute vitesse. Je n'entendais pas ce qu'il disait, mais il semblait en violent désaccord avec Pederson. Il secoua la tête et fit le geste de trancher. Quand il vit l'autre me saluer, il jeta un regard paniqué vers les bois, mais sans cesser de parler. Pederson paraissait l'ignorer. Il actionna la poignée des gaz de son engin, puis il eut une parole brève à l'adresse de Jacob en montrant du doigt la neige devant eux.

Ensuite, tout se passa très vite.

Jacob fit un pas vers le vieillard, arma son poing et lui assena à toute volée un coup à la tempe. Pederson tomba de côté et s'effondra sur le bord de la chaussée, complètement inerte, le fusil tombé de l'épaule, la jambe gauche sur le siège de sa machine. Emporté par son élan, Jacob culbuta sur l'arrière de la motoneige et s'affala en plein sur le vieux.

Mary Beth se mit à aboyer.

Jacob luttait pour se relever, mais ses gants glissaient dans la neige et il n'y arrivait pas. Il avait perdu ses lunettes, et, toujours à terre, il tapota autour de lui jusqu'à ce qu'il les retrouve. Il les remit sur son nez et s'évertua à se redresser. Lorsqu'il fut à genoux, il reprit son souffle, puis, au prix d'un effort apparemment surhumain, il se remit debout.

Le moteur de la motoneige tournait encore, au ralenti. Le chien s'approcha prudemment de Jacob en agitant la queue d'un air hésitant.

Jacob était debout, immobile. Il porta son gant à son visage, l'en écarta pour l'inspecter, puis s'en couvrit à nouveau le nez et la bouche.

Je n'avais pas bronché. J'avais suivi la scène avec horreur et j'avais du mal à sortir de mon hébétude. Je fis un seul pas vers la route.

Tout à coup, Jacob donna un coup de pied à Perderson. Il le frappa ainsi à deux reprises, de toutes ses forces, une fois à la poitrine et une fois à la tête. Puis il arrêta, porta à nouveau la main à son visage et se tourna dans ma direction.

Mary Beth se remit à aboyer.

« Oh, Jacob », dis-je à voix basse, comme pour moi-même. Puis je courus vers mon frère.

Jacob, le bas du visage caché dans son gant, me regardait venir à lui.

Le moteur de la motoneige avait des ratés et menaçait de caler. La première chose que je fis en arrivant sur la route fut de couper le contact.

Jacob pleurait, chose que je ne l'avais pas vu faire depuis notre enfance, et il me fallut un moment pour comprendre que c'était bien ce qui arrivait. Il ne sanglotait pas, il ne gémissait pas, cela n'avait rien de violent ou de théâtral ; tout simplement, il chialait. Les larmes roulaient lentement sur ses joues, et sa respiration était un peu plus rapide qu'à l'accoutumée, avec un certain tremblement, comme de l'hésitation. Il avait le nez en sang. Il se l'était entaillé en tombant sur Pederson. Je regardai celui-ci. Il était allongé sur le flanc, la jambe gauche toujours sur le siège de la motoneige. Il portait une paire de jeans et des bottes de caoutchouc noir. Sa veste orange était remontée sous ses aisselles. On pouvait voir son ceinturon de cuir brun et deux centimètres de sous-vêtements en coton. En le frappant, Jacob avait fait voler son chapeau, révélant de longs cheveux gris, clairsemés, sales et gras. Une écharpe de laine orange recouvrait la majeure partie de son visage. Le coup de pied de Jacob lui avait laissé juste au-dessus de l'oreille gauche une éraflure rougeâtre autour de laquelle la peau commençait déjà de bleuir.

Mary Beth finit par cesser d'aboyer. Il vint renifler les chaussures de Jacob, puis retourna au milieu de la route.

Je m'accroupis près de Pederson. J'ôtai mon gant et plaçai la main devant sa bouche. Il semblait ne plus respirer. Je remis mon gant et me relevai.

« Il est mort, Jacob. Tu l'as tué.

— Il pistait le renard, fit Jacob en bégayant un peu. Il lui a piqué pas mal de poulets. »

Je me passai la main sur le visage. Je ne savais pas trop quel parti prendre. « Bon sang, Jacob, mais qu'est-ce qui t'a pris ?

— Il serait allé directement à l'avion. Il serait tombé dessus.

— C'est fichu maintenant, dis-je en sentant la colère me gagner. Tu as tout gâché. »

Nous avions les yeux fixés sur Pederson.

« On va te mettre en prison pour ça. »

Il me lança un regard paniqué. La neige avait mouillé ses lunettes. « J'avais pas le choix, dit-il. On se serait fait prendre. »

L'affolement faisait luire ses petits yeux au centre de sa grosse face blême. Ses joues étaient baignées de larmes. Il était terrifié, éperdu, et, à le voir dans cet état, ma colère s'évanouit d'un coup, laissant place à la pitié. Je pouvais le sauver, lui, mon grand frère, je pouvais le sortir de ce pétrin et, ce faisant, me sauver moi aussi.

Je promenai un regard rapide sur la route. Elle était déserte.

« Tu as vu des voitures ? » questionnai-je.

Il parut ne pas comprendre. Sa main quitta son nez pour essuyer ses joues. Il avait une tache de sang sur la lèvre supérieure ; cela lui donnait un air comique, comme s'il portait une fausse moustache.

« Des voitures ? » fit-il.

Je montrai la route d'un geste impatient. « Oui, est-ce que tu en as vu ? Pendant mon absence ? »

Il regarda au loin, réfléchit une seconde, puis secoua la tête. « Non. Aucune. » Il remit la main sur son nez.

De l'autre côté de la route, la maison des Pederson était toute petite et fort éloignée. Je crus voir de la fumée monter de la cheminée, mais je n'en aurais pas juré. Les traces de la motoneige partaient droit vers le centre du champ, courant parallèlement à celles du renard.

« Qu'est-ce qu'on fait maintenant ? » s'enquit Jacob. Il pleurait toujours un peu et, pour se cacher, il se détourna, feignant de regarder Mary Beth. Le chien était assis au milieu de la chaussée.

« On va maquiller ça en accident, dis-je. On va le transporter ailleurs et maquiller ça en accident. »

Jacob me lança un regard apeuré.

« T'en fais pas. On peut s'en tirer. » Bizarrement, le voir en proie à la panique me rendait d'autant plus calme. J'étais sûr de moi, je maîtrisais la situation.

« Ils vont suivre les traces, dit-il. Ils vont se pointer ici et suivre nos traces jusqu'à l'avion.

— Non. Une tempête se prépare. » Je montrai le ciel qui, en dépit de ce que je disais, continuait de se dégager. J'ignorai ce détail et poursuivis sur ma lancée : « Il va neiger d'un moment à l'autre, et tout ça sera recouvert. »

Jacob fit la moue, comme s'il allait émettre des objections, mais il resta silencieux. Il ramena la main sur son visage, et je vis du sang sur son gant.

« Tu n'as pas mis de sang sur lui ?

— Comment ça ? »

Je m'accroupis au-dessus de Perderson pour examiner ses vêtements. Il y avait une tache marron foncé sur l'encolure de sa veste. Je ramassai une poignée de neige et commençai à la frotter. Je ne réussis qu'à la faire pâlir un peu.

Jacob me regardait d'un air résigné. « Ça va pas marcher, Hank, dit-il. On va se faire pincer. »

Je continuai à frotter. « Ce n'est pas très important, cette tache. Personne ne la remarquera. »

Il écarta la main de son visage et se mit à fixer son gant ensanglanté. « Mais t'as dit que c'était pire que des empreintes digitales, fit-il avec une note d'affolement dans la voix.

— Jacob, fis-je d'un ton ferme. Calme-toi. » Je me relevai et lui posai la main sur le bras. « D'accord ? On y arrivera, mais à condition de rester calmes.

— Je l'ai tué, Hank.

— C'est vrai, et on ne peut pas revenir en arrière. Maintenant, il faut faire avec. On va arranger le coup pour que tu n'aies pas d'ennuis. »

Il ferma les yeux et porta de nouveau la main à son nez.

Je compris que je devais l'éloigner. Je sortis de ma poche les clés de la voiture. « Tu vas prendre Mary Beth avec toi et retourner au pont. « Je te retrouverai là-bas. »

Il rouvrit les yeux. « Au pont ?

— Oui. Je vais transporter Pederson là-bas avec la moto-neige. On va le pousser par-dessus la rambarde, faire comme s'il avait quitté accidentellement la route.

— Ça marchera jamais.

— Ça va marcher. On va se débrouiller pour que ça marche.

— Pourquoi il serait allé du côté du pont ?

— Jacob, c'est pour toi que je fais ça, d'accord ? Il faut me faire confiance. Tout va bien se passer. » Je lui tendis les clés. Il les contempla plusieurs secondes et finit par les prendre.

« Je vais passer par les bois, dis-je. Pour qu'on ne me voie pas de la route. Tu vas arriver au pont avant moi, mais ne t'y arrête pas. Tu vas poursuivre ton chemin et décrire une boucle. On ne doit pas te voir faire la planton sur le pont. »

Il ne répondait pas.

« D'accord ? »

Il prit une profonde inspiration, expira lentement et se tamponna les joues. Les clés de la voiture tintaient dans sa main. « On peut pas s'en tirer.

— Je te répète que si. »

Il secoua la tête. « Il faut penser à tellement de choses. Y a des trucs qu'on a sûrement pas remarqués.

— Comme quoi ?

— Des trucs auxquels on a pas fait attention. Des détails qui nous ont échappé. »

Je commençais à m'impatienter. Le temps passait. Une voiture pouvait à tout moment apparaître à l'horizon. Si quelqu'un nous voyait, tout était perdu. Je pris Jacob par le coude et le guidai jusqu'à la voiture. Je sentais que si je parvenais à le mettre en mouvement, tout irait bien. Nous étions maintenant sur la route. Le chien se leva et s'étira.

« Rien ne nous a échappé », dis-je. Je m'efforçais d'afficher un sourire rassurant, mais il me sembla qu'il était plutôt suppliant. Je poussai légèrement son bras.

« Aie confiance en moi, Jacob. »

Peut-être dix secondes après que Jacob eut démarré, alors que je me retournais vers Pederson pour le mettre sur la motoneige, celui-ci fit entendre une longue plainte angoissée.

Il était encore vivant.

Je le regardai fixement. La tête me tournait, j'étais en état de choc. Sa jambe se contracta légèrement et glissa du siège de la motoneige. Sa botte s'abattit par terre avec un bruit sourd. Je jetai un coup d'œil vers la route. Jacob n'était plus en vue.

Pederson marmonna dans son écharpe quelque chose que je ne compris pas. Puis il gémit de nouveau et ferma un poing.

Je me tenais là, plié en deux, l'esprit travaillant à toute vitesse. Deux solutions se présentèrent à moi avec une effrayante clarté. L'une me permettait de mettre un terme immédiat à toute l'affaire. Je chargeais Pederson sur la motoneige, je le ramenais chez lui et je passais un coup de fil à Jenkins. Je devrais tout lui raconter et restituer l'argent. Si je faisais cela, si je jouais la franchise et que Pederson survive à ses blessures, j'avais de bonnes chances d'échapper à la prison. Mais pas Jacob. Jenkins enverrait quelqu'un le chercher du côté du pont. Il serait poursuivi pour coups et blessures, ou tentative de meurtre. Il irait en prison, sans doute pour un bout de temps. Et c'en serait fini de l'argent.

Mais, bien sûr, il y avait une autre solution. Je m'y étais déjà préparé. J'avais la possibilité de sauver Jacob et de sauver l'argent. Et, au bout du compte, si je l'ai choisie, c'est parce que j'étais à peu près certain de ne pas me faire prendre. C'est pour cette même raison que j'avais pris l'argent et que j'ai fait tout ce qui va suivre. En commettant une seule et unique mauvaise action, je pensais pouvoir tout arranger.

Pederson gémit encore. Il essayait de lever la tête.

« Je... », dit-il très distinctement, mais rien de plus, et il serra à nouveau le poing.

Je m'accroupis à côté de lui. Le mouvement était ambigu : quiconque nous voyant de loin aurait pu penser que je tentais d'aider le vieillard.

Son écharpe était étroitement nouée autour de la partie inférieure de son visage. Il avait les yeux clos.

Lorsque j'avais vu Jacob le frapper, la chose s'était passée si vite qu'elle m'avait paru naturelle, prévisible. J'en avais été surpris, mais non pas choqué. J'en avais immédiatement accepté l'évidence. Jacob, m'étais-je dit, l'a tué. Dans mon idée, Pederson avait perdu la vie à cet instant précis. Et c'est ce que je me répétais en me penchant au-dessus de lui : *Il est déjà mort, il est déjà mort.*

J'avais d'abord pensé le frapper à nouveau, comme Jacob l'avait fait, peut-être à la gorge. Mais son écharpe orange me donna une autre idée.

Je jetai un coup d'œil de chaque côté de la route pour m'assurer qu'il n'y avait pas de voiture en vue. Puis je pris l'écharpe, la roulai en boule et la lui pressai fermement contre la bouche. De l'autre main, je lui pinçai les narines.

En y repensant aujourd'hui, il me semble qu'il aurait dû y avoir quelque chose en plus, une barrière à franchir, de l'ordre du scrupule ou de l'inhibition. Je me serais à tout le moins attendu à un sentiment d'effroi, une répugnance atavique, la certitude que je faisais le mal, non pas simplement parce que la société à laquelle j'appartenais l'affirmait, mais parce qu'il s'agissait d'un meurtre. Je ne connus rien de tel. Et peut-être ne faut-il pas s'en étonner, peut-être est-il quelque peu romantique de s'attendre, à la seconde où l'on hésite, à semblable illumination, à cette conscience soudaine de se trouver à la croisée des chemins du destin. Dans la vie réelle, comme ce fut le cas pour moi, l'importance de tels moments doit presque toujours échapper à la conscience. Elle s'imposerait ultérieurement, avec le recul, mais, dans l'instant, elle était occultée par des détails insignifiants : la sensation que j'avais à travers mon gant de l'écharpe de Pederson, l'idée que je pinçais trop fort ses narines, que j'étais peut-être en train de les meurtrir et que cela pourrait être mis en évidence lors d'une autopsie.

Je n'avais pas le sentiment de faire le mal. J'étais à cran, tenaillé par la peur, rien de plus.

Il opposa très peu de résistance. Il bougea la main une fois, comme s'il essayait d'effacer quelque chose, mais ce fut tout. Il n'émit aucun son, ni râle ni gémissement. Je maintins l'écharpe un long moment. Le ciel s'était suffisamment dégagé pour que le soleil se montre, et il me chauffait le dos. L'ombre d'un nuage se déplaçait lentement au bord du champ, de l'autre côté de la route. Tout en la regardant passer, je me mis à compter. Je comptai très lentement, marquant un silence entre chaque nombre, me concentrant sur leur résonance dans ma tête.

Arrivé à deux cents, je lâchai l'écharpe, ôtai mon gant et cherchai le pouls de Pederson.

Son cœur avait cessé de battre.

Je partis vers l'est à travers les bois, parallèlement à la route. Il me fallut environ une minute pour atteindre l'étang. Il était recouvert d'une épaisse couche de glace. Des tables de pique-nique étaient disséminées sur ses berges. Tout disparaissait sous la neige.

Passé l'étang, les sous-bois devinrent plus épais, m'obligeant à choisir mon chemin avec plus de soin et à faire d'incessants détours pour éviter les taillis. Les branches des arbres frottaient contre ma veste comme si elles cherchaient à m'arrêter, à me retenir.

Le corps de Pederson, à califourchon sur le siège, était affaissé sur l'avant comme le pilote dans l'avion. Je devais me tenir plaqué contre son dos pour diriger l'engin.

J'essayais de ne penser qu'à mon plan. Je pressentais le danger qu'il y aurait eu à revenir sur les événements de la matinée, je pressentais que cela ne pourrait susciter qu'angoisse et confusion mentale, que la voie la plus sûre était d'aller de l'avant, là où on pouvait encore changer les choses.

Je savais que le pont avait été déblayé et salé, qu'il y avait de chaque côté un important amoncellement de neige. Si Pederson avait voulu le franchir sans endommager les chenilles de sa motoneige sur le ciment, il serait passé sur l'un de ces talus — talus qui étaient juste assez larges pour un tel engin et qui affleuraient en haut des rambardes.

Les gens se demanderaient ce qu'il faisait là, pourquoi il avait décidé de passer par le pont, mais cela ne suffirait pas à éveiller les soupçons. Ce serait un mystère, une énigme, et rien de plus. À moins, bien sûr, qu'on ne découvre l'avion avant la prochaine neige. Il y aurait alors les traces de la motoneige, les empreintes dans le parc et, au bord de la route, les indices d'une empoignade.

Je regardai le ciel. Il continuait de se dégager avec une étonnante rapidité. Il y avait maintenant une vaste étendue de bleu, le soleil ruisselait à travers les branches des arbres, l'air était froid et vif. Le peu de nuages qui subsistaient étaient des cumulus de beau temps, blancs et cotonneux. Rien qui indiquât une neige prochaine.

Plus je m'approchais de la lisière du parc et du pont, plus j'avais de mal à rester concentré sur mon plan d'action. D'autres pensées s'insinuaient dans ma tête. Cela commença avec la sensation du contact physique de Pederson contre ma poitrine. J'avais sa tête nichée sous le menton. Je sentais à travers son bonnet l'odeur de sa lotion capillaire. Son corps était dense et compact. Il aurait pu être vivant.

Et, dès que je me dis cela, que Pederson était mort, que je l'avais tué, supprimé de mes propres mains, mon cœur se mit à battre violemment et ma gorge se noua. Je pris conscience que j'avais franchi une limite, que j'avais commis un odieux forfait, un acte dont je ne me serais jamais cru capable. Je venais d'ôter la vie à un de mes semblables.

Cette pensée me plongea dans l'égarement, me précipita dans une confusion extrême, faite de rationalisation, de justification, de dénégation, et il me fallut un suprême effort de volonté pour recouvrer un semblant d'équilibre. Je me fermai, me repliai sur moi-même, obligeai mon esprit à ne se concentrer que sur ce qui allait se passer dans les quinze prochaines minutes. Je poursuivais ma progression vers l'orée orientale du parc, dirigeant la motoneige entre les arbres, soutenant le cadavre de Pederson entre mes bras, et mon cerveau se partageait entre deux activités distinctes : il était d'une part occupé par des pensées concernant le pont, Jacob, le shérif, et de l'autre il tentait désespérément de repousser une sensation étrange, horriblement menaçante, la sensation d'être désormais perdu, enchaîné, l'idée que le restant de ma vie graviterait autour de ce seul acte, qu'en essayant de sauver mon frère, je nous avais tous les deux condamnés.

L'angle sud-est du parc donnait au pied du pont.

Je m'arrêtai à l'orée des bois pour m'assurer qu'il n'y avait personne en vue. À cet endroit, le cours d'eau faisait une quinzaine de mètres de large. Il était gelé et une fine couche de neige recouvrait la glace. La ferme des Pederson se trouvait derrière moi, plus loin sur la route. De l'autre côté du ruisseau, les champs étaient déserts jusqu'à l'horizon. Jacob n'était pas encore arrivé.

J'avançai la motoneige jusqu'au bord de la route. Je regardai vers l'est, puis à nouveau vers l'ouest. Pas de voiture à l'horizon. J'apercevais maintenant la ferme, tout juste visible sous l'avancée des frondaisons. Elle était plus proche que je ne l'avais imaginé. Je distinguais les fenêtres de l'habitation, le colley sur les marches du perron. Si quelqu'un s'y était trouvé, il aurait pu me voir de la même façon.

Je mis les gaz pour engager la machine sur le talus, puis, progressant lentement, je gagnai le centre du pont. Le tablier se trouvait à trois mètres au-dessus de la glace. La rambarde était ensevelie sous la neige.

Je plaçai la main de Pederson sur la poignée des gaz, reculai légèrement son corps sur la selle et posai ses bottes sur les repose-pieds. Je lui remis le fusil à l'épaule, lui enfonçai son bonnet jusqu'aux oreilles et ajustai étroitement l'écharpe autour de son visage. Le moteur toussa, et je donnai un peu de gaz.

Je regardai une nouvelle fois la route dans les deux directions. Il n'y avait pas de voiture ni de mouvement d'aucune sorte. Le colley était toujours sur le perron de la ferme. Il m'était bien sûr impossible de voir s'il y avait quelqu'un à l'une des fenêtres. Néanmoins, je les balayai du regard. Elles réfléchissaient le ciel et les branches nues des arbres environnants. J'orientai les skis de la motoneige vers le cours d'eau et la fis lentement avancer jusqu'à ce qu'elle soit en équilibre sur le bord du talus.

Fermant les yeux, je me demandai si j'oubliais quelque chose, mais mon cerveau me refusait tout concours. Je n'arrivais à penser à rien.

Le colley aboya une fois.

Je redescendis sur la chaussée, me campai solidement sur mes jambes et poussai la motoneige d'un coup d'épaule. Elle bascula avec une étonnante facilité. Elle était là, et l'instant d'après elle n'y était plus. Il y eut un formidable fracas lorsqu'elle percuta la glace, et le moteur cala.

Je remontai sur le talus pour voir le résultat. L'engin avait effectué un demi-tour dans les airs, tombant sur Pederson, l'écrasant sous son poids. La glace avait cédé sous le choc et formait maintenant autour du vieil homme et de sa machine une dépression en forme de bol. L'eau y montait lentement. Pederson avait une nouvelle fois perdu son bonnet, et ses longues mèches grises flottaient déjà au gré du courant. Son écharpe lui faisait comme un bâillon autour du visage. Il avait un bras coincé sous la motoneige. L'autre était tendu vers l'extérieur, paume tournée vers le ciel, comme s'il avait lutté pour se dégager.

Jacob arriva quelques minutes plus tard, de l'est. Il arrêta la voiture à ma hauteur, et je montai à bord. Tandis que nous nous éloignions, je me retournai pour regarder vers le pont. Juste au-dessous, le cadavre du vieux faisait une tache orange sur la glace.

Nous passâmes devant la ferme pour la deuxième fois de la journée. Le colley aboya de nouveau, mais Mary Beth, pelotonné sur la banquette arrière, ne parut pas l'entendre. J'avais bien vu : de la fumée sortait de la cheminée. Cela signifiait que la femme de Pederson était là, assise devant un feu de bois, à attendre le retour de son mari. Cette pensée me serra le cœur.

Lorsque nous passâmes à l'endroit où le renard avait traversé la route, Jacob s'écria : « Mon Dieu ! » Je regardai par la vitre. Il y avait des traces partout, celles du renard, celles de Jacob, de Lou, les miennes. La camionnette de Jacob avait laissé une large empreinte sur le talus et, de l'autre côté de la chaussée, on distinguait clairement les marques caractéristiques de la motoneige de Pederson. C'était une orgie d'indices impossibles à manquer. On aurait dit que toutes ces traces convergeaient ici pour ensuite disparaître dans les bois. Elles formaient comme une flèche dirigée vers l'emplacement de l'avion.

Jacob se remit à pleurer, tout doucement. Des larmes roulaient sur ses joues, ses lèvres tremblotaient.

Je pris la parole d'une voix qui se voulait égale : « T'inquiète pas. Il va bientôt neiger et tout ça sera effacé. »

Il ne répondit pas. De violents sanglots lui soulevaient maintenant la poitrine.

« Arrête un peu, dis-je. Tout se passe bien. On va s'en tirer. »

Il s'essuya les joues. Le chien voulut lui donner des coups de langue, comme pour le consoler, mais il le repoussa.

« Tout va bien, dis-je. Dès qu'il neigera, on ne verra plus rien. »

Il prit une profonde inspiration, puis hocha la tête.

« Il ne faut pas réagir comme ça, Jacob. Il ne faut pas craquer. C'est la seule chose qui pourrait nous perdre. Nous devons rester calmes. »

Il hocha la tête. Il avait les yeux rouges et bouffis.

« Rester maîtres de soi, voilà ce qu'il faut.

— C'est que je suis fatigué, Hank », dit-il d'une voix altérée qui était à peine plus qu'un souffle. Il regarda à l'extérieur, battit des paupières. Son nez avait arrêté de saigner, mais il n'avait pas nettoyé la trace de sang séché qu'il avait sur la lèvre. On aurait dit un Charlie Chaplin obèse.

« Je me suis couché trop tard hier soir. Je suis crevé. »

Sur mon conseil, Jacob contourna tout le parc et reprit la direction d'Ashenville par Taft Road, le long de la lisière nord.

La réserve naturelle avait exactement le même aspect de ce côté-ci. Ce n'était qu'une étendue boisée de sycomores, de marronniers et d'érables, ponctuée de quelques résineux et marquée de temps à autre par la courbe blanche d'un bouleau. Certains sapins étaient encore saupoudrés de la dernière neige. Parfois, un oiseau passait comme un éclair entre les branches dénudées, mais il n'y avait trace d'aucune autre vie sauvage, pas plus de lapins et de chevreuils que de ratons laveurs, d'oppossums ou de renards. Il était étrange de penser que l'avion se trouvait là-dedans — le sac plein de billets, le cadavre du pilote — et que, par-delà l'épave, de l'autre côté du parc, Pederson gisait dans l'eau glacée d'Anders Creek.

Je n'aurais jamais imaginé que Jacob et moi soyons capables d'actes de violence. Certes, mon frère s'était assez souvent battu à l'école, mais toujours parce qu'il y était acculé, parce qu'on l'avait tourmenté jusqu'à ce qu'il n'eût plus d'autre choix que de cogner. N'ayant pas la langue suffisamment déliée pour riposter verbalement, il recourait à la force, mais le résultat était tout aussi pitoyable. Il n'avait jamais vraiment appris à se battre, ni même à contrefaire l'attitude agressive d'un vrai pugiliste ; même au summum de la fureur, il paraissait retenir ses coups, comme s'il craignait de faire mal à ses antagonistes, et cela conférait à sa colère un air burlesque qui rappelait certaines scènes du cinéma muet. Le visage noyé de larmes, il agitait les bras autour de lui, mains ouvertes, un peu à la façon d'un nageur ; et les autres se moquaient de lui de plus belle et le traitaient de tous les noms.

Nous avions tous deux hérité du tempérament de notre père, personnage si pacifique qu'il refusait d'élever des animaux — ni bétail, ni volaille, ni gorets — , parce qu'il ne supportait pas qu'on dût les abattre. Et cependant, nous venions de tuer un homme.

Arrivé à Ashenville, Jacob gara la voiture devant chez lui. Il serra le frein à main mais ne coupa pas le moteur. Tout était fermé en ce 1ᵉʳ janvier. Il n'y avait dans la rue qu'une poignée de passants qui, tête baissée à cause du froid, se rendaient d'un pas pressé à quelque invitation. Le vent, qui s'était de nouveau levé, faisait voleter des papiers à travers la chaussée. Le ciel était parfaitement dégagé. Le soleil jouait sur la vitrine de la quincaillerie et le trottoir scintillait. C'était devenu une belle journée hivernale.

Jacob ne descendait pas. Il regardait droit devant lui, totalement dénué d'expression, comme s'il ne savait pas où il se trouvait. Il toucha du bout des doigts l'arête de son nez.

« Je crois qu'il est cassé, dit-il.

— Mais non, le rassurai-je. Il saigne un peu, c'est tout. »

Il semblait toujours très secoué, et cela commençait à m'inquiéter. Je ne voulais pas le quitter dans cet état. Je coupai le moteur.

« Tu sais à quoi j'ai pensé au moment où tu l'as frappé ? »

Il ne répondit pas, toujours occupé à examiner son nez.

« À la fois où tu t'es battu avec Rodney Sample. » Je me tapai le front du plat de la main. « Oui, tout d'un coup, dans un éclair, je t'ai revu lui décocher un coup de poing et tomber par terre. »

Jacob ne réagissait toujours pas.

« Quel âge tu avais à l'époque ? Tu te souviens ? »

Il me fixa d'un air absent. Il avait remis ses gants. Celui de droite était taché de sang, avec, au bout de l'index, une trace de jaune d'œuf de la taille d'une pièce de dix *cents*.

« Rodney Sample ?

— En cours de gym. Tu l'as frappé et vous êtes tous les deux tombés par terre. »

Il hocha la tête mais ne fit pas de commentaire. Il regarda ses gants, remarqua le jaune d'œuf. Il porta la main à sa bouche, lécha la tache, puis l'essuya sur sa jambe de pantalon.

« On est dans la merde maintenant, pas vrai ? dit-il.

— Oui, Jacob, c'est vrai.

— Seigneur », fit-il dans un soupir. Et je crus un instant qu'il allait recommencer à pleurer. Il croisa les avant-bras sur son ventre et, tout en se balançant légèrement, se gratta les coudes.

« Allez, Jacob. Remets-toi. Ce qui est fait est fait.

— Mais je l'ai tué, Hank. Ils vont faire une autopsie, et ils comprendront tout de suite comment ça s'est passé.

89

« — Non, dis-je, impossible. » Mais il passa outre.

« C'est facile pour toi de rester calme. C'est pas toi qu'on va mettre en prison. » Il respirait à longs traits.

« Ce n'est pas toi qui l'as tué », dis-je, me surprenant moi-même. Mais comme l'état de panique dans lequel je le voyais m'effrayait, je cherchais avant tout à le calmer.

Il me regardait sans comprendre.

Je regrettai aussitôt d'avoir dit cela et tentai de faire machine arrière : « On l'a tué tous les deux. » J'espérais qu'il ne relèverait pas. Mon espoir fut déçu.

« Qu'est-ce que tu veux dire par là ? »

Je tentai de sourire. « Rien.

— T'as dit que c'est pas moi qui l'ai tué. »

J'essayai de mettre de l'ordre dans mes idées. Depuis toujours, je savais que je ne pouvais pas compter sur lui — il était en retard, il oubliait, il me faisait faux bond par paresse ou par ignorance ; c'est pourquoi, bien sûr, j'aurais dû y réfléchir à deux fois. Mais c'était mon frère, je voulais lui faire confiance. Et quand bien même j'en pressentais le danger, j'entrevoyais le bénéfice qu'il y avait à en tirer. Je l'avais sauvé : il me paraissait bon qu'il le sût. Cela ferait de lui mon obligé.

« Il était toujours vivant quand tu es parti, dis-je. C'est quand je l'ai ramassé que je m'en suis aperçu. Tu étais déjà parti.

— C'est pas moi qui l'ai tué ?

— Non. Je l'ai étouffé avec son écharpe. »

Il lui fallut un moment pour assimiler cela. Tête baissée, il fixait ses genoux. Ainsi, il avait un triple menton.

« Pourquoi ? » demanda-t-il.

La question me prit au dépourvu. Je m'efforçai d'analyser ce qui m'avait poussé à achever Pederson. « J'ai fait ça pour toi, Jacob. Pour te protéger. »

Il ferma les yeux. « T'aurais pas dû. T'aurais dû le laisser s'en tirer.

— Enfin bon sang, Jacob ! T'as pas entendu ce que j'ai dit ? J'ai fait ça pour toi. Pour te sauver.

— Pour me sauver ? Si tu l'avais pas tué, j'aurais été poursuivi pour coups et blessures, c'est tout. On aurait pu rapporter l'argent, et ça se serait arrêté là. Maintenant, c'est un meurtre.

— J'ai juste terminé ce que tu avais commencé. On l'a fait à deux. Si tu ne t'étais pas chargé de la première partie, je ne me serais pas chargé de la seconde. »

Cela le réduisit au silence. Il ôta ses lunettes, les nettoya contre sa veste et les remit sur son nez.

« On va se faire pincer, dit-il.

— Non, Jacob. On va s'en tirer. À moins que tu craques et que tu attires l'attention sur toi.

— Je vais pas craquer.

— Alors, on ne se fera pas pincer. »

Il haussa les épaules, l'air de dire « on verra bien ». Un jeune garçon passait à vélo. Il roulait en plein milieu de la rue, luttant contre le vent. Il portait une cagoule noire qui lui donnait l'air d'un terroriste.

« Est-ce qu'on en parle à Lou ? demanda Jacob.

— Non.

— Pourquoi pas ? »

À cette question, je sentis quelque chose se mettre pesamment en place. Le mot *complice* s'imposa à mon esprit, et peut-être compris-je pour la première fois de ma vie ce qu'il signifiait vraiment. C'est un vocable d'une puissance rare, capable de lier indéfectiblement deux êtres l'un à l'autre. Jacob et moi avions commis un crime ensemble, et nos destins étaient désormais indissociables. Qu'il parût pour le moment plus effrayé que moi par notre forfait ne signifiait rien. Chacun de nous avait un pouvoir égal : le sort de chacun reposait sur l'autre. Pour le moment, il était encore trop secoué, mais il ne tarderait pas à le comprendre.

« Pour quelle raison voudrais-tu en parler à Lou ?

— Ça me semblerait naturel qu'il soit au courant.

— C'est du sérieux, Jacob. Pour ça, on pourrait nous envoyer en prison pour le restant de nos jours. »

Il ferma à nouveau les yeux.

« Promets-moi de ne pas lui en parler. »

Il hésita, les yeux baissés vers ses gants. Puis il haussa les épaules. « Entendu, dit-il.

— Promets-le-moi. »

Il soupira, et son regard me frôla. Il fixait son pick-up, garé en face. « Je te promets que j'en parlerai pas à Lou. »

Il y eut ensuite un long silence. Jacob semblait sur le point de descendre de la voiture, mais il ne le faisait pas.

« Où as-tu caché l'argent ? demanda-t-il.

— Dans le garage, mentis-je.

— Dans le garage ?

— J'avais peur que Sarah le trouve si je le cachais dans la maison. »

Il hocha la tête, attendit un moment, comme cherchant autre chose à dire. Puis il ouvrit la portière. Derrière nous, le chien bondit sur ses pattes.

« On a oublié d'aller au cimetière », dis-je.

Jacob me regarda d'un air las. « Tu veux qu'on y aille maintenant ? fit-il avec un sourire ironique.

— Non. Simplement, on a oublié.

— C'est le cadet de nos soucis, tu crois pas ? »

Sans attendre de réponse, il sortit de la voiture et siffla Mary Beth. Le chien bondit par-dessus le siège et sauta sur le trottoir. Jacob claqua la portière.

Sarah m'entendit arriver et m'appela à l'étage. Je la trouvai dans la chambre, stores baissés, lumière tamisée. Allongée sous les couvertures, les cheveux relevés en chignon, elle venait de s'installer pour faire une petite sieste.

Je m'assis près d'elle au bord du lit pour lui raconter les événements de la matinée. Je commençai par le commencement, déroulant mon récit dans l'ordre chronologique, et gardant son moment fort, la rencontre avec Pederson, pour la fin, où il ferait, je le savais, l'effet d'une bombe. Sarah roula sur le côté et ferma les yeux, couvertures remontées jusqu'au menton. Elle ne réagissait pas à ce que je disais, se bornant à m'écouter, lèvres figées sur un sourire ensommeillé. Je n'étais même pas certain qu'elle m'écoutât vraiment.

Pourtant, comme je lui racontais la façon dont j'étais ressorti de l'avion, elle leva légèrement la tête et ouvrit les yeux.

« Et la boîte de bière ? » demanda-t-elle.

Elle me prenait au dépourvu. « La boîte de bière ?

— Celle que Lou a laissée derrière lui. »

Cela m'était complètement sorti de la tête. J'avais pourtant eu l'intention de la ramasser après avoir déposé l'argent, mais l'apparition des deux corbeaux m'avait perturbé.

« Je ne l'ai pas trouvée.

— Tu l'as cherchée ? »

Je laissai passer une ou deux secondes pendant lesquelles je m'interrogeai sur l'opportunité d'un mensonge. Mais cette hésitation m'en dispensa.

« Tu as oublié, dit-elle d'un ton de reproche.

— Je ne l'ai pas vue. Elle n'était pas à proximité de l'avion. »

Sarah se mit sur son séant. « Si les enquêteurs la trouvent, ils en concluront que quelqu'un est passé par là.

— C'est une banale boîte de bière, Sarah. Personne ne va s'y arrêter. »

Elle ne répondit pas. Elle fixait le bout du lit. Je pouvais voir la colère monter en elle. Elle avait les lèvres serrées, le front crispé.

« Ils penseront qu'elle a été laissée là l'été dernier, dis-je. Par quelqu'un qui pique-niquait dans ce verger.

— Ils ont des tas de tests qui leur permettront de déterminer combien de temps elle a passé là. Ça se voit au degré d'oxydation, ou ce que je sais.

— Enfin voyons, Sarah. Ils ne vont pas faire de tests. » Le ton de sa voix m'avait piqué au vif. Elle avait l'air de dire que j'avais commis une erreur impardonnable.

« Ils vont y trouver les empreintes de Lou.

— Il portait des gants, dis-je en essayant de me rappeler si tel était bien le cas. Ce n'est qu'une boîte de bière qui traîne dans les bois. Personne ne va y faire attention.

— Détrompe-toi, Hank. S'ils soupçonnent le moins du monde qu'une partie de l'argent a disparu, le verger va être passé au peigne fin. Et s'ils trouvent la boîte de bière et qu'ils y relèvent les empreintes de Lou, ils arriveront jusqu'à nous. »

Son emportement m'avait blessé et j'avais le désir vague de la blesser en retour. Même s'il y avait quelque chose de disproportionné dans sa réaction, force m'était de reconnaître que ses craintes étaient probablement justifiées. Nous avions laissé quelque chose derrière nous ; et, si dérisoire que fût cet objet, c'était un indice potentiel, la preuve que nous étions passés sur les lieux.

« Autant tout brûler tout de suite, dit-elle.

— Enfin voyons, Sarah. »

Elle ferma les yeux et secoua la tête.

« Nous n'allons rien brûler du tout », dis-je.

Elle ne répondit pas. L'air buté, elle étalait et lissait la couverture sur son ventre, et je pris soudain conscience que je n'allais pas la mettre au courant pour Pederson. Ce fut pour moi une surprise, et même un choc. Nous n'avions jamais eu de secrets l'un pour l'autre, nous nous étions toujours tout confié. Pourtant, je savais que je n'allais pas le lui dire, pas ici, pas maintenant. Peut-être le ferais-je plus tard, dans dix ou vingt ans, quand nous vivrions au large grâce à cet argent et que mes actes se verraient ainsi justifiés. Je lui apprendrais alors comment je nous avais sauvés, comment, tout seul, j'avais fait ce qu'il fallait pour la protéger, elle et notre enfant. Elle serait frappée par mon courage, par la façon dont j'aurais gardé cela pour moi pendant toutes ces années, et tout serait pardonné.

Le fait est que je redoutais ce qu'elle aurait pensé de moi. J'étais terrifié à l'idée qu'elle pût avoir un jugement négatif.

« Ton front a l'air d'aller mieux », fit-elle sans lever les yeux. C'était une tentative de rapprochement.

J'y passai les doigts. « Oui, ça ne me fait plus mal. »

Puis nous gardâmes le silence. Sarah se laissa retomber sur son oreiller en effectuant un quart de tour dans ma direction. J'attendais qu'elle s'excuse. Alors, peut-être lui aurais-je tout raconté, mais elle n'en fit rien, et je finis par y renoncer définitivement.

« Continue, murmura-t-elle.

— C'est tout. J'ai refermé la porte, je suis retourné à la voiture, et nous sommes rentrés. »

Il ne neigea pas de tout l'après-midi. J'allais et venais nerveusement dans la maison, interrogeant de temps à autre le ciel par la fenêtre. J'allumais la radio toutes les heures pour écouter le bulletin météorologique. On prévoyait des chutes de neige, abondantes par endroits, pour l'après-midi et jusque dans la soirée, mais, à l'heure du dîner, il n'y avait pas un nuage en vue, et, le soleil couché, un océan d'étoiles blanches apparut dans les cieux.

L'accident de Pederson fit les nouvelles locales. Sarah et moi en suivîmes la relation à la télévision avant le dîner. On vit un plan du pont filmé dans le courant de l'après-midi. La motoneige était encore dans l'eau, à demi submergée. Le bonnet du vieux Pederson flottait à côté, mais son cadavre avait déjà été remonté. Il y avait des traces de pas du haut en bas de la berge, et l'on imaginait l'émoi et la bousculade de ceux qui l'avaient repêché, aiguillonnés par l'espoir illusoire qu'il serait encore vivant.

Le commentateur précisa que le corps avait été découvert peu avant midi par un automobiliste. Il n'évoqua pas la possibilité d'un acte criminel, ni ne mentionna la découverte d'éléments suspects. À l'arrière-plan, on voyait la voiture du shérif, garée au bord de la route, gyrophare allumé. Jenkins se tenait à côté, en train de converser avec un grand type maigre en imper vert clair, peut-être l'automobiliste. Dans un coin de l'écran, au loin, on voyait la ferme des Pederson. Il y avait trois ou quatre voitures dans la cour, sans doute des amis venus tenir compagnie à la veuve.

Sarah ne fit pas de commentaires. « C'est bien triste, dit-elle seulement. Surtout un 1er janvier. » Elle ne semblait pas se rendre compte combien ce cours d'eau était proche du parc naturel.

J'allai me coucher dans un état de profonde déprime.

J'avais tué un homme. C'était quelque chose que j'avais fait. Dans mon cœur, je me sentais inchangé, j'étais l'homme que j'avais toujours été. Mais dans ma tête, je savais que j'étais différent. J'étais un meurtrier.

Et puis il y avait Sarah. Je ne lui avais pas dit la vérité. C'était le premier mensonge de taille entre nous. Je comprenais en outre qu'avec le temps il me serait de plus en plus difficile de le lui dire. Mon fantasme de tout lui confesser dans une vingtaine d'années n'était que cela : un fantasme. Chaque instant que je passais en sa présence sans tout lui raconter était un prolongement, une réaffirmation du mensonge originel.

Cette nuit-là, je glissai dans le sommeil, avec le bras posé en travers de son ventre. Si le bébé donnait des coups de pied, j'allais le sentir dans mes rêves. Cependant, mes dernières pensées ne furent ni pour l'enfant ni pour Sarah ou pour l'argent, mais pour Jacob. Fermant les yeux, je revis son expression de panique au moment où il se tenait au-dessus du corps de Pederson, croyant qu'il l'avait tué. Et, tout en m'endormant, je sentis une bouffée de chaleur m'envahir la poitrine, la même vague de pitié que lorsque je l'avais vu le visage tout luisant de larmes. Mais, à présent, cette chaleur et cette pitié n'étaient pas seulement pour mon frère, mais aussi pour moi, pour Sarah et le bébé, pour Pederson et sa veuve. J'éprouvais du chagrin pour tout le monde.

Au matin, je sus, rien qu'à la clarté particulière qui régnait dans la chambre, qu'il neigeait. Une lumière grise parcourue de tremblotements et assortie d'un grand silence. Je me glissai hors du lit et allai silencieusement jusqu'à la fenêtre. De gros flocons humides descendaient lentement du ciel, tournoyant, tourbillonnant, s'accrochant à tout ce qu'ils touchaient. De toute évidence, il avait neigé presque toute la nuit. Dans la cour, toutes les traces avaient été effacées, les branches des arbres ployaient jusqu'au sol. Toute chose, le monde entier, était blanc, recouvert, caché, enseveli.

4

Mon bureau chez Raikley occupait l'angle droit en façade et ma fenêtre donnait sur la rue, au sud, juste en face de l'église épiscopalienne St. Jude. J'étais assis à mon bureau, le mercredi 6 janvier, en train de manger un beignet accompagné d'un gobelet de café tiède, quand une poignée d'hommes et de femmes en habit sombre sortirent par la porte latérale de l'église pour traverser lentement l'aire de stationnement gravillonnée, franchir le portillon du minuscule cimetière et se diriger vers le monticule sombre d'une tombe fraîchement creusée à une quarantaine de mètres de là.

C'était l'enterrement de Dwight Pederson.

Six voitures étaient garées sur le parking, y compris le corbillard argenté stationné tout près de l'entrée du cimetière. Ce n'était pas un grand rassemblement, Pederson ayant toujours été un personnage plutôt solitaire qui ne comptait pas des quantités d'amis. Je distinguai sa veuve, Ruth Pederson. Elle marchait en tête, et le pasteur lui donnait le bras, tout petit, voûté, tenant sa bible contre sa poitrine. Je ne voyais que l'extrémité de la tombe, le reste étant caché par l'église. Les gens se placèrent autour de la fosse.

La cloche de St. Jude commença de sonner le glas.

Je terminai mon beignet, puis allai boire mon café à la fenêtre. Le cimetière étant à une centaine de mètres, je ne pouvais identifier les personnes présentes. Certaines étaient cachées par l'angle de l'église ; les autres, tête basse, emmitouflées à cause du froid, étaient sans visage, comme de parfaits inconnus, quoique je dusse connaître la plupart d'entre elles. Il devait s'agir de gens que je croisais de temps en temps dans la rue, et j'avais sans doute entendu sur eux des anecdotes amusantes, des ragots de toutes sortes.

Ils levaient la tête tous ensemble pour dire quelque chose à l'unisson, puis la baissaient à nouveau. Je voyais Ruth, de dos. Elle restait tête baissée. Sans doute pleurait-elle. Je ne pouvais pas voir le pasteur.

Je demeurai à la fenêtre jusqu'à ce que, le service terminé, les gens commencent à revenir lentement vers le parking. Je les comptai à voix basse. Ils étaient dix-sept avec le chauffeur du corbillard et le prêtre. Ils étaient venus honorer la mémoire de Dwight Pederson. Tous pensaient qu'il était mort accidentellement, impensable tragédie, coincé sous sa motoneige dans vingt centimètres d'eau glacée, la jambe et deux côtes brisées, le crâne fracturé, luttant en vain pour se libérer de l'écharpe qui l'étouffait.

Seuls Jacob et moi connaissions la vérité.

Je savais que tout serait dès lors plus facile. Au fil des jours, ce que j'avais fait m'angoisserait de moins en moins. Pederson était enterré, ce qui écartait la menace d'une autopsie ; l'avion était recouvert d'une nouvelle couche de neige et toutes les traces étaient à jamais effacées.

Toutefois, mon plus grand soulagement venait peut-être de ce que je me considérais toujours comme quelqu'un de bien. J'avais supposé que ce qui s'était passé à la lisière du parc naturel allait me transformer, affecter mon caractère ou ma personnalité, que je serais rongé par le remords, irréversiblement marqué par l'horreur de mon crime. Mais rien n'avait changé. J'étais celui que j'avais toujours été. La mort de Pederson était un élément comparable à l'argent que nous avions trouvé : elle était présente chaque fois que j'y pensais ; mais, si je n'y pensais pas, elle n'avait plus aucune réalité. À moins que je ne l'évoque, cela ne changeait rien à ma vie de tous les jours. Le tout était de ne pas ressasser.

Je tenais ce que j'avais fait en ce jour du nouvel an pour une anomalie. J'y avais été contraint par des circonstances extraordinaires, des circonstances qui me dépassaient ; tout cela me paraissait à présent parfaitement compréhensible, voire pardonnable.

Mais l'était-ce vraiment ? Si j'éprouvais quelque anxiété à l'époque, cela n'avait rien à voir avec la crainte de me faire prendre, rien à voir avec l'argent ou le souvenir de mon crime.

Cela concernait Sarah. Comprendrait-elle les raisons de mon acte ?

Un courant d'air froid traversait la fenêtre. Un film de plastique isolant en scellait le cadre extérieur, mais il était déchiré et battait mollement au vent. Les gens du cortège s'entretenaient sur le parking. Ils entouraient Ruth Pederson, la serraient tour à tour dans leurs bras. Les hommes échangeaient des poignées de main. Pour finir, tout le monde remonta en voiture et partit lentement dans Main Street en direction de l'ouest.

Ils retournaient probablement chez les Pederson. On allait déjeuner dans la cuisine, autour d'une grosse table de chêne — ragoût en cocotte, salade de haricots, assiettes anglaises et chips. Il y aurait des boissons chaudes, thé, café, chocolat, dans des gobelets en carton, et, pour le dessert, de la gelée aux fruits, du gâteau aux carottes et des cookies aux pépites de chocolat. Ruth Pederson présiderait en bout de table, regardant les autres se restaurer, veillant à ce que chacun mangeât à satiété. Les gens évolueraient autour d'elle, lui parlant d'une voix feutrée, et elle sourirait à ce qu'ils diraient. Chacun s'empresserait d'aider à nettoyer, de faire la vaisselle et de ranger les plats au mauvais endroit. Puis, le soir venu, le jour déclinant à l'ouest du côté du parc naturel, ils s'en iraient un à un jusqu'à ce que Ruth se retrouve toute seule dans la maison déserte.

Je me représentais la scène ; ses hôtes partis, elle restait seule avec son chagrin, seule et désœuvrée, dans la maison pleine d'ombres. Et pourtant, cette image ne m'inspirait ni remords ni culpabilité, seulement une forme abstraite, distante et tempérée, d'empathie. Je l'avais privée de son mari : jamais je n'aurais imaginé pouvoir vivre avec une telle chose sur la conscience. Cependant, j'y arrivais.

Je fermai le store vénitien, terminai mon café et laissai tomber le gobelet dans la corbeille. Je m'assis à mon bureau, allumai la petite lampe, pris un stylo dans la poche de ma chemise et me mis au travail.

En revenant du magasin ce soir-là, je fis un long détour par le parc naturel. Je le contournai de manière à arriver par l'ouest et longeai lentement la lisière méridionale des bois. Il commençait à faire noir, et je roulais en pleins phares pour examiner le bas-côté de la route. Toute trace de notre passage avait disparu, jusqu'à l'empreinte du pick-up dans le talus de neige.

Passant devant la ferme des Pederson, je vis plusieurs fenêtres éclairées. Le colley était sur le perron. Il n'aboya pas cette fois et, dressant les oreilles, sa tête fine pivotant lentement sur ses épaules, il se contenta de suivre des yeux la voiture qui roulait vers le pont d'Anders Creek.

Une semaine s'écoula. J'eus par deux fois Jacob au téléphone, mais je ne le vis pas. Nous ne nous parlâmes que brièvement, chaque fois de Pederson, nous rassurant l'un l'autre sur la réussite de notre mise en scène. Je n'eus aucun contact avec Lou.

Le jeudi après-midi, Sarah fit irruption dans mon bureau chez Raikley. Le froid lui avait coloré les joues, ce qui lui donnait l'air en colère. Ses yeux étaient sans cesse en mouvement, et elle portait la main tantôt à ses cheveux, tantôt à son visage, tantôt à ses vêtements. Cette agitation était mauvais signe ; il s'était passé quelque chose. Je me levai prestement pour l'aider à ôter sa veste. En dessous, elle portait une robe de grossesse — une flottille de petits voiliers naviguant sur le bleu pâle d'une cotonnade bon marché. Le tissu moulait le dôme de son ventre. Je ne pus m'empêcher de le fixer en pensant à une espèce de fruit gigantesque. Il y avait un bébé en elle ; chaque fois que je la voyais ces derniers temps, cette pensée m'ébranlait et j'éprouvais une sensation désagréable dans l'abdomen.

Sarah se laissa lourdement tomber dans le fauteuil en face du bureau, celui où se s'asseyaient les clients venus solliciter des délais de paiement. Elle s'était fait un chignon et portait un rouge à lèvres foncé.

« Lou a mis Nancy au courant », dit-elle.

J'allai refermer la porte, puis retournai m'asseoir.

« Je l'ai rencontrée au supermarché, reprit-elle. J'étais venue acheter de la compote, et je fouillais dans mon sac pour y chercher un bon de réduction découpé dans le journal. Soudain, elle est arrivée derrière moi et m'a demandé pourquoi je m'embêtais avec ça.

— Elle parlait du bon de réduction ? »

Sarah hocha la tête. « Elle a ajouté qu'avec nos étrennes on était à l'abri du besoin. Elle a sorti ça devant la caissière. Comme si elle parlait de la pluie et du beau temps.

— Qu'est-ce que tu as répondu ?

— Rien. J'ai fait celle qui ne comprenait pas.

— Tu as eu raison.

— Mais elle était au courant. Elle a bien vu que je comprenais de quoi elle voulait parler.

— On ne pouvait pas vraiment s'attendre à ce que Lou le lui cache, tu ne crois pas ?

— Il faut tout brûler.

— Je veux dire, il était évident qu'elle serait tôt ou tard au courant.

— Nous avons commis une erreur, Hank. Admets-le. Tout cela est trop gros pour nous.

— Je pense que tu t'emballes un peu », dis-je. Je me penchai en avant pour lui prendre la main, mais elle la retira. « Enfin voyons, Sarah...

— Non. On va se faire prendre. Il faut tout brûler.

— C'est hors de question.

— Hank, tu ne comprends donc pas ce qui va se passer ? Cela va complètement nous échapper. Quand il n'y avait que nous quatre à être au courant, ça allait. Mais chacun a l'air de penser qu'il peut en parler autour de lui. On est cinq à présent. Bientôt on sera plus. Et cela va continuer comme ça jusqu'à ce qu'on se fasse prendre.

— Il n'est pas question de brûler l'argent, répétai-je.

— C'est une petite ville. Ça ne va pas prendre longtemps. Il faut tout arrêter pendant qu'il en est encore temps.

— Sarah, dis-je posément, ce n'est plus aussi simple que cela l'était au début. »

Elle était sur le point de se récrier, puis elle remarqua l'expression de mon visage. « Qu'est-ce que tu veux dire ?

— Tu te souviens de Dwight Pederson ? Ils en ont parlé aux informations. C'est ce vieux type qui est tombé du pont avec sa motoneige. Tu t'en souviens ?

— Oui, c'était le 1er janvier.

— Il n'est pas mort accidentellement. »

Elle avait le regard vide, elle ne saisissait pas.

« Il nous a vus, Jacob et moi, au parc naturel, et nous l'avons tué. » En disant cela, je sentis que mes épaules se libéraient d'un poids. Sans l'avoir projeté, j'étais en train de me confesser.

Sarah essayait de comprendre « Tu l'as tué ? » Elle avait une expression singulière. Ce n'était pas de l'horreur, ce que j'avais redouté le plus. Non, cela ressemblait davantage à de la peur, à une sorte d'appréhension mêlée de perplexité, avec une pointe de réprobation enfouie au milieu, comme une graine qui aurait attendu d'en savoir plus avant de germer et de croître.

Voyant cela, j'hésitai, puis, sans même réfléchir, si bien que mes paroles me surprirent lorsque je les prononçai, je retombai dans le mensonge :

« C'est Jacob qui l'a tué. Il l'a fait tomber de la motoneige, puis il lui a donné des coups de pied dans la tête. Ensuite, on l'a transporté jusqu'au pont et on a maquillé ça en accident. »

Ma confession gisait entre nous, mort-née, pissant le sang sur les papiers éparpillés devant moi.

« Seigneur Dieu », souffla Sarah.

J'avais les yeux baissés.

« Comment as-tu pu le laisser faire une chose pareille ? » interrogea-t-elle. Dans cette question, je vis moins une réprimande que de la simple curiosité. Je ne savais que répondre.

« Tu ne pouvais pas l'en empêcher ?

— Ça s'est passé si vite. Il l'a fait, et l'instant d'après c'était terminé. »

Je levai les yeux, croisai son regard. Sa physionomie me rasséréna : elle était calme. Je n'y lisais ni effroi, ni affliction, simplement du désarroi. Elle ne comprenait pas ce qui s'était passé.

« Il était en train de pister le renard, dis-je. Si Jacob ne l'avait pas tué, il serait tombé sur l'avion, il aurait vu nos empreintes tout autour. »

Sarah réfléchit un moment. « Raison de plus pour brûler l'argent », dit-elle enfin.

Je secouai la tête. Je m'y refusais. J'avais tué pour cet argent ; si je devais y renoncer maintenant, cela voudrait dire que je l'avais fait pour rien. Mon crime en deviendrait insensé, impardonnable. Toutefois je ne pouvais pas m'en ouvrir à Sarah. Je fixais la surface de mon bureau en faisant machinalement rouler un crayon sous la paume de ma main.

« Non, dis-je, on ne va pas le brûler.

— On va se faire prendre. C'est peut-être notre dernière chance », dit-elle plus fort. Je jetai un regard vers la porte et portai un doigt à mes lèvres.

« Si on le brûle, reprit-elle à voix basse, il n'arrivera rien à Jacob. Rien ne permettra de faire le lien entre nous et Pederson. Mais si on attend de se faire pincer, Jenkins pourrait très bien établir le rapprochement.

— Il n'y a pas de raison de s'inquiéter, dis-je calmement. On ne court aucun danger. Et si jamais les choses commençaient à se gâter, on pourra toujours brûler l'argent. C'est toujours le seul élément susceptible de prouver notre culpabilité.

— Mais maintenant, il ne s'agit plus d'un simple vol, il s'agit d'un meurtre.

— Nous sommes les seuls à être au courant, Sarah. Nous et Jacob. C'est notre secret. Il n'y a pas de raison que quelqu'un d'autre soupçonne quoi que se soit.

— On va se faire prendre. » Les mains sur le ventre, elle se laissa aller contre son dossier.

« Non, fis-je avec plus de conviction que je n'en éprouvais vraiment. Personne ne va savoir. Ni pour Pederson, ni pour l'argent. »

Sarah ne dit plus rien. Elle paraissait au bord des larmes, mais je compris que j'avais réussi, au moins provisoirement, à temporiser. Elle laisserait les choses suivre leur cours, elle attendrait de voir ce qu'il adviendrait. Je me levai et allai jusqu'à elle. Je lui effleurai les cheveux, puis me penchai pour la serrer dans mes bras. Ce fut un mouvement dépourvu de grâce : elle était au fond du fauteuil, et son ventre faisait obstacle entre nous. Mais cela eut l'effet recherché. Elle blottit sa tête contre mon épaule et noua les bras autour de mon cou.

Le téléphone se mit à sonner. Il sonna cinq fois, puis se tut.

« Ne t'ai-je pas fait une promesse, Sarah ? Je t'ai promis que nous ne nous ferions pas prendre. »

Je la sentis qui hochait la tête dans le creux de mon cou.

« Et ça n'arrivera pas, murmurai-je. Je vais parler à Lou au sujet de Nancy. Ça va aller. Sois patiente, et tu verras que tout se passera bien. »

Ce soir-là, à l'heure de la fermeture, j'entendis la voix de Jacob dans le hall du magasin. Il parlait à la caissière. Je me levai prestement pour aller ouvrir la porte.

Jacob se tenait devant le comptoir, sa parka fermée jusqu'au cou. Il considérait d'un œil implorant Cheryl Williams, dame entre deux âges, courtaude et abondamment fardée, qui travaillait au magasin comme caissière à mi-temps. Cheryl secouait la tête.

« Je suis désolée, Mr. Mitchell. Je ne peux pas faire ça. Allez voir en face, à la banque.

— Je vous en prie, Cheryl, supplia Jacob. La banque est fermée.

— Dans ce cas, vous allez devoir attendre demain matin.

— Ça peut pas attendre, fit-il d'une voix plus forte. J'en ai besoin tout de suite. »

À sa manière de se tenir, à la position de ses pieds sous la masse de son corps, je compris instantanément qu'il avait bu.

« Jacob », dis-je, sans laisser à Cheryl le temps de répondre. Tous deux se retournèrent avec une même expression de soulagement sur le visage.

« Elle veut pas me donner du liquide contre ce chèque, dit Jacob en agitant le rectangle de papier en direction de Cheryl.

— Nous ne sommes pas une banque, dis-je. Nous ne faisons pas ce genre d'opérations. »

Cheryl, qui était retournée faire sa caisse de la journée, se permit un sourire fugace.

« Écoute, Hank..., commença Jacob.

— Viens dans mon bureau. »

Il me suivit et je refermai la porte derrière lui. Je l'invitai à s'asseoir. Il se posa dans le fauteuil que Sarah avait occupé un peu plus tôt dans l'après-midi. Le siège gémit sous son poids. J'allai rouvrir les lames du store. Le soleil était en train de se coucher. Église et cimetière étaient déjà gagnés par l'obscurité.

« Tu as bu », dis-je sans me détourner de la fenêtre. Je l'entendis remuer sur son siège.

« Comment ça, j'ai bu ?

— Ça se sent d'ici. Il n'est pas cinq heures, et tu es déjà ivre.

— J'ai bu deux trois bières, Hank. Je suis pas soûl. »

Je m'adossai au rebord de la fenêtre. Jacob devait tordre le cou pour me voir. Il avait l'air gauche et gêné d'un collégien convoqué chez le proviseur.

« C'est complètement irresponsable de ta part, dis-je.

— J'ai vraiment besoin de cet argent. Il me le faut pour ce soir.

— Tu es pire que Lou.

— Oh, écoute, Hank. J'ai bu deux bières.

— Il en a parlé à Nancy, n'est-ce pas ? »

Jacob soupira.

« Réponds !

— Pourquoi tu fais une fixation là-dessus ?

— Il faut que je sache à quoi m'en tenir.

— Mais comment je le saurais ?

— Je veux connaître ton sentiment à ce sujet. »

Il était vautré sur le fauteuil. Il avait cessé de me regarder. « C'est sa copine. Ils vivent ensemble.

— Tu veux dire qu'il l'a mise au courant ?

— Si Lou me demandait si Sarah est au courant, je lui répondrais que...

— Lou t'a demandé ça ?

— Écoute, Hank, j'essaie de te faire comprendre que je peux faire que des suppositions. Je suis sûr de rien.

— Je ne te demande pas ce que tu sais, je te demande ce que tu penses.

— Comme je disais, c'est sa copine.

— Ce qui signifie que oui ?

— Je suppose.

— Tu te rappelles ce qu'on avait dit ? Que tu répondais de lui ? »

Il ne pipa mot.

« S'il fout tout par terre, c'est toi qui porteras le chapeau.

— Enfin, Hank, c'est pas comme si...

— Je brûlerai l'argent, Jacob. Si jamais je vois que lui et toi, vous commencez à déconner, je fais tout cramer. »

Il fixait piteusement son chèque.

« Tu as intérêt à mettre les choses au point avec lui, et vite. Tu vas lui dire qu'il répond de Nancy, tout comme je t'ai dit que tu répondais de lui. »

Jacob leva les yeux vers moi. Il réfléchissait. Son front, large et bas, était constellé d'acné. Il avait la peau grasse ; elle luisait à la lumière de ma lampe de bureau. Il promenait la langue sur ses dents du haut avec un bruit de succion, comme pour les nettoyer.

« C'est un peu comme une chaîne alimentaire, tu trouves pas ?

— Une chaîne alimentaire ?

— Oui. Lou répond de Nancy, je réponds de Lou, tu réponds de moi. »

Je considérai la chose, puis hochai la tête.

« Donc, d'une certaine manière, ajouta-t-il, tu réponds de nous tous. »

Je ne trouvai rien à répondre à cela. Je retournai m'asseoir à mon bureau. « Ce chèque, quel est son montant ?

105

— Quarante-sept dollars. »

Il me le remit. Il n'avait pas enlevé ses gants.

« Ça correspond à quoi ?

— C'est Sonny Major qui me l'a fait. Je lui ai vendu ma boîte de clés à cliquet. »

J'examinai le chèque, puis le lui rendis accompagné d'un stylo. « Tiens, endosse-le. »

Tandis qu'il y apposait sa signature, je tirai de mon portefeuille deux billets de vingt, et un de dix. Je les lui donnai en échange du chèque.

« Tu me dois trois dollars », dis-je.

Il empocha l'argent, parut sur le point de se lever, mais se ravisa. Il regarda mon front. « Comment ça va, ta bosse ? »

J'y promenai le doigt. Ce n'était plus qu'une minuscule cicatrice. « C'est guéri. Et ton nez ? »

Il plissa les narines, y fit passer de l'air. « Ça va. »

Après cela, il y eut un silence. J'allais me lever pour le raccompagner jusqu'à la porte, lorsqu'il demanda : « Tu te rappelles la fois où Papa s'est cassé le nez ? »

Je hochai la tête. Je devais avoir sept ans. Mon père avait acheté une éolienne par correspondance pour améliorer l'irrigation d'une de ses parcelles. Il en terminait le montage et se trouvait en haut de l'échelle en train de serrer un écrou, quand un coup de vent subit mit en branle les pales d'aluminium. Frappé en plein visage, il était tombé de son échelle. Notre mère avait tout vu depuis la maison et, comme il restait à terre, les mains plaquées sur le visage, elle avait immédiatement appelé une ambulance. Ashenville disposant d'une caserne de sapeurs-pompiers bénévoles, ce furent des amis et connaissances de notre père qui accoururent, et pendant des années ils le mirent en boîte avec cela.

« Cette éolienne est toujours debout, dit Jacob. On peut la voir de la route en passant.

— Oui, de tous les trucs qu'il a construits, c'est peut-être le seul qui ait vraiment fonctionné. »

Jacob sourit — le peu d'aptitudes de notre père pour le bricolage avait toujours été un sujet de plaisanterie dans la famille —, mais c'est d'une voix pleine de mélancolie qu'il dit : « Je voudrais qu'ils soient encore là, tous les deux. »

Je levai les yeux vers lui, et ce fut comme si on tirait un rideau : j'eus un brusque aperçu des profondeurs de sa solitude. Jacob avait toujours été plus proche que moi de nos parents. Il avait vécu avec eux jusqu'à l'année précédant l'accident, et même après qu'il fut parti de la maison, il y passait encore le plus clair de son temps. Il venait leur parler, regarder la télévision, effectuer de menus travaux. La ferme était pour lui un refuge face au monde extérieur. Moi, j'avais Sarah et bientôt un enfant, mais la famille de mon frère se trouvait tout entière dans le passé. Il n'avait personne.

Je cherchais vainement quelque chose à lui dire. J'aurais voulu faire un geste, avoir une parole rassurante, mais rien ne me venait. Je ne savais pas comment communiquer avec mon frère.

Ce fut lui qui rompit le silence en demandant : « Quand tu dis que tu m'en feras porter le chapeau, qu'est-ce que ça veut dire ? »

Je réalisai avec un petit sursaut de panique, qui dissipa d'un coup mon empathie naissante, que si je voulais tenir Jacob, il me fallait brandir une menace plus concrète que la simple notion de responsabilité. La solution s'imposa instantanément, elle était l'évidence même, c'était la seule arme à ma disposition dont je fusse certain qu'elle l'effraierait :

« Si on tombe à cause de Lou, je raconterai tout à propos de Pederson. Je dirai que c'est toi qui l'as tué, et que je t'ai juste aidé à dissimuler ton crime. »

Il me regardait sans comprendre.

« Je dirai que j'ai essayé de m'interposer, mais que tu m'as repoussé et que tu l'as tué. »

Jacob en fut tellement sidéré qu'il dut chercher ses mots. « Mais, Hank, c'est toi qui l'as tué.

— Je mentirai, Jacob. Si on se fait prendre à cause de Lou, je te le ferai payer. »

Son visage se crispa comme s'il souffrait physiquement. Il avait le nez qui coulait ; il l'essuya du revers de la main, puis frotta son gant sur la jambe de son pantalon. « Je veux pas être responsable de lui, dit-il.

— C'était notre marché. On était tombés d'accord là-dessus. »

Il secoua la tête. Les plis de son menton, livides et marbrés, continuèrent de trembler encore après. « Je peux quand même pas l'enchaîner.

— Il faut que tu lui parles, Jacob.

— Que je lui parle ? fit-il, exaspéré. C'est pas de lui parler qui va l'empêcher d'en faire à sa tête.

— Il faut le menacer.

— Et de quoi ? Tu veux que je lui dise que je vais lui casser la gueule ? que je vais foutre le feu à sa baraque ? » Il eut un reniflement de dégoût. « Le menacer, tu parles ! »

Il y eut un silence. J'entendais les employés aller et venir dans le hall, sur le point de rentrer chez eux pour la nuit.

« Je veux pas être responsable de lui, répéta Jacob.

— Dans ce cas, il y a un problème. Le mieux, ce serait peut-être encore de brûler l'argent. »

Ce n'était que du bluff, je n'en pensais pas un mot ; d'ailleurs, Jacob ne réagit pas. Il fixait le bureau en plissant le front. Il faisait visiblement un effort de réflexion.

« Lou fera pas de conneries, dit-il.

— Oui. Parce que tu ne vas pas lui en laisser l'occasion. »

Il n'avait pas l'air de m'écouter. Il était encore perdu dans ses pensées. Quand il parla à nouveau, ce fut en évitant mon regard : « Et dans le cas contraire, il pourrait toujours lui arriver un accident.

— Un accident ?

— Comme à Pederson.

— Tu veux dire qu'on pourrait le tuer ? » fis-je, sidéré.

Il hocha la tête sans cesser de fixer le dessus du bureau.

« Bon sang, Jacob. C'est ton meilleur ami. Tu ne parles pas sérieusement. »

Il ne répondit pas.

« Carrément les meurtres en série.

— Plaisante pas, Hank. J'essaie juste de...

— Le refroidir, hein ? Le buter. » Je me mis à imiter sa voix : « " Il pourrait toujours lui arriver un accident. " Mais pour qui tu te prends, Jacob ? Un gangster ? »

Il évitait toujours mon regard.

« Tiens, tu me rends malade », dis-je.

Il soupira, l'air contrarié.

« Comment vois-tu la chose ? demandai-je. Tu as un plan ?

— Je pensais qu'on pourrait maquiller ça en accident de voiture.

— En accident de voiture ! C'est génial. Et comment tu vas t'y prendre ?

Il haussa les épaules.

« Peut-être en le mettant dans sa voiture et en la poussant par-dessus le pont d'Anders Creek ? demandai-je.

Il commença de dire quelque chose, mais je le coupai :

« On a eu de la chance avec Pederson. Tout s'est goupillé en notre faveur. Ce genre de chose n'arrive qu'une fois.

— Je pensais simplement que...

— C'est bien ça le problème : tu penses simplement. Tu es stupide. Tu te rappelles comment tu étais l'autre fois ? Tu pleurais. Tu chialais comme un gosse. Tu as envie de remettre ça ? »

Il ne répondit pas.

« Tiens, regarde par la fenêtre. Tu vois le cimetière, de l'autre côté de la rue ? »

Il se retourna. Il faisait noir ; on ne voyait plus rien à l'extérieur. La vitre réfléchissait la pièce.

« Dwight Pederson a été enterré la semaine dernière. S'il est là, c'est à cause de toi, à cause de ta cupidité, et parce que tu as perdu les pédales. Qu'est-ce que ça t'inspire comme réflexion ? »

Je le dévisageai jusqu'à ce qu'il lève les yeux vers moi. « Si je l'avais pas fait, dit-il, il aurait trouvé l'avion.

— Eh bien, il fallait le laisser le trouver.

— Mais c'est toi qui l'as tué, dit-il, perplexe.

— C'était pour te protéger, Jacob. C'était ou lui ou toi, et c'est toi que j'ai choisi. » Je marquai un temps. « J'ai peut-être commis une erreur. »

Il parut pris de court par ma sortie. Il semblait toujours aussi troublé.

« Mais on ne m'y reprendra pas, dis-je. La prochaine fois, je te laisse tomber.

— Je peux pas être responsable de lui, murmura-t-il.

— Prends-le entre quat'z'yeux. Dis-lui que je brûle l'argent si je vois qu'il fait le con. »

Maintenant, il regardait ses pieds, et je remarquai pour la première fois qu'il avait un début de tonsure. C'en était saisissant : un peu moins enveloppé, il aurait été le portrait craché de notre père à l'époque de sa mort. Il avait l'air défait, abattu.

« J'aimerais qu'on puisse faire tout de suite le partage, dit-il. On partage et on fiche le camp.

— Ce n'est pas ce qu'on avait prévu, Jacob.

— Je sais bien, soupira-t-il. Je dis juste ce que j'aimerais. »

Le lendemain, un vendredi, Sarah me demanda pendant le dîner si j'avais parlé à Lou.

« C'est Jacob qui s'en charge. »

Nous mangions des spaghettis, et Sarah était en train de se resservir. « Jacob ? » fit-elle. Elle garda la cuiller de service en l'air, et les pâtes se balancèrent mollement au-dessus de son assiette. Elle portait une robe bleu foncé. Sous l'éclairage intense de la cuisine, cette couleur la faisait paraître blême, comme anémique. « Est-ce que ce ne devrait pas être plutôt à toi de le faire ?

— J'ai jugé préférable que ce soit Jacob. Lou va l'écouter. Moi, il ne m'écouterait pas. »

Elle finit de se servir et reposa le plat au centre de la table. « Tu crois que Jacob réalise combien c'est important ?

— Je lui ai fait un peu peur.

— Comment ?

— Je lui ai dit que si on se faisait prendre à cause de Lou, je déballerais tout sur la mort de Pederson.

— Et alors ?

— Il a un peu paniqué au début, mais je pense que ça va marcher. » Je souris. « Il a même suggéré qu'on tue Lou. »

Cela ne parut pas l'impressionner. « Comment ? dit-elle.

— Comment quoi ?

— Comment voulait-il le tuer ?

— Il a parlé de maquiller ça en accident de voiture. »

Sarah fit la moue. Elle prit sa fourchette, y enroula des spaghettis, les porta à sa bouche et avala. « À mon avis, tu ne devrais pas menacer Jacob.

— Je ne l'ai pas menacé. J'ai juste cherché à le secouer un peu.

— S'il est capable d'envisager de se liguer avec toi contre Lou, il est tout aussi capable de se liguer avec Lou contre nous.

— Jacob ne ferait pas une chose pareille, dis-je, comme si l'idée était parfaitement absurde.

— Comment peux-tu en être aussi sûr ?

— C'est mon frère, Sarah. Ça compte, ça.

— Mais de qui est-il le plus proche, de toi ou de Lou ? Ses rapports avec Lou sont plus fraternels que les vôtres. »

Elle voyait juste, bien évidemment. « Tu veux dire que Jacob pourrait être tenté de me tuer pour s'approprier l'argent ?

— Ce que je dis, c'est qu'il ne faut pas le menacer. Tout ce que tu vas réussir à faire, c'est le pousser dans les bras de Lou. Contrairement à toi, ils n'ont pas de famille. Ils pourraient très bien se pointer ici, te descendre, prendre l'argent et disparaître dans la nature.

— L'argent est caché. Ils ne savent pas où il est.

— Disons alors qu'ils pourraient arriver ici, te pointer une arme sur la tempe et te demander où il est.

— Jamais ils ne feraient une chose pareille.

— Ou bien c'est sur moi qu'ils braqueraient leur arme. » Elle se caressa le ventre. « Ici, à cet endroit. »

Du bout de ma fourchette, je poussai les spaghettis autour de mon assiette. « Je ne crois vraiment pas Jacob capable de faire une chose pareille. Et toi ?

— Il a bien tué Pederson, non ? »

Je ne répondis pas. Il y avait une autre possibilité, mais j'hésitais. Ce ne serait que l'affaire de quelques mots. Je restai peut-être ainsi trente secondes à réfléchir, posant un regard absent sur Sarah, m'efforçant d'inventorier les conséquences possibles de l'aveu comme de la dissimulation, mais comme elles échappaient à mon imagination, je finis par me décider à l'aveuglette.

« Tu ne dis rien ? insista Sarah.

— Ce n'est pas Jacob qui a tué Pederson », dis-je, et, comme dans mon bureau le jour précédent, j'éprouvai l'éblouissement de la confession.

Je scrutai le visage de Sarah en quête d'une réaction. Mais elle me regardait d'un air inexpressif. « Pourtant, tu m'avais dit...

— Il l'a assommé, et on le croyait mort. Mais quand je l'ai empoigné pour le mettre sur la motoneige, il a gémi, et j'ai dû l'achever.

— Tu l'as tué ? »

Je hochai la tête, le corps parcouru d'une vague de soulagement. « Je l'ai tué.

— Mais comment ?

— Avec son écharpe. Je l'ai étouffé. »

Abasourdie, elle posa un doigt sur son menton et, pendant un bref instant, je pus suivre sur sa figure l'effet de mes paroles. J'y vis de la stupeur, une étincelle de peur, et puis un regard qui contenait quelque chose comme de la répulsion, un regard qui mettait de la distance entre nous, qui me repoussait loin d'elle. L'espace d'un instant, elle eut peur, puis cela passa aussi vite que c'était venu. Son visage se referma, et elle me ramena à la réalité.

« Pourquoi Jacob ne s'en est-il pas chargé ? interrogea-t-elle.

— Il était déjà parti. Je lui avais dit de partir, de me retrouver au pont.

— Tu étais seul ? »

J'acquiesçai d'un signe de tête.

« Pourquoi ne pas me l'avoir dit plus tôt ? »

Je me fis violence pour lui donner une réponse sincère : « Je craignais que tu ne prennes peur.

— Que je prenne peur ?

— Que tu en sois toute retournée. »

Sarah se tut. Elle essayait de réarranger les choses pour qu'elles s'inscrivent dans un nouveau scénario, et cela me valut un début de panique : j'eus soudain l'impression qu'elle jouait la dissimulation, qu'elle affectait un calme qu'elle n'éprouvait pas réellement.

« C'est le cas ? » demandai-je.

Elle me regarda une fraction de seconde, mais elle avait toujours l'esprit ailleurs. « Pardon ?

— Est-ce que c'est un choc pour toi ?

— C'est… », commença-t-elle. Elle dut se concentrer pour trouver le mot adéquat : « C'est fait.

— Fait ?

— Je n'aurais sans doute pas voulu que tu le fasses, mais maintenant que c'est arrivé, je peux le comprendre.

— Mais tu regrettes que je l'aie fait ?

— Je ne sais pas », dit-elle. Puis elle ajouta. « Non, je crois que non. Nous aurions perdu l'argent. Jacob aurait été arrêté. »

Je considérai cet aspect des choses tout en scrutant son visage en quête de quelque autre réaction. « Aurais-tu agi de même ? Si tu avais été à ma place ?

— Mon Dieu, Hank. Comment veux-tu que…

— Je veux juste savoir si tu l'aurais fait. »

Elle ferma les yeux, comme pour s'imaginer accroupie au-dessus du corps de Pederson, son écharpe roulée en boule dans la main. « Peut-être, finit-elle par murmurer. Peut-être que je l'aurais fait. »

112

Je ne pouvais le croire, je m'y refusais, et je sentais cependant que c'était peut-être vrai. Elle aussi aurait pu le tuer. Après tout, aurais-je pu imaginer que Jacob renverserait Pederson et lui donnerait des coups de pied à la tête et à la poitrine ? Et, plus particulièrement, m'imaginer en train d'étouffer ce vieux bonhomme avec son écharpe ? Non, me dis-je, bien sûr que non.

Je m'apercevais avec effroi que je ne pouvais pas plus prédire les réactions de ceux qui m'entouraient que les miennes. C'était mauvais signe ; cela semblait indiquer que nous nous étions aventurés sans cartes en territoire inconnu. Nous étions pour ainsi dire perdus.

« Jacob n'est pas au courant ? demanda Sarah.

— Si, je lui ai dit. »

Elle tressaillit. « Pourquoi ?

— Il craquait complètement. Il pleurait. J'ai pensé que ce serait plus facile pour lui s'il savait que nous partagions la responsabilité.

— Il va s'en servir contre toi.

— Comment veux-tu ? Si l'un de nous est inquiété, nous serons tous les deux dans le bain.

— Surtout si tu le menaces. Il va aller trouver Lou, et ils vont s'en servir pour comploter contre nous.

— Tu fais de la parano, Sarah.

— Nous cachons des choses à Jacob, pas vrai ? »

Je hochai la tête.

« Toi et Jacob, vous cachez des choses à Lou ? »

J'opinai derechef.

« Alors, pourquoi as-tu du mal à croire que lui et son copain puissent nous cacher des choses ? »

Je n'avais pas de réponse à cette question.

Plus tard dans la soirée, vers vingt-trois heures, la belle-mère de Sarah, Millie, appela de Miami. Les parents de ma femme, tout comme les miens, n'étaient plus de ce monde. Sa mère était morte lorsqu'elle était très jeune, son père juste après notre mariage.

Sarah était encore dans sa prime adolescence quand Millie était devenue sa belle-mère, mais elles n'avaient jamais été proches. Elles ne s'étaient pas revues depuis les funérailles de mon beau-père. Elles s'appelaient pourtant une fois par mois, rituel auquel elles sacrifiaient apparemment plus par souci des obligations familiales que par inclination.

Sarah avait été élevée dans le sud de l'Ohio. De l'autre côté du fleuve, c'était le Kentucky. Millie était infirmière dans l'hôpital où la mère de Sarah s'était lentement éteinte d'une leucémie. C'est là qu'elle avait fait la connaissance de son père. Elle était originaire de la Virginie-Occidentale et, même après dix années passées à Miami, elle avait conservé un léger accent du Sud que Sarah prenait chaque fois qu'elles parlaient ensemble.

Leurs coups de fil étaient de longs monologues à deux. Millie s'étendait sur les activités mondaines de sa petite coterie de relations, se lamentait sur la décrépitude galopante de Miami en général et de la résidence où elle vivait en particulier, et concluait d'habitude par une ou deux anecdotes sur sa vie avec le père de Sarah. Quant à Sarah, elle lui parlait de sa grossesse, de moi et du temps, de ce qu'elle avait lu récemment dans le journal ou vu à la télévision. Elles ne se posaient jamais de questions ; il y avait fort peu d'échange dans leurs rapports. Elles s'entretenaient une vingtaine de minutes, puis, comme si elles fussent préalablement convenues d'une limite mutuellement acceptable à la durée de leur conversation, elles se disaient au revoir et raccrochaient.

Ce soir-là, Millie appela comme nous allions nous mettre au lit. Lorsque je compris qui c'était, je chuchotai à Sarah que je descendais manger un morceau. Je n'aimais pas me trouver dans la pièce quand elle était au téléphone : c'était comme si j'écoutais aux portes.

Je me préparai un sandwich au fromage et me versai un verre de lait. Je mangeai debout devant le comptoir, dans le noir. Par la fenêtre latérale, à une dizaine de mètres de l'autre côté d'une étroite bande de gazon, je pouvais voir la maison des voisins. Elle était comme le reflet de la nôtre : tout y était identique, mais inversé. La télévision était allumée à l'étage ; son tremblement bleuâtre s'encadrait dans la fenêtre, pareil à l'éclairage d'une piscine la nuit.

Je demeurai ainsi quelques minutes dans la pénombre à mastiquer mon sandwich tout en repensant à ma dernière conversation avec Sarah. J'étais immensément soulagé par le calme avec lequel elle avait reçu ma confession. J'avais craint qu'elle ne prenne peur et ne me voie tout à coup comme une espèce de monstre psychopathe, mais rien de tel ne s'était produit. Et d'ailleurs, pourquoi en aurait-il été autrement ? En dépit de mon crime, Sarah, tout comme moi-même, me considérait toujours comme un type bien. L'ensemble de notre vie commune contrebalançait ce seul accident de parcours. Il y avait eu bien sûr le choc initial — cela ne m'avait pas échappé — , un éclair de peur et de répulsion, mais, en l'espace de quelques secondes, pragmatique comme à son habitude, elle avait pris son parti de ce qui était arrivé. « C'est fait », avait-elle dit, puis elle était passée à autre chose, plus portée à envisager l'avenir qu'à ressasser le passé. Son souci était d'ordre purement pratique : Jacob était-il ou non au courant du meurtre, et en quoi cela influerait-il sur nos rapports avec lui et avec Lou ? Elle était imperturbable, un véritable roc. Et je pris conscience, là, debout dans la cuisine, que si tout le reste échouait, ce serait elle qui nous en sortirait.

Chez les voisins, la télévision s'éteignit et la maison fut plongée dans le noir. Je déposai mon verre vide dans l'évier.

En ressortant, je remarquai que la porte du séjour était entrebâillée. J'allumais la lumière et passai la tête à l'intérieur. Des papiers étaient éparpillés sur la table, des magazines, des brochures.

Sarah était toujours au téléphone. Sa voix était basse, assourdie, comme si elle se parlait à elle-même. J'ouvris la porte en grand et entrai dans le séjour.

Comme si je craignais que Sarah ne m'entendît, quoique ce ne fût pas conscient de ma part, je m'approchai à pas feutrés de la table. Je la balayai du regard. Il y avait toutes sortes de brochures, au moins une trentaine, peut-être plus, des catalogues d'agences de voyages pleins de photos de femmes au corps cuivré en bikini de couleur vive, de familles en train de skier ou de faire du cheval, d'hommes sur des courts de tennis et des terrains de golf, de tables chargées de mets exotiques. « Bienvenue au Belize ! » y lisait-on, « Paris au printemps ! » ; « La Crète, île des dieux ! » ; « Offrez-vous une croisière dans le Pacifique ! » ; « Le Népal, pays oublié du temps ! » Tout était luisant et lisse ; tout le monde souriait ; chaque phrase s'achevait sur un point d'exclamation. Outre leur format, plus imposant, les magazines étaient de même teneur.

Un peu à l'écart, il y avait un carnet ouvert où je reconnus l'écriture de Sarah. En haut de la page, elle avait inscrit

115

« Voyages ». Suivait une liste de villes et de pays, tous numérotés, apparemment par ordre de préférence. En première position venait Rome, ensuite l'Australie. En face, une autre liste, celle-là intitulée « Choses à apprendre ». En dessous étaient énumérées des activités comme la voile, le ski, la plongée, l'équitation, en une longue colonne qui couvrait toute la page.

Je compris avec un coup au cœur qu'il s'agissait de ce que Sarah rêvait de faire avec l'argent. Je parcourus ces deux pages : la Suisse, le Mexique, Antigua, Moscou, New York, le Chili, Londres, l'Inde, les Hébrides... le tennis, le français, la planche à voile, le ski nautique, l'allemand, l'histoire de l'art, le golf... Des listes et des listes d'endroits dont je ne l'avais jamais entendue parler, d'envies que je ne lui aurais jamais supposées.

Dès les premiers temps de notre rencontre, j'avais perçu Sarah comme quelqu'un de plus assuré et de plus décidé que moi. La première fois que nous étions sortis ensemble, c'était elle qui en avait exprimé le désir, de même que pour notre première relation sexuelle ; et c'était elle qui avait suggéré que nous nous fiancions. Elle avait fixé la date du mariage (le 17 avril), mis au point la lune de miel (dix jours à Naples, en Floride) et décidé de l'époque à laquelle nous essaierions de faire un bébé. Tout donnait à penser qu'elle arrivait toujours à ses fins, mais je me rendais compte à présent que ce n'était pas vraiment le cas, que derrière cette façade volontaire se cachaient une grande quantité de frustrations.

Elle avait décroché une licence en génie pétrochimique à l'université de Toledo. Lorsque j'avais fait sa connaissance, elle projetait d'aller s'établir au Texas et de trouver un emploi lucratif dans le pétrole. Elle espérait aussi économiser pour acquérir un jour un ranch, une « fazenda », comme elle disait, et y élever des chevaux et du bétail. Elle avait déjà imaginé une marque, un S au centre d'un cœur. Au lieu de cela, nous nous étions mariés. Je fus embauché au magasin d'aliments pour le bétail d'Ashenville au printemps de ma dernière année à Toledo, et, tout à coup, sans l'avoir vraiment choisi, elle s'était retrouvée à Delphia. Le nord-ouest de l'Ohio n'offrait guère de débouchés pour quelqu'un de sa formation, aussi avait-elle accepté un emploi à mi-temps à la bibliothèque municipale. Bien qu'elle s'accommodât toujours de tout, elle devait nourrir quelque regret et regarder de temps en temps en arrière en s'affligeant de l'écart entre son existence présente et celle dont elle avait rêvé lorsqu'elle était étudiante. Elle avait sacrifié une partie d'elle-même à notre relation, mais sans jamais y faire allusion, aussi la chose m'avait-elle paru naturelle, inévitable même. Il m'avait fallu attendre ce soir-là pour que j'entrevisse cette tragédie intime.

À présent, l'argent était là, et elle pouvait se remettre à rêver, dresser des listes, feuilleter des revues, envisager une nouvelle vie. Et c'était une manière bien agréable de l'imaginer : pleine d'espoirs et de promesses, mais j'y voyais aussi, pour ma part, quelque chose de terriblement triste. Je m'apercevais que nous étions pris au piège ; nous avions franchi une limite et ne pouvions plus revenir en arrière. En nous ouvrant les portes du rêve, l'argent nous avait amenés à mépriser notre existence présente. Mon boulot au magasin, notre maison préfabriquée, l'agglomération qui nous entourait, tout cela faisait déjà partie du passé dans notre esprit. Étriquée, grise, invivable, telle était notre situation avant que nous ne devenions millionnaires. Ainsi, si pour une raison ou pour une autre nous étions contraints à renoncer à cet argent, nous ne pourrions pas reprendre comme si de rien n'était notre vie d'avant, cette existence que nous avions jugée et condamnée sans appel, cette existence sur laquelle nous avions déjà tiré un trait. Les dégâts seraient irrémédiables.

« Hank ? appela Sarah. Chéri ? » Elle avait raccroché.

« J'arrive », lançai-je. J'éteignis la lumière et refermai doucement la porte.

Le samedi après-midi, alors que Sarah et moi finissions de déjeuner, on sonna à la porte d'entrée. C'était Jacob, vêtu, à ma grande surprise, d'un pantalon de flanelle gris et d'une paire de chaussures en cuir. Pour la première fois depuis les obsèques de nos parents, je le voyais autrement qu'en jeans ou en pantalon de treillis, et cela me prit un peu au dépourvu, de sorte que je ne remarquai pas tout de suite un changement encore plus radical : il n'avait plus de cheveux. Il était allé chez le coiffeur se les faire couper en brosse. Sa tête paraissait maintenant trop grosse pour son corps, comme si ses épaules étaient surmontées d'une baudruche gonflée à éclater.

Il attendait ma réaction en dansant d'un pied sur l'autre. Je lui adressai un sourire. En dépit de l'évidente étroitesse de son pantalon, et de la façon dont ses souliers marron juraient avec le bleu de ses chaussettes, il semblait content de lui, content de son apparence, ce qui n'était pas chose fréquente. Cela m'inspira un sentiment chaleureux à son endroit, et j'eus envie de le complimenter.

« Tu t'es fait couper les cheveux », dis-je.

Il sourit timidement, se passa la main sur le crâne. « Oui, ce matin.

— C'est pas mal. Ça te va bien. »

Souriant toujours, il se mit à regarder au loin d'un air gêné. De l'autre côté de la rue, un gosse se servait d'une crosse de hockey pour envoyer une balle de tennis contre la porte de son garage. La balle était humide et laissait une trace à chaque impact. Mary Beth le suivait des yeux de l'intérieur du pick-up.

« T'as un moment ? demanda Jacob. Faut que je te parle.

— Bien sûr, dis-je en ouvrant grand la porte. Tu as déjeuné ? Je peux te préparer un sandwich. »

Il glissa un œil à l'intérieur. Il était timide avec Sarah, comme avec toutes les femmes en général, et cherchait toujours à se défiler lorsqu'elle était dans les parages. « Je m'étais dit qu'on pourrait aller faire un tour en voiture.

— On ne peut pas parler ici ?

— C'est que c'est à propos de l'argent », murmura-t-il.

Je sortis sur la véranda et refermai la porte derrière moi. « Il y a un problème ? demandai-je.

— Non, aucun problème.

— C'est au sujet de Pederson ? »

Il secoua la tête. « C'est juste quelque chose que je voudrais te montrer. C'est une surprise.

— Une surprise ?

— Oui. Tu vas voir, ça va te plaire. »

Je réfléchis un moment, puis je rouvris la porte. « Je prends ma veste », dis-je.

Sitôt dans la camionnette, je cherchai à en savoir plus, mais il ne voulut rien dire.

« Attends, dit-il. Il faut d'abord que je te montre. »

Nous quittâmes Delphia par l'ouest, en direction d'Ashensville. Je crus d'abord que nous retournions au parc naturel, mais il tourna à gauche sur Burnt Road et prit vers le sud. C'était une journée froide et ensoleillée. Sur les champs, la neige était recouverte d'une croûte de glace qui scintillait de mille feux. Jacob s'engagea sur un chemin de terre, et je compris qu'il me conduisait à la ferme de notre père.

Plongé dans la contemplation du paysage, je sentis que la camionnette ralentissait, puis s'arrêtait. Je n'étais pas venu ici depuis des années et j'étais stupéfait de voir combien peu de choses subsistaient de l'endroit où j'avais grandi. La maison, la grange et les autres dépendances avaient été démontées et emportées, le sous-sol avait été comblé et mis en culture. Les grands arbres qui entouraient la maison avaient été abattus et vendus à une scierie. Le seul vestige de la présence de notre famille sur cette terre était l'éolienne de notre père, qui se dressait toujours, quoiqu'un peu de guingois, à environ quatre cents mètres vers l'ouest.

« Tu viens souvent par ici ? demandai-je à Jacob.

— De temps en temps. » Il regardait du côté où devait jadis se trouver la maison. La vue portait sur plus d'un kilomètre de terrain complètement uniforme. Avec cette platitude et la neige qui recouvrait tout, il était difficile de ne pas laisser son regard vagabonder. Il n'y avait rien qui pût l'accrocher. C'était comme contempler le ciel.

« On descend faire un tour ? » proposa Jacob.

Cela ne me disait rien, mais lui semblait en avoir envie. « D'accord », fis-je en ouvrant ma portière.

Nous partîmes à travers champs, suivant le tracé supposé de notre allée de gravillons. Mary Beth gambadait devant nous dans quarante centimètres de neige, s'arrêtant de temps en temps pour flairer des choses que nous ne pouvions voir. Nous nous arrêtâmes à une centaine de mètres de la route, là où s'élevait autrefois la maison. Peut-être n'étions-nous pas au bon endroit : il n'y avait aucun repère qui permît de nous orienter, ni pierre de cheminée, ni corps de pompe, pas même une légère dépression qui eût marqué l'emplacement des fondations. Rien ne distinguait ce lieu de l'étendue environnante. L'éolienne se dressait au loin sur notre gauche. Une petite brise soufflait du nord, et chaque risée mettait l'hélice en action. Le mécanisme grinçait, mais le son ne nous parvenait qu'une seconde plus tard et, quand nous tournions la tête pour regarder de ce côté-là, les grandes pales étaient de nouveau immobiles.

Jacob essayait de retrouver l'emplacement des différents

bâtiments, la grange, le hangar aux tracteurs, les silos à grain, la cabane en tôle où notre père entreposait ses semences. Il tournait sur lui-même en montrant les différents endroits. Le cuir de ses chaussures était trempé.

« Jacob, dis-je au bout d'un moment, pourquoi m'as-tu amené ici ? »

Il sourit jusqu'aux oreilles. « J'ai décidé ce que je vais faire avec ma part.

— Et c'est quoi ?

— Je vais racheter la ferme.

— Cette ferme ?

— Oui. Je vais reconstruire la maison, la grange, tout, exactement comme avant.

— Mais c'est impossible, dis-je, consterné. Il va falloir qu'on quitte le pays. »

Le chien fouissait la neige à nos pieds. Jacob le regarda un moment avant de répondre : « Où veux-tu que j'aille, Hank ? Pour vous, c'est différent. Toi, tu as Sarah, et Lou a Nancy, mais moi, je n'ai personne. Tu voudrais que je parte comme ça, tout seul ?

— Jacob, tu ne peux pas racheter cette ferme. Où est-ce que tu dirais que tu as trouvé l'argent ?

— J'ai pensé qu'on pourrait dire que Sarah a touché un héritage. Personne par ici ne sait quoi que ce soit sur sa famille. On racontera que vous avez acheté la ferme avant de partir et que vous m'en avez confié l'exploitation. »

Je laissai mon regard errer à travers les champs dénudés et tentai de m'imaginer mon frère restant ici, reconstruisant la maison, posant des clôtures, cultivant la terre. La chose me paraissait inconcevable.

« Je pensais que tu serais content, dit-il. C'est notre ferme. Je vais la faire revivre. »

Il se trompait : j'étais tout, sauf content. J'avais fui cette ferme toute ma vie. Aussi loin que je m'en souvienne, je l'avais toujours perçue comme un endroit où tout tombait en quenouille, où rien ne marchait comme prévu. Encore maintenant, en considérant cet emplacement désert sur lequel se dressait jadis notre foyer, j'étais saisi d'un irrésistible accès de découragement. Rien de bon n'en était jamais sorti.

« C'est très dur, Jacob. Est-ce que tu en as conscience ? Il ne suffit pas d'acheter une ferme, il faut encore l'exploiter. Il faut être au fait des machines, des semences, des engrais, des pesticides, des désherbants, du drainage et de l'irrigation, il faut tenir compte aussi du temps et de la législation. Tu ne connais rien à tout ça. Tu finirais comme notre père. »

Je compris aussitôt que j'avais été trop brutal. Je vis à la façon dont mon frère se tenait que je l'avais blessé. Voûté, les mains dans les poches de son pantalon, il fuyait mon regard.

« La ferme devait me revenir, dit-il. Papa me l'avait promis. »

Je hochai la tête, encore honteux de ma sortie. Notre père voulait que l'un de nous soit agriculteur et l'autre avocat. Comme je réussissais mieux à l'école, c'est moi que l'on avait envoyé à l'université. Toutefois, aucun de nous deux n'avait été à la hauteur des rêves paternels.

« Je te demande de m'aider, dit Jacob. Je ne l'ai jamais fait jusqu'à présent, mais aujourd'hui, je te le demande. Aide-moi à récupérer la ferme. »

Je ne répondis pas. Je ne voulais pas qu'il reste ici après que nous aurions partagé l'argent. Je savais que ce serait une dangereuse erreur. Mais comment le lui faire entendre ?

« Je ne te demande pas d'argent, insista-t-il. Je voudrais juste que tu dises autour de toi que Sarah a touché un héritage.

— Tu ne sais même pas si Muller serait disposé à vendre.

— Si je lui fais une offre intéressante, il vendra.

— Tu ne pourrais pas acheter une autre ferme ? Dans l'Ouest, là où personne ne nous connaît ?

— Non. C'est *cette* ferme que je veux. C'est ici que je veux vivre, là où nous avons passé notre enfance.

— Et si je refuse de t'aider ? »

Il réfléchit un instant, puis haussa les épaules. « Je crois que j'essaierai de trouver une autre explication.

— Mais tu ne vois pas le risque que cela représente ? Si tu restes ici, cela fera peser une menace sur nous tous. Pour qu'on soit en sécurité, il faut que tout le monde disparaisse.

— Je partirai pas, dit-il avec force. J'ai pas d'endroit où aller.

— Mais le monde entier s'offre à toi ! Tu peux t'installer où ça te chante.

— C'est ici que je veux être. » Il tapa du pied dans la neige. « Ici. Chez moi. »

Nous restâmes silencieux peut-être une minute. Le vent se fit plus fort, et nous nous tournâmes vers l'éolienne, mais elle ne se mit pas en mouvement. Je me préparais à lui répondre par la négative, à lui dire que cela ne marcherait pas, quand, devinant peut-être mon intention, il m'offrit une échappatoire :

« Je te demande pas de me répondre tout de suite. Promets-moi seulement d'y réfléchir.

— Entendu, dis-je, soulagé de bénéficier de ce délai. Je vais y réfléchir. »

Ce n'est que lorsqu'il me déposa chez moi, au moment où j'ouvrais la porte, que je compris pour quelle raison, avant de venir me trouver, il était passé chez le coiffeur et s'était mis sur son trente et un. Il voulait m'impressionner, se donner l'air mûr et responsable, me montrer que, si on lui en offrait la possibilité, il pouvait tenir tout aussi bien que moi son rôle d'adulte. Je l'imaginai en train de cirer ses chaussures dans son appartement miteux, d'enfiler ce pantalon trop juste, de serrer sa ceinture et de remonter ses chaussettes, puis de se camper quelques minutes devant le miroir du cabinet de toilette pour apprécier le résultat, et cela me remplit d'une horrible tristesse, pour moi comme pour lui, et pour ce que nous étions l'un pour l'autre. J'eus subitement envie de lui laisser acheter la ferme.

Mais je savais que cela ne pourrait se faire, et Sarah en fut bien d'accord lorsque je lui en parlai plus tard dans l'après-midi.

« Il devra partir, dit-elle. Il ne peut en aucun cas rester à Ashenville. » Nous étions au salon, assis devant un feu de bois. Sarah avait repris son tricot, et le cliquetis des aiguilles semblait traduire ses paroles en morse. « Il faut que tu le lui fasses bien comprendre.

— Je sais, dis-je. Mais là-bas, sur place, je m'en suis senti incapable. Je lui en reparlerai dès lundi.

— Ne lui en parle pas avant d'y être obligé.

— Comment cela ?

— Plus le temps va passer, moins cela lui paraîtra important. »

Je voyais ce qu'elle voulait dire. Elle craignait de le heurter de front, de le pousser dans les bras de Lou. J'eus un moment envie de la contredire, de la persuader que nous n'avions rien à redouter de lui, que c'était mon frère et que nous pouvions lui faire confiance, mais je pris aussitôt conscience que je n'avais aucun moyen pour l'en convaincre, aucune preuve solide et objective. Aussi me contentai-je de dire : « Je voudrais pouvoir lui accorder cela. »

Les aiguilles interrompirent leur cliquetis. Sarah leva les yeux vers moi : « Il ne peut pas rester ici, Hank. Ce serait laisser un énorme indice derrière nous.

— Je sais. Je disais simplement que j'aimerais pouvoir l'aider.

— Fais-lui promettre de partir. Voilà comment tu peux l'aider.

— Mais qu'est-ce qu'il va devenir, Sarah ? As-tu pensé à ça ? Il n'a nulle part où aller.

— Il sera à la tête de plus d'un million de dollars. Il pourra faire tout ce qui lui chante.

— Sauf rester ici.

— C'est exact. Sauf rester ici. »

Les aiguilles se remirent en mouvement.

« Je me suis toujours senti assez moche vis-à-vis de Jacob, même quand nous étions petits. J'ai toujours eu le sentiment de le laisser tomber.

— Lui non plus n'a pas fait grand-chose pour toi. »

J'écartai cela d'un mouvement de la main. Elle ne comprenait pas ce que je voulais dire. « J'avais pris l'habitude de veiller sur lui. Cela, jusqu'à ce que j'aille à l'école et que je voie les autres le charrier au sujet de son poids. Alors, j'ai commencé à avoir honte de lui, à le mépriser, et il s'en est rendu compte. Il a bien senti le changement. »

Les aiguilles s'entrechoquaient sans discontinuer. « C'était naturel, dit Sarah. Tu n'étais qu'un enfant. »

Je secouai la tête. « C'était un gosse timide, inquiet.

— Et aujourd'hui, c'est un adulte timide et inquiet. »

J'avais du mal à exprimer ce que je ressentais à l'égard de mon frère, j'essayais seulement de donner à Sarah un aperçu du désespoir qui m'avait submergé plus tôt dans l'après-midi, après qu'il m'eut déposé à la maison.

« Tu sais qu'il faisait pipi au lit ?

— Jacob ? fit-elle avec un petit sourire.

— Il était en cinquième à l'époque. Toutes les nuits, il mouillait son lit. Cela a duré tout l'hiver et une partie du printemps. Ma mère mettait le réveil à sonner pour le conduire aux cabinets au milieu de la nuit, mais cela ne servait pas à grand-chose. »

Sarah continuait de tricoter. Elle n'avait pas l'air de m'écouter vraiment.

« Vers la fin, j'en ai parlé à un de mes copains, et bientôt tout le monde a été au courant. Toute l'école savait.

— Il devait être furieux.

— Non. Il en était encore plus honteux, et ça a empiré. Il n'en a même pas parlé aux parents, ce qui fait que je n'ai pas eu d'ennuis à la maison. » Je marquai un silence, repensant à tout cela. « C'est la chose la plus cruelle que j'aie jamais faite.

— Cela s'est passé il y a une éternité, Hank. Je parie qu'il ne s'en souvient même plus. »

Je n'aurais pas dû aborder le sujet ; je n'avais pas réussi à dire ce que j'avais sur le cœur. Je voulais aider Jacob, faire quelque chose pour lui, pour que sa vie soit moins moche. Mais je n'arrivais pas à l'exprimer.

« Peu importe ce dont il se souvient », dis-je.

Je fus réveillé dans la nuit par un bruit de moteur tournant au ralenti dans l'allée. Sarah était allongée sur le dos ; sa respiration était lente et régulière. La seule lumière émanait du réveil à affichage digital, lueur vert pâle éclairant le dessus de la table de chevet et détourant délicatement le corps rebondi de Sarah.

Il était une heure moins le quart. Dehors, le moteur s'arrêta de tourner.

Je me glissai hors des draps et gagnai la fenêtre. Le ciel était clair. Une demi-lune jaune pâle, presque blanche, en occupait le centre. Nettes et lumineuses, des étoiles brillaient entre les branches des arbres. Leur clarté faisait scintiller la neige dans le jardin. En bas de l'allée, l'avant tourné vers la maison, était stationnée la voiture de Lou.

Je jetai un rapide coup d'œil à Sarah dont la respiration paisible n'avait pas varié, puis je traversai la chambre sur la pointe des pieds et passai dans le couloir.

Comme je descendais l'escalier, j'entendis le grincement d'une portière qu'on ouvrait.

Parvenu à la porte d'entrée, je glissai un œil par la fente du courrier. Lou remontait précautionneusement l'allée. Il portait sa veste de camouflage blanche et marchait comme s'il avait bu. Je n'en aurais pas juré, mais il me sembla que quelqu'un l'attendait dans la voiture. Je le vis obliquer vers le garage.

Notre garage jouxtait le côté gauche de la maison. De l'endroit où je me trouvais, je ne pouvais pas en voir la façade, et Lou disparut de mon champ de vision.

Je n'avais aucune arme à la maison. Il y avait bien sûr les couteaux de cuisine, mais je ne voulais pas quitter mon poste d'observation.

Il passa un long moment du côté du garage. Les portes n'en étaient pas fermées à clé, mais il n'y avait rien là-bas qui pût tenter un voleur. Je reportai mon attention sur la voiture. Il y avait assurément quelqu'un à l'intérieur, peut-être même deux personnes.

Dans le salon, la pendule ancienne ponctuait le silence de son tic-tac sonore.

J'eus l'idée d'allumer une lumière dans l'espoir que, prenant peur, ils décamperaient, mais je me ravisai. Et, frissonnant, pieds nus et en pyjama, je gardai l'œil contre la fente, attendant que Lou réapparaisse.

Je le revis enfin, mais il ne retourna pas à sa voiture il se dirigea tout droit vers la porte d'entrée. Je me raidis et reculai de deux pas dans le hall.

Lou grimpa les marches de la véranda. Ses semelles produisaient un bruit creux contre les planches. Il manœuvra plusieurs fois la poignée de la porte, mais il y avait un tour de clé. Puis il frappa tout doucement de sa main gantée.

Je ne bronchai pas.

Il frappa à nouveau, plus fortement, avec le poing, et, pensant à Sarah qui dormait au-dessus, je m'avançai pour ouvrir.

J'entrebâillai la porte et murmurai : « Lou, qu'est-ce que tu fabriques ? »

D'un grand sourire, il m'exposa sa mauvaise denture. Ses yeux pétillaient. « Monsieur le Comptable ! » fit-il, comme surpris de me trouver là.

Je le regardai sévèrement et il se rembrunit aussitôt.

« Hank, dit-il, je viens faire un petit retrait de rien du tout. » Puis il gloussa, incapable de garder son sérieux plus longtemps. Il s'essuya la bouche avec son gant. Je pouvais sentir son haleine alcoolisée.

« Rentre chez toi, Lou. Fais demi-tour et rentre chez toi. » Un courant d'air glacé me tombait sur les pieds. C'en était presque douloureux.

« Hank, tu sais que ça pince dehors. Laisse-moi entrer. »

Il appuya son corps contre la porte et, manquant de réflexe, je le laissai entrer. Il referma derrière lui, la trogne fendue d'un grand sourire.

« J'ai décidé comme ça que le moment est venu de faire le partage. Je veux ma part, Hank. » Il frottait ses gants l'un contre l'autre tout en regardant autour de lui, comme s'il se fût attendu à ce que l'argent traînât par là, dans l'entrée.

« L'argent n'est pas ici, Lou.

— Il est dans le garage ?

— Même s'il y était, je ne t'en donnerais pas. »

Il se dressa sur ses ergots. « C'est pas parce qu'il est chez toi que ce fric est à toi. Y en a une partie qui m'appartient. » Il se frappait la poitrine.

« On était d'accord sur un point », dis-je d'un ton sévère.

Il ne releva pas et se pencha de côté pour regarder du côté de la cuisine. « Tu l'as mis à la banque ?

— Bien sûr que non. Je l'ai planqué.

— J'ai seulement besoin d'un peu de liquide, Hank. J'en ai besoin tout de suite.

— La seule façon de garder cet argent, c'est de nous en tenir à ce qu'on a dit.

— Allez, monsieur le Comptable, fit-il d'une voix douce et insinuante. Soyez sympa, quoi.

— Qui est avec toi dans la voiture ?

— Dans la voiture ?

— Oui, à t'attendre.

— Y a personne. Je suis seul.

— J'ai aperçu quelqu'un dans la voiture. C'est Nancy ? »

Il eut un petit sourire. « Dis donc, ça fait un moment que tu me surveilles. » Il semblait trouver cela drôle, et son sourire s'élargit.

« Nancy et qui d'autre ? Ça serait pas Jacob ?

— Non. Seulement Nancy. » Il se tut, puis, me voyant froncer les sourcils, sourit de nouveau, comme un gamin pris en flagrant délit de mensonge. « Nancy et Sonny, dit-il.

— Sonny Major ? » fis-je, surpris. J'ignorais qu'ils se fréquentaient.

L'autre hocha la tête. « Il est venu toucher le loyer, et Nancy et moi, on l'a invité à sortir avec nous. » Il agrémenta son sourire d'un clin d'œil. « C'est pour ça qu'il me faut de

126

l'argent, monsieur le Comptable. J'emmène le proprio boire un coup.

— Tu leur as parlé de l'avion ? »

Il renifla d'un air méprisant. « Bien sûr que non. Je leur ai dit que tu me devais du fric. »

Il y eut un craquement dans l'obscurité : la maison travaillait sur ses fondations.

« Tout ce que je demande, c'est ce qui me revient de plein droit. » Il oscillait un peu d'avant en arrière, et, à le voir ainsi, je fus pris d'impatience. Je voulais qu'il parte. Je voulais qu'il s'en aille sur-le-champ.

« Je te demande pas le tout. Donne-moi juste une liasse. Je repasserai plus tard pour le reste. »

Je répondis très lentement et d'une voix égale : « Tu me redemandes ça encore une fois, et je brûle tout demain matin. C'est clair ? »

Cela le fit rire. « C'est du bluff, dit-il, rien que du bluff.

— Tu veux risquer le coup ? »

Il ricana de plus belle. « Je sais un secret, monsieur le Comptable. Jacob m'a dit un secret. »

Je le dévisageai sans comprendre.

« Je sais ce qui est arrivé à Dwight Pederson. »

Je me raidis une fraction de seconde, puis me repris. Mon cerveau se mit à fonctionner à toute vitesse, mais je parvins à garder une apparence de calme. Ainsi, Jacob l'avait affranchi pour Pederson. J'en étais stupéfait, je ne m'attendais pas du tout à cela.

Lou me fixait avec un mauvais sourire. Je me forçai à le regarder droit dans les yeux. « Dwight Pederson ? » dis-je.

Son sourire s'élargit, gagnant tout son visage. « Vous l'avez tué, monsieur le Comptable. Toi et Jacob.

— Tu as trop bu, Lou. Tu ne sais plus ce que tu dis. »

Il secoua la tête sans cesser de sourire. « Je ne vais pas te laisser brûler l'argent. Ça reviendrait à me voler. Si tu fais ça, je te balance. »

La pendule du salon sonna une heure. Ensuite, l'entrée parut encore plus sombre et silencieuse qu'avant.

Je posai la main sur la veste de Lou, juste au centre de sa poitrine, sans exercer la moindre pression. « Lou, murmurai-je, rentre chez toi.

— Il me faut l'argent, Hank. »

J'ouvris la penderie et cherchai à tâtons mon portefeuille dans ma veste. J'y pris deux billets de vingt dollars et les lui tendis.

C'est à peine s'il les regarda. « Je veux une liasse.

— L'argent n'est pas là, Lou. Il est caché loin d'ici.

— Où ça ?

— Prends ces billets, dis-je en les agitant sous son nez.

— Je veux ma part, Hank.

— Tu l'auras cet été, comme convenu.

— Non. Je la veux maintenant.

— Tu n'écoutes pas ce que je dis, Lou. Je ne peux rien te donner. L'argent n'est pas ici.

— Alors, je repasserai demain matin. On ira le chercher ensemble.

— Ce n'est pas ce qu'on avait décidé.

— Ça serait tout de même dommage si le shérif recevait une bafouille lui disant qu'il y a quelque chose de louche dans l'accident de Dwight Pederson. »

Je lui jetai un regard glacial. J'étais saisi d'une furieuse envie de lui faire mal. J'aurais voulu d'un coup de poing lui faire cracher ses dents pourries. Je brûlais du désir de lui casser la gueule.

« Prends ces quarante dollars, lui dis-je.

— Enfin quoi, il serait tombé du pont comme ça, tout seul ? Ça te chiffonne pas, toi ? » Il secoua la tête d'un air incrédule. « Moi, je trouve ça plutôt bizarre. » Il marqua un temps, tout sourires. « Ton frère et toi vous étiez pas par là, le matin du jour de l'an ?

— Tu ferais pas ça.

— Je suis aux abois, Hank. Je suis fauché et j'ai des dettes.

— En nous dénonçant, tu perdrais tout.

— Je peux pas attendre l'été. J'en ai besoin maintenant.

— Prends toujours ça », dis-je en lui tendant les deux billets.

Il secoua la tête. « Je repasserai demain matin. Il me faut au moins une liasse. »

Je commençais à paniquer quand il me vint une idée : « N'y compte pas pour demain. C'est à une journée de voiture. Je ne peux pas y aller avant que Sarah ait accouché. »

Lou ne savait pas s'il devait me croire. « À une journée de voiture ?

— Il est en lieu sûr, de l'autre côté de la frontière du Michigan.

— Qu'est-ce qu'il fout dans le Michigan ?

— Je ne tenais pas à l'avoir par ici. Au cas où on nous aurait soupçonnés pour une raison ou pour une autre. Je voulais le planquer loin d'ici.

— Quand est-ce qu'elle accouche ?

— Dans une quinzaine de jours.

— Après, on ira chercher l'argent ?

— Oui », dis-je. Je voulais seulement qu'il parte.

« C'est promis ? »

J'acquiesçai d'un signe de tête.

« Et on partagera ? »

J'opinai derechef. « Tiens, prends ça en attendant », dis-je. Il regarda les deux billets de vingt, puis s'en saisit et les glissa dans la poche de sa veste. « Désolé pour le dérangement », fit-il en reculant gauchement vers la porte.

Dès qu'il fut sur la véranda, je refermai et donnai un tour de clé.

Reprenant le même poste d'observation que tout à l'heure, je le vis s'immobiliser sur la première marche, tirer les deux billets de sa poche et les examiner longuement avant de partir d'un pas un peu flottant vers sa voiture.

Lorsqu'il ouvrit la portière, le plafonnier s'alluma : il y avait bien deux personnes à l'intérieur. À l'avant, je reconnus Nancy, qui souriait à son homme. Derrière, l'autre personne était à demi noyée dans l'ombre. Je pensai d'abord qu'il s'agissait effectivement de Sonny Major. Mais, quand la lampe s'éteignit, je fus saisi d'un doute. Sonny Major était un type minuscule, plus petit encore que Lou. L'homme qui se trouvait à l'arrière de la voiture m'avait paru corpulent, voire obèse. Il m'avait semblé entrevoir Jacob.

Je regardai la voiture redescendre l'allée. Lou n'alluma ses phares que dans la rue. Je demeurai sur place, les pieds engourdis par le froid, jusqu'à ce que le bruit de moteur s'éteigne et que la maison soit à nouveau silencieuse.

Je tentai brièvement de réfléchir à ce que je devais faire, mais je ne voyais pas de solution. Une seule chose s'imposait à mon esprit : la situation échappait à tout contrôle.

J'étais bel et bien coincé, il n'y avait pas d'issue.

Comme je remontais me coucher, je trouvai Sarah qui m'attendait en haut de l'escalier, enveloppée dans son peignoir blanc, pareille à un fantôme sorti de l'ombre.

Je la rejoignis sur le palier et nous nous assîmes sur l'avant-dernière marche, comme font les enfants.

« Tu as entendu ? » lui demandai-je.

Elle hocha la tête et posa la main sur mon genou.

« Tu étais là depuis le début ?

— Oui.

— Jacob a mis Lou au courant pour Pederson. »

Elle exerça une petite pression sur mon genou. Je posai la main sur la sienne.

« Qu'est-ce que tu vas faire ?

— Rien.

— Rien du tout ?

— Garder l'argent. Attendre de voir ce qui se passe. »

Elle s'appuya contre moi. Je sentais qu'elle me dévisageait. Moi, je fixais la porte d'entrée. « Tu ne peux par faire ça », dit-elle. Sa voix avait pris un accent d'urgence. « Si tu ne lui donnes pas ce qu'il veut, il va te dénoncer.

— Alors, je vais lui donner.

— C'est impossible. Il va claquer son argent à tort et à travers, il va attirer l'attention sur lui.

— Bon, eh bien, je ne lui donne rien.

— Mais il va te dénoncer.

— Je ne peux rien faire d'autre, Sarah, dis-je en haussant la voix. Ce sont les seuls choix possibles.

— Brûle l'argent.

— Je ne peux pas. Lou me dénoncerait. Je finirais avec une inculpation pour meurtre sur le dos.

— Tu chargerais Jacob. Si tu rends l'argent et si tu promets de déposer contre lui, on t'accordera l'immunité.

— Je ne peux pas faire ça à Jacob.

— Regarde ce qu'il a fait, lui. Tout est de sa faute.

— Je ne vais pas faire ça à mon propre frère. »

Sarah avait le souffle court et précipité. Je lui serrai la main.

« Je ne crois pas qu'il parlera. Je pense que si on tient bon, il se résignera à attendre l'été.

— Et s'il ne s'y résigne pas ?

— C'est un risque à prendre.

— Tu ne vas pas rester les bras croisés à attendre qu'il aille te dénoncer !

— Que veux-tu que j'y fasse ? Que je le tue, comme Jacob l'a proposé ? »

Elle écarta cette idée d'un geste de la main. « Tout ce que je dis, c'est qu'il faut faire quelque chose. Il faut trouver le moyen de le menacer.

— Le menacer ?

— C'est à qui sera le plus fort, Hank. Nous le tenions parce que nous avions l'argent, mais aujourd'hui, c'est lui qui nous tient. Il faut renverser la situation.

— Le menacer ne peut qu'aggraver les choses. C'est comme au poker quand on fait monter les enchères : tout ce qu'il va faire, c'est miser un jeton supplémentaire.

— Tu veux renoncer, c'est ça ? »

Je me passai la main sur le visage. Tout autour de nous, la maison était absolument silencieuse, comme si elle nous écoutait. « Je veux simplement m'en tenir à ce qui a été prévu. Je veux attendre l'été.

— Mais il va te dénoncer.

— Cela ne lui rapporterait rien. Il le sait très bien. Si nous allons en prison, adieu l'argent.

— Il le fera par dépit. Simplement parce que tu ne te plies pas à sa volonté. »

Je fermai les yeux. J'étais fatigué. Je voulais retourner dormir.

« Hank, je n'ai pas l'impression que tu te rendes bien compte de la gravité de la situation.

— On ferait mieux d'aller se recoucher », dis-je. Mais Sarah ne bougea pas.

« Te voilà à sa merci. Tu vas devoir faire tout ce qu'il te dira.

— C'est toujours moi qui ai l'argent. Il ne sait pas où il est.

— Tu pouvais faire pression sur lui en menaçant de le brûler. Maintenant, tu ne peux plus.

— Je n'aurais pas dû mettre Jacob au courant.

— Tu connais Lou. Il va s'en servir au maximum contre toi.

— Je n'arrive pas à croire qu'il ait pu me faire ça.

— Même si nous arrivons à ne partager que l'été prochain, il aura toujours barre sur toi. Dans dix ans, quand il aura tout dépensé, il viendra nous trouver. Il nous fera chanter. Il nous enverra en prison. »

Je ne répondis pas. Je ne pensais pas à Lou, mais à mon frère.

Sarah me prit la main. « Tu ne peux pas le laisser faire. Il faut que tu le reprennes en main.

— Mais on est coincés ! Tu parles sans arrêt de le menacer, mais comment veux-tu t'y prendre ? De quoi diable peut-on le menacer ? »

Elle resta silencieuse.

« Est-ce qu'il y a quelque chose que tu veux que je fasse ? demandai-je. As-tu une idée ? »

Elle me regarda intensément et, l'espace d'un instant, je crus qu'elle allait me demander de le tuer. Mais elle se borna à secouer la tête. « Non, dit-elle. Non, je ne vois pas. »

J'allais regagner la chambre, quand elle me prit la main pour la plaquer sur son ventre. Le bébé donnait des ruades. Je sentais contre ma paume, à travers la douce chaleur de son corps, cette chose obscure et mystérieuse qui s'agitait en elle. Cela dura plusieurs secondes.

« Ça va aller, murmurai-je, lorsque ce fut terminé. Aie confiance. On va s'en sortir. »

Je m'aperçus tout en prononçant ces mots que c'était le genre de choses que se disent les gens qui se retrouvent dans une situation intenable. Cela se rapprochait de ce que m'avait dit ma mère la dernière fois que je l'avais vue. C'était une de ces formules à la fois mensongères et courageuses que l'on utilise en se voilant la face et en se bouchant les oreilles. C'était la négation du péril où nous nous trouvions. Que j'eusse éprouvé le besoin de dire une chose pareille était mauvais signe, et je voyais bien, à la façon dont Sarah pressait ma main contre son ventre, qu'elle en avait elle aussi conscience. Nous étions dans de sales draps. Forts d'une naïve assurance, nous nous étions lancés dans une dangereuse aventure, et nous étions maintenant en train de voir les choses nous échapper.

« Hank, j'ai peur », dit-elle, et je ne pus que hocher la tête.

« Ça va aller », murmurai-je à nouveau, cette fois avec un sentiment de ridicule. Mais que dire d'autre ?

Je me levai de bonne heure le lendemain matin. Je m'habillai dans le couloir et me brossai les dents en bas pour ne pas réveiller Sarah. Ensuite, je me fis du café, que je bus tout en lisant le journal de la veille.

Puis je me rendis chez Jacob.

Je me garai de l'autre côté de la rue, juste derrière son pick-up. C'était une matinée magnifique ; l'air était vif, le ciel sans un nuage. Tout paraissait propre, récuré — le store à rayures du supermarché, les poteaux argentés des parcmètres, le drapeau qui claquait au vent au-dessus de l'hôtel de ville. Il n'était pas encore huit heures, mais Ashenville était bien réveillée. Des gens allaient et venaient dans la rue, un journal sous le bras, une tasse de café fumant entre leurs moufles. Tout le monde semblait avoir le sourire.

Comme je m'y attendais, Jacob dormait encore. Je dus frapper à plusieurs reprises avant de l'entendre arriver d'un pas traînant. Il parut contrarié de me trouver sur le pas de sa porte. Il demeura un moment appuyé au chambranle, plissant les yeux face à la clarté du palier, l'air profondément mécontent. Puis il grogna un salut, tourna les talons et regagna la pénombre de son studio.

J'entrai et refermai derrière moi. Mes yeux mirent un moment à s'habituer au manque de lumière. L'endroit était exigu et confiné. C'était une pièce carrée sans moquette. À gauche, une porte donnait sur un minuscule cabinet de toilette. Après, sur toute la longueur du mur, il y avait un renfoncement d'une soixantaine de centimètres. C'était la cuisine. Le mobilier se composait d'un lit, d'une table et de deux chaises, d'un canapé défoncé et d'un poste de télévision. Le canapé était jonché de vêtements sales. Des bouteilles de bière vides étaient disséminées sur le sol.

Cela sentait le pauvre. Chaque fois que je mettais les pieds ici, j'étais au bord de la nausée.

Jacob se laissa retomber sur le lit. Les ressorts gémirent sous sa masse. Il portait un T-shirt et un caleçon long, qui moulait ses grosses cuisses de façon grotesque. Le bas du T-shirt révélait dix bons centimètres de chair. Il avait le ventre gras, blanchâtre, plein de bourrelets. C'était une vision obscène. J'aurais voulu lui remonter ses couvertures.

J'allai ouvrir les stores des deux fenêtres. Le soleil inonda la pièce dans un poudroiement de poussière en suspension ; on aurait dit de la neige miniature. Jacob ferma les yeux. J'envisageai brièvement de m'asseoir, mais, après un coup d'œil au canapé, je renonçai. Je posai les fesses sur l'appui de la fenêtre et croisai les bras.

« Qu'est-ce que tu as fait hier soir ? » demandai-je.

Mary Beth était allongé au pied du lit. La tête posée sur les pattes de devant, une oreille dressée, il me regardait.

Jacob, les yeux toujours fermés, haussa les épaules. « Rien du tout, fit-il d'une voix enrouée de sommeil.

— Tu es sorti ? »

Nouveau haussement d'épaules.

« Avec Lou ?

— Non. » Il toussa pour s'éclaircir la gorge. « Je suis enrhumé. J'ai pas bougé d'ici.

— J'ai vu Lou hier soir »

Il remonta une couverture sur lui et se tourna sur le côté.

« Il est passé à la maison. »

Jacob ouvrit les yeux. « Qu'est-ce qu'il voulait ?

— Il était avec Nancy et une autre personne. J'ai pensé que c'était peut-être toi. »

Il ne répondit pas.

« C'était toi, dans la voiture ?

— Je te l'ai dit. » Il soupira. Il avait la voix de quelqu'un qui sent qu'on lui cherche querelle. « Je n'ai pas vu Lou hier soir. J'étais mal fichu.

— C'est la vérité ?

— Enfin, bon sang, Hank ! » Il se haussa sur un coude. « Pourquoi est-ce que je te raconterais des histoires ?

— C'était Sonny ?

— Sonny ?

— Sonny Major. C'était lui dans la voiture ?

— J'en sais rien. Comment veux-tu que je le sache ? » Il se laissa retomber sur l'oreiller. Il était bien réveillé à présent ; cela s'entendait au son de sa voix.

« Ils sont copains ?

— Oui. Sonny est son proprio.

— Assez copains pour sortir ensemble ?

— J'en sais rien, fit-il d'un ton las. Pourquoi pas ?

— Est-ce qu'il est au courant, pour l'argent ?

— L'argent ?

— Oui, criai-je, excédé. Est-ce que Lou lui a parlé de l'argent ? »

Le voisin de palier donna des coups contre le mur, ce qui nous figea sur place.

Au bout d'un moment, Jacob sortit les jambes du lit et s'assit, penché en avant, les coudes sur les genoux. Je fixai ses pieds nus. J'avais toujours été choqué par leur taille. On aurait dit deux poulets crus.

« Il faut te détendre un peu, Hank. Tu deviens complètement parano. Personne n'est au courant à part nous, Nancy et Sarah.

— Sarah n'est pas au courant. »

Il me regarda fixement, puis haussa les épaules. « Alors, nous et Nancy. Personne d'autre. »

Le chien s'étira, puis disparut dans le cabinet de toilette. Il se désaltéra bruyamment dans la cuvette des W.C. Nous attendîmes qu'il ait terminé.

« Jacob, c'est pour toi que j'ai tué Pederson. »

Il se redressa. « Quoi ?

— C'est pour toi que je l'ai tué.

— Pourquoi est-ce que tu n'arrêtes pas de répéter ça ? Qu'est-ce que ça veut dire ?

— Cela signifie que j'ai pris de gros risques pour toi, et que toi, tu me trahis.

— Je te trahis ?

— Tu as dit à Lou où j'avais caché l'argent.

— Bordel, Hank, mais qu'est-ce que tu as ce matin ?

— Il savait que l'argent était dans le garage. »

Jacob en resta coi. Le chien revenait du cabinet de toilette, ses griffes cliquetaient sur le carrelage.

« T'avais pas précisé qu'il fallait pas en parler, marmonna Jacob.

— Tu lui as tout bavé à propos de Pederson.

— Non, je n'ai rien...

— Tu m'as trahi, Jacob. Tu avais promis de ne rien dire.

— Je lui ai rien dit du tout. Il lance ce genre de trucs au hasard. Il a fait la même chose avec moi.

— Comment une telle idée aurait-elle pu lui venir ?

— Je lui ai dit que nous étions retournés à l'avion ce matin-là. Il venait de voir le reportage à la télé, et il a fait comme ça : " Ça serait pas des fois vous qui l'auriez tué ? "

— Et tu as dit que non ? »

Il hésita. « Je lui en ai pas parlé.

— Est-ce que tu as nié ?

— Il a tout deviné, Hank, fit Jacob d'un ton excédé. Il a trouvé ça tout seul.

— Eh bien, c'est parfait, Jacob. Parce que maintenant il s'en sert pour me faire chanter.

135

— Te faire chanter ?

— Il dit qu'il va me dénoncer si je ne lui donne pas immédiatement sa part. »

Jacob réfléchit un moment. « Et tu vas la lui donner ?

— C'est hors de question. Il se mettrait aussitôt à casser des billets de cent dollars dans le coin. Il nous ferait prendre aussi vite que s'il allait directement tout raconter à Jenkins.

— Tu crois vraiment qu'il irait te dénoncer ?

— Et toi, qu'est-ce que t'en penses ? »

Jacob fit la moue. « J'en sais rien. Sans doute que non. C'est juste qu'il a joué pas mal d'argent ces derniers temps, alors il est très gêné en ce moment.

— Il a joué de l'argent ? »

Jacob acquiesça.

« Où est-ce qu'il a joué ? » Sans trop savoir pourquoi, je jugeais l'idée absurde.

« A Toledo. Aux courses. Il a perdu pas mal d'argent.

— Beaucoup ? »

Jacob eut un geste évasif. « Pas mal. Mais je ne sais pas combien exactement.

— Merde », fis-je. Je me tournai vers la fenêtre. Il y avait un pigeon sur le rebord extérieur. Je tapais sur le carreau, et il s'envola. Le soleil joua brièvement dans ses ailes.

« Jacob, as-tu conscience de ce qui est en train de se passer ? »

Il ne répondit pas.

« Maintenant, Lou peut nous envoyer tous les deux en prison.

— Jamais Lou...

— Et nous n'avons aucun moyen de pression sur lui. Avant, nous pouvions toujours le menacer de brûler l'argent, mais aujourd'hui ce n'est plus possible. Si nous le faisions, il irait nous dénoncer.

— Tu ne l'aurais jamais brûlé, Hank. »

J'écartai cela d'un geste. « Tu sais où est le problème ? C'est que tu penses pouvoir lui faire confiance. C'est ton meilleur copain, alors tu le crois incapable de te trahir.

— Oh, écoute, Lou ferait jamais...

— C'est parce que tu ne prends pas assez de distance. Tu as le nez dessus et tu ne vois pas ce qu'il est en réalité.

136

— Ce qu'il est en réalité ? répéta Jacob, incrédule. Et c'est toi, peut-être, qui vas me l'apprendre ?

— Tout ce que je peux te dire, c'est que... »

Il m'interrompit d'une voix où perçait de la colère : « Écoute, Lou est mon meilleur copain. Tu sais rien de lui. Parce que tu l'as vu soûl deux ou trois fois, tu crois le connaître, mais tu te trompes. T'as rien à m'apprendre sur lui. »

Je lui fis face. « Peux-tu me garantir qu'il ne va pas nous dénoncer ?

— Te le garantir ?

— Est-ce que tu serais prêt à rédiger une confession disant que tu as tué Pederson tout seul, à la signer et à me la confier ? »

Il me lança un regard apeuré. « Une confession ! Et qu'est-ce que t'en ferais ?

— Je la montrerais à la police si jamais Lou nous dénonçait. »

Jacob en resta sans voix. Il paraissait mortifié, et c'était le but recherché. Je n'avais que faire d'une telle confession ; je cherchais simplement à l'effrayer, à l'arracher à cette complaisance coupable envers son ami.

« Jacob, si on est dans ce pétrin, c'est par ta faute. C'est toi qui n'as pas su tenir ta langue. »

Il ne répondit pas. Au bout d'un moment, je me retournai vers la fenêtre.

« Lou me demande quelque chose que je peux pas lui donner. Quand je vais refuser, il va nous dénoncer. Il va nous envoyer derrière les barreaux.

— Écoute, Hank. C'est toi qui vas finir par nous y envoyer. Tu te mets dans tous tes états pour...

— Si je suis passé ce matin, dis-je sans me retourner, c'est pour savoir de quel côté tu es.

— Comment cela, de quel côté ?

— Tu dois choisir.

— Je ne suis pas plus d'un côté que de l'autre. L'un comme l'autre, vous n'arrêtez pas de parler de ça.

— Ah bon ? Parce que Lou te demande de choisir ton camp ? »

Il ignora ma question. « Moi, je suis avec vous. On est ensemble. C'était l'idée de départ.

— Mais si tu devais choisir un camp...

— Je ne vais pas en choisir un plutôt que l'autre.

— Je veux que tu choisisses, Jacob. Je veux savoir à quoi m'en tenir. C'est Lou ou c'est moi ? »

Je sentis qu'il perdait pied. Il bougea, le sommier grinça.

« Écoute, je...

— Décide-toi. »

Il y eut peut-être dix secondes de silence. J'attendais en retenant mon souffle.

« C'est toi que je choisirais, finit-il par dire. T'es mon frère. »

J'appuyai mon front contre la vitre. Le verre était si froid que c'en fut vite douloureux. Dans la rue, juste sous moi, un vieillard laissa tomber son journal, qui se défit dans le vent. Un couple de passants l'aida à le récupérer, et tous trois échangèrent quelques mots.

« Surtout, ne l'oublie jamais, Jacob, dis-je en embuant la vitre devant mon visage. Quoi qu'il arrive, ne l'oublie jamais. »

Le mardi suivant, dans l'après-midi, on frappa à la porte de mon bureau. Avant que j'aie pu répondre, elle s'entrouvrit et Lou passa la tête à l'intérieur. Il me souriait de toutes ses dents. Aiguës et jaunâtres, on aurait dit les dents d'un rongeur.

« Salut, monsieur le Comptable », dit-il. Il vint jusqu'au bureau mais ne s'assit pas. Il portait son treillis blanc et des chaussures de travail. Son visage était rosi par le froid.

Voilà l'instant que je redoutais depuis trois jours, mais à présent qu'il était là devant moi, je n'éprouvais ni peur ni colère. Seulement de la fatigue.

« Il me faut un peu d'argent, Hank. »

C'est tout ce qu'il dit. Il ne proféra aucune menace, il n'évoqua ni Pederson ni Jacob, mais je sentais la chose flotter entre nous comme une odeur.

« Je t'ai déjà dit que... »

Mais il me coupa d'un geste. « Il ne s'agit pas de ça. Je viens juste solliciter un prêt.

— Un prêt ?

— Je te rembourserai dès que nous partagerons l'argent.

— Combien ?

— J'ai besoin de deux mille dollars. » Il voulut se composer un sourire, mais il parut sentir que ce serait malvenu, et y renonça.

« Deux mille dollars ! »

Il opina d'un air grave.

« Pourquoi aurais-tu subitement besoin d'une telle somme ?

— J'ai des dettes.

— Une dette de deux mille dollars ? Auprès de qui ?

— J'ai besoin de cet argent, Hank. Ça presse.

— Ce sont des dettes de jeu ? »

Il parut légèrement ébranlé, surpris peut-être de ce que je fusse au courant, mais il réussit à sourire. « Je dois un bon paquet.

— Tu as perdu deux mille dollars ?

— Un peu plus que ça. » Il m'adressa un clin d'œil. « C'est juste un accompte, histoire de les faire patienter jusqu'à ce que je touche ma part.

— Combien as-tu perdu en tout ?

— Il me faut juste deux mille dollars, Hank.

— Je veux savoir combien tu as perdu. »

Il secoua la tête. « C'est pas vraiment vos oignons, monsieur le Comptable. » Il était campé devant moi, patient, impassible, les mains enfoncées dans les poches de son treillis.

« Figure-toi que je ne trimbale pas une telle somme sur moi, lui dis-je. Tu t'imaginais peut-être que j'allais ouvrir un tiroir et en sortir deux mille dollars ?

— Y a une banque de l'autre côté de la rue.

— J'ai besoin d'un peu de temps. Il va falloir que tu repasses en fin de journée. »

Après son départ, j'allai tirer deux mille dollars sur notre compte commun. De retour au magasin, je glissai les billets dans une enveloppe que je déposai dans le tiroir du haut de mon bureau.

Je voulus me remettre au travail, mais la journée était fichue ; j'étais incapable de me concentrer sur quoi que ce soit. Après un moment passé à crayonner machinalement dans les marges de lettres, je parcourus une revue de chasse que quelqu'un avait laissée là.

Je prélèverais cette somme sur sa part : c'était la seule façon dont il pourrait jamais me rembourser. Mais ce n'était pas le problème le plus pressant. J'étais en train de gagner du temps, voilà ce que je me répétais. Il y avait forcément une issue, et j'étais certain de pouvoir la trouver pour peu que je réussisse à me concentrer. J'avais besoin de faire le point, de réfléchir à tête reposée.

Lou revint juste avant cinq heures. Il frappa et, une nouvelle fois, entra avant que je l'y invite.

« Alors, tu l'as ? » interrogea-t-il. Il paraissait très pressé. Cela m'incita à une grande lenteur.

J'ouvris mon tiroir, y pris l'enveloppe et la posai sur le bord du bureau.

Il s'avança pour la prendre, la décacheta et se mit à compter les billets en remuant silencieusement les lèvres. Puis il me sourit. « C'est vraiment sympa de ta part, dit-il, comme si j'étais allé au-devant de ses désirs.

— C'est la dernière fois. N'y reviens pas. »

Il recompta les billets, parut se livrer à quelque calcul mental. « Quand est-ce que Sarah arrive à terme ?

— Le vingt-quatre.

— C'est la semaine prochaine, ça ? » Son visage s'illumina. « Dimanche prochain.

— Après, on va chercher l'argent ?

— J'aurai besoin de quelques jours, le temps que les choses se mettent en place. Et il faudra faire ça un week-end. En semaine, je travaille. »

Lou recula vers la porte. « Tu me téléphones ?

— Oui, soupirai-je. Je te téléphone. »

Je ne dis pas un mot de tout cela à Sarah.

Les jours se succédaient. Le vingt-quatre arriva et passa. Durant ce temps, je n'eus aucun contact avec Jacob ni avec Lou. Sarah parlait sans cesse de la naissance toute proche. Pas une fois elle ne mentionna Lou ou Nancy.

La nuit, allongé dans le noir, je passais en revue la liste de ceux qui étaient au courant. Je me concentrais sur les maillons faibles de la bande, je les imaginais en train de me dénoncer, cherchant à me doubler, à me voler, à me faire du mal. Bientôt, ils vinrent peupler mes rêves : Lou me rouait de coups avec un rouleau à pâtisserie ; Jacob venait vers moi avec un couteau et une fourchette pour me dévorer vivant ; Nancy embrassait Sarah et lui murmurait à l'oreille : « Empoisonne-le, empoisonne-le. »

Je me réveillais au beau milieu de la nuit et me représentais la boîte de bière abandonnée dans la neige à l'orée du verger, un fonctionnaire du FBI la ramassant avec un gant de caoutchouc, la glissant dans un sac en plastique pour l'envoyer au labo. Ou bien je pensais à Jenkins, assis dans son bureau d'Ashenville, travaillant, une fois l'épave découverte, à faire le rapprochement entre le témoignage de Jacob à propos d'un avion en difficulté et la mort, le lendemain, de Dwight Pederson.

Ils allaient exhumer le corps, l'autopsier et découvrir le pot aux roses.

Mais, bizarrement, rien ne se passait. L'argent dormait bien tranquillement sous le lit. Nul ne paraissait me soupçonner de quoi que ce soit. Nul ne semblait comploter contre moi. Lou me laissait tranquille. Et je me résignai peu à peu à ce qu'était devenue ma vie. Je me rendais compte que je pouvais vivre avec mes angoisses. Elles étaient quantitativement limitées. Le bébé allait naître d'un jour à l'autre. J'allais tenir tête à Lou et à son bluff. Au printemps, un promeneur découvrirait l'avion. Quelques mois plus tard, nous partagerions l'argent et quitterions le pays.

Tout serait terminé.

Tôt le matin du jeudi 28 janvier, alors que je me préparais à partir au travail, Sarah eut les premières contractions. Je la conduisis en hâte à l'hôpital, qui se trouvait à une quinzaine de minutes, de l'autre côté de Delphia. À 18 heures 14, ce même jour, elle donna naissance à une petite fille.

5

Je ramenai Sarah et le bébé à la maison quatre jours plus tard. La petite était bien rose et en bonne santé. Elle pesait neuf livres tout rond, avec des bourrelets de graisse sous le menton et des petites mains potelées.

Pendant le trajet, nous décidâmes de l'appeler Amanda, du nom de la grand-mère paternelle de Sarah.

Je fus éberlué de voir combien notre intérieur était devenu sale pendant la courte absence de Sarah. J'avais honte de ne pas avoir été capable d'y maintenir un semblant d'ordre. L'évier débordait de vaisselle sale, les différentes pièces étaient jonchées de journaux, et la vidange de la baignoire était bouchée par une épaisse touffe de cheveux.

Je les conduisis tout droit à l'étage. Je déposai Amanda dans son berceau, que j'avais placé près de la fenêtre. Sarah me regardait, depuis le lit. Ce berceau était celui que mon père était passé déposer à la maison une semaine avant son accident. C'était lui qui l'avait fait, et il nous avait servi, à Jacob et à moi, lorsque nous étions nourrissons.

Je redescendis préparer du thé et des tartines grillées pour Sarah. Je lui apportai le tout sur un plateau, et nous bavardâmes pendant qu'elle se restaurait. Il fut bien sûr question d'Amanda, des bruits qu'elle faisait quand elle avait faim, de la façon dont elle agitait les jambes quand on lui touchait la plante des pieds, du bleu pâle et limpide de ses yeux. Nous évoquâmes aussi le séjour à la maternité, l'antipathique infirmière de nuit, dont les souliers crissaient lorsqu'elle parcourait les couloirs ; celle du matin, adorable celle-là qui zézayait et évitait, en conséquence, d'appeler Sarah par son prénom ; le médecin, qui

142

avait les dents du bonheur et s'entêtait à parler d'Amanda comme d'un garçon.

Debout auprès du berceau, je contemplais la petite en train de dormir. Elle était sur le dos, la tête tournée vers la fenêtre, comme si elle eût voulu scruter le ciel. Elle était parfaitement immobile. J'avais envie de la toucher pour m'assurer qu'elle était bien vivante.

Sarah termina son petit déjeuner. Elle parlait sans discontinuer, comme si elle avait passé ces quatre derniers jours à engranger des anecdotes à me raconter. Bon public, je hochais la tête et souriais. Elle s'interrompit subitement.

« Est-ce que ce serait Jacob ? » demanda-t-elle. Et je regardai par la fenêtre.

Le pick-up de mon frère s'engageait sur le gravier de l'allée.

Je lui ouvris et l'invitai à entrer, mais il me dit qu'il n'avait pas le temps. Il avait apporté quelque chose pour le bébé, un cadeau enveloppé de Cellophane rose. Il me le remit promptement, comme si cela l'eût gêné.

« C'est un ours en peluche », dit-il. Il avait laissé son moteur tourner. Le chien, assis à la place du passager, nous regardait. Il aboya une fois, à mon intention, et son museau alla donner contre le pare-brise, y laissant une trace humide.

« Viens la voir en vitesse, dis-je. Elle est en haut. »

Jacob fit un pas en arrière, comme s'il craignait que je ne le traîne à l'intérieur. Il était tout au bord de la véranda. « Non. Une autre fois. Je ne veux pas déranger Sarah.

— Pourquoi veux-tu que ça la dérange ? »

Il y eut un silence gêné durant lequel il chercha quelque chose à dire avant de prendre congé.

« Vous avez choisi le prénom ?

— Oui. Elle s'appelle Amanda.

— C'est joli.

— C'était le prénom de la grand-mère de Sarah. C'est du latin. Cela signifie digne d'être aimée.

— J'aime bien, dit Jacob. C'est très joli.

— Tu es certain de ne pas avoir le temps ? »

Il secoua la tête. Il descendit les deux marches de la véranda, puis s'immobilisa. « Dis donc, Hank, je voulais te demander... » Il eut une hésitation, jeta un coup d'œil en direction de la camionnette.

« Quoi donc ?

— Est-ce que tu pourrais me prêter un peu d'argent ? »

Je fronçai les sourcils, et fis passer la peluche sur mon autre bras. « Combien ? »

Il enfonça les mains dans les poches de sa parka et se mit à fixer ses chaussures. « Cent cinquante.

— Cent cinquante dollars ? »

Il acquiesça.

« Qu'est-ce que tu veux faire de cet argent ?

— J'ai mon loyer à payer. Je vais toucher mon allocation-chômage la semaine prochaine, mais ça peut pas attendre.

— Quand est-ce que tu me rembourseras ? »

Il haussa les épaules. « J'avais pensé que tu pourrais prendre ça sur ma part.

— Est-ce que seulement tu cherches du travail ? »

Il parut surpris par ma question. « Non. »

Je tentai, en vain, de ne faire passer aucun jugement dans ma question : « Tu ne cherches même pas ?

— Pourquoi veux-tu que je cherche un boulot ? » Il baissa la voix. « Lou m'a dit que tu avais accepté de faire le partage. »

Mon regard se fixa sur sa poitrine. Je devais réfléchir très vite. La chose était claire : je ne pouvais pas lui dire que je n'allais pas leur donner leur part avant l'été ; il l'aurait annoncé à Lou, et je n'étais pas prêt à affronter cela. Mais si je voulais prétendre le contraire, je n'avais aucune raison de ne pas lui prêter ce qu'il demandait. Derrière lui, le pick-up tournait toujours en produisant des nuages de fumée bleutée. D'un bout à l'autre de la rue, les maisons voisines étaient absolument silencieuses, comme désertées. C'était le jour du ramassage des ordures, et des poubelles en plastique s'alignaient tout au long du trottoir.

« Attends-moi ici, dis-je. Je monte chercher mon chéquier. »

Sarah déballa l'ours en peluche pendant que, debout devant le secrétaire, je remplissais un chèque pour Jacob. Le bébé dormait à poings fermés dans son berceau.

« Il n'est pas neuf », murmura Sarah avec une note de dégoût dans la voix.

Je m'approchai pour examiner la peluche. Elle avait ses deux yeux, elle ne perdait pas sa bourre ni ne présentait de taches ou d'accrocs, mais elle avait indéniablement quelque chose de fané. Elle était brun foncé, presque noire, avec une clé en laiton dans le dos.

Sarah remonta le mécanisme. Quand elle relâcha la clé, une musique sortit de la poitrine de l'ours, une voix masculine qui chantait : « *Frère Jacques, frère Jacques, Dormez-vous ? Dormez-vous ?* » Aussitôt, je compris pourquoi cet ours avait l'air si vieux.

« C'était le sien, dis-je.

— Celui de Jacob ?

— Quand il était petit. »

La musique continuait de sortir, monocorde et lointaine, de la poitrine de l'ours :

> *Frère Jacques, frère Jacques,*
> *Dormez-vous ? Dormez-vous ?*
> *Sonnez les matines, sonnez les matines.*
> *Ding, dung, dong. Ding, dung, dong.*

Tenant la peluche levée devant son visage, Sarah semblait la voir maintenant d'un autre œil. La musique ralentissait peu à peu, chaque note paraissait devoir être la dernière, mais cela ne s'arrêtait pas.

« C'est quand même gentil de sa part, non ? » dit Sarah. Elle renifla la peluche.

Je pris le papier d'emballage et le jetai à la corbeille. « Je me demande où il était pendant toutes ces années.

— Est-ce qu'il va monter ?

— Non, dis-je en me dirigeant vers la porte. Il est pressé.

— C'est pour quoi, ce chèque ?

— Pour Jacob », dis-je par-dessus mon épaule. J'étais déjà dans le couloir.

« Il t'emprunte de l'argent ? »

Je ne répondis pas.

La petite se mit à pleurer alors que je remontais. Elle commença doucement — quelque chose entre une toux étouffée et le cri d'un volatile —, mais, à l'instant où j'entrai dans la chambre, comme si l'on avait tourné un bouton, elle se mit à brailler à plein volume.

Je la pris pour la porter jusqu'au lit. Elle se mit à hurler de plus belle quand je la saisis ; tout son corps était raidi, son visage s'empourprait comme si elle allait éclater. Son poids ne laissait pas de me surprendre : je n'aurais jamais pensé qu'un bébé pût être aussi lourd. De plus, cette enfant avait une singulière densité, comme si elle eût été emplie d'eau. Elle avait une grosse tête toute ronde qui semblait occuper la moitié de son corps.

Sarah tendit les bras et me la prit avec une expression douloureuse.

« Chhh, fit-elle. Amanda, chhh. »

L'ours en peluche était assis à côté d'elle, adossé au bois de lit, ses petites pattes noires tendues en avant comme s'il entendait lui aussi la consoler. Sarah plaça Amanda au creux de son bras et, de la main gauche, déboutonna le haut de son pyjama pour sortir son sein.

Je tournai les talons et allai regarder par la fenêtre. La vue de Sarah allaitant son bébé était quelque chose qui me mettait mal à l'aise. La pensée que ce petit être tirait d'elle un fluide vital me donnait la chair de poule. Cela me semblait monstrueux ; des images de sangsues me trottaient dans la tête.

L'allée du garage était déserte ; Jacob et sa camionnette avaient disparu. La journée était calme et ensoleillée, pareille à une carte postale hivernale. Le soleil miroitait sur les surfaces glacées. Les arbres projetaient sur la neige des ombres épaisses et précises. Les gouttières du garage étaient alourdies de chandelles de glace. Il faudrait que je les fasse tomber la prochaine fois que je sortirais.

Errant sur la toiture du garage, mon regard fut attiré par la silhouette d'un gros oiseau noir perché sur le faîtage. Ma main se porta involontairement à mon front.

« Il y a un corbeau sur le toit du garage », dis-je.

Sarah ne réagit pas. Je me massai au-dessus des sourcils. Ma peau était parfaitement lisse. La blessure n'avait laissé aucune cicatrice. Derrière moi, le bébé faisait entendre comme un roucoulement tout en tétant avec régularité.

« Hank ? » fit Sarah au bout d'un moment.

Je regardais le corbeau sautiller de long en large sur le faîte du toit enneigé. « Oui ?

— J'ai imaginé un plan pendant que j'étais à la maternité.

— Un plan ?

— Pour que Lou n'aille pas tout raconter. »

Je me retournai. Mon ombre, encadrée dans le carré de soleil

146

de la fenêtre, s'étirait sur le sol de la chambre et me faisait une monstrueuse tête de citrouille. Penchée au-dessus de sa fille, Sarah souriait d'une manière exagérée, sourcils haussés, narines écartées, toutes dents dehors. Le bébé l'ignorait et tétait toujours avec frénésie. Lorsque Sarah leva les yeux vers moi, son sourire retomba aussitôt.

« C'est un peu idiot, dit-elle, mais si on se débrouille bien, cela peut marcher. »

Je vins m'asseoir au pied du lit. Sarah reporta son attention sur Amanda et lui caressa la joue du bout des doigts.

« Oui, murmura-t-elle, on est une petite fille affamée, oh oui. »

Les lèvres du bébé s'activaient sur le mamelon.

« Je t'écoute, dis-je.

— Je voudrais que tu l'enregistres en train d'avouer être l'assassin de Pederson. »

Je la regardai avec des yeux ronds. « Qu'est-ce que tu me chantes là ?

— Je vais t'expliquer comment on va l'empêcher de te dénoncer. » Elle me souriait, visiblement ravie de son idée.

« Et c'est drôle ?

— Bien sûr que non, fit-elle, surprise.

— Pourquoi avouerait-il un crime qu'il n'a pas commis ?

— Toi et Jacob, vous l'emmenez boire un verre. Vous le soûlez. Vous le ramenez chez lui et là, vous vous mettez à parler, en blaguant, d'aller tout raconter à la police. Vous vous amusez, à tour de rôle, à faire semblant de passer aux aveux — d'abord toi, ensuite Jacob, et enfin Lou. Et quand vient son tour, tu l'enregistres. »

Supposant de prime abord que sa proposition participait d'une certaine logique, je m'accordai une ou deux secondes pour tenter d'en percer le principe.

« C'est débile, dis-je finalement. Il n'y a aucune chance que ça marche.

— Jacob doit jouer le jeu. C'est ça le principal. Si Jacob l'y pousse, il le fera.

— Même si j'arrivais à lui faire dire ça — ce dont je doute fortement — , cela n'aurait aucune valeur. Jamais personne n'y croira.

— Cela n'a pas d'importance, dit-elle. Ce qu'il nous faut, c'est simplement un moyen de dissuasion. Quand il aura écouté la bande, il n'aura plus aucune envie d'aller te dénoncer. »

La tétée était terminée. Sarah prit un torchon sur la table de nuit et se l'étendit sur l'épaule. Puis elle y plaça le bébé en position verticale et attendit qu'il fasse son rot. Elle ramena le pan de son pyjama sur son sein mais ne le reboutonna pas. Je lui avais offert ce pyjama pour Noël. Elle n'avait pu le mettre à l'époque à cause de son ventre, aussi était-ce la première fois qu'elle le portait. Il était en finette, blanc avec de petites fleurs vertes. Je me revoyais l'acheter dans la galerie marchande de Toledo, faire le paquet le soir de Noël, et je la revoyais ouvrir son cadeau le lendemain matin et, à défaut de l'essayer, tenir ce pyjama devant sa silhouette rebondie. Mais il me semblait que tout cela remontait à une éternité. Nous avions depuis parcouru tant de chemin, tant de choses étaient arrivées. J'avais menti, volé, tué. Et à présent, ce passé, si proche en termes de durée pure, était irrévocablement disparu. Terrifiante révélation que celle du gouffre entre ce que nous étions alors — ouvrant nos cadeaux sous le sapin, devant un feu de cheminée — et ce que nous étions devenus aujourd'hui, assis dans notre chambre, en train d'imaginer un moyen de réduire Lou au silence. Nous ne l'avions pas franchi d'un grand saut, mais par une succession de petits pas quasi imperceptibles, de sorte que nous ne mesurions pas vraiment la distance parcourue. Nous avions progressé peu à peu, sans changement brutal.

« Tu dois juste lui faire comprendre que toi et Jacob, vous pouvez l'accuser de meurtre tout aussi facilement que lui peut le faire pour toi. Si tu le convaincs que Jacob se rangerait de ton côté, jamais il ne prendra le risque de mêler la police à tout ça.

— Ça ne tient pas debout, Sarah.

— Qu'est-ce qu'on risque à essayer ?

— Jacob ne sera pas d'accord.

— Alors, il faudra que tu le forces. Sans lui, ça ne marchera pas.

— Cela l'obligerait à trahir son meilleur copain.

— Tu es son frère, Hank. Si tu lui démontres combien c'est important, il acceptera. Il faut juste que tu l'amènes à redouter Lou autant que nous. » Elle leva les yeux vers moi et écarta les cheveux de son visage. Elle avait des cernes. Elle manquait de sommeil. « Ça n'en finira pas, même quand Lou aura touché son argent. Il sera une menace jusqu'à la fin de nos jours. La seule façon d'y mettre un terme, c'est de lui faire aussi peur qu'il nous fait peur.

— Tu penses qu'un tel enregistrement peut avoir cet effet ?

— J'en suis certaine. »

Je ne dis plus rien. Je ne voyais toujours pas comment Lou pourrait avouer être le meurtrier de Pederson, même pour plaisanter.

« Il faut au moins tenter le coup, Hank. On n'a rien à y perdre. »

Elle avait raison, bien sûr, ou du moins je le pensais. Comment aurais-je pu prévoir l'issue désastreuse de ce plan apparemment inoffensif ? Je ne voyais pas le moindre risque : si cela marchait, nous étions tirés d'affaire ; dans le cas contraire, nous nous retrouvions simplement au point de départ.

« D'accord. Je vais en parler à Jacob. Je verrai bien si j'arrive à le convaincre. »

Le lendemain, je pris ma journée afin d'aider Sarah avec le bébé.

Après le déjeuner, pendant que toutes deux faisaient la sieste, j'allai aller acheter un magnétophone au magasin Radio Shack de Toledo. Je dis au vendeur qu'il me fallait quelque chose de tout petit et de très simple pour dicter des notes et enregistrer mon courrier d'affaires lorsque j'étais au volant. Il me donna un appareil un peu plus petit qu'un jeu de cartes, qui se logeait parfaitement, de façon presque invisible, dans la poche de poitrine de ma chemise. Le bouton commandant l'enregistrement était très large, de sorte qu'on le trouvait aisément à travers le tissu.

Sarah et la petite dormaient toujours lorsque je rentrai à la maison. Je montai jeter un coup d'œil sur elles, puis allai dans la salle de bains m'entraîner devant la glace au maniement du magnétophone. À force de répétitions, je mis au point un geste tranquille et naturel : je me grattais brièvement la poitrine de la main droite, puis ma paume maintenait l'appareil tandis que, de l'index, j'enfonçais le bouton. Lou n'y verrait que du feu.

Plus tard, lorsque Sarah fut réveillée, je le testai sur elle. Elle était au lit, avec Amanda dans les bras.

« Quelle est la première chose que tu comptes acheter avec

l'argent ? » lui demandai-je, et, quand elle leva les yeux vers moi, j'affectai de me gratter la poitrine et déclenchai le magnétophone.

Elle se mordit la lèvre, l'air de réfléchir. Dans le silence, je distinguais à peine un léger bourdonnement montant de la poche de ma chemise.

« Une bouteille de champagne, dit-elle. Du bon champagne. Nous la viderons et, quand nous serons un peu gris, nous ferons l'amour sur l'argent.

— Sur l'argent ?

— Exactement. » Elle souriait. « Nous l'étalerons par terre, nous nous ferons un lit de billets de cent dollars. »

Je sortis le magnétophone et rembobinai la cassette. « Regarde ce que j'ai acheté, dis-je en le lui tendant.

— Est-ce que ça marche ?

— Appuie sur " play " », dis-je en souriant.

« Une bouteille de champagne, entendit-on, les mots se succédant avec une incroyable clarté. Du bon champagne. Nous la viderons et, quand nous serons un peu gris... »

Le jeudi soir aux alentours de dix-sept heures trente, j'appelai Jacob du bureau pour lui proposer de nous rendre enfin au cimetière ensemble. Il commença par refuser, prétextant qu'il était occupé, mais, à force d'insister, je finis par le faire accepter. Nous convînmes de nous retrouver dans la rue devant chez Raikley à six heures moins le quart.

Quand je sortis du magasin, il m'attendait déjà sur le trottoir en compagnie de Mary Beth. Il me parut encore plus gros que d'habitude. Son visage était bouffi, enflé. Sa parka était si juste qu'il ne pouvait baisser tout à fait les bras ; il les gardait tendus, loin du corps, comme un pantin qui contient trop de bourre. Le soleil était couché et il faisait sombre. Les réverbères projetaient à intervalles réguliers des cercles de pâle lumière jaune sur le trottoir. Quelques voitures passaient, et, là-bas, devant la pharmacie, s'attardait un groupe d'adolescents qui riaient et parlaient fort. À part cela, le bourg était très calme.

Jacob et moi traversâmes la rue en direction de St. Jude et nous engageâmes sur l'aire de stationnement. Le gravier crissait sous nos pas. Mary Beth gambadait devant nous.

« J'ai réfléchi à ce qui nous est arrivé, dit Jacob, et je me suis dit que cet argent, on était peut-être destinés à l'avoir.

« — Destinés ? »

Il hocha la tête. Tout en marchant, il mangeait un gros morceau de gâteau au chocolat enveloppé dans une feuille de papier d'aluminium, et il dut, avant de parler, mâcher et avaler sa bouchée.

« Il y a tant de choses qui auraient pu se passer autrement, reprit-il. Si ça n'avait tenu qu'au hasard, ça ne serait jamais arrivé. C'est comme si ça devait arriver, comme si nous avions été désignés. »

Je lui souris. L'idée ne manquait pas de poésie. « Quelles choses ?

— Mais tout. » Il se mit à les énumérer sur ses doigts : « Si l'avion avait parcouru un kilomètre de plus, il serait tombé dans un champ et il aurait été tout de suite repéré. Si le renard ne nous avait pas coupé la route, si on n'avait pas percuté le talus, si Mary Beth n'avait pas été avec nous et n'avait pas sauté du pick-up, et si le renard qu'elle poursuivait n'avait pas pris la bonne direction, jamais on l'aurait trouvé, cet avion. Si, après avoir été voir le pilote, tu ne t'étais pas intéressé au sac, on serait allés prévenir le shérif sans rien savoir de l'existence de l'argent. Et je pourrais continuer encore longtemps comme ça. »

Nous avions atteint la chaîne marquant l'entrée du cimetière, et nous nous arrêtâmes là, comme hésitant à entrer. Cette chaîne n'était qu'ornementale ; elle bloquait tout au plus l'accès à l'allée centrale et n'était prolongée par aucune clôture. Mary Beth la renifla un instant, leva brièvement la patte contre un des poteaux qui la supportait, puis la contourna et pénétra dans le cimetière.

« Mais pourquoi parles-tu de destin ? » demandai-je. À mes yeux, cela ressemblait plus à de la chance, et j'avais un peu peur en l'entendant énumérer tout ce qui nous avait favorisés. Je ne pouvais me défaire de l'idée que tout finit au bout du compte par s'équilibrer : si c'était la chance qui nous faisait traverser victorieusement les difficultés actuelles, elle allait forcément tourner avant que nous en soyons sortis.

« C'est pourtant évident, dit-il. C'est trop arbitraire pour être seulement de la chance. On dirait qu'il y a quelque chose qui détermine tout ça, comme un projet qui nous guiderait à notre insu.

— Un dessein de Dieu ? » dis-je dans un sourire en montrant l'église.

Il haussa les épaules. « Pourquoi pas ?

— Et Pederson dans tout ça ? Est-ce qu'il s'inscrivait dans ce grand projet ?

— S'il s'était pointé à un autre moment de la journée, il aurait trouvé l'avion. Il y avait nos traces. On se serait fait prendre.

— Mais pourquoi d'abord a-t-il fallu qu'il vienne ? Si c'était toi qui tirais les ficelles là-haut, est-ce que tu ne l'aurais pas laissé chez lui ? »

Il réfléchit à cela tout en terminant son gâteau. Il lécha plusieurs fois le papier d'aluminium, puis le roula en boule et le jeta dans la neige. « Ça va peut-être servir à quelque chose qui est encore à venir, quelque chose qui nous dépasse. »

Je ne dis rien. C'était la première fois que je l'entendais philosopher. Je me demandais où il voulait en venir.

« Je te parie même que c'est en train de se produire en ce moment, dit-il. Les choses s'enchaînent dans le bon ordre. Elles se mettent en place l'une après l'autre, pour que tout se goupille bien pour nous. »

Il me souriait. Il paraissait de bonne humeur, et cela m'agaçait. Cela avait des relents d'autosatisfaction. Il n'avait pas idée de nos problèmes.

« Donc, tu es heureux que nous ayons trouvé l'argent ? » demandai-je.

Il hésita, comme pris de court par ma question. Il semblait subodorer un piège. « Pas toi ? »

— C'est moi qui ai posé la question. »

Il marqua un temps, puis répondit avec sérieux : « Tout à fait. Sans le moindre doute.

— Et pourquoi ? »

Il répondit du tac au tac, comme s'il y avait maintes fois réfléchi. « Parce que je vais pouvoir racheter la ferme. »

Il me regardait, guettant ma réaction, mais je demeurai silencieux et impassible. Dans quelques instants, j'allais lui demander de trahir son seul ami, et ce n'était pas le moment de lui dire qu'il ne pourrait pas rester à Ashenville.

« Et je vais pouvoir fonder une famille, poursuivit-il. Jusqu'ici, je ne le pouvais pas. Il faut que je me trouve quelqu'un comme Sarah, quelqu'un qui...

— Comme Sarah ? fis-je, interloqué.

— Quelqu'un de volontaire. Toi aussi, il te fallait ça. Tu

étais trop timide pour trouver quelqu'un par toi-même. Il a fallu qu'elle fasse les premiers pas. »

Bien que je fusse un peu surpris de l'entendre tenir ce langage, je devais bien reconnaître qu'il avait raison. Je hochai la tête pour l'inciter à poursuivre.

« Sans argent, reprit-il, jamais personne ne fera les premiers pas avec moi. Je suis gros — il se tapota l'estomac — et pauvre. J'étais parti pour vieillir tout seul. Mais maintenant que je suis riche, tout ça va changer, quelqu'un va me choisir pour mon argent.

— Tu veux que quelqu'un t'aime pour ton argent ?

— J'ai jamais eu personne, Hank. De toute ma vie. Si je peux trouver une femme, peu m'importe pourquoi elle se met avec moi. Je suis pas quelqu'un d'orgueilleux. »

Je le regardai attentivement. Son visage et sa voix étaient tout à fait sérieux. Ce n'était ni de la modestie ni une forme d'humour masochiste ; il n'y avait là aucune espèce d'ironie. C'était la vérité, nette et luisante comme un os fraîchement débarrassé de sa chair. C'était ainsi que Jacob voyait sa vie.

Je ne savais pas quoi dire. Gêné, je fixai un moment ses énormes chaussures avant de demander : « Qu'est-ce qu'elle est devenue, Mary Beth ? »

Il rajusta ses lunettes et regarda du côté du cimetière. « Elle est là-dedans, dit-il.

— Elle est morte ?

— Morte ? Comment ça, morte ? Elle est par là, tu l'as vue y a un instant.

— Pas le chien. Mary Beth Shackleton, ta copine à l'école. »

Jacob se rembrunit. « Je crois qu'elle est mariée. D'après ce que je sais, elle vit maintenant dans l'Indiana.

— Elle t'aimait bien sans qu'il soit question d'argent, il me semble ? »

Il secoua la tête en riant. « Je t'ai jamais dit la vérité à ce sujet, Hank. J'avais bien trop honte. Elle est sortie avec moi pour rire. C'était un pari qu'elle avait fait avec plusieurs de ses copains. Ils s'étaient cotisés pour parier avec elle cent dollars qu'elle ne sortirait pas régulièrement avec moi pendant un mois entier. Alors elle l'a fait.

— Tu étais au courant ?

— Tout le monde le savait.

— Et tu t'es prêté à cette comédie ?

153

— C'était pas aussi pénible qu'il y paraît. Au départ, c'était assez moche de sa part, mais elle a fait ça plutôt gentiment. On ne s'embrassait pas, on ne se touchait pas ni rien de tout ça, mais on se baladait beaucoup ensemble et on parlait, et quand le mois a été écoulé, elle a continué à s'arrêter pour me dire bonjour quand on se croisait, alors que rien ne l'y obligeait. »

J'étais bouleversé. « Et tu as donné son nom à ton chien ? »

Il eut un sourire étrange. « C'était un nom que j'aimais bien. »

Toute cette histoire était absurde. J'étais peiné pour lui, peiné et honteux.

Une voiture donna un coup de klaxon à quelque distance de là. Nous tendîmes l'oreille. La nuit était très calme. Le chien était ressorti du cimetière pour s'asseoir près de nous.

« J'ai trente-trois ans, dit Jacob, et je n'ai seulement jamais embrassé une femme. C'est pas juste, Hank. »

Je ne trouvai rien à répondre.

« Si le fait d'être riche peut changer ça, je vais pas m'en plaindre. Peu m'importe si c'est seulement pour l'argent. »

Le silence retomba entre nous. Jacob en avait trop dit ; nous le sentions l'un comme l'autre. Cette gêne nous environnait comme une brume, si dense que nous pouvions à peine nous voir au travers.

Nous pénétrâmes dans le cimetière. Mary Beth s'élança devant nous.

« Y a plus rassurant comme endroit », dit Jacob en forçant la voix comme pour dissiper la gêne. Il gémit comme un fantôme, puis émit un rire bref afin de tourner cela à la plaisanterie.

Mais il avait raison, ce lieu donnait la chair de poule. L'église était sombre et déserte. Le ciel était couvert, sans la moindre étoile, et la lune n'était qu'un vague miroitement au-dessus de l'horizon. Les réverbères de la rue n'étaient plus qu'un halo ; et, si elle guidait encore nos pas, leur lumière n'était pas assez forte pour nous arracher aux ombres. L'obscurité était si dense parmi les tombes qu'elle en prenait un aspect liquide. En entrant dans le cimetière, j'eus l'impression de descendre dans un lac. Mary Beth disparut dans le noir, et il n'y eut plus comme gage de sa présence que le tintement des pendeloques de son collier.

C'est de mémoire et au jugé que nous retrouvâmes la tombe de nos parents. Ils avaient été enterrés au centre du cimetière, juste à droite de l'allée. Jacob et moi nous arrêtâmes devant la sépulture. C'était un simple carré de granite sur lequel était gravé :

JACOB HANSEL MITCHELL   JOSEPHINE MCDONNEL MITCHELL
  31 décembre 1927   5 mai 1930
  2 décembre 1980   4 décembre 1980

Double est notre chagrin

Il y avait en dessous deux espaces vides. Ils nous étaient destinés, à Jacob et à moi. Avant de mourir, notre père avait en effet acheté une quadruple concession afin que nous soyons un jour à nouveau réunis.

Parfaitement immobile, je fixais intensément la tombe, mais je ne pensais pas à mes parents, je ne cherchais pas à me les représenter ni ne regrettais leur disparition. Je pensais à Jacob. Je cherchais un moyen de le rallier à notre coup monté contre Lou. C'est pour cela que nous étions venus au cimetière : je voulais lui rappeler le lien qui nous unissait en tant que frères.

J'attendis plusieurs minutes, laissant le silence s'installer autour de nous. Je n'avais que mon costume et un pardessus, et le froid me gagnait. Le vent glacé me fouaillait les jambes avec force, comme pour m'obliger à faire un pas en avant. Mon regard alla furtivement de la tombe à la masse sombre de l'église, puis il se porta sur Jacob, qui se tenait à mes côtés, engoncé dans sa parka, silencieux, massif, inébranlable, pareil à un gigantesque bouddha vermillon. Je me demandai fugitivement ce que recelait cette immobilité. Pensait-il à nos parents ou bien à Mary Beth Shackleton, ou bien encore aux mystères de la destinée, au cadeau qu'elle venait de lui apporter, aux portes qu'elle promettait de lui ouvrir enfin, alors que son existence paraissait déjà bien entamée ? Mais peut-être ne pensait-il à rien.

« Ils te manquent ? » demandai-je.

Il répondit lentement, comme si je le réveillais. « Qui ça ?

— Papa et Maman. »

J'entendis la neige compacte crisser sous ses semelles lorsqu'il changea de pied d'appui.

« Oui, dit-il d'une voix blanche après un moment de réflexion. De temps en temps. »

Voyant que je ne disais rien, il reprit, comme pour s'expliquer : « La maison me manque. Ce qui me manque le plus, c'est d'y aller dîner le week-end, puis de passer la soirée à jouer aux cartes en buvant un coup. Et aussi de bavarder avec Papa. C'était quelqu'un qui m'écoutait quand je parlais. J'ai plus personne comme ça maintenant. »

Il se tut. Mais je sentais qu'il n'en avait pas terminé, aussi demeurai-je immobile, le visage à demi levé vers le ciel, attendant qu'il poursuive. Loin vers l'ouest, au-dessus du clocher, je distinguais les feux clignotants de deux avions dont les trajectoires convergeaient lentement. Pendant une seconde, je crus bien qu'ils allaient entrer en collision, mais ils se croisèrent. Ce n'était qu'un effet de perspective ; des kilomètres les séparaient.

« Papa ne nous aurait pas désapprouvés, dit Jacob. Il connaissait l'importance de l'argent. " C'est le principal, disait-il, le sang de la vie, la racine du bonheur. " »

Il me jeta un coup d'œil. « Tu te souviens qu'il disait des trucs de ce genre ?

— Seulement dans les derniers temps. Quand la ferme était en train de lui échapper.

— Il n'arrêtait pas, et je trouvais ça si banal que j'y faisais pas vraiment attention. Ce n'est que récemment que j'ai commencé à comprendre. Je croyais qu'il voulait dire qu'on ne peut ni manger ni s'habiller ni se chauffer quand on n'a pas d'argent, mais c'était pas du tout ça. Il voulait dire qu'on peut pas être heureux si on a pas d'argent. Et il ne parlait pas d'un peu d'argent, juste de quoi subvenir à ses besoins ; non, dans son esprit, c'était beaucoup d'argent. Il parlait de ce que c'est que d'être riche.

— Riches, dis-je, ils ne l'ont jamais été.

— Et ils ont jamais été heureux non plus.

— Vraiment jamais ?

— Non. Surtout Papa. »

Je fouillai rapidement dans mes souvenirs en quête d'une image de mon père heureux. Je le revoyais en train de s'esclaffer, mais c'était un rire d'ivrogne, vide et sans objet, absurde. Ma mémoire ne me proposait rien d'autre.

« Et ils sont devenus de plus en plus tristes au fur et à mesure que l'argent s'est raréfié, jusqu'au moment où ils ont mis fin à leurs jours. »

Je regardai mon frère, stupéfait. Sarah avait toujours défendu la thèse du suicide, mais je n'avais jamais entendu Jacob ne fût-ce que l'envisager.

« Ça, dis-je, tu n'en sais rien. Ils buvaient. Moi, je penche pour l'accident. »

Il secoua la tête. « La veille du jour où c'est arrivé, Maman m'a téléphoné. Elle voulait juste me dire bonsoir. Elle avait bu. Elle m'a fait promettre de me marier un jour, de pas mourir sans avoir une famille à moi. »

Il se tut, et j'attendis qu'il poursuive, mais il resta silencieux.

« Et alors, qu'est-ce que ça prouve ?

— Tu vois pas ? Jamais elle m'avait téléphoné. Ça a été la seule et unique fois. C'était toujours lui qui appelait. Si elle m'a téléphoné ce soir-là, c'est parce qu'elle savait, parce qu'ils venaient de prendre leur décision, et qu'elle réalisait qu'elle me reverrait plus. »

Je tentai d'analyser rapidement ce qu'il venait de dire, j'en recherchais les points faibles. Je ne voulais pas y croire. « S'ils avaient voulu se suicider, ils auraient agi différemment. Ils ne se seraient pas jetés sous un camion. »

Il secoua la tête. Il avait déjà réfléchi à tout cela ; il devança mes objections : « Il fallait que cela ait l'air d'un accident. Papa savait qu'on aurait besoin du capital de son assurance-vie pour régler toutes ses dettes. C'est le seul moyen qu'il a trouvé pour tout rembourser. La ferme était hypothéquée. À part leur vie, ils possédaient plus rien de valeur.

— Mais enfin, Jacob, ils auraient pu causer la mort du chauffeur du camion. Pourquoi n'ont-ils pas choisi de se jeter contre un arbre ?

— Foncer sur un arbre, ça ressemble encore trop à un suicide. Ils pouvaient pas prendre le risque. »

J'essayais d'imaginer nos parents stationnés dans l'obscurité au bas d'une bretelle de sortie, attendant que deux phares apparaissent devant eux. Puis, tandis que mon père enclenchait la première, les dernières paroles échangées dans la précipitation, les adieux préparés plus tôt ce jour-là, une ultime déclaration d'amour dont la fin se perdait dans le grondement du camion tout proche, dans le crissement de pneus d'un coup de frein inutile. Je comparais cela à la vision qui m'avait habité ces sept dernières années : ils avaient bu, ils riaient, la radio déversait de la musique à plein volume, une vitre était baissée, et l'air frais qui s'engouffrait dans l'habitacle leur prodiguait une illusion de sobriété ; ils ne s'apercevaient de leur erreur qu'à l'instant final, irrévocable, où l'énorme masse du camion se dressait au-dessus du capot de leur voiture. J'aurais voulu choisir entre ces deux représentations, celle du suicide et celle de l'accident, mais toutes deux me paraissaient trop pitoyables, trop tristes pour que j'en accepte aucune.

« Pourquoi ne pas me l'avoir dit plus tôt ? » demandai-je.

Il mit plusieurs secondes pour trouver une réponse : « Je ne pensais pas que tu serais content de le savoir. »

Il avait vu juste. Je ne voulais toujours rien savoir, je ne voulais pas faire le tri dans ce qu'il venait de dire, en soupeser les différents aspects et décider si j'y croyais. J'étais assailli d'émotions contradictoires : j'étais jaloux de ce que, ce soir-là, ma mère eût choisi d'appeler Jacob plutôt que moi ; étonné qu'il ait pu me cacher cela durant toutes ces années ; et peiné que de braves gens, travailleurs comme ils l'étaient, aient pu être poussés par le manque d'argent à un acte aussi désespéré, se sacrifier et risquer la vie d'un tiers innocent pour se soustraire à leurs créanciers et en préserver leurs enfants.

Jacob commençait de battre la semelle pour se réchauffer. Je compris qu'il voulait s'en aller.

« Jacob, dis-je.

— Quoi ? »

Mary Beth évoluait autour de nous dans le noir, cliquetant, tel un petit fantôme enveloppé de chaînes.

« Sarah est au courant pour l'argent. Après la visite de Lou, je n'ai pas pu faire autrement que de tout lui dire.

— C'est pas grave. De nous tous, c'est probablement elle la plus solide.

— Le problème, c'est qu'elle est terrifiée par Lou. Elle a peur qu'il finisse par nous envoyer toi et moi en prison pour le meurtre de Pederson. » Je désignai du geste la tombe de Pederson, quelque part sur la gauche. Jacob regarda dans la direction que j'indiquais.

« Lou n'est pas un problème, dit-il. Il veut juste être certain que tu vas lui remettre l'argent. Une fois que ce sera fait, il te fichera la paix.

— Je n'ai pas l'intention de le lui remettre. Sarah et moi, on en a discuté et on a décidé de ne pas le faire. »

Jacob me fixa pendant plusieurs secondes, réfléchissant à ce que cela impliquait. « Alors, on verra si ses menaces sont ou non du bluff. »

Je secouai la tête. « Je n'ai pas l'intention d'en arriver là. On va prendre l'initiative.

— Qu'est-ce que tu veux dire ? » fit-il, interdit.

Je lui expliquai le stratagème imaginé par Sarah. Il m'écouta jusqu'au bout, les épaules voûtées, les mains enfoncées dans les poches.

Quand j'eus terminé, il demanda : « Pourquoi tu me racontes tout ça ?

— Parce que je vais avoir besoin de toi. Sans ton aide, ça ne peut pas marcher. »

Il tapait dans la neige avec ses bottes. « J'ai pas trop envie de faire ce que tu dis, Hank. Lou n'est pas un danger.

— Il est un danger, Jacob. Il le sera toujours.

— Ce n'est pas comme si...

— Réfléchis un peu, Jacob. Avec lui, nous ne serons jamais à l'abri. Il n'y a pas de prescription en ce qui concerne les homicides. Dans dix ans, quand il aura claqué sa part, il est capable de te retrouver pour te faire chanter. »

Jacob restait silencieux.

« Tu as envie de vivre comme ça ? À attendre, année après année, sa visite ?

— Il ne ferait pas un truc pareil.

— Il me l'a déjà fait ! Par deux fois. Je ne vais pas le laisser recommencer. » Le chien revint en remuant la queue, il haletait bruyamment, comme s'il venait de donner la chasse à un lapin. Il sauta sur Jacob, et Jacob le repoussa.

« Tu as eu ta chance, Jacob. Tu étais responsable de lui et tu as laissé la situation se détériorer. Maintenant, c'est moi qui prends les choses en main.

— T'es en train de m'accuser ?

— C'est bien par toi qu'il a su, non ? C'est ce qui nous a mis dans cette position.

— Pour Pederson, je lui ai rien dit. » Il avait l'air de tenir à ce que je le croie, mais je ne relevai pas. « S'il y a un fautif, dit-il avec aigreur, c'est toi. T'as été le premier à te montrer méfiant. Avec ça, tu as pourri nos relations. Lou ne fait que se comporter conformément à ce que tu attends de lui depuis le début... »

Je me tournai face à lui. Je compris que je l'avais froissé.

159

« Non, Jacob, je ne te reproche rien. Je ne dis pas que c'est la faute de quelqu'un. Mais c'est arrivé, et maintenant il faut qu'on s'en débrouille. » Je lui souris. « Peut-être que c'est le destin. »

Il fixait la tombe d'un air sombre.

« C'est ça ou brûler l'argent, dis-je.

— Tu ne vas pas brûler l'argent. C'est une menace creuse. »

C'était vrai, bien sûr, et je hochai la tête. « Ce n'est pas si terrible, Jacob. Ce n'est pas comme si je te demandais de le supprimer. »

Il ne réagit pas. Il remonta le col de sa parka, ce qui lui couvrit la moitié inférieure du visage, puis il regarda du côté du parking et de Main Street. Je suivis son regard. Je pouvais voir le magasin et même la fenêtre de mon bureau. Je voyais également la mairie, la poste, le supermarché. Tout était calme.

« J'ai besoin de ton aide, dis-je.

— Je peux pas lui faire ça. Jamais il me le pardonnerait.

— Il sera ivre, Jacob. Il n'aura aucun souvenir de la façon dont ça se sera fait. » J'avais trouvé le bon hameçon : ce n'était pas l'idée de trahir Lou qui l'ennuyait, mais que Lou pût le savoir. « Si tu veux, tu pourras faire semblant de tomber des nues, poursuivis-je rapidement afin de le ferrer, faire comme si tu ignorais tout de l'existence de ce magnétophone. Tu pourras dire que c'est moi qui ai tout combiné, que je vous ai piégés tous les deux.

— Ce sera juste un moyen de pression ? Jamais on se servira de cette bande ? »

J'acquiesçai. « C'est uniquement pour l'empêcher de nous dénoncer. » Voyant qu'il balançait, j'abattis ma dernière carte. « Tu m'as dit l'autre jour que si ça devait en arriver là et que tu sois obligé de choisir, c'est moi que tu choisirais. »

Il ne répondit pas.

« Les choses en sont arrivées là, Jacob. Est-ce que tu tiens parole ? »

Il me regarda un long moment en silence. Le chien se roulait à ses pieds avec force grognements, mais nous ne lui prêtions pas attention. Jacob passa les bras autour de son ventre et baissa les yeux vers la tombe de nos parents. Ma vue s'était habituée à l'obscurité et je pouvais maintenant distinguer les traits de son visage, ses yeux derrière ses lunettes. Il paraissait inquiet et transi. Il finit par hocher longuement la tête.

160

Je cherchai quelque chose à dire, quelque chose de rassurant.

« Pourquoi tu ne viendrais pas dîner à la maison ? demandai-je, me surprenant moi-même. Sarah fait des lasagnes. »

Aujourd'hui encore, je ne sais pas exactement pourquoi j'ai dit cela. Avais-je pitié de lui ou bien craignais-je que, livré à lui-même ce soir-là, il ne téléphone à Lou pour le mettre en garde ?

Je voyais ce qui se passait en lui : sa passivité foncière, ce mécanisme avec lequel il avait toujours affronté le stress, était en train de remonter à la surface, et je savais que si je parvenais à maintenir mon emprise sur lui, je serais en mesure de lui faire faire ce que je voudrais. Je fis un pas en direction de la sortie. Mary Beth se releva, les oreilles dressées. Sa queue battait contre le pantalon de Jacob.

« Allez, viens, dis-je. Elle utilise la recette de Maman. Ce sera comme dans le temps. »

Je posai la main sur son bras et l'entraînai vers l'allée.

Sarah était dans la cuisine quand nous arrivâmes.

« Jacob vient dîner avec nous », lançai-je en pénétrant dans le hall.

Elle passa la tête par la porte pour nous faire un signe de bienvenue. Elle portait un tablier et tenait à la main une spatule métallique. Jacob, aussi gros que gauche, lui retourna son salut, mais une seconde trop tard, car elle avait déjà disparu dans la cuisine.

Je le conduisis à l'étage, Mary Beth sur nos talons. La chambre était obscure, les rideaux tirés. En allumant, je vis que le lit n'était pas fait. Quoiqu'elle eût rapidement récupéré de son accouchement, Sarah était encore un peu fatiguée, et elle avait passé une bonne partie des six derniers jours entre les draps, avec le bébé à côté d'elle.

Je refermai la porte derrière nous et menai Jacob jusqu'à la table de chevet. Je le fis asseoir sur le bord du matelas, puis je pris le téléphone et, après en avoir démêlé le fil, le lui posai sur les genoux.

« Appelle Lou », dis-je.

Il fixait l'appareil. C'était un vieux poste noir à cadran circulaire. Il paraissait ne pas vouloir y toucher. « Maintenant ? »

Je fis signe que oui. Je m'assis à côté de lui en laissant un espace d'une trentaine de centimètres entre nous. Nous étions

161

de mon côté du lit, face aux fenêtres. Les bruits de la cuisine montaient faiblement jusqu'à nous. Mary Beth parcourait la pièce, s'arrêtant fréquemment pour renifler çà et là. Il inspecta d'abord la salle de bains, puis le berceau. Arrivé devant le lit, il glissa la tête dessous. Je le repoussai du pied.

« C'est le nôtre, dis-je en montrant le berceau. C'est Papa qui l'a fait. »

Cela laissa Jacob de marbre. « Qu'est-ce que je lui dis ? demanda-t-il.

— Dis-lui que je vous invite tous les deux à boire un coup en ville demain soir, pour arroser la naissance d'Amanda. Dis-lui que c'est moi qui régale.

— Et au sujet de l'argent ?

— Dis-lui que je suis d'accord pour faire le partage, répondis-je après une seconde de réflexion, en pensant que cela pourrait amener Lou à baisser sa garde. On ira le chercher le week-end prochain. »

Jacob changea de position, et le téléphone manqua tomber par terre. Il posa une main dessus. « As-tu réfléchi pour la ferme ? »

Je le regardai, un peu pris de court. Je ne tenais pas à aborder cette question maintenant. Mary Beth sauta sur le lit et s'installa derrière son maître, tout contre son dos, la tête sur mon oreiller.

« Pas vraiment.

— J'espérais que tu aurais peut-être pris une décision. »

Je compris qu'il allait me coincer avec cela, qu'il en ferait le prix de sa complicité. L'ours en peluche gisait à côté du lit et, vu ma répugnance à lui répondre, pour meubler le silence, je le ramassai et en remontai le mécanisme. La petite musique commença. Le chien leva la tête.

« Jacob, ne me dis pas que tu veux me faire chanter, toi aussi.

Il eut un regard étonné. « Comment ça ?

— Es-tu en train de me faire comprendre que tu ne m'aideras que si j'accepte pour la ferme ? »

Il réfléchit un instant, puis hocha la tête. « Oui, quelque chose comme ça. »

Et l'ours de chanter : « *Dormez-vous ? Dormez-vous ? Sonnez les matines, sonnez les matines.* »

« Je fais quelque chose pour toi, et après tu fais quelque chose pour moi. C'est correct, tu trouves pas ?

— Oui, dis-je. Je suppose que oui.

— Donc, tu vas m'aider à la récupérer ? »

La musique ralentissait peu à peu. J'attendis qu'elle s'arrête, que la chambre soit parfaitement silencieuse, puis, pleinement conscient de faire une promesse que je n'avais absolument pas l'intention de tenir, je déclarai :

« Je ferai tout ce que tu me demanderas. »

Comme Sarah et moi apportions le dîner sur la table — lasagnes, pain aillé et salade — , Jacob s'esquiva pour aller aux toilettes. Les cabinets se trouvaient au bout du couloir, sous l'escalier. Je le suivis des yeux jusqu'à ce qu'il tourne l'angle du mur.

« Alors, il est d'accord ? » murmura Sarah en montrant la direction des toilettes de la pointe de son couteau. Nous étions debout près de la table. Elle coupait du pain tandis que je remplissais deux verres de vin. Elle buvait du jus de pommes, n'ayant pas droit à l'alcool tant qu'elle allaitait.

« On vient juste de téléphoner, dis-je. On passera prendre Lou demain soir.

— Tu as suivi leur conversation ?

— Oui. J'étais assis à côté de lui.

— Il n'a rien dit qui aurait pu alerter Lou ?

— Non. Il a dit exactement ce que je lui avais dit.

— Et cela ne l'embête pas de se livrer à ce petit jeu ? »

Comme je tardais à répondre, Sarah leva les yeux vers moi. « Il m'a fait promettre de l'aider à racheter la ferme.

— La ferme de ton père ? Mais je croyais qu'on était d'accord pour...

— Je n'avais pas le choix, Sarah. C'était ça ou bien il refusait de nous aider. »

Au bruit de la chasse d'eau, nous tournâmes tous les deux la tête vers le couloir. « Mais tu n'as pas réellement l'intention de le laisser rester ici, n'est-ce pas ? »

La porte des waters s'ouvrit. Je tournai les talons pour aller poser la carafe sur le comptoir.

« Non, dis-je en m'éloignant. Bien sûr que non. »

Amanda dormait dans le salon, installée dans un couffin. Avant de passer à table, Sarah alla la chercher pour que Jacob la voie. Il eut l'air un peu désemparé face à ce bébé. Il rougit quand Sarah lui tendit la petite. Il la tint à bout de bras, loin de lui, comme si on avait renversé quelque chose sur elle et qu'il eût craint de se salir. Elle se mit aussitôt à pleurer, et Sarah dut la consoler avant de la ramener au salon.

« Elle est tellement minuscule », bredouilla Jacob. C'est tout ce qu'il trouva à dire.

Ce fut un dîner insolite. Il sembla au début que seule Sarah y prendrait plaisir. Elle était jolie, séduisante, et, apparemment, elle le savait. Elle avait déjà recouvré sa sveltesse, et, bien qu'elle fût certainement très fatiguée, le bébé n'ayant jamais dormi plus de quatre heures d'affilée depuis son retour de la maternité, elle était toujours très animée et paraissait en pleine forme. Durant tout le repas, je sentis son pied me caresser les mollets.

Jacob, intimidé, se concentrait sur son assiette. Il mangeait à toute allure, se goinfrant de nourriture. Une fine sueur perlait à son front. Tout en lui exsudait la gêne, et cela devint bientôt contagieux. Je me mis, moi aussi, à ne plus savoir quoi dire, à trop réfléchir avant de répondre à leurs questions, de sorte que mes propos avaient l'air formels et abrupts comme si je leur en voulais de quelque chose et craignais de le montrer.

C'est le vin qui sauva la soirée. Sarah l'avait pressenti, et chaque fois que Jacob ou moi vidions notre verre, elle se levait pour nous resservir. Je ne suis pas un gros buveur, je n'ai jamais pris plaisir à l'effet désinhibiteur de l'alcool, à ce dérapage progressif de la maîtrise de soi. Ce soir-là pourtant, j'éprouvai les effets que j'avais toujours entendu vanter : le vin agissait comme un calmant, un lubrifiant, un lanceur de ponts. Plus je buvais et plus j'avais de facilité à parler avec Jacob ; plus lui buvait et plus il avait de facilité à parler avec Sarah.

Mon ébriété croissante m'emplissait d'espoirs inattendus. C'était une sensation toute physique, une chaleur liquide qui se répandait à partir de ma poitrine — de mon cœur, comme je me rappelle l'avoir pensé — jusqu'au bout de mes doigts et de mes orteils. Je commençais à me demander si mon frère était vraiment aussi inaccessible que je me l'étais toujours imaginé. Peut-être m'était-il encore possible de le retrouver, de l'accueillir au sein de ma famille, de m'attacher à lui.

Assis en face de lui, je le voyais à présent parler à Sarah ; il se livrait en fait à des manœuvres de séduction, mais avec timidité, comme un élève avec son professeur. Et, à ce spectacle, je fus envahi d'une bouffée d'amour pour ces deux êtres, je fus saisi du désir impérieux de parvenir à une issue heureuse. Je pris la décision d'aider mon frère à acheter de la terre dans l'Ouest, dans le Kansas ou le Missouri, à installer une ferme toute pareille à celle de notre père, et à bâtir la réplique de la maison dans laquelle nous avions grandi ; ce serait l'endroit où Sarah, Amanda et moi reviendrions toujours entre deux voyages autour du globe, un second foyer où nous arriverions les bras chargés de cadeaux pour Jacob et sa famille.

Je les regardais parler et rire ensemble, et, bien que j'eusse conscience de mon ivresse et qu'elle m'apparût clairement dans tout ce que je disais, faisais et pensais, je ne pouvais pas m'empêcher de croire que tout allait désormais bien se passer, que tout se terminerait exactement comme nous l'avions prévu.

Alors que le repas s'achevait, le bébé se mit à pleurer. Sarah monta à l'étage pour lui donner le sein pendant que je débarrassais la table. Lorsqu'elle redescendit, après avoir couché Amanda dans son berceau, j'avais tout rangé et Jacob était de nouveau aux toilettes.

Nous décidâmes de faire une partie de Monopoly. Sarah déplia le plateau de jeu pendant que je donnais un coup d'éponge sur le comptoir. J'avais cessé de boire vers la fin du repas, et le vin pesait maintenant sur moi comme un manteau trop lourd, de sorte que chaque geste me coûtait un effort. J'avais surtout envie de me coucher.

Je m'assis à la table. Sarah était en train de compter l'argent. Elle procédait par ordre ascendant — les billets d'un dollar, ensuite ceux de cinq, de dix, de vingt, de cinquante. Quand elle en vint aux billets de cent dollars, elle leva les yeux vers moi avec un sourire malicieux.

« Tu sais ce qu'on devrait faire ?

— Quoi donc ? »

Elle montra le plateau où s'entassait l'argent. « On devrait se servir des vrais.

— Des vrais quoi ? » J'étais si fatigué que je ne comprenais pas ce qu'elle voulait dire.

« On pourrait aller chercher une des liasses », dit-elle avec un grand sourire.

Je la considérai d'un œil étonné. L'idée de sortir l'argent de sa cachette faisait naître en moi un indéniable sentiment d'insécurité, un mélange irrationnel d'appréhension et de panique.

« Allez. Ça va être amusant.

— Non, dis-je. Je ne veux pas.

— Mais pourquoi ?

— Il ne faut pas prendre de risques.

— Mais quels risques ? On va juste les utiliser dans le jeu.

— Je ne veux pas les déranger. Ça va nous porter la poisse.

— Enfin, Hank, ne sois pas ridicule. Ce n'est pas si souvent qu'on a l'occasion de jouer au Monopoly avec de véritables billets de cent dollars. »

Jacob était revenu des cabinets et nous ne l'avions pas entendu arriver. « L'argent est caché ici ? » dit-il. Il se tenait à l'entrée de la cuisine, l'air fatigué. Je jetai à Sarah un regard sévère.

« Un tout petit peu, dit-elle. Juste deux liasses. »

Jacob revint s'asseoir à sa place. « Oui, pourquoi pas les utiliser ? » demanda-t-il.

Sarah resta silencieuse. Elle servit du vin à son beau-frère. Ils attendaient ma réponse. Et que pouvais-je dire ? La seule raison que j'avais de persister dans mon refus, c'était la croyance vague que ce serait une erreur, que nous devions faire montre d'une rigueur sans faille et considérer cet argent comme quelque chose qui était investi d'une puissance nocive, tel un pistolet ou une bombe. Mais je ne voyais pas comment exprimer ce sentiment et, l'eussé-je fait, les autres auraient trouvé cela parfaitement idiot. Ce n'est qu'un jeu, eussent-ils dit. On les range sitôt la partie terminée.

« D'accord », soupirai-je en me laissant aller contre le dossier de ma chaise, et Sarah courut chercher un paquet de billets.

Jacob avait le petit chien, Sarah le haut-de-forme et moi la voiture de course. L'excitation de jouer avec de vraies coupures de cent dollars se dissipa avec une étonnante rapidité, si bien qu'ils parurent bientôt se fondre parmi les autres billets du jeu et n'être plus que des rectangles de papier coloré, tout juste un peu plus grands et un peu plus épais. Nous les utilisions pour des transactions imaginaires, ce qui, d'une certaine façon, les dépréciait, leur enlevait leur valeur réelle. Ils ne faisaient plus vrais.

166

La partie dura plusieurs heures. Il était près de minuit lorsque nous arrêtâmes. Pour ma part, j'étais ruiné. Sarah et Jacob s'accordèrent pour un nul, mais ce dernier l'aurait emporté. Il possédait plus de propriétés, d'hôtels et de maisons, et une grosse pile de billets en désordre. Il l'aurait mise sur la paille en un rien de temps.

Je rangeai le jeu pendant que Sarah réunissait toutes les coupures de cent dollars et les rapportait en haut.

Il fallut que mon frère se lève pour que je mesure combien il était ivre. Il se souleva de sa chaise et fit deux pas flageolants vers le comptoir, les bras tendus devant lui, l'air complètement égaré. On aurait dit qu'il s'était subitement changé en une espèce de grosse marionnette et que quelqu'un d'autre dirigeait maintenant ses mouvements, l'entraînant à travers la pièce au bout de ficelles invisibles. Il posa une grosse main sur le comptoir et se mit à la fixer, comme craignant qu'elle ne se carapate s'il tournait la tête. Il fit entendre un petit rire bref.

« Pourquoi tu ne resterais pas ici cette nuit ? » proposai-je.

Il promena un regard circulaire sur la table et les chaises, le lave-vaisselle, l'évier, la cuisinière. « Que je reste ici ?

— Il y a la chambre d'amis. »

Son visage s'assombrit. Depuis des années que nous étions dans cette maison, il n'y avait jamais passé la nuit, et l'idée de dormir ici semblait l'effaroucher. Il commença à dire quelque chose, mais je le pris de vitesse :

« Tu ne peux pas prendre le volant dans cet état. Tu es trop soûl.

— Et Sarah, qu'est-ce qu'elle va dire ? souffla-t-il bruyamment en regardant vers le couloir.

— Sarah ? Elle me donnera raison. »

Je l'aidai à monter les marches, la main appuyée contre sa chair molle, en m'efforçant de faire avancer cette masse dans le bon sens. J'avais l'impression d'être un gamin à côté de ce corps disproportionné. De temps à autre, il émettait un petit rire.

Je le conduisis dans la chambre d'amis, de l'autre côté du couloir par rapport à la nôtre. Il s'assit sur le lit et entreprit de déboutonner sa chemise. Je m'accroupis pour le déchausser. Le chien nous avait suivis. Il renifla l'un après l'autre tous les meubles, puis il se roula en boule sur le couvre-pieds.

En levant la tête, je vis que Jacob fixait avec stupéfaction la tête de lit.

« Ça va aller tout de suite mieux, dis-je. Le temps de te mettre au lit.

— C'est mon lit.

— Oui, c'est ici que tu vas dormir cette nuit.

— C'est mon lit », répéta-t-il avec insistance. Il tendit le bras pour toucher le bois, et j'eus une illumination. Il voulait dire qu'il s'agissait du lit dans lequel il avait dormi toute son enfance.

« Oui, c'est ton lit. Papa l'a apporté ici peu avant sa mort. »

Il promena un regard paresseux sur toute la chambre. Rien d'autre ne lui appartenait ici.

« Mais le matelas est neuf, dis-je. L'ancien était complètement usé. »

Il ne paraissait pas avoir entendu. « Le voilà maintenant dans la chambre d'amis », dit-il.

Il fixa encore le bois de lit pendant une seconde ou deux, puis il leva les pieds du sol et bascula sur le dos. Le lit roula comme un bateau. Le chien remua la tête d'un air désapprobateur. Jacob ferma les paupières. Il parut s'endormir instantanément. Quelques secondes plus tard, il ronflait déjà. Ses traits se détendirent et sa mâchoire se relâcha, m'exposant ses dents du bas. Elles semblaient trop grandes, trop larges et trop fortes pour sa bouche.

« Jacob ? » murmurai-je.

Il ne réagit pas. Il avait toujours ses lunettes sur le nez. Je les lui enlevai et les déposai sur la table de chevet. Ainsi, son visage faisait plus vieux. Je me penchai pour l'embrasser légèrement sur le front.

De l'autre côté du couloir, le bébé se mit à pleurer.

Jacob ouvrit les yeux d'un coup. « Le baiser de Judas, murmura-t-il d'une voix rauque.

— Non. Je te souhaite juste une bonne nuit. »

Il fit des efforts pour me voir avec netteté, mais apparemment il n'y arrivait pas. « Je sens tout tourner, dit-il.

— Ça va s'arrêter. Prends ton mal en patience. »

Il parut réprimer un rire, puis il prit tout à coup une expression grave. « Tu m'as embrassé pour me souhaiter une bonne nuit ? bredouilla-t-il.

— Oui. »

Il me regarda en clignant les paupières, puis il dit d'une voix pâteuse : « Bonne nuit. »

Il referma les yeux et je quittai silencieusement la chambre.

Sarah était en train de se mettre au lit. Elle avait consolé Amanda, et celle-ci faisait entendre de petits bruits de bouche tout en s'endormant dans son berceau.

L'argent était posé sur le secrétaire. Après avoir enfilé mon pyjama, j'allai le prendre.

« Je ne peux pas croire que tu aies fait ça, Sarah. C'était stupide de ta part. »

Elle eut l'air surpris et peiné. « Je pensais que ce serait amusant », dit-elle. Elle avait relevé ses cheveux en chignon, ce qui lui donnait des airs d'institutrice. Elle ne portait qu'une petite culotte.

« On ne touche pas à l'argent, dis-je. On était bien d'accord là-dessus.

— N'empêche que c'était marrant. Reconnais-le. Tu t'es amusé.

— C'est comme ça qu'on se fera coincer, en sortant l'argent.

— Mais enfin, ce n'est pas comme si je l'avais sorti de la maison...

— On n'y touche plus jusqu'au jour de notre départ. »

Elle me regarda d'un air renfrogné. Elle me trouvait visiblement trop pointilleux, mais cela m'était égal.

« Tu me le promets ? demandai-je.

— Oui », fit-elle avec un haussement d'épaules.

Je vins m'asseoir sur le bord du lit et commençai à compter les billets. Mais, encore un peu ivre, je perdais sans cesse le fil.

« Il n'en a pas pris, finit-elle par dire. J'ai déjà vérifié. »

Je m'arrêtai, stupéfait. Je n'avais pas compris pour quelle raison je les comptais.

Nous étions maintenant allongés côte à côte. Nous bavardions à voix basse en attendant le sommeil.

« À ton avis, qu'est-ce qu'il va devenir ? me demanda Sarah.

— Qui, Jacob ? »

Je sentis qu'elle hochait la tête. Nous étions couchés sur le dos. Les lumières étaient éteintes, et le bébé dormait dans son berceau. Sarah ne m'en voulait plus de l'avoir sermonnée.

« Peut-être qu'il achètera une ferme », dis-je.

Elle se crispa. « Voyons, Hank, il ne peut pas acheter la ferme. S'il reste ici...

— Pas la ferme de mon père. Une autre. Dans l'Ouest, peut-être au Kansas, ou dans le Missouri. On pourrait l'aider à s'établir. »

Tout en parlant ainsi, je pris conscience que cela n'arriverait jamais. Pendant le dîner, le vin m'avait porté à l'optimisme ; mais maintenant que ses vapeurs se dissipaient, je voyais le monde tel qu'il était et non tel que j'aurais voulu qu'il fût. Jacob ne connaissait rien à l'agriculture. Il avait autant de chances de réussir dans cette branche que de devenir star de rock ou astronaute. Ce rêve puéril était l'expression d'une naïveté obstinée, le refus de voir ce qu'il était en réalité.

« Peut-être qu'il fera des voyages », hasardai-je. Mais je ne pouvais me représenter mon frère sautant d'un avion à l'autre, traînant des valises dans les aéroports, descendant dans des hôtels de luxe. Rien de tout cela ne me semblait possible.

« Quoi qu'il fasse le moment venu, ce sera toujours préférable à ce qu'il vit actuellement, tu ne crois pas ? »

Je roulai sur le côté et passai une jambe sur le corps de Sarah. « Ça, évidemment, dit-elle. Il sera à la tête d'un million trois cent mille dollars. Comment les choses pourraient-elles ne pas s'améliorer ?

— Oui, mais qu'est-ce qu'il va bien pouvoir en faire ?

— Le dépenser, pardi. Tout comme nous. C'est fait pour ça.

— Oui, mais le dépenser à quoi ?

— Tout ce dont il aura envie. Une belle voiture, une maison au bord de l'océan, de belles fringues, des grands restaurants, des vacances sous les tropiques.

— Mais il est si seul, Sarah. Il ne va pas se payer tout ça rien que pour lui. »

Elle me passa doucement la main sur le visage. « Il se trouvera quelqu'un, Hank, dit-elle. Tout se passera bien, tu verras. »

Je ne demandais qu'à la croire, mais je savais qu'elle avait probablement tort. L'argent ne pouvait changer des choses de cet ordre. Il nous rendrait plus riches, et cela s'arrêterait là. Jacob resterait obèse, timide et malheureux jusqu'à la fin de ses jours.

Ombres sur fond de ténèbres, les doigts de Sarah glissaient sur mon visage. Je fermai les yeux.

« Chacun aura ce qu'il mérite », dit-elle.

Peu avant le lever du jour, je me réveillai en sursaut : quelqu'un marchait dans la maison. J'ouvris les yeux et me mis sur un coude. Sarah était assise, adossée au bois de lit. Elle donnait le sein à Amanda. Une bise glacée faisait trembler les fenêtres dans leur cadre.

« Il y a quelqu'un dans la maison, dis-je.

— Chhh », fit-elle sans quitter le bébé des yeux. Elle me caressa l'épaule de sa main libre. « C'est juste Jacob. Il est descendu aux cabinets. »

Je tendis l'oreille, écoutai la maison grincer dans la tourmente, écoutai les petits bruits que faisait Amanda en tétant, puis me laissai retomber sur le dos. Au bout d'un moment, j'entendis mon frère regagner pesamment sa chambre. Il émit un grognement en se remettant au lit.

« Tu vois ? murmura Sarah. Tout est normal. »

Elle laissa la main sur mon épaule jusqu'à ce que je fusse presque endormi.

6

Nous passâmes prendre Lou peu après dix-neuf heures pour aller à Ashenville. Le Wrangler était un des deux bars du coin, chacun étant la réplique exacte de l'autre. Des années plus tôt, il avait été décoré sur le thème du Far West, mais tout ce qui en subsistait c'était son nom et le crâne de bovin à longues cornes, couvert de graffitis, qui était accroché au-dessus de l'entrée. La salle était tout en longueur, étroite et sombre, avec un bar qui courait d'un bout à l'autre, et, en face, une longue estrade supportant une rangée de tables séparées par des murets. Au fond, une porte à deux battants donnait sur une grande salle équipée d'un billard, de quelques flippers et d'un juke-box hors d'usage.

L'endroit était relativement tranquille quand nous arrivâmes. Une poignée de vieux types étaient assis au bar, seuls face à leur bouteille de bière. Plusieurs saluèrent Lou au passage. Un jeune couple occupait une des tables. Penchés au-dessus de leurs verres, l'homme et la femme s'entretenaient avec fièvre, comme s'ils se disputaient tout en craignant de faire une scène.

Nous entrâmes dans l'arrière-salle. Jacob et Lou disposèrent les boules pour entamer une partie de billard, tandis que j'allais chercher les boissons. Je pris un whisky et une bière pour Lou, une bière pour Jacob, et une bière au gingembre pour moi.

Jacob perdit la première manche, et j'offris une deuxième tournée. Ils jouèrent trois manches et je renouvelai autant de fois les boissons. Puis d'autres joueurs vinrent nous demander de leur abandonner le billard. Repassant dans la première salle, nous nous assîmes à une table. Il était plus de huit heures et l'endroit commençait à se remplir.

Je continuais de payer les tournées. Je racontai à Lou que ma bière au gingembre était un scotch avec de l'eau gazeuse ; il s'esclaffa et dit que c'était bien une boisson de comptable. Il voulut me payer une tequila, mais je refusai en souriant.

Je trouvais intéressant de le regarder s'alcooliser. Son visage virait au cramoisi, ses yeux se mouillaient et leurs pupilles prenaient peu à peu un éclat terne et vitreux. Il se mit à aller aux toilettes entre chaque tournée et, aux alentours de vingt et une heures, le personnage commença à se révéler dans toute sa malveillance, sa mesquinerie, son essence même. Par moments, il paraissait oublier que c'était moi qui lui payais à boire. Il m'appelait M. le Comptable et retombait dans la vieille routine des clins d'œil, des ricanements et autres sourires en coin avec Jacob. Puis, tout aussi subitement, il opérait un revirement, me tapotait le bras, et nous redevenions les meilleurs amis du monde, de vrais compères, un trio de gentlemen-cambrioleurs.

Chaque fois qu'arrivait une nouvelle tournée, il portait un toast, toujours le même : « À la jeune demoiselle. Bénie soit sa petite tête blonde. »

Le magnétophone était en place dans la poche de ma chemise. J'y portais la main de temps à autre, comme s'il s'agissait d'une espèce de talisman.

Cela faisait peut-être une heure que nous buvions lorsque je demandai à Lou : « Tu aurais vraiment tout raconté au shérif si je n'avais pas accepté de faire le partage ? »

Nous n'étions que tous les deux. J'avais confié mon porte-feuille à Jacob pour qu'il aille commander. Lou mûrit sa réponse, le nez dans son verre. « J'avais besoin d'argent, Hank, déclara-t-il d'un ton solennel.

— Tu ne pouvais pas attendre cet été ?

— Il me le fallait tout de suite.

— Cinq mois ? Tu ne pouvais pas patienter cinq mois ? »

Il allongea le bras par-dessus la table et but une gorgée au verre de Jacob. Il n'y restait pas grand-chose, mais il ne le termina pas. Il m'adressa un sourire piteux. « Je t'ai dit que j'ai fait des dettes de jeu ? »

Je hochai la tête.

« J'ai claqué une partie des économies de Nancy.

— Combien ?

— Tu comprends, je me suis dit que je pouvais bien flamber un peu, puisque l'argent de l'avion allait bientôt tomber. Alors, j'ai misé gros sur deux canassons faiblement cotés. Même s'il n'y en avait qu'un à l'arrivée, je touchais le paquet. » Il eut un petit rire contraint. « Seulement, aucun ne s'est placé et j'ai tout perdu.

— Combien ? demandai-je à nouveau.

— Dix-sept mille. Un petit peu plus. Ça lui venait de l'héritage de sa mère. »

J'en restai sans voix. Je ne comprenais pas qu'on pût miser autant d'argent sur un cheval. Lou termina la bière de Jacob.

« On est à sec, Hank. On n'a plus un rond. Jusqu'à ce que je touche ma part, on n'a plus de quoi acheter à bouffer, on n'a plus de quoi payer le loyer.

— Et tu m'aurais dénoncé ?

— J'avais besoin de fric, Hank. Que tu le gardes tout ce temps alors qu'il est évident que personne recherche le zinc, moi, je trouvais pas ça juste.

— Ce que je veux savoir, c'est si tu nous aurais donnés.

— Si je dis non — il eut un sourire — , tu vas peut-être revenir sur ta promesse.

— Ma promesse ?

— Oui, de faire le partage. »

Je restai la bouche ouverte.

« J'ai besoin de ce fric, Hank. Sinon, je m'en tire pas.

— Mais, à supposer que tu n'aies pas su, pour Pederson, qu'est-ce que tu aurais fait ?

— Je crois que je t'aurais supplié. » Il envisagea la chose une seconde, puis hocha la tête. « Oui, je crois que je me serais jeté à tes pieds. »

La salle était pleine à présent. Ce n'était qu'un brouhaha de rires et de conversations. Un nuage de fumée de cigarette planait au-dessus du bar. S'y mêlait l'odeur surie de la bière. Jacob était en train de régler le barman.

« Tu crois que ç'aurait marché ? » questionna Lou.

Je tentai de l'imaginer à genoux devant moi en train de m'adjurer de lui donner de l'argent. C'était par bien des côtés plus inquiétant que le coup du chantage. Plus qu'à la seule peur, cela aurait fait appel à des choses que je tenais pour des vertus humaines — la pitié, la charité, la compassion. En lui opposant un refus, nécessaire, je me serais donc senti le plus à blâmer des deux. Et c'était probablement ce qui allait se passer, je le voyais d'ici, une fois que nous aurions la bande.

Cette pensée m'emplit d'une grande lassitude.

« Non, dis-je. Probablement pas.

— Alors, c'est une bonne chose que j'aie eu du nez au sujet de Pederson, tu crois pas ? »

Je ne répondis pas car mon frère revenait. Je me contentai de pousser les verres vides de côté et d'annoncer : « Voilà à boire. »

Lou me toucha le poignet. Il avait le bout des doigts tout froid d'avoir tenu le verre de Jacob. « Il me fallait de l'argent, Hank, chuchota-t-il rapidement. Tu comprends ça ? J'avais rien contre toi. »

Je fixai sa main. Il me maintenait fermement l'avant-bras et je dus résister à l'envie de me libérer. « Oui », dis-je. Ce n'était pas une bien grande concession. « Oui, je le sais bien. »

Vers les neuf heures et demie, Lou se leva pour se diriger une nouvelle fois, d'un pas un peu flottant, vers les toilettes. Je le suivis des yeux, puis je me tournai vers Jacob.

« Tu sais voir quand il est bien schlass, toi qui le connais ? »

Mon frère avait le nez qui coulait ; sa lèvre était toute brillante de morve. « Oui, je crois.

— Je veux qu'il n'ait plus les idées claires, mais, s'il est trop cuité, il risque de mal articuler. »

Jacob sirotait sa bière. Ses verres de lunettes étaient tout embués, mais il ne paraissait pas s'en apercevoir.

« Quand tu vois qu'il va bientôt manger ses mots, tu te lèves et tu dis que tu veux retourner chez lui, que tu as une bouteille de whisky dans la camionnette.

— Je crois toujours pas... », commença-t-il, mais je le fis taire d'un geste. Lou ressortait des toilettes en vacillant un peu. Il trébucha contre un tabouret, et quand le jeune type qui l'occupait jeta un coup d'œil par-dessus son épaule, Lou l'accusa d'avoir essayé de le faire tomber.

« Tu trouves ça drôle ? fit-il. T'es du genre petit marrant, toi, hein ? »

L'autre, un barbu deux fois plus grand que lui, le regardait d'un air étonné. « Qu'est-ce qui est drôle ? » demanda-t-il, encore trop interloqué pour se mettre en colère.

Lou remonta la ceinture de son pantalon. « De faire des

croche-pattes aux gens qui sortent des chiottes. Histoire d'amuser la galerie. »

Le jeune type se retourna entièrement. Les conversations cessèrent.

« Retourne t'asseoir, Lou, dit quelqu'un depuis un des tabourets voisins. Tu vas te faire tuer. » Cela déclencha quelques rires.

Lou eut un regard circulaire. « Marrez-vous. J'aurais pu me fracturer le crâne. » Il pointa le doigt sur le jeune gars. « T'aurais pris ton pied, hein, avoue ? Un sacré pied. »

L'autre ne pipait mot. Il fixait le doigt que Lou lui brandissait sous le nez.

« Et le mien, de pied, il te tente ? reprit Lou. Je vais te le foutre au cul, moi !

— Écoute, mon pote, dit l'autre, je crois que tu t'es envoyé un peu trop de...

— M'appelle pas ton pote », le coupa Lou.

Le barbu commença à descendre de son tabouret. Jacob se leva en même temps.

« T'es pas mon pote », dit Lou.

Compte tenu de sa masse et de son état, Jacob traversa la salle avec une surprenante agilité. Il posa une main sur l'épaule de Lou. Celui-ci se retourna et son air menaçant s'évanouit tout à coup derrière un grand sourire. « Mon pote, c'est toi », dit-il à mon frère. Il regarda le barman. « Le voilà, mon pote ! » cria-t-il. Puis il eut un geste dans ma direction. « Lui aussi, là-bas, c'est mon pote. »

Jacob l'entraîna jusqu'à notre table. Je commandai une nouvelle tournée.

Il fallut attendre onze heures pour que mon frère se lève en suggérant que nous retournions chez Lou.

Le chien nous attendait dans la cabine du pick-up, l'air abattu et transi. Comme il ne voulait pas aller sur le plateau, Jacob dut l'empoigner par la peau du cou pour lui faire traverser, tout gémissant, le plastique crevé de la lunette arrière. Lou urinait contre le bâtiment, et cela produisait un chuintement long et régulier dans le noir.

C'est moi qui pris le volant. J'avais acheté une bouteille de whisky dans l'après-midi. Je soufflai à Jacob de la sortir et de la tendre à Lou, qui l'accepta avec reconnaissance.

C'était une des nuits les plus froides de l'année. Une nuit sans nuages. La lune se levait, gros éclat blanc posé de guingois sur l'horizon. Au-dessus, l'encre du ciel était piquetée d'une infinité d'étoiles très brillantes. Il n'y avait pas du tout de circulation, et le seul phare qui fonctionnât, celui de gauche, faisait paraître la route plus étroite qu'elle ne l'était en réalité. Le vent tournoyait dans la cabine, il nous fouettait, s'engouffrait dans nos vêtements et faisait claquer le plastique derrière nos têtes.

J'éteignis mes lumières avant d'atteindre la maison pour ne pas réveiller Nancy.

« Alors ? » interrogea Jacob. Il était assis à droite. Lou était entre nous, un peu affaissé vers l'avant, une main posée sur le tableau de bord. Jacob était obligé de se pencher pour me voir.

« Entrons un moment, dis-je. Prends la bouteille.

— Ouais, fit Lou, n'oublie pas la bouteille. » Il me donna une tape sur la cuisse. « Tu sais que t'es super, toi ? T'es pas le mauvais mec, au fond. »

Nous descendîmes, laissant le chien dans la cabine, et remontâmes l'allée jusqu'à la maison. Jacob et moi allâmes nous asseoir sur le canapé du séjour pendant que Lou faisait un crochet par les waters. Nous l'entendions uriner par la porte entrouverte. Cela nous parut durer plusieurs minutes.

Venant de l'entrée, il fallait descendre une marche pour passer dans le séjour. La pièce était vaste et basse de plafond, avec une épaisse moquette vert foncé. Il y avait deux fauteuils capitonnés, un canapé en cuir noir, un poste de télévision assez ancien et une longue table basse encombrée de revues. C'était un peu mieux que je ne l'avais imaginé.

Quand il eut fini de pisser, Lou alla chercher des verres dans la cuisine. Ce fut Jacob qui servit le whisky. Je n'avais pas l'habitude des alcools forts, surtout consommés purs, et cela me brûlait la gorge. Cette odeur me rappela mon père lorsqu'il venait m'embrasser dans mon lit, sa tête apparaissant subitement au-dessus de moi, s'approchant de plus en plus près, mais s'arrêtant toujours juste avant de toucher mon front, comme s'il avait peur de me réveiller. Certains soirs, je n'ouvrais pas les yeux, et, outre le grincement des lames de parquet, seul le parfum douceâtre de l'alcool trahissait sa présence.

Lou prit place dans l'un des fauteuils, de l'autre côté de la table basse. Ni lui ni Jacob ne semblaient désireux de parler, et moi-même, je ne voyais pas comment engager la conversation. Je lançais sans cesse des regards à mon frère pour qu'il vienne à ma rescousse, mais il ne réagissait pas. Il avait les yeux tout gonflés et paraissait sur le point de s'endormir.

Plusieurs minutes passèrent sans que quiconque proférât une parole. Puis Lou et Jacob se mirent à parler d'un type que je ne connaissais pas, un copain de Lou qui avait perdu un bras l'été d'avant sur un chantier de construction. Il enfournait des broussailles dans une déchiqueteuse et s'était fait happer par la machine. Lou pensait qu'il avait fait preuve de négligence ou de stupidité. Jacob n'était pas d'accord. L'homme en question travaillait maintenant chez un accessoiriste automobile. Il avait dit à Lou que son bras pesait quatre kilos sept cent cinquante. Il le savait, parce que c'était ce qu'il pesait en moins depuis l'accident.

Je sirotais tranquillement mon whisky. Je sentais à peine le poids du magnétophone sur ma poitrine. Les deux autres semblaient avoir oublié ma présence ; ils discutaient comme si je n'étais pas là, et cela me donnait un tout nouvel aperçu de leur amitié. La façon dont ils s'entretenaient, le ton bourru et la concision de leurs affirmations, les silences dont ils les entrecoupaient, tout cela me rappelait les conversations entre mon père et ses amis. Je m'étais toujours imaginé que c'était ainsi que les hommes devaient se parler, et d'entendre mon frère s'y conformer jetait subitement sur lui un éclairage différent, me le faisait paraître, peut-être pour la première fois, plus mûr, plus expérimenté que moi.

Voyant que mon verre était vide, Jacob me resservit.

Ils se mirent à discuter d'un de leurs coins de pêche, le lac du Diable, et de l'origine de ce nom. Jacob affirmait qu'il avait la forme d'une tête avec deux cornes, mais Lou ne voulait pas le croire. Le whisky commençait de me donner très chaud, et, quand j'en pris conscience, une onde de panique me parcourut tout le corps, pareille à la sonnerie d'un signal d'alarme. Dans ce genre de situation, l'ivresse ne peut mener qu'à l'échec ; je devais garder les idées claires, choisir mes mots et agir avec précision.

Je reposai mon verre sur la table et me concentrai pour trouver un moyen de me mêler à leur conversation, pour mettre au point une question ou une affirmation, quelque chose d'astucieux, qui me permît de recentrer les choses sur

Pederson et l'argent. Je faisais tous les efforts possibles, mais ma cervelle me trahissait. J'en revenais toujours au type qui avait perdu un bras et, soupesant les miens sur mes cuisses, je m'amusais à conjecturer leur poids.

Finalement, en désespoir de cause, je dis simplement : « Et si je devais passer aux aveux ? »

Jacob et Lou me regardèrent. J'avais parlé fort, et nous en fûmes tous les trois un peu interloqués.

« Aux aveux ? » dit Lou. Il me souriait. Il était soûl et sans doute pensait-il que je l'étais également.

« Vous imaginez ça ? Moi, en train de tout avouer ?

— Tout quoi ?

— Le vol de l'argent, le meurtre de Pederson. »

Il me souriait toujours. « Tu envisages d'aller tout raconter ? »

Je secouai la tête. « Je voudrais juste savoir si vous me voyez en train de le faire.

— Oui, fit-il. Pourquoi pas ?

— Et toi ? » demandai-je à Jacob. Assis à côté de moi, un peu avachi, il fixait ses mains.

« Je crois que oui, réussit-il à dire d'une voix altérée.

— Comment est-ce que je m'y prendrais ? »

Jacob me jeta un regard sinistre. Il ne voulait pas répondre.

« Tu nous balancerais, dit Lou en souriant. Tu nous chargerais, dans l'espoir d'écoper d'une peine pas trop lourde.

— Oui, mais qu'est-ce que je dirais ?

— La vérité. Que tu as étouffé Pederson avec son écharpe. »

Jacob se raidit sur le canapé à côté de moi. Que Lou fût au courant pour l'écharpe ne pouvait signifier qu'une chose : il lui avait dit comment j'avais tué le vieux. Peut-être Lou avait-il deviné qu'il y avait eu meurtre, mais, une fois la question soulevée, mon frère ne lui avait rien caché des détails. Voilà un élément dont je pourrais me servir plus tard.

« Imagine que tu sois à ma place, dis-je à Lou. Fais comme si Jacob était le shérif et que tu te présentais à son bureau pour te constituer prisonnier. »

Il eut un regard soupçonneux. « Pourquoi ?

— Je serais curieux de voir ce que tu penses que je dirais.

— Je viens de te le dire. Tu dirais que tu l'as étouffé avec son écharpe.

— Oui, mais je voudrais te l'entendre dire comme si tu étais à ma place. Je voudrais que tu joues mon personnage.

— Allez, vas-y, Lou », insista Jacob. Il eut un regard dans ma direction, accompagné d'un petit ricanement. « Mets-toi dans la peau d'un comptable. »

Cela mit Lou en joie. Il but une lampée de whisky, puis se leva. Il fit semblant de frapper à une porte. « Shérif Jenkins ? appela-t-il d'une voix aiguë et chevrotante de gamin intimidé.

— Oui ? répondit Jacob en usant d'une voix de baryton qu'il associait à l'idée d'autorité.

— C'est Hank Mitchell. J'aurais quelque chose à vous dire.

— Entrez, Hank, tonna Jacob. Asseyez-vous. »

Lou feignit d'ouvrir la porte. Il marcha un moment sur place en souriant d'un air stupide, puis il s'assit sur le bord de son fauteuil. Il gardait les genoux serrés, les mains posées sur les cuisses. « C'est au sujet de Dwight Pederson », dit-il, et je portai aussitôt la main à la poche de ma chemise. Il y eut un léger déclic lorsque j'enfonçai le bouton, puis le magnétophone se mit à tourner avec un ronflement quasi inaudible.

« Oui ? fit Jacob.

— Eh bien, il est pas mort accidentellement.

— Que voulez-vous dire ? »

Lou affecta de regarder autour de lui d'un air inquiet, puis il murmura : « C'est moi qui l'ai tué. »

Il y eut un silence. Lou attendait que mon frère réagisse. Je pense que celui-ci espérait que j'en resterais là, que cette seule affirmation me suffirait, mais il me fallait quelque chose de plus. Je voulais qu'il dise comment il avait procédé.

« Vous avez tué Dwight Pederson ? » finit par dire Jacob en contrefaisant la stupéfaction.

Lou opina du chef. « Je l'ai étouffé avec son écharpe, puis je l'ai balancé du haut du pont pour faire croire à un accident. »

Jacob ne dit plus rien. Il me suffit de le regarder pour comprendre qu'il n'en ferait pas plus, aussi éteignis-je le magnétophone. Nous avions ce que nous voulions : si des aveux enregistrés devaient forcer Lou à se soumettre, ceux-ci feraient parfaitement l'affaire.

« C'est bon, dis-je. Tu peux arrêter. »

Mais Lou secoua la tête. « Je veux en arriver au moment où tu proposes de déposer contre nous. » Il fit signe à mon frère. « Vas-y, Jake, continue de me poser des questions. »

Jacob ne réagit pas. Il but une longue gorgée de whisky et s'essuya la bouche d'un revers de main. Je sortis le magnétophone de ma poche et rembobinai la cassette.

« Qu'est-ce que c'est que ce truc ? demanda Lou.

— Un magnétophone », dis-je. La bande s'immobilisa avec un bruit de butée.

« Un magnétophone ? » répéta mon frère en feignant la surprise.

J'enfonçai la touche « lecture », haussai le volume avec le pouce, et déposai l'appareil sur la table basse. La bande défila en chuintant pendant une ou deux secondes avant que la voix de Jacob ne nous saute au visage : « Oui ?

— Eh bien, il est pas mort accidentellement, fit la voix de Lou.

— Que voulez-vous dire ?

— C'est moi qui l'ai tué.

— Vous avez tué Dwight Pederson ?

— Je l'ai étouffé avec son écharpe, puis je l'ai balancé du haut du pont pour faire croire à un accident. »

J'appuyai sur « arrêt » et rembobinai une nouvelle fois la bande.

« Tu nous as enregistrés ? dit Jacob.

— Qu'est-ce que tu manigances, Hank ? demanda Lou.

— C'est ta confession, dis-je en lui souriant. C'est toi en train d'expliquer comment tu as tué Dwight Pederson. »

Il me regardait, ahuri. « C'était toi, dit-il. Je faisais semblant d'être toi. »

Je remis l'appareil en lecture et leur dialogue recommença de se dévider. Nous fixions tous les trois le magnétophone. J'attendis la fin, puis déclarai : « Ça ressemble plus à ta voix qu'à la mienne, tu ne trouves pas ? »

Lou ne réagissait pas. Il était soûl et, même s'il était à l'évidence contrarié par ce que je venais de faire, il ne paraissait pas en comprendre la raison exacte.

« On ne va pas partager l'argent avant l'été », dis-je.

Il sembla tomber des nues. « Mais tu avais dit qu'on ferait ça le week-end prochain. »

Je secouai la tête. « On va attendre que l'avion soit découvert, comme c'était prévu au départ.

— Mais je te l'ai dit, Hank. C'est maintenant que j'en ai besoin. » Il regarda Jacob pour qu'il lui vienne en aide. Mais

Jacob fixait toujours le magnétophone avec l'air de chercher à surmonter le choc que lui avait causé sa soudaine apparition.

« Je vais aller tout raconter au shérif », affirma Lou. Je crois que c'est seulement à ce moment-là, en disant cela, qu'il comprit pourquoi je l'avais enregistré. Il se mit à ricaner. « Personne va croire un truc pareil. Je plaisante, ça saute aux yeux.

— À ton avis, si toi et moi, on allait trouver le shérif demain matin, chacun accusant l'autre du meurtre de Pederson, qui serait-il tenté de croire ? Toi peut-être ? »

Comme il ne pipait mot, je répondis à sa place : « C'est moi qu'il croirait. Tu t'en rends bien compte, non ?

— Espèce de… », commença-t-il. Il se pencha pour tenter d'attraper le magnétophone, mais je le pris de vitesse. Je m'en saisis et le remis dans ma poche.

« Voilà pourquoi tu ne vas rien raconter à personne », dis-je.

Lou se leva alors avec l'air de vouloir contourner la table pour m'attraper. Je me levai également. Il ne représentait pas une menace — il était plus menu que moi et il était ivre — , mais l'idée d'en venir aux mains avec lui m'effrayait encore suffisamment pour que je me prépare à me ruer à l'extérieur. J'avais ce que j'étais venu chercher, et je n'avais plus qu'une envie : ficher le camp.

Lou me fixait d'un air mauvais. Il fit signe à Jacob. « Chope-le, Jake. »

Jacob eut un petit sursaut, mais ce fut pour se reculer sur le canapé. « Chope-le ? répéta-t-il d'un air égaré.

— Lou, assieds-toi, dis-je.

— Allez, Jake, aide-moi à le choper. »

Un silence bref mais pesant tomba sur la pièce : on attendait de voir ce qu'allait faire mon frère. Il se faisait tout petit, rentrant la tête dans les épaules à la façon d'une tortue. C'était le moment qu'il avait redouté toute la soirée, celui où il allait devoir choisir sans équivoque entre son frère et son meilleur copain.

« Cette cassette, c'est rien du tout, dit-il d'une voix d'une timidité pathétique. C'est juste pour t'empêcher de lui faire du tort. »

Lou battit des paupières. « Quoi ?

— Il va pas s'en servir, à moins que tu te mettes en tête de le dénoncer. Ça paraît régulier, non ? »

Les paroles de Jacob étaient autant de petits plombs qui volaient vers Lou et allaient se ficher dans sa chair. Il oscillait légèrement sur ses pieds, le visage inexpressif. « Vous êtes de mèche tous les deux, hein, c'est ça ? »

Jacob ne répondit pas.

« Allez, Lou, dis-je. Rasseyons-nous. On est toujours entre amis.

— C'est un coup monté, hein ? Vous avez combiné ça entre vous. » Tout son corps était tendu. Des muscles que je ne lui avais jamais vus apparaissaient sur son cou. Ils tressaillaient. « Et dans ma putain de maison en plus. » Il referma les poings et regarda autour de lui, comme à la recherche de quelque chose sur quoi cogner. « Fais comme si tu étais moi », dit-il en imitant ma voix.

Il eut un sourire méprisant pour Jacob. « Toi, Jacob, tu fais le shérif.

— Je savais pas..., commença mon frère.

— Me mens pas, Jake. » Sa voix descendit d'un ton, douloureuse et peinée. « Tu empires encore les choses.

— Peut-être que Hank a raison, dit Jacob. Peut-être qu'il vaut mieux attendre que l'avion soit découvert.

— Alors, tu étais dans le coup ?

— Tu dois pouvoir y arriver d'ici là. Je peux te dépanner. Je vais te prêter...

— Toi, tu vas me dépanner ? » Lou en souriait presque. « Dis-moi un peu comment tu vas t'y prendre pour me dépanner.

— Lou, écoute-moi, dis-je. Il n'était pas au courant. C'est moi qui ai tout combiné. »

Lou ne prit même pas la peine de me regarder. Il avait le doigt pointé sur mon frère. « Je veux l'entendre de ta bouche. Dis-moi la vérité. »

Jacob se passa la langue sur les lèvres. Il baissa les yeux sur son verre, mais il était vide. Il le posa sur la table. « Il m'a promis de m'aider à racheter ma ferme.

— Ta ferme ? Qu'est-ce que c'est que ces conneries ?

— La ferme de mon père.

— Je ne lui ai pas laissé le choix, me hâtai-je d'ajouter. Je lui ai dit qu'il ne pourrait l'acheter que s'il m'aidait à te piéger. »

Lou m'ignora une nouvelle fois. C'était comme si j'avais

183

cessé d'exister. « Alors, t'étais au courant ? demanda-t-il à Jacob.

— Oui », fit mon frère.

Très lentement, de sorte que son geste y gagna une certaine majesté, Lou pointa le bras vers la porte. Il nous chassait, tel un monarque bannissant de son royaume une paire de félons. « Sortez », dit-il.

C'était mon plus cher désir. J'avais dans l'idée que si nous parvenions à partir, à regagner la camionnette avant que l'un de nous ne profère une parole qu'il ne pourrait pas retirer le lendemain matin, nous serions sortis d'affaire.

« Allez, viens », dis-je à Jacob. Mais il ne bougea pas. Tendu de tout son être vers son ami, il le suppliait de faire preuve de compréhension.

« Lou, il faut comprendre..., commença-t-il.

— Sors de cette maison ! » cria l'autre. Les muscles de son cou saillaient à nouveau.

Je partis vers la porte. « Jacob », dis-je.

Il ne bougea pas, et Lou se mit à hurler. « Barre-toi ! » Il tapa du pied sur le sol. « Tout de suite !

— Lou ? » appela une voix féminine. Tout le monde se figea. C'était Nancy. Nous l'avions réveillée. On aurait dit que sa voix descendait du plafond, comme si la maison parlait. Je ramassai ma parka.

« Jacob, fis-je d'un ton autoritaire, et cette fois, il se leva.

— Lou ? » appela Nancy. Elle paraissait de mauvaise humeur. « Qu'est ce qui se passe ? »

Lou sortit à reculons du séjour, passa dans l'entrée et alla se poster au pied de l'escalier.

« Ils m'ont entubé, cria-t-il.

— Vous pouvez pas continuer comme ça. Je travaille, moi, demain matin.

— Ils m'ont fait faire des aveux bidon.

— Quoi ?

— Ils vont pas nous donner l'argent. »

Nancy ne saisissait toujours pas. « Pourquoi vous n'allez pas finir la soirée chez Jacob ? » demanda-t-elle.

Lou demeura un moment planté là, à osciller d'avant en arrière. Puis, comme s'il venait de prendre une décision, il tourna brusquement les talons et partit en direction des toilettes. Jacob et moi avions remis nos vestes. Je me dirigeai

184

promptement vers la porte, Jacob sur mes talons. Je voulais partir avant que Lou ne réapparaisse.

« Lou ? » appela de nouveau Nancy.

J'avais ouvert la porte et me trouvais sur le seuil lorsque j'entendis un bruit sur ma gauche. Il n'était pas allé aux toilettes, mais dans le garage pour y prendre son fusil de chasse. Il en revenait tout en logeant fébrilement des cartouches dans le magasin.

« Il a un fusil », dit Jacob. Il me poussa dans le dos pour me faire avancer. Comme je ne bougeais pas, il se faufila dehors et partit en courant. Moi, je restais planté là, à regarder Lou approcher. Il avait laissé la porte du garage ouverte, de sorte qu'il s'encadrait sur un rectangle de ténèbres, pareil à un troll émergeant de sa caverne.

« Lou, qu'est-ce que tu fais ? » demandai-je. Je trouvais sa réaction disproportionnée ; il se comportait comme un gosse contrarié qui pique une colère.

Nancy l'appela une nouvelle fois. Au son de sa voix, elle paraissait déjà à demi rendormie.

Lou l'ignora. Il s'arrêta à un mètre cinquante de moi et leva le canon de son fusil à hauteur de ma poitrine. « Donne-moi la cassette », dit-il.

Je secouai la tête. « Lou, abaisse cette arme. »

Derrière moi, Jacob ouvrit la portière du pick-up. Il y eut un silence, puis il la claqua, et je me rappelle avoir pensé : *Il se sauve, il m'abandonne.* J'attendais un bruit de moteur, le crissement des pneus sur le gravier. Au lieu de cela, ce fut le bruit mat de ses bottes sur la pelouse. Regardant par-dessus mon épaule, je le vis revenir au pas de course, tenant son fusil à deux mains. C'était mon grand frère. Après toutes ces années, il venait enfin me défendre.

Mais tout allait de travers ; tellement de travers, en fait, que je ne pus croire, dans un premier temps, que cela était bien réel. En toute absurdité, une image s'imposa à mon esprit, celle de Jacob, enfant, en train de jouer à la guerre : il sortait à découvert à la lisière du champ qui jouxtait la ferme côté sud, marquait un temps d'hésitation à la façon d'un vrai soldat, puis déboulait vers la maison, soufflant et haletant, une mitraillette en bois au creux des bras, le casque lourd de notre oncle tressautant sur sa tête, de sorte qu'il était sans cesse obligé de le rajuster pour ne pas être aveuglé par la visière. Il montait à l'assaut de la véranda où j'étais retenu prisonnier. Et c'est ainsi qu'il m'apparaissait à présent : il affichait tout le sérieux que les gamins mettent à ce genre de jeux.

L'instant d'après, cette vision m'emplit de terreur. J'étais sous tension ; il me semblait entendre le bout de mes doigts grésiller. Je levai la main pour lui faire signe de rester en dehors de tout cela, et il s'arrêta à cinq ou six mètres de là, au bas du sentier dallé. J'entendais son souffle précipité dans la pénombre. Je me retournai vers Lou en m'efforçant d'occuper tout l'espace de la porte. Il ne fallait pas qu'il vît mon frère. Je savais de façon implicite que s'ils se retrouvaient face à face, l'arme à la main, tout pourrait arriver.

« Donne-la-moi, Hank », répéta Lou d'une voix étonnamment calme et maîtrisée. Et cette marque de sang-froid, si ténue fût-elle, me rassura momentanément.

« Écoute, Lou, on reparlera de tout ça demain matin, d'accord ? Tout le monde sera plus calme et on y verra plus clair.

— Pas question, tu partiras pas d'ici avant de m'avoir donné la bande.

— Hank ? appela Jacob. Ça va ?

— Va m'attendre dans la camionnette, Jacob. »

Lou se dévissait le cou pour regarder dehors, mais je lui bouchais la vue. Je sortis à reculons sur la véranda et tentai de refermer la porte sur moi. Je voulais les séparer, mais Lou se méprit sur mes intentions. Il crut que je cherchais à fuir, que j'avais peur de lui, et cela lui donna un surcroît d'assurance. Il fit deux pas en avant, m'arracha la porte des mains et la rouvrit violemment. Il me braqua son fusil en pleine figure.

« J'ai dit que tu t'en irais pas…, commença-t-il.

— Laisse-le tranquille, Lou ! » cria Jacob.

Lou se figea. Lui et moi regardâmes dehors. Mon frère le tenait en joue ; il le visait à la tête.

« Jacob, arrête, dis-je. Va reposer ce fusil. » Mais il ne bougea pas. Chacun avait l'autre dans sa mire. Je me trouvais repoussé à la périphérie, simple accessoire du drame qui se jouait.

« Tu vas me descendre, Jake ? » demanda Lou. Puis, tous les deux en même temps, ils se mirent à hurler, chacun essayant de crier plus fort que l'autre. Jacob lui disait de me laisser, de la fermer, d'abaisser son fusil, qu'il ne voulait pas lui faire de mal ;

l'autre commença par parler de leur amitié, puis du sale tour qu'on lui avait joué dans sa propre maison, il répéta combien il avait besoin de l'argent et affirma qu'il allait me descendre si je ne lui donnais pas la bande.

Je tentai de calmer les choses, je me fis suppliant, mais ils m'ignorèrent l'un comme l'autre.

Au milieu de tout ceci, une lumière s'alluma à une des fenêtres du premier. Je levai le nez, m'attendant à y voir apparaître la tête de Nancy, espérant que sa voix, descendant du ciel comme celle d'un ange, mettrait un terme à toute cette folie, interromprait leurs vociférations et leur ferait baisser leur artillerie. Mais, au lieu de se mettre à la fenêtre, elle sortit de sa chambre et courut jusqu'au palier.

« Lou ? » appela-t-elle. Je ne pouvais pas la voir, mais le son de sa voix me renseigna sur son apparence ; je l'imaginai complètement désorientée, les cheveux emmêlés, les yeux gonflés de sommeil.

Lou se tut aussitôt, et mon frère l'imita. Ma tête résonnait de leurs cris. La nuit nous enveloppa, tout doucement, par petits fragments, comme neige qui tombe.

Nancy descendit quelques marches. Je pouvais maintenant apercevoir un de ses pieds. Il était nu et très petit. « Qu'est-ce qui se passe ? » demanda-t-elle.

Lou avait le visage cramoisi, les narines dilatées. Il avait du mal à reprendre haleine. Son fusil était pointé sur ma poitrine, mais il ne me regardait pas. Il fixait Jacob. « Espèce d'enculé », dit-il très posément. Puis il me lança un regard. « Tous les deux, vous êtes à mettre dans le même sac. Et ça se prétend mes copains ! » Il braqua le canon de son fusil sur mon visage. « Je devrais te faire sauter la cervelle.

— Reprends-toi, Lou, dis-je d'une voix qui se voulait calme. On peut discuter de tout ça. » Je ne pensais pas qu'il allait tirer ; il faisait de l'esbroufe, comme un chien qui aboie. La présence de Nancy était une bonne chose ; si on lui en laissait la possibilité, elle allait nous sortir de ce mauvais pas. Encore quelques secondes et Lou abaisserait son arme. Puis elle le ramènerait à l'intérieur, et c'en serait terminé.

Elle descendit encore une marche. Je voyais maintenant ses deux pieds et un mollet. « Baisse ton fusil, chéri », dit-elle, et la douceur de sa voix me fit l'effet d'un baume. Je me détendis un peu.

Mais Lou secoua la tête. « Remonte te coucher », dit-il. Il engagea une cartouche dans la culasse de son fusil et me visa entre les yeux. « Je vais descendre ces deux espèces... »

Il ne termina pas sa phrase. Il y eut une détonation derrière moi, un éclair bleuté accompagné d'un souffle au-dessus de mon épaule gauche. Je me courbai en avant tout en fermant les yeux. Le fusil de Lou tomba sur le carrelage.

Lorsque je relevai la tête, Lou avait disparu de l'encadrement de la porte.

Il s'écoula peut-être une seconde de silence avant que Nancy se mette à hurler. Cela dura suffisamment pour que je discerne le sifflement du vent dans les branches au-dessus de moi. Puis il n'y eut plus que le son de sa voix emplissant la maison, battant contre les murs.

« Nooooon ! » hurlait-elle. Cela se prolongeait jusqu'à ce que le souffle lui manque, puis elle reprenait : « Nooooon... »

Je savais ce qui venait de se passer : un grand calme blanc régnait derrière moi, et avec lui l'horreur absolue qu'il impliquait et rendait indéniable. Mon frère avait fait feu sur Lou.

Je traversai la véranda et entrai dans la maison. Lou gisait sur le dos au milieu du couloir. La balle l'avait atteint en plein front. Elle y avait fait un tout petit trou, mais une large flaque de sang s'étendait déjà sur le carrelage, et je compris que l'arrière de son crâne avait dû être partiellement emporté. Son visage était absolument sans expression, presque serein. La bouche était entrouverte, les dents visibles, la tête légèrement renversée en arrière, on aurait dit qu'il était sur le point d'éternuer. Le bras droit était tendu perpendiculairement au corps, dans une pose très théâtrale. La main gauche reposait sur la région du cœur. Le fusil était tombé à proximité de son épaule.

Il était mort, bien évidemment. Il n'y avait aucun doute là-dessus : Jacob l'avait tué. Et donc, me dis-je dans l'instant, tout était terminé ; tout allait être révélé, tous nos secrets, tous nos forfaits. Nous avions laissé les choses nous échapper.

Nancy descendait les marches une à une. Elle était grande, plus grande que Lou. Elle avait les cheveux longs et teints en orange, la main plaquée sur la bouche, le regard rivé au cadavre. Je la regardai approcher. J'avais l'impression d'être plongé dans une sorte de transe. Tout me paraissait se passer à distance ou à travers une vitre épaisse.

« Oh, mon Dieu, répéta-t-elle encore et encore en enfilant ces mots comme s'ils eussent été collés les uns aux autres, oh, mon Dieu, oh mon Dieu, oh mon Dieu... »

Elle portait en guise de chemise de nuit un T-shirt frappé de l'emblème des Tigres de Detroit, une grande taille qui lui descendait à mi-cuisse. Je pouvais voir ses seins lourds osciller à chacun de ses pas.

Je jetai un coup d'œil du côté de Jacob. Debout au milieu de l'allée, immobile comme une statue, il regardait à l'intérieur de la maison, à croire qu'il attendait que Lou se relève.

Nancy parvint au bas des marches, s'avança à demi cassée en deux et s'accroupit à côté du cadavre. Elle n'y toucha pas. Elle avait toujours la main plaquée sur la bouche, et, à la voir ainsi, je fus pris de pitié. Je m'approchai bras tendus pour la relever, mais, lorsqu'elle m'aperçut, elle bondit en arrière et recula vers le séjour.

« Ne me touche pas », dit-elle. Elle avait des jambes épaisses, très pâles, semblables à deux poteaux de marbre. Elle pleurait, et deux larmes roulaient symétriquement sur ses pommettes.

Je cherchai quelque chose d'apaisant à lui dire, mais tout ce que je trouvai fut une médiocre antiphrase : « Tout va bien, Nancy. »

Cela ne provoqua aucune réaction chez elle. Elle regardait derrière moi, en direction de la porte, et, me retournant, je vis Jacob debout sur le seuil, tenant son fusil au creux du bras, comme il aurait tenu un nouveau-né, un masque cireux plaqué sur le visage.

« Pourquoi ? » lui demanda Nancy.

Il dut se racler la gorge avant de parler. « Il allait descendre Hank. »

Le son de la voix de mon frère me tira de ma transe. Et la pensée me traversa qu'en agissant de concert il nous serait encore possible de sauver quelque chose de toute cette horreur. Oui, il restait l'argent. Il nous suffisait simplement de nous mettre d'accord sur la manière de voir les choses.

« Lou aurait jamais fait ça », dit Nancy. Elle fixait maintenant le cadavre de son ami. La flaque de sang continuait de s'étaler lentement sur le carrelage.

« Écoutez, Nancy, fis-je d'une voix douce, ça va aller. Tout ça va s'arranger. » Il fallait qu'elle se calme.

« Mais il est mort », dit-elle, comme si elle n'arrivait pas à y croire. Elle montra mon frère du doigt. « Tu l'as tué. »

Jacob ne disait rien. Il tenait son fusil serré contre sa poitrine.

Je fis deux pas vers Nancy en ayant soin de contourner la mare de sang. « Nous allons appeler la police, dis-je, et leur expliquer que c'est un cas de légitime défense. »

Ses yeux se tournèrent dans ma direction, mais sans se poser sur moi. Elle paraissait ne pas avoir compris.

« On va leur dire que Lou était sur le point de lui tirer dessus, qu'il était ivre et qu'il était devenu fou furieux.

— Lou aurait jamais fait ça.

— Nancy, on peut encore sauver l'argent. »

Ce fut comme si je l'avais giflée en plein visage. « Bande de salauds ! cracha-t-elle. C'est pour l'argent que vous l'avez tué, c'est ça ?

— Chhhh », fis-je. J'esquissai un geste pour la calmer, mais elle s'élança vers moi, les poings en avant, le visage déformé par la fureur. Je partis à reculons.

« Vous croyez peut-être que je vais vous laisser garder l'argent ? Bande de fumiers ! »

Je battis en retraite sur toute la longueur de l'entrée, repassai devant le cadavre de Lou et me dirigeai vers la porte, où se tenait toujours Jacob. Nancy arrivait sur moi en hurlant des insultes et des insanités à propos de l'argent. Son pied nu donna contre le fusil de Lou. L'arme glissa sur le sol avec un bruit métallique.

Il y eut un silence. Tous les regards convergeaient vers le fusil. Nancy eut un moment de flottement, puis elle se pencha pour le ramasser.

Je m'avançai pour l'empêcher de s'en saisir. Nous le prîmes en même temps et il y eut une brève empoignade. Le fusil était noir et huileux, et étonnamment pesant. Je poussai, tirai, poussai à nouveau, et Nancy lâcha prise. Elle partit à la renverse, s'effondra au pied des marches et, hurlant, leva les bras pour se protéger la tête.

Je compris avec saisissement qu'elle s'attendait à ce que je décharge l'arme sur elle.

« Mais non », dis-je aussitôt en me baissant pour reposer le fusil. Je n'ai pas l'intention de vous faire du mal. »

Mais elle commença à remonter l'escalier à reculons.

« Nancy, attendez, je vous en prie. »

Elle continuait de gravir les marches une à une, et, tenant toujours le fusil, je la suivis.

« Non, dit-elle, fais pas ça !

— Mais non. Je veux juste qu'on discute. »

Arrivée en haut de l'escalier, elle tourna à droite et se mit à courir. Je montai les dernières marches quatre à quatre et m'élançai dans le couloir. Sa chambre se trouvait tout au bout. La porte était ouverte et il y avait de la lumière à l'intérieur. J'apercevais le pied du lit.

« Je ne vais pas vous faire de mal », criai-je.

Elle atteignit la porte et voulut la refermer, mais j'étais sur ses talons. Je la bloquai et poussai. Nancy recula vers le lit. La pièce était plus grande que je ne l'avais imaginé. Juste en face de la porte, contre le mur, un grand matelas à eau était posé sur un cadre de bois. Sur la gauche, il y avait un petit coin-salon constitué de deux fauteuils et d'une table avec un poste de télévision. De l'autre côté, une porte, fermée, devait donner sur une salle de bains. À droite, contre le mur de façade, se trouvaient deux énormes commodes et une coiffeuse. Entre le lit et la fenêtre, une grande penderie ouverte. Je pouvais y voir plusieurs robes accrochées à des cintres.

« Je veux juste discuter, dis-je. D'accord ? »

Nancy tomba à la renverse sur le lit et se mit à y ramper en crabe. Un bruit de clapotement montait du matelas ; la literie oscillait avec les mouvements de l'eau.

Je m'aperçus que je tenais le fusil pointé sur elle. Je le fis passer dans ma main gauche et l'éloignai sur le côté pour bien montrer que je n'avais pas l'intention de m'en servir.

« Nancy...

— Laisse-moi, gémit-elle. Mais laisse-moi donc. » Elle atteignit la tête de lit et s'immobilisa, acculée. Son visage était poissé de larmes. Elle se l'essuya d'un revers de main.

« Je vous promets de ne pas vous faire de mal. Je veux juste...

— Va-t'en, fit-elle dans un sanglot.

— Il faut qu'on réfléchisse à ce qu'on va faire. Il faut qu'on se calme et... »

Elle lança subitement la main droite en direction de la table de nuit. Je crus qu'elle allait décrocher le téléphone pour appeler la police, et je m'avançai pour le lui arracher. Son geste ne visait pas le téléphone, mais le tiroir. Le regard rivé sur moi et le fusil, elle l'ouvrit et se mit à y tâtonner frénétiquement.

Une boîte de mouchoirs en papier tomba sur le sol avec un bruit mat. L'instant suivant, sa main reparut, tenant un petit pistolet noir. Elle l'avait saisi par le canon.

« Nancy, non ! dis-je en reculant vers la porte. Ne faites pas ça ! »

Elle ramena le pistolet à elle, referma la main sur la crosse, puis elle le braqua en direction de mon ventre.

Mon cerveau émettait pêle-mêle un flux d'ordres contradictoires, il hurlait à mon corps de bondir en avant pour saisir le pistolet, de fuir dans le couloir, de se jeter à terre, de se cacher derrière la porte. Mais il ne voulut rien entendre et agit de son propre chef. Mes bras levèrent le fusil, mon doigt rencontra la détente, se logea contre cette languette de métal et la tira en arrière.

Le coup partit. Nancy fut projetée contre la tête de lit et une petite fontaine se mit à jaillir à côté d'elle.

J'étais frappé de stupeur. En retombant sur la literie, le jet d'eau faisait le bruit de quelqu'un qui se soulage la vessie. Le corps de Nancy s'affaissa sur la droite, resta une seconde en suspens sur le bord du lit, puis s'effondra sur le sol avec un bruit sourd. Il y avait du sang partout, sur les draps et les oreillers, sur le bois de lit, le mur, le sol.

« Hank ? » appela Jacob d'une voix mal assurée.

Je ne répondis pas. Je m'efforçai d'assimiler ce qu'il venait de se passer. Je fis un pas dans la pièce, m'accroupis, posai le fusil sur le sol.

« Nancy », dis-je. Je savais qu'elle était morte, je l'avais vu à la façon dont elle était tombée du lit, mais je voulais tellement que tout ceci ne fût pas vrai que j'attendis qu'elle me réponde. Tout ceci était un funeste concours de circonstances, et je tenais à le lui expliquer.

« Hank ? » appela une nouvelle fois Jacob. Il s'était avancé jusqu'au pied de l'escalier, mais il me paraissait beaucoup plus éloigné. Je devais tendre l'oreille pour l'entendre.

« Tout va bien, lui criai-je.

— Qu'est-ce qui s'est passé ? »

Je me relevai et contournai le lit pour mieux la voir. Son T-shirt était noir de sang. Il s'était retroussé dans sa chute de sorte que je lui voyais les fesses. L'eau qui giclait du matelas lui aspergeait les jambes, ce qui les rendait toutes luisantes. Elle ne bougeait plus.

« Tu veux que je monte ? s'enquit Jacob.

— Je l'ai tuée, lançai-je.

— Quoi ?

— Je lui ai tiré dessus. Elle est morte. »

Jacob en resta coi. Je m'attendais à entendre ses pas dans l'escalier, mais il ne bougeait pas.

« Jacob ?

— Quoi ?

— Qu'est-ce que tu attends pour venir ? »

Il y eut un silence, puis je l'entendis arriver. L'eau giclait toujours du matelas. Je ramassai un oreiller et le posai à l'endroit de la fuite. Au bout de quelques secondes, une petite flaque commença à se former sur la literie. Il flottait une odeur d'urine dans la pièce : Nancy avait perdu le contrôle de sa vessie. L'urine se mêlait au sang et à l'eau, et le tout allait gorger la moquette.

Lorsque le pas de mon frère s'approcha de la porte, je me retournai pour dire : « Elle a sorti un pistolet. Elle allait me tirer dessus. »

Jacob hocha la tête. Il paraissait faire un effort pour ne pas poser les yeux sur le cadavre. Il avait toujours son fusil. Je vis qu'il avait pleuré car il avait les yeux rougis, les joues humides.

« Qu'est-ce qu'on fait ? » demanda-t-il.

Je ne savais pas quoi dire. Je n'arrivais toujours pas à croire que j'avais tué cette femme. Je voyais certes son cadavre, je voyais tout ce sang, je sentais cette odeur d'urine, mais je ne parvenais pas à relier tout cela à ce que j'avais fait. J'avais juste levé le fusil et appuyé sur la détente. Cela semblait bien peu pour un résultat aussi disproportionné.

« Je n'avais pas l'intention de la tuer », dis-je.

Il jeta un coup d'œil furtif au cadavre, puis se détourna. Il était livide. Il s'approcha du lit comme pour s'y asseoir, mais je l'en empêchai :

« Non. Il est crevé. »

Il s'immobilisa, puis dansa d'un pied sur l'autre. « Je crois qu'on devrait appeler quelqu'un, dit-il.

— Appeler quelqu'un ?

— Le shérif. La police. »

Je jetai un coup d'œil en direction du téléphone. Il était posé sur la table de chevet, au-dessus du tiroir ouvert. Le corps de Nancy gisait au pied du meuble. Ses cheveux, complètement humides à présent, formaient comme un gros caillot noir. Ils lui entouraient le cou à la manière d'un nœud coulant. Jacob avait raison : il fallait nettoyer ce gâchis, et seuls les policiers étaient capables de s'en charger.

« Ils ne vont pas nous croire, dis-je.

— Nous croire ?

— Quand on va leur dire que c'était de la légitime défense.

— Ça non. Ça risque pas. »

Je contournai le cadavre pour m'approcher de la table de nuit.

« Est-ce qu'on leur parle de l'argent ? » demanda Jacob.

Je ne répondis pas. Il m'était venu tout à coup une idée. Je venais de trouver le moyen de différer de quelques minutes la révélation de nos crimes.

« Je vais appeler Sarah », dis-je d'une voix confiante et résolue, comme pour donner à penser qu'il s'agissait d'une initiative rationnelle. En fait, la logique n'avait rien à voir là-dedans. Je voulais seulement lui parler, lui raconter ce qu'il venait de se passer et l'avertir de la tourmente qui allait s'abattre sur nous.

Je m'attendais vaguement à ce que Jacob proteste, mais, comme il n'en faisait rien, je décrochai le téléphone. Il était brun foncé, de la même couleur et du même style que celui de mon bureau, et, bizarrement, je trouvai cela rassurant. Tandis que je composais le numéro, mon frère tourna les talons et sortit de la chambre.

« T'en fais pas, Jacob, lui lançai-je. On va s'en tirer. »

Il resta silencieux.

Sarah décrocha à la troisième sonnerie. « Allô ? » fit-elle. J'entendis le lave-vaisselle en arrière-fond. Elle se trouvait dans la cuisine. Elle avait veillé pour attendre mon retour.

« C'est moi, dis-je.

— Où es-tu ?

— Chez Lou.

— Alors ? Ça a marché ?

— Sarah, on les a tués. Ils sont morts. »

Il y eut un moment de silence, puis : « Hank, qu'est-ce que tu me chantes là ? »

Je lui racontai ce qu'il s'était passé. Tout en parlant, j'emportai le téléphone de l'autre côté du lit afin de m'éloigner du cadavre de Nancy. J'allai regarder par la fenêtre. Il faisait nuit noire, mais je pouvais voir la camionnette de Jacob stationnée au bas de l'allée.

« Oh, mon Dieu, balbutia Sarah, lorsque je me tus, comme en écho aux plaintes de Nancy. Oh, mon Dieu. »

Je ne disais plus rien. Elle cherchait à reprendre son souffle à l'autre bout de la ligne. Elle semblait au bord des larmes.

« Qu'est-ce que tu vas faire ? demanda-t-elle.

— Appeler la police. On va se livrer.

— Tu ne peux pas faire ça ! » s'écria-t-elle. Elle avait une voix tellement paniquée que cela m'effraya. Je compris alors pourquoi je l'avais appelée : j'attendais qu'elle prenne les choses en main, qu'elle recolle les morceaux. Sarah, mon roc, Sarah qui résolvait toujours tous les problèmes. Mais voici qu'elle me faisait faux bond : elle était tout aussi désemparée que moi.

« Je n'ai pas le choix, Sarah. Impossible de partir d'ici comme si de rien n'était.

— Nous livrer ! Tu ne peux pas faire une chose pareille !

— Je ne vais pas t'impliquer. Je leur dirai que tu n'étais au courant de rien.

— Ce n'est pas ça qui m'inquiète. C'est à toi que je pense. Si tu te livres, tu iras en prison.

— Ils sont morts, Sarah. Tous les deux. Je ne peux pas les ressusciter.

— Et si cela devenait un accident ?

— Comment ça, un accident ?

— Pourquoi ne pas maquiller ça en accident ? Comme pour Pederson ? »

L'idée paraissait si absurde que j'en ris presque. Elle divaguait, elle se raccrochait à n'importe quoi. « Bon sang, Sarah, on les a flingués. Il y a du sang partout. Sur les murs, sur le lit, sur la moquette...

— Tu dis que tu as tué Nancy avec le fusil de Lou ?

— Oui.

— Alors, tu peux te débrouiller pour que la police conclue que Lou a tué Nancy et qu'ensuite Jacob a tué Lou en état de légitime défense.

— Mais pourquoi Lou aurait-il tué Nancy ? »

Sarah resta un moment silencieuse, mais je sentais qu'elle réfléchissait, cela faisait comme une vibration sur la ligne. Je l'imaginais en train d'arpenter la cuisine, le fil du téléphone enroulé autour du poing, le combiné plaqué sur la joue. Elle était en train de recouvrer son sang-froid. Elle essayait de trouver une solution.

« Il aurait pu découvrir qu'elle le trompait, dit-elle.

— Mais pourquoi l'aurait-il tuée précisément ce soir ? Ce n'est pas comme s'il l'avait trouvée au lit avec un autre. Elle était toute seule. »

Il y eut un silence qui dura peut-être une dizaine de secondes, puis elle demanda : « Est-ce que Sonny a entendu les coups de feu ?

— Sonny ?

— Sonny Major. Est-ce que c'est allumé chez lui ? Est-ce qu'il est debout ? »

Je regardai à nouveau par la fenêtre. La route était plongée dans la nuit ; la caravane de Sonny était invisible. « On dirait que non.

— Tu vas aller le chercher.

— Que j'aille chercher Sonny ? » Je ne voyais pas où elle voulait en venir.

« Voilà le scénario : en rentrant, Lou a trouvé Nancy au lit avec Sonny. »

À ces mots, je fus pris de vertige. Sarah agençait les pièces du puzzle. Tout se mettait en place. Sonny était la seule autre personne à être au courant pour l'argent ; si nous le supprimions, il ne resterait plus que nous et Jacob. C'était pour cela que je l'avais appelée, pour qu'elle trouve une solution, mais à présent qu'elle m'en proposait une, je n'en voulais pas.

« Je ne peux pas tuer Sonny », balbutiai-je. Je sentais des chapelets de gouttes de sueur se former entre mes omoplates.

« Il le faut, dit Sarah, suppliante. Sinon, ça ne marchera pas.

— Je ne vais tout de même pas le ramener ici pour le tuer. Il n'a rien à voir là-dedans.

— Toi et Jacob, vous allez aller en prison. Vous devez avant tout penser à sauver votre peau.

— Sarah, j'en suis incapable.

— Il le faut pourtant, dit-elle en élevant la voix. C'est notre seule chance de nous en sortir. »

Je ne répondis pas. J'avais le cerveau engourdi, les idées engluées. J'entrevoyais cependant où elle voulait en venir : en tuant Lou et Nancy, nous avions fait deux pas au-dessus du vide. Nous pouvions soit en rester là et plonger dans l'abîme, soit faire ce troisième pas qui nous déposerait sains et saufs de l'autre côté. La pensée me traversa que je n'avais pas vraiment le choix. Un court instant, je me laissai aller à le croire, à considérer que je n'étais plus maître des événements. C'était une vision simple et confortable des choses. Tout était déjà écrit ; je me contentais de suivre un canevas, je m'abandonnais à mon destin.

Puis j'oubliai ces considérations, et je pris ma décision :

« C'est mal, Sarah. C'est un crime.

— Fais-le pour moi, murmura-t-elle. Je t'en prie.

— Je ne sais même pas s'il est chez lui.

— Tu peux toujours voir.

— Et pour Lou ?

— Pour Lou ?

— Comment on va expliquer que Jacob l'a descendu ? »

Sarah répondit d'un trait, sans reprendre son souffle : « Tu diras à la police que vous avez entendu un coup de feu au moment où vous repartiez. Vous avez pensé que Lou avait surpris un cambrioleur, alors, vous êtes redescendus de voiture et vous avez couru jusqu'à la maison, Jacob avec son fusil. À ce moment-là, Lou a ouvert la porte. Il était ivre, fou furieux. Quand il a vu Jacob accourir avec un fusil, il l'a mis en joue. Et Jacob a fait feu en état de légitime défense. » Elle marqua une pause, puis, comme je ne réagissais pas immédiatement, elle reprit : « Seulement, il faut que tu te dépêches, Hank. Le temps passe. S'il y a trop d'écart, ils seront capables de déterminer qui est mort le premier. »

L'urgence de sa voix était contagieuse. Mon cœur battit plus fort, mon pouls s'accéléra. Je refis le chemin inverse vers la table de nuit. La moquette était imbibée de sang, et je dus longer le mur pour ne pas marcher dedans.

« Comment va Jacob ? demanda Sarah.

— Ça peut aller. Tout à l'heure, il pleurait ; mais maintenant, je crois que ça va.

— Où est-il ?

— En bas. Je crois qu'il est descendu se servir un verre.

— Il faut que tu voies ça avec lui. La police va le cuisiner. Assure-toi qu'il comprend bien le déroulement des événements. Il ne faudrait pas qu'il craque et leur déballe tout.

— Je vais lui parler.

— C'est très important, Hank. Il va être le maillon faible.

197

S'il craque, vous vous retrouverez tous les deux derrière les barreaux.

— Je sais. Je m'occupe de lui. Je m'occupe de tout. »

Puis je raccrochai et redescendis au rez-de-chaussée.

Je trouvai mon frère assis sur le canapé du séjour. Il avait ouvert la fermeture Éclair de sa parka et s'était versé une rasade de whisky. Son fusil était posé au pied des marches. Au passage, je jetai un coup d'œil sur le cadavre de Lou pour m'assurer qu'il ne l'avait pas déplacé, puis je gagnai rapidement le séjour.

Un peignoir de femme, bleu ciel, d'aspect soyeux, était posé sur l'accoudoir du canapé. Je le portai à mes narines : il était imprégné d'une odeur douceâtre de parfum et de tabac. J'ouvris ma veste et le glissai à l'intérieur.

« Ils arrivent ? questionna Jacob.

— Qui ça ?

— Les flics.

— Non, pas encore.

— Tu les as appelés ? »

Je secouai la tête. Je vis un paquet de Marlboro sur la table basse. À côté, il y avait un briquet et un tube de rouge à lèvres. Je fourrai le tout dans ma poche. « Je vais aller chercher Sonny, annonçai-je. On va tout disposer de manière à ce qu'on croie que Lou les a descendus ensemble, lui et Nancy. »

Jacob fit son possible pour assimiler l'information. Il leva les yeux vers moi, le front plissé. Le verre de whisky tremblait un peu dans sa main. « Tu vas tuer Sonny ?

— Il le faut, Jacob.

— Non. Je veux pas être mêlé à ça.

— C'est ça ou la prison. On n'a pas le choix. »

Il resta un moment silencieux, puis demanda : « Pourquoi on s'enfuirait pas ? On passe prendre Sarah, le bébé et l'argent, et on se tire. On pourrait descendre au Mexique. On pourrait...

— On se ferait coincer, Jacob. C'est toujours comme cela que ça se passe. Ils nous retrouveraient et nous ramèneraient ici. Si on veut s'en tirer, il faut faire comme j'ai dit. » L'idée du temps qui passait me rendait de plus en plus fébrile. C'était presque physique : je sentais que les deux cadavres se refroidissaient, se vidaient de leur sang, marquant ainsi la chronologie de leurs morts. Je ne voulais surtout pas discuter avec Jacob ;

ma décision était prise. Je tournai les talons et me dirigeai vers la porte. « Moi, dis-je, je n'irai pas en prison. »

Je l'entendis se lever comme pour m'emboîter le pas. « On peut pas tuer tout ce monde », dit-il d'une voix tendue et plus aiguë que d'habitude.

Je me retournai pour lui faire face. « Je vais nous tirer d'affaire, Jacob. Si tu me laisses faire, tout va rentrer dans l'ordre. »

Il était mort de peur. « Non. Il faut s'arrêter là.

— Je vais juste…, commençai-je, mais il ne me laissa pas terminer.

— Non, je veux m'en aller. Il faut qu'on quitte le pays.

— Écoute-moi bien, Jacob. » Je me penchai pour le saisir par la manche. Je tenais délicatement un petit pli de nylon rouge, mais cela créa soudain dans la pièce une tension presque palpable. Nous demeurâmes un instant silencieux.

« Écoute, voilà ce qu'on va raconter. »

Son regard croisa le mien pendant une fraction de seconde. Il paraissait retenir son souffle. Je relâchai sa manche.

« Lou rentre chez lui. Il trouve Nancy au lit avec Sonny. Elle pensait qu'il rentrerait plus tard. Il a bu, il est d'humeur violente. Il va chercher son fusil et il les descend tous les deux. Nous, on est en train de sortir de l'allée. On entend les détonations et on se dit qu'il a dû surprendre un cambrioleur. On court jusqu'à la maison, toi avec ton fusil. Lou ouvre la porte d'entrée. Il est en pleine crise de démence. Il braque son fusil sur nous, et c'est alors que tu le descends. »

Jacob ne réagit pas. Je n'étais pas certain qu'il eût tout saisi.

« Ça tient debout, non ? »

Il ne répondait toujours pas.

« Ça va marcher, Jacob. Je te le promets. Seulement, il faut qu'on se dépêche.

— Je ne veux pas être celui qui descend Lou, fit-il.

— Bon, d'accord. Je dirai que c'est moi. Ça n'a pas grande importance. »

Il y eut un long silence. L'eau s'écoulait goutte à goutte du robinet de la cuisine.

« Je t'attends ici ? interrogea Jacob.

— Oui. Remets tes gants. Ah, et lave-moi ces verres.

— C'est toi qui vas le tuer ?

— Oui, dis-je en reculant vers la porte, c'est moi qui vais le tuer. »

Sonny habitait une caravane posée sur des parpaings à environ un kilomètre de chez Lou. Le terrain alentour était parsemé de chevalets de sciage recouverts de neige. Sur le flanc de la caravane était écrit en grandes lettres noires : S. Major, Charpentier et, en dessous : Qualité et Prix Intéressants. La voiture de Sonny, une vieille Mustang toute rouillée et salement cabossée, était garée dans une brèche du talus de neige qui bordait la route.

J'arrêtai le pick-up derrière la Ford et laissai le moteur tourner. Mary Beth dormait profondément sur la banquette ; il leva à peine la tête lorsque je descendis. Je remontai le sentier au pas de course et, tout doucement, actionnai la poignée de la porte. Elle n'était pas fermée à clé et s'ouvrit en grinçant légèrement.

Je grimpai sur le marchepied et entrai en me baissant, car l'encadrement était fort bas. L'intérieur était obscur, et, retenant mon souffle, j'attendis une trentaine de secondes que mes yeux s'habituent au noir. Tout était silencieux.

Je me trouvais dans le coin-cuisine. Je discernai un petit plan de travail, un évier, un réchaud. Près de la fenêtre, il y avait une table de jeu et trois chaises. L'endroit était crasseux, en désordre. Cela sentait la friture et le renfermé. En prenant garde de ne faire aucun bruit, j'ouvris ma parka, sortis le peignoir de Nancy et le mis sur une chaise. Je déposai le briquet et les cigarettes sur la table.

Puis je me dirigeai précautionneusement vers l'arrière de la caravane. J'avançais un pied, m'arrêtais, faisais passer mon poids sur l'avant, m'immobilisais à nouveau, ramenais l'autre pied. Je continuai ainsi jusqu'à la pièce suivante, m'arrêtant à chaque instant, l'oreille aux aguets.

Je me trouvais à présent dans le minuscule coin-séjour, meublé d'une banquette, d'une table basse et d'un poste de télévision. Je laissai tomber le tube de rouge sur la banquette. De l'endroit où j'étais, j'apercevais le pied du lit de Sonny par l'entrebâillement de la porte suivante et la forme de ses jambes sous la blancheur grisâtre du drap. Sa respiration était lente et régulière. Il dormait profondément.

« Sonny, appelai-je. Sonny ! »

Il y eut un mouvement brusque, un froissement de draps. Il replia les jambes et j'avançai d'un pas vers la chambre.

« Sonny. C'est Hank Mitchell. J'aurais besoin d'un coup de main.

— Hank ? » fit-il d'une voix endormie, mais en même temps un peu tendue, un rien apeurée.

Je fis un autre pas. Une lampe s'alluma dans la chambre et, une seconde après, Sonny apparut à la porte. Il était de petite taille, sec et rabougri, une espèce d'elfe. Une crinière de cheveux bruns lui descendait jusqu'aux épaules et il ne portait qu'un slip blanc. Sous ce faible éclairage, sa peau paraissait pâle et lisse, et je me dis qu'elle devait marquer facilement lorsqu'il recevait un coup.

« Bon Dieu, Hank, dit-il, vous m'avez flanqué une sacrée trouille. » Je vis alors qu'il tenait un tournevis dans la main droite.

« Jacob est très mal, dis-je. Il crache le sang. »

Sonny me regarda sans comprendre.

« On était en train de boire un coup chez Lou, et il a commencé à cracher du sang.

— Du sang ? » répéta l'autre.

Je hochai la tête. « Il vient de tomber dans les pommes.

— Vous voulez que j'appelle une ambulance ?

— Ce sera plus rapide si je le conduis moi-même. Seulement, il faudrait que vous m'aidiez à le transporter dans le pick-up. Lou est trop soûl pour le faire. »

Sonny cligna plusieurs fois des yeux, de façon exagérée, comme pour chasser des larmes. Il fixa un moment le tournevis qu'il avait à la main, puis regarda autour de lui en quête d'un endroit où le poser. Je voyais bien qu'il n'était pas encore tout à fait réveillé.

« Sonny, repris-je d'une voix paniquée, faut qu'on se dépêche. Il fait une hémorragie interne. »

Il baissa les yeux sur son slip, apparemment surpris de voir qu'il ne l'avait pas enlevé. « Faut que je m'habille.

— Je retourne là-bas, dis-je. Venez le plus vite possible. »

Sans attendre sa réponse, je tournai les talons et partis en courant. Une fois dans le pick-up, j'allais exécuter un demi-tour pour retourner chez Lou, lorsque j'avisai Mary Beth couché au milieu de la cour de Sonny. Je rouvris ma portière et lançai à voix basse : « Mary Beth ! »

Le chien se mit sur son séant, oreilles dressées.

« Allez, viens ! » Je fis claquer ma langue.

Il remua la queue.

« Allez, monte », le suppliai-je.

Il ne bougea pas d'un poil. Je tentai de siffler, mais j'avais les lèvres trop froides. Je l'appelai encore une fois. Puis je claquai ma portière et embrayai.

Jacob était exactement comme je l'avais laissé. Assis sur le canapé, il sirotait son verre de whisky. Il n'avait toujours pas remis ses gants.

Je demeurai une bonne dizaine de secondes sur le seuil à contempler la scène. En plus, il avait enlevé ses chaussures.

« Mais qu'est-ce que tu fous ? » lui demandai-je.

Il me regarda avec des yeux étonnés. « Quoi ? » fit-il. Il ne m'avait pas entendu arriver.

« Je t'avais demandé de laver les verres. »

Il leva le sien devant son nez. Il était à demi plein. « Je voulais d'abord le terminer.

— Je t'avais aussi demandé de remettre tes gants. Tu es en train de laisser des empreintes un peu partout. »

Il posa le verre sur la table basse, se frotta les mains sur son pantalon, puis chercha ses gants du regard.

« On va tout nettoyer, dis-je. On n'est même pas entrés ici. Tu saisis ? »

Il trouva ses gants dans la poche de sa parka. Il les enfila.

« Remets aussi tes chaussures. »

Il se pencha pour s'exécuter. « Je n'arrive pas à faire le nœud à cause des gants.

— Alors, retire-les ! Le temps presse, Jacob. »

Il ôta ses gants, laça ses chaussures, remit les gants. Puis il se leva, ramassa les verres et partit vers la cuisine.

« Où est-ce que tu vas ? » demandai-je.

Il me regarda en battant des paupières. « Tu m'as dit de laver les verres.

— Plus tard. Sonny va arriver d'un moment à l'autre. » J'allai ramasser le fusil de Lou au pied de l'escalier. « Où est-ce qu'il range ses cartouches ?

— Dans le garage.

— Viens me montrer. »

Il reposa les verres sur la table et me suivit dans le garage. Il y avait un placard juste derrière la porte. Lou n'avait pas pris le temps de le refermer. J'y vis une boîte en carton pleine de cartouches. Je demandai à Jacob de me montrer comment se chargeait le fusil. Le magasin contenait cinq cartouches. C'était un fusil à pompe : entre chaque coup, il fallait tirer le fût vers l'arrière pour réarmer. Je vidai la boîte dans la poche de droite de ma veste et nous retournâmes dans la maison.

De retour dans l'entrée, je ramassai le fusil de mon frère et le lui tendis. « Tiens, reprends-le. »

Mais il n'esquissa pas un mouvement. Il considérait son fusil avec l'air de ne pas savoir ce qu'il devait en faire. « T'as dit que c'était toi qui allais le descendre. »

Je m'avançai en brandissant son fusil. « C'est juste pour que tu le tiennes en respect. C'est avec celui de Lou qu'on doit le supprimer. »

Il hésita, puis prit le fusil.

J'allai entrouvrir la porte d'entrée pour jeter un regard en direction de la caravane de Sonny. Elle était tout éclairée à présent.

« Je vais l'attendre sous la véranda, dis-je. Toi, tu restes ici. Dès que tu nous entends discuter, tu sors et tu pointes ton fusil sur lui. Tu ne dis rien et tu ne le laisses pas voir à l'intérieur. Tu te contentes de le tenir en respect. »

Jacob hocha la tête.

Je sortis et refermai la porte derrière moi.

Une minute environ s'écoula avant que j'entende la voiture de Sonny démarrer. Il emballa deux fois le moteur, puis il alluma ses phares, s'engagea sur la route, fit un demi-tour très serré et prit de la vitesse. Il se gara en haut de l'allée, devant la porte du garage, et remonta le sentier au pas de course. Il était presque arrivé à la porte lorsqu'il me vit.

« Où il est ? » interrogea-t-il, le souffle court. Il portait un blouson marron clair à capuche doublée de fourrure. Il n'avait pas pris le temps de se peigner. Il regarda mon fusil, puis se toucha le coin des yeux du bout des doigts. Le froid lui arrachait des larmes. Il entra sous la véranda. Avec la porte close, la maison paraissait tout ce qu'il y a de normal. Rien ne trahissait ce qui venait de s'y passer.

« Il a fallu que je… », commença Sonny, mais il s'interrompit en entendant la porte s'ouvrir. Jacob apparut dans l'entrebâillement.

« Mais t'es pas malade ? » demanda Sonny, interloqué.

Jacob ne répondit pas. Il se glissa à l'extérieur et referma la porte. Puis il pointa son fusil sur la poitrine de Sonny. Je descendis sur le sentier pour le cas où ce dernier aurait cherché à s'enfuir.

Il considéra un moment le fusil de Jacob, puis son regard revint sur moi.

« Hank ? » fit-il. Il n'avait toujours pas repris son souffle. Il se toucha à nouveau les yeux.

Je levai mon fusil vers son abdomen. L'arme était lourde, et son poids m'emplit tout à coup d'une sensation de puissance. J'avais entre les mains un outil efficace et fiable, capable de donner la mort. *On nage en pleine folie*, pensai-je brièvement, puis je m'y abandonnai. Toute ma peur, toute mon anxiété s'évanouit d'un coup. Je me sentais brusquement prêt à tout. Je souris à Sonny.

« Hank, qu'est-ce que c'est que ces conneries ? C'est censé être drôle ?

— Enlève ton blouson », dis-je en gardant une voix égale.

Il se borna à me regarder.

« Allez, Sonny, enlève-le. »

Il jeta un coup d'œil à Jacob, puis revint sur moi. Il tenta de sourire, mais n'y parvint qu'à demi. « C'est pas drôle, Hank. Tu m'as tiré du lit. »

J'avançai d'un pas et amenai le canon du fusil juste devant son visage. « Fais ce que je dis », intimai-je.

Ses mains montèrent à tâtons vers sa fermeture Éclair, mais il les laissa retomber.

« Sonny, dis-je, j'y tiens beaucoup. Je veux pas te faire de mal. »

Il lança un regard à Jacob, puis il parut fixer l'intérieur du canon de mon fusil. « Tu m'as tiré du lit », répéta-t-il.

J'avançai encore d'un pas. Cette fois, le canon lui toucha le front.

Il recula, l'air effaré. Je lui présentais un visage de marbre, et, après un court instant, cela produisit son effet. Il ôta son blouson. En dessous, il portait un jean et une chemise de flanelle bleue.

« Jacob, débarrasse-le. »

Jacob vint prendre le blouson et, sous les yeux de Sonny, le plia soigneusement sur son avant-bras. Je ne détachais pas mon regard de Sonny.

« Maintenant, les chaussures », dis-je.

Sonny hésita peut-être cinq secondes. Puis il s'accroupit et se déchaussa. Il ne portait pas de chaussettes. Il avait des pieds menus et osseux, simiesques.

« Ramasse-les », demandai-je à Jacob.

Jacob s'exécuta.

« La chemise », dis-je.

Sonny essaya de rire. « Écoute, Hank, trop c'est trop. Il fait sacrément froid. » Il noua les bras autour de sa poitrine et regarda mon frère. « Jacob ? » appela-t-il, mais Jacob détourna les yeux.

« Enlève-moi cette chemise », répétai-je.

Il ôta sa chemise et la laissa tomber à terre.

« Le pantalon.

— Hank, non », fit-il, suppliant.

Sans réfléchir, je le frappai sur le côté du crâne. Il mit un genou à terre. Il resta un moment ainsi, puis se remit debout.

« Fais ce que je te dis. »

Il nous regarda tour à tour. Les deux fusils étaient braqués sur sa poitrine. Il enleva son jean.

« Le slip aussi », ordonnai-je.

Il secoua la tête. « C'est plus marrant du tout, Hank. Il faut savoir s'arrêter. » Il frissonnait de la tête aux pieds.

« Ne parle pas, Sonny. Si tu l'ouvres, je te frappe à nouveau. »

Il resta silencieux.

« Ton slip. »

Il n'esquissa pas le moindre geste.

Je levai le fusil vers son visage. « Je vais compter jusqu'à trois. À trois, je tire. »

Il ne bougea pas d'un pouce.

« Un. »

Il regarda Jacob. Celui-ci tremblait tellement que cela se transmettait au canon de son fusil.

« Deux.

— Tu vas pas me tuer, Hank », fit Sonny d'une voix altérée.

Je marquai un temps, mais je ne voyais pas d'issue. « Trois. »

Il ne bougeait toujours pas.

Je raffermis ma prise sur le fusil. Je visai le visage. « Ça m'embêterait de devoir en arriver là, Sonny. » Il était en train de foutre mon plan par terre.

Il se contentait de me regarder fixement. Chaque seconde qui passait concourait à lui redonner confiance. « Baisse cette arme », dit-il à voix basse.

C'est alors que j'eus une révélation. Je pouvais tout aussi bien le descendre ici. Il était suffisamment dévêtu. Cela collerait pareillement : Lou les avait surpris au lit, il avait tué Nancy dans la chambre, puis il avait poursuivi Sonny jusqu'en bas et il lui avait tiré dessus dehors, sous la véranda. Cela avait la vraisemblance désordonnée de la réalité.

Je lui donnai encore une chance. « Enlève-le », dis-je. Mon doigt effleurait la détente.

Sa confiance parut vaciller. Il lécha le sang qui lui coulait sur la lèvre. « Où tu veux en venir, Hank ?

— Jacob, rentre à l'intérieur. » Il ne fallait pas qu'il reçoive du sang sur ses vêtements. Je pris une profonde inspiration et remontai sur le plancher de la véranda. Je voulais contourner Sonny pour me trouver face à la route lorsque je l'abattrais.

Jacob ouvrit la porte à demi et se glissa à l'intérieur.

Sonny le regarda disparaître, puis, comme s'il avait subitement l'intuition de ce que j'allais faire, il laissa retomber les bras et baissa son slip.

Nu, il paraissait minuscule, un garçonnet. Il avait les épaules voûtées, toutes frêles, la poitrine pratiquement glabre. Il avait ramassé son jean pour se cacher le bas-ventre. À voir sa posture, je sus que je l'avais brisé. Il ne songeait plus à me tenir tête, mais attendait en tremblant de voir quel serait mon prochain ordre.

« Lâche ça. ».

Il laissa glisser le jean par terre, puis se plaqua une main sur l'entrejambe et l'autre sur la bouche. Sa lèvre saignait abondamment. Il avait le menton couvert de sang, et quelques gouttes étaient tombées sur sa poitrine.

« Les mains sur la tête. »

Il s'exécuta. Je pointai le canon du fusil sur son torse.

« Très bien. Maintenant, fais demi-tour et ouvre la porte. »

Très lentement, il pivota sur ses talons. Je m'avançai, enjambai le tas de vêtements et appuyai le canon contre sa colonne vertébrale. Il se raidit, les muscles de son dos se crispèrent au contact du métal. C'était comme lorsque l'on serre un nœud.

« Ne te mets pas à paniquer en ouvrant la porte, Sonny. Reste calme, et tout se passera bien. »

Il abaissa une main pour tourner la poignée.

Après la pénombre de la véranda, l'éclairage intense de l'entrée avait quelque chose d'irréel. On avait l'impression d'entrer sur une scène. Le corps de Lou s'étalait sur le carrelage, la tête renversée en arrière, comme s'il était en train de rire. Le sol devait être en pente douce vers le séjour, car c'est dans cette direction que le sang avait coulé. Il était plus sombre que tout à l'heure, presque noir, et il luisait à la lumière.

La porte pivota sur ses gonds et alla donner dans le mur. Jacob se tenait sur la droite, le fusil pointé sur le cadavre. Une expression d'effarement sur le visage, il nous regardait, attendant de voir ce que nous allions faire. Sonny ne bougeait pas, mais il prit une profonde inspiration, son dos s'élargissant contre le bout du canon.

« Allez, Sonny, avance. Contourne-le. »

Je le poussai avec le fusil pour le forcer à entrer. Son pied nu claqua sur le carrelage, et il s'immobilisa dans cette position, un pied dedans et l'autre dehors, pareil à une mule qui renâcle. Je le poussai derechef, plus violemment cette fois, et tout à coup le voilà qui détale comme une flèche. Jacob bloquait l'accès au garage et le cadavre gisait devant l'entrée du salon, la seule issue possible était l'escalier. Il s'y élança, montant les marches quatre à quatre.

Je me ruai à sa poursuite.

Arrivé en haut, il prit à droite en direction de la chambre principale. J'ignore ce qui le poussa à se précipiter à l'endroit exact où je désirais l'amener ; peut-être savait-il qu'un pistolet était caché dans le tiroir de la table de nuit, ou peut-être la lumière qui filtrait par la porte entrouverte lui donna-t-elle l'illusion qu'il trouverait là quelque protection. Toujours est-il que ce dut être un choc quand il découvrit l'état des lieux, l'eau, le sang, et m'entendit arriver sur ses talons. Sans doute comprit-il alors, à supposer qu'il eût encore un doute après avoir vu le corps de Lou dans l'entrée, que je l'avais fait venir ici pour le tuer.

Son élan l'emporta au centre de la pièce, jusqu'au pied du lit.

Je ne le vis pas regarder le cadavre de Nancy, mais il en eut certainement une vision fugitive avant de se retourner vers moi, les poings levés comme pour frapper. Sa nudité lui conférait quelque chose de primitif ; il ressemblait à un homme des cavernes. Il avait le visage horriblement déformé par un mélange de terreur, de fureur et d'égarement. Son menton était barbouillé de sang.

J'étais sur le pas de la porte, lui bloquant toute issue. J'armai le fusil. Une douille s'éjecta — la cartouche avec laquelle j'avais tué Nancy — et tomba à mes pieds. Puis, sans prendre le temps de réfléchir, je lui tirai en pleine poitrine.

Le fusil tressauta, il y eut une violente détonation, et le bruit mouillé d'une giclée de sang sur la literie.

Sonny s'abattit lourdement sur le lit en créant une petite vague sur les bords du matelas. Son torse n'était plus qu'une masse déchiquetée de rouge, de rose et de blanc, mais il était encore vivant. Ses jambes s'agitaient, et il tentait de relever la tête. Il me regardait avec des yeux exorbités. Sa main droite se raccrochait aux couvertures et les ramenait contre son flanc.

J'armai à nouveau le fusil, envoyant une seconde douille sur la moquette. Je m'avançai et le visai à la tête. Il ferma les yeux à l'instant où j'appuyai sur la détente. Le matelas explosa littéralement, éclaboussant le bois de lit et le mur derrière. Je dus faire un bond en arrière pour ne pas être mouillé.

De la porte, je tirai les deux derniers coups dans le plafond au-dessus du lit. Je rechargeai cinq nouvelles cartouches et les brûlai au hasard à travers la pièce, dans le fauteuil, la porte de la salle de bains, le miroir de la coiffeuse.

Je vérifiai que mes vêtements n'étaient pas tachés de sang et rechargeai une nouvelle fois. Redescendu au rez-de-chaussée, je vidai le chargeur dans la salle de séjour, visant le canapé, le téléviseur et enfin la table basse et les verres.

Je ne gardai qu'une cartouche dans le magasin du fusil.

Je trouvai Jacob caché dans les toilettes, assis sur le couvercle de la lunette. Son fusil était posé sur le sol à ses pieds.

« C'est bon, fis-je.

— C'est bon ? » répéta-t-il sans lever les yeux. Je pris une profonde inspiration. J'étais dans un état second, tout fébrile et tremblant, avec le vague soupçon de n'avoir peut-être pas les idées très claires. Il fallait maintenant se calmer et faire le point.

Le plus dur était derrière nous ; il ne nous restait qu'à jouer chacun notre rôle.

« C'est terminé, dis-je.

— Il est mort ? »

Je hochai la tête.

« Pourquoi est-ce que tu as tiré comme un fou ? »

Je ne répondis pas. « Allez, viens, Jacob, ce n'est pas le moment de s'endormir.

— Mais pourquoi tu as tiré autant ?

— Il était complètement bourré. Il est censé avoir perdu les pédales. » Je me passai les mains sur le visage. Mes gants sentaient la poudre ; il faudrait que je pense à les cacher dans la camionnette avant d'appeler la police. Un filet d'eau commençait de sourdre dans un coin du plafond. Il tombait sur le couvercle en faïence de la chasse d'eau avec un bruit qui évoquait le tic-tac d'une horloge. L'eau du matelas s'infiltrait déjà à travers les plâtres.

Jacob ôta ses lunettes et son visage s'en trouva déséquilibré : la chair de ses joues et bajoues était d'un rouge luisant, bouffie et comme distendue, alors que ses yeux étaient enfoncés, troubles et vagues.

« T'as pas peur pour après ? demanda-t-il.

— Pour après ?

— Oui, d'avoir des remords. »

Je laissai échapper un soupir. « Ce qui est fait est fait, Jacob. Il fallait le faire, et on l'a fait.

— Mais tu as tué Sonny, dit-il, comme s'il le découvrait seulement maintenant.

— C'est vrai. J'ai tué Sonny.

— Comme ça, de sang-froid. »

Je ne savais pas quoi répondre. Je préférais éviter de penser à tout cela ; je savais implicitement que ce genre d'introspection ne pouvait rien donner de bon. Jusqu'à présent, j'avais éprouvé dans toutes mes actions un confortable sentiment d'inéluctable, comme si j'en étais seulement témoin, impliqué à fond dans les événements, mais sans la moindre illusion de pouvoir modifier le moindre détail. Une voix me susurrait à l'oreille que c'était le destin, et je laissais les rênes m'échapper des mains. Mais Jacob, avec ses questions, était en train de saper cette vision des choses. Il me forçait à regarder en arrière, à reconnaître que ma volonté était pour quelque chose dans cette eau qui ruisselait à

209

travers le plafond. Je chassai cette pensée et sentis immédiatement monter une vague de ressentiment à l'égard de mon frère qui, assis là sur le siège des waters, obèse et passif, se permettait de me juger alors que c'était lui qui, par son affolement, ses imprudences et sa bêtise, m'avait précipité sur la voie du crime.

« Rien de tout cela ne serait arrivé si tu n'avais pas descendu Lou », laissai-je tomber.

Il leva la tête et je fus surpris de constater qu'il pleurait. Ses joues étaient parcourues de traînées humides, et ce spectacle me fit aussitôt regretter de lui avoir parlé aussi durement.

« Je t'ai sauvé la vie », dit-il d'une voix mal assurée, puis il détourna la tête pour que je ne puisse plus voir son visage.

« Jacob, arrête, je t'en prie. »

Il ne répondit pas. Ses épaules étaient secouées de sanglots. Il avait une main sur les yeux. L'autre, celle qui tenait les lunettes, serrait les chaussures de Sonny, posées sur ses genoux.

« Tu ne vas pas craquer maintenant. Il faut encore qu'on se tape la police, la presse…

— Ça va aller, fit-il dans un hoquet.

— Il faut faire preuve de calme.

— Il y a juste que… », commença-t-il, mais il ne trouvait pas ses mots. « Lou, je l'ai tué », dit-il.

Je le regardai. Il me faisait peur. Je commençais d'entrevoir comment, si nous n'étions pas prudents, tout pouvait se retourner contre nous. « Jacob, il faut qu'on s'y mette, dis-je. Faut qu'on prévienne la police. »

Il remit ses lunettes et se releva péniblement. Son menton tremblait. J'allai ranger le blouson et les chaussures de Sonny dans le placard de l'entrée. Le séjour était dévasté, la table à café en miettes, la télé avait implosé. De grosses boules de mousse blanche sortaient du canapé, pareilles aux nuages que dessinent les enfants.

Jacob avait oublié son fusil dans les cabinets et je retournai le chercher. Il me suivait dans tous mes déplacements, pareil à un petit chien. Il recommença à pleurer, et, à l'entendre, j'eus une sensation de vertige, comme si je tombais du haut d'un gratte-ciel.

J'allai ouvrir la porte d'entrée. « Va appeler la police sur la CB.

— La CB ? fit-il d'une voix lointaine, comme s'il ne comprenait pas vraiment ce que je disais. Je fus secoué d'un frisson. L'air de la nuit remontait le long de mon dos humide. Je fermai ma fermeture Éclair. Comme mes gants, ma veste sentait la poudre.

« Il faut que t'aies l'air affolé, dis-je. Comme si tu venais de me voir l'abattre et qu'au lieu de rentrer dans la maison, tu sois retourné directement au pick-up. »

Jacob, le visage flasque, fixait le cadavre de son ami.

« Ne leur en dis pas trop, simplement qu'il y a eu une fusillade. Tu leur demandes d'envoyer une ambulance et tu coupes la communication. »

Il hocha la tête mais demeura sur place. Les larmes continuaient de rouler sur ses joues. Elles tombaient sur le devant de sa parka en y faisant des taches sombres.

« Jacob. »

Il se força à lever les yeux vers moi et s'essuya la joue d'un revers de main.

« Il faut qu'on soit en pleine possession de nos moyens. On doit avoir tout bien en tête. »

Il prit une profonde inspiration. « Ça va aller », dit-il. Et il partit vers la porte.

Je l'arrêtai au moment où il sortait sous la véranda. Je me trouvais sur le seuil, à l'endroit exact où se tenait Lou lorsque Jacob l'avait abattu. « N'oublie pas ton fusil. » Je le lui tendis. Je comprenais que j'étais toujours suspendu au-dessus du vide. Pour arriver de l'autre côté, il me restait à faire une quatrième enjambée.

Tout en le regardant descendre précautionneusement le sentier verglacé, j'amenai le fusil de Lou contre mon flanc et fis monter la dernière cartouche dans la culasse.

Parce qu'il était mon frère, je lui avais pardonné d'avoir raconté à Lou la fin de Pederson, de m'avoir menti quant à la présence de Sonny dans la voiture, mais je ne pouvais pas fermer les yeux sur sa faiblesse. Elle constituait, je le comprenais maintenant, un plus grand risque que la bêtise ou la cupidité de Lou. Jacob allait s'effondrer lorsqu'on l'interrogerait. Il avouerait tout et me dénoncerait. Je ne pouvais pas lui faire confiance.

Il arrivait au bas du sentier lorsque je l'appelai. J'étais épuisé par tout ce que je venais d'accomplir, et cela rendait la chose plus facile.

« Jacob », appelai-je.

Il se retourna. Je me tenais sur le pas de la porte, le fusil de Lou braqué vers sa poitrine.

Il lui fallut un moment pour prendre conscience de ce qu'il se passait.

« Je suis désolé », dis-je.

Interloqué, il inclina la tête comme un gros perroquet.

« Je n'avais pas prévu ça, mais je n'ai pas le choix. »

Ce fut comme s'il se tassait, comme s'il gelait et se solidifiait sur place. Il avait fini par comprendre. « Hank, jamais je parlerai », dit-il.

Je secouai la tête. « Tu foutrais tout par terre, Jacob. Je le sais. Tu ne pourrais pas vivre avec ce qu'on a fait.

— Hank, fit-il, suppliant, j'suis ton frangin. »

Je raffermis ma prise sur le fusil, le levai un peu, ajustai posément. Mais je ne tirai pas. J'attendais. Ce n'était pas de l'hésitation ; je savais que je ne pouvais pas revenir en arrière, c'était comme si c'était déjà fait. Non, simplement, j'avais le sentiment d'oublier quelque chose, d'omettre un détail crucial.

Mary Beth sortit tout à coup de la nuit, nous faisant tous deux sursauter. Les pendeloques de son collier tintaient en s'entrechoquant. Il remuait frénétiquement la queue. Il alla, en quête de caresses, s'appuyer contre la jambe de son maître. Puis il vint vers moi.

Quand il me vit baisser les yeux vers le chien, Jacob leva vivement son arme et appuya sur la détente. On entendit le cliquetis du percuteur. Son magasin était vide. Il n'y avait jamais eu qu'une seule cartouche dans son fusil, celle qu'il y avait mise la veille du jour de l'an, au tout début de cette histoire, quand nous étions partis dans les bois à la poursuite du renard. Un sourire sans joie se peignit sur son visage. On aurait pu croire qu'il esquissait un haussement d'épaules.

Je lui tirai une balle en pleine poitrine.

Avant d'appeler la police, je retournai dans la maison pour me soulager la vessie. Le sol des toilettes était inondé. L'eau tombait maintenant de plusieurs points du plafond, comme une averse miniature. Le plâtre avait pris une teinte marron clair.

Je ramassai les vêtements de Sonny sur le plancher de la véranda, les emportai dans la chambre et les jetai dans l'eau à côté du lit. Puis je pris le pistolet, le séchai en l'essuyant sur ma veste et le rangeai dans son tiroir.

De retour en bas, je glissai les cartouches qui restaient dans la poche de Lou et posai le fusil sur le carrelage, non loin de son épaule. Son expression n'avait pas changé. La mare de sang avait atteint le bord de la marche et s'égouttait sans bruit sur la moquette du séjour.

Sonny avait laissé la lumière allumée dans sa caravane, et je dus y faire un saut avec le pick-up pour tout éteindre. J'en profitai pour accrocher le peignoir de Nancy dans la penderie et déposer son tube de rouge à lèvres près du lavabo du cabinet de toilette.

En revenant, je jetai des coups d'œil de tous côtés pour tenter de repérer le chien, mais, sans doute effrayé par la détonation, il avait disparu.

J'appelai la police sur la CB. Je fus bref, tout en m'efforçant de paraître paniqué. Je donnai l'adresse, je parlai d'une tuerie. Je ne répondis pas aux questions de la standardiste. « Mon frère », dis-je dans un sanglot. Puis j'éteignis la radio. J'avais été parfait, je le savais, convaincant, et j'en retirai tout à coup un surcroît de confiance.

C'est plausible, me disais-je, ça va marcher.

Je sortis le magnétophone de ma poche et écoutai une dernière fois l'enregistrement. Il était saisissant d'entendre leurs voix se répondre tout en sachant qu'ils étaient morts. J'arrêtai la bande avant la fin, effaçai le tout et dissimulai l'appareil sous la banquette.

Je demeurai encore un moment dans la cabine du pick-up, puis je sortis et remontai l'allée. Je voulais être accroupi à côté de mon frère, le tenir dans mes bras, à l'arrivée de l'ambulance.

J'appelai plusieurs fois Mary Beth, mais il ne se montra pas. Je restai quelques minutes debout sur le sentier, grelottant de froid, à tendre l'oreille dans l'espoir d'entendre tinter son collier. J'avais planqué mes gants avec le magnétophone et j'espérais que le vent chasserait l'odeur de poudre dont ma veste était imprégnée.

Je commençais à apercevoir les lumières de l'ambulance, les éclats blancs et rouges de son gyrophare, encore très loin sur l'horizon, mais approchant rapidement, lorsque Jacob tendit le bras et me saisit la cheville d'une poigne robuste. Je dus tirer par deux fois d'un coup sec pour me libérer.

Un gargouillement à peine audible sortait de sa poitrine. En le remarquant, je pris conscience que cela durait déjà depuis un moment.

Je m'accroupis à côté de lui, mais hors d'atteinte. Sa parka était déchirée et imbibée de sang. Les lumières se rapprochaient. Maintenant, trois véhicules convergeaient vers le domicile de Lou. Deux, encore assez éloignés, arrivaient de l'est ; l'autre, plus proche, venait du sud. Ils n'avaient pas branché leur sirène et approchaient en silence.

Jacob tenta en vain de lever la tête. Ses yeux mirent un moment à me trouver, puis ils se troublèrent, avant d'acquérir à nouveau quelque précision. Ses lunettes étaient tombées à côté de lui sur le sentier.

J'entendais maintenant le moteur de l'ambulance, qui roulait à vive allure.

« Aide-moi », fit Jacob.

Il le répéta deux fois.

Puis il perdit connaissance.

7

Le lendemain matin, juste après huit heures, je me retrouvai dans une pièce vide du premier étage de l'hôpital municipal de Delphia, en train de me regarder à la télévision. D'abord, un présentateur lut en studio une feuille de papier. Je n'entendais pas ce qu'il disait, car le récepteur fonctionnait mal, mais je savais qu'il parlait des événements de la veille parce que le réalisateur intercala un bout de reportage, très court, peut-être cinq secondes, où l'on me voyait aller d'une voiture de police à l'entrée de l'hôpital. Je marchais à grands pas, épaules voûtées, tête basse. Je n'étais que l'ombre de moi-même, et cela me tranquillisa. Je paraissais très ébranlé, très choqué, comme beaucoup de ces quidams que l'on voit aux actualités.

Ensuite, une journaliste parla dans un micro devant la maison de Lou. Elle portait un grand manteau brun et des moufles jaunes. Le vent soulevait ses longs cheveux châtains. Plusieurs voitures de police stationnaient derrière elle dans l'allée du garage. Des traces de pneus s'entrecroisaient sur la neige qui recouvrait le carré de pelouse. La porte de la maison était grande ouverte, et deux hommes accroupis dans l'entrée prenaient des photos.

La femme parla un moment, le visage grave, l'air abattu. Le présentateur revint à l'écran, et je crus lire sur ses lèvres une parole réconfortante. Puis ce fut la fin de flash d'information.

Il y eut une publicité suivie d'un dessin animé. Elmer qui poursuivait Daffy Duck. Je me détournai de l'écran. J'étais assis en compagnie de Sarah et d'Amanda dans ce qui avait été une chambre à deux lits. Pour je ne sais quelle raison, on avait enlevé le mobilier. Les lits, les tables de chevet, on avait tout déménagé. À part les deux chaises pliantes sur lesquelles Sarah et moi étions assis, la pièce était entièrement nue. Le sol était bleu pâle. On pouvait voir l'emplacement qu'occupaient les lits : deux rectangles un peu plus foncés partant du pied du mur, aussi bien délimités que des ombres. Il y avait une seule fenêtre, simple fente sur la paroi du bâtiment, de la forme et de la taille d'une meurtrière. Elle donnait sur l'aire de stationnement de l'hôpital.

Le téléviseur était fixé à une potence chevillée dans le plafond et, quoique cela provoquât en moi une sensation de malaise, il m'était difficile de ne pas la regarder. Il n'y avait que Sarah, moi et ce poste de télé dans la pièce, mais j'évitais de croiser son regard. Je savais que si j'avais posé les yeux sur elle, je me serais aussitôt mis à lui parler, et je sentais que je ne pouvais pas le faire ici en toute sécurité.

On nous avait introduits dans cette pièce par faveur spéciale, pour que nous soyons un peu tranquilles. Le hall fourmillait de journalistes. J'étais resté debout toute la nuit, je n'avais pas mangé depuis la veille. Je n'étais pas rasé, j'étais sale et je ne tenais plus sur mes jambes.

Le FBI n'était pas intervenu. Les services du shérif du comté de Fulton prenaient l'affaire en main. J'avais été entendu deux heures et tout s'était bien passé. Il s'agissait de gens ordinaires, du genre de Carl Jenkins, et leurs conclusions étaient en tout point conformes à ce que Sarah et moi avions prévu : Lou était rentré complètement ivre ; surprenant Sonny au lit avec Nancy, il était allé chercher son fusil et les avait tués ; Jacob et moi avions entendu les détonations juste comme nous démarrions ; Jacob était remonté vers la maison avec son arme ; Lou avait ouvert la porte et l'avait couché en joue ; les deux hommes s'étaient fusillés l'un l'autre.

Les adjoints du shérif m'avaient traité avec beaucoup de ménagement, en victime plutôt qu'en suspect, prenant mon angoisse manifeste à la pensée que Jacob pût revenir à lui pour le chagrin sincère d'un frère.

Cela allait faire trois heures que Jacob était sur la table d'opération.

Sarah et moi attendions.

Nous ne paraissions ni l'un ni l'autre désireux de parler. Sarah s'occupait d'Amanda, chuchotait au creux de son oreille, jouait à de petits jeux avec elle. Lorsque le bébé s'endormait,

216

elle fermait les yeux elle aussi en s'affaissant légèrement vers l'avant. Moi, je regardais la télé silencieuse — des dessins animés, une émission de jeu, une rediffusion de *Ma Sorcière bien-aimée*. Pendant les séquences de publicité, j'allais contempler le parking par la fenêtre. C'était une immense étendue goudronnée. Les voitures étaient toutes garées autour du bâtiment, laissant la périphérie déserte et abandonnée. Par-delà s'étendaient les champs, ensevelis sous la neige. Le vent soulevait des particules de neige qui balayaient l'asphalte en petites vagues semi-transparentes avant de venir s'amasser contre le bâtiment.

Des médecins, des infirmières et des fonctionnaires de police passaient devant notre porte. Le bruit de leurs pas résonnait sur toute la longueur du couloir, nous faisant chaque fois tourner la tête, mais personne ne venait jamais nous donner de nouvelles.

Dès qu'Amanda se mettait à pleurer, Sarah fredonnait une petite chanson qui la calmait aussitôt. Au bout de quelque temps, je finis par identifier cet air. C'était *Frère Jacques*. À force de l'entendre, il s'imprima dans ma tête et il me fut impossible de m'en défaire, même lorsque Sarah restait silencieuse.

Juste après onze heures, un adjoint du shérif entra. Je me levai pour lui serrer la main. Sarah, son bébé dans les bras, le salua d'un signe de tête assorti d'un sourire.

« Je m'excuse de venir vous déranger dans un moment comme celui-ci », dit-il en préambule, puis il se tut, comme si la raison de sa venue lui était sortie de la tête. Il leva les yeux vers le téléviseur, où passait une pub pour Toyota, et fit la grimace. Je ne l'avais encore jamais vu. Il semblait trop jeune pour être dans la police. On aurait dit un gosse déguisé. Son uniforme était un peu trop grand, ses souliers un peu trop brillants, la forme de son chapeau un peu trop impeccable. Il avait un visage parfaitement rond parsemé de quelques taches de rousseur, un visage de garçon de ferme, pâle et plat, une vraie face de lune.

« Je suis désolé pour votre frère », reprit-il. Il eut un regard timide vers Sarah, un regard rapide qui effleura le bébé avant de se reporter sur la télévision.

Je me tenais sur mes gardes.

« Nous avons son chien, dit-il. On l'a retrouvé sur les

lieux. » Il s'éclaircit la gorge, s'arracha à l'écran et me regarda d'un air hésitant. « On se demandait si vous souhaitiez vous en occuper. »

Il dansa un peu d'un pied sur l'autre. Ses souliers noirs crissaient.

« Sans cela, se hâta-t-il d'ajouter, si cela vous fait trop à penser pour l'instant, on pourrait le mettre à la fourrière. » Il se tourna vers Sarah. « Jusqu'à ce que vous y voyiez plus clair. »

Je regardai Sarah, moi aussi. Elle hocha la tête à mon adresse.

« Non, dis-je. On va s'en occuper. »

L'adjoint eut un large sourire. Il paraissait soulagé. « Bon, eh bien, je passerai vous le déposer. »

Il me serra la main et s'en fut.

Quarante minutes plus tard, un médecin vint nous annoncer que Jacob était sorti de la salle d'opération. Étant toujours dans un état critique, il avait été placé dans l'unité de soins intensifs. Le médecin nous expliqua que le projectile lui avait lésé les deux poumons, le cœur, l'aorte, trois vertèbres thoraciques, le diaphragme, l'œsophage, le foie et l'estomac. Il avait apporté un schéma pour nous montrer où se trouvaient tous ces organes. À mesure qu'il les énumérait, il les entourait au feutre rouge.

« Nous avons fait tout ce que nous avons pu », dit-il.

D'après lui, Jacob avait une chance sur dix de s'en tirer.

Un peu plus tard, alors que je me trouvais à la fenêtre, Sarah me dit à voix basse : « Pourquoi tu n'as pas vérifié qu'il était bien mort ? »

À sa voix, je compris qu'elle était au bord des larmes.

« Si jamais il s'en tire…, dit-elle.

— Chut », fis-je en désignant la porte.

Nous nous dévisageâmes un moment en silence, puis je me retournai vers la fenêtre.

Peu avant quinze heures, un autre médecin vint nous trouver. Ni moi ni Sarah ne l'avions entendu arriver. Il apparut tout à coup sur le seuil, à croire qu'il s'était approché de la porte à pas de loup. Il était bel homme, grand et mince, avec des cheveux gris coupés court. Sous sa blouse blanche, il portait une cravate rouge, d'un rouge vif qui me fit penser à du sang.

« Je suis le docteur Reed », dit-il.

Il avait la poignée de main rapide et ferme, et il parlait vite, comme s'il craignait d'être appelé à tout moment et tînt à aller au bout de son propos.

« Votre frère a repris connaissance. »

Un bouffée de chaleur me monta au visage. J'évitai de regarder Sarah.

« Il reste incohérent, mais il ne cesse de prononcer votre nom. »

Je sortis de la pièce avec lui, laissant Sarah assise là avec le bébé. Nous parcourûmes le couloir à vive allure. Ce type faisait de grandes enjambées, et j'étais obligé de trottiner pour me maintenir à sa hauteur. Nous allâmes jusqu'aux ascenseurs. Juste comme nous arrivions, l'un d'eux s'ouvrit comme par magie. Le Dr Reed appuya sur le bouton du quatrième, un timbre tinta et les portes se refermèrent.

« Il parle ? » questionnai-je, légèrement essoufflé. Je me sentis aussitôt suspect et détournai les yeux.

L'autre regardait les numéros s'allumer tour à tour au-dessus de la porte. Il tenait sa planchette dans son dos. « Pas vraiment, dit-il. Il oscille entre conscience et inconscience. Tout ce que nous avons pu saisir, c'est votre nom. »

Je fermai les yeux.

« Normalement, je ne vous aurais pas laissé le voir, ajouta-t-il, mais, pour être tout à fait franc, c'est peut-être la dernière occasion que vous aurez de lui parler. »

Les portes s'ouvrirent et nous sortîmes sur le palier du quatrième. Ici, l'éclairage était moins intense. Un groupe d'infirmières bavardaient à voix basse derrière un grand comptoir en face des ascenseurs. Elles levèrent les yeux à notre arrivée, leur regard se portant non sur moi, mais sur le médecin. On entendait, quelque part derrière elles, le bip-bip discret des moniteurs.

Le Dr Reed alla s'entretenir avec l'une d'elles, puis il revint vers moi, me prit par le coude et m'entraîna rapidement vers le couloir de gauche. Nous passâmes devant plusieurs portes ouvertes, mais je n'essayai pas de regarder à l'intérieur des chambres. Je savais laquelle était celle de Jacob : là-bas, tout au bout du couloir, sur la gauche, Carl

Jenkins conversait avec le jeune adjoint, celui qui ressemblait à un garçon de ferme. Ils me saluèrent d'un signe de tête lorsque le médecin m'introduisit dans la chambre.

Mon frère occupait le lit juste derrière la porte. Il paraissait énorme sous les couvertures, pareil à un ours mort, ou exténué, comme si on l'avait vidé de ses fluides vitaux et qu'il ne lui restât plus que la carcasse. Il était parfaitement immobile. Il y avait des tuyaux partout, tout le long de la rambarde du lit, d'autres serpentaient au petit bonheur sur le sol. Tous étaient raccordés à mon frère, comme autant de ficelles commandant une marionnette.

Je m'approchai du lit.

De l'autre côté se tenait un infirmier, un jeune type brun, court sur pattes, qui s'affairait autour d'une colonne de perfusion. Il ignora totalement ma présence. Derrière lui, sur un chariot, un appareil cubique, équipé d'un petit écran vidéo jaune, faisait entendre un bip-bip régulier.

La salle, long rectangle de taille respectable, comportait d'autres lits, dissimulés derrière des rideaux. Je n'aurais pas su dire s'ils étaient occupés.

L'infirmier portait des gants de caoutchouc. Je pouvais voir en transparence les poils de ses mains plaqués contre sa peau.

Le Dr Reed se tenait au pied du lit.

« Vous ne pouvez rester qu'une minute », dit-il. Puis il se tourna vers l'infirmier pour l'entretenir à voix basse. Pendant qu'ils se parlaient, le docteur griffonnait des notes sur sa tablette.

En retenant mon souffle, je pris la main de mon frère. Elle était froide, lourde, humide, pareille à un morceau de viande. Elle ne paraissait plus lui appartenir. C'en était répugnant. Je dus la serrer très fortement pour résister à l'envie de la laisser retomber.

Cette pression sur sa main le fit tressaillir. Une seconde plus tard, quand il ouvrit les yeux, son regard tomba sur moi. Un faisceau de tuyaux lui entrait dans le nez. Son visage était complètement exsangue, si pâle qu'il paraissait translucide. On voyait des veines bleutées à ses tempes. Son front était emperlé de transpiration.

Il me dévisagea une seconde, immobile, puis, comme par réflexe, ses lèvres esquissèrent un sourire. Ce n'était pas son sourire normal, c'était d'ailleurs un sourire comme je n'en avais jamais vu. Ses lèvres s'étiraient à l'horizontale de chaque côté de son visage, ce qui lui donnait l'air d'un chien montrant les crocs. Ses yeux étaient d'une parfaite fixité.

« C'est moi, Jacob, murmurai-je. Je suis près de toi. »

Il voulut répondre, mais il en fut incapable. Il émit un bruit rauque venu du fond de sa gorge, et les bips du moniteur s'accélérèrent aussitôt. Le médecin et l'infirmier s'arrêtèrent de parler. Jacob referma les yeux, et les signaux sonores ralentirent peu à peu.

Je lui tins la main pendant encore une ou deux minutes, jusqu'à ce que le médecin me demande de partir.

Le Dr Reed et le jeune homme demeurèrent sur place, et je repris seul le chemin des ascenseurs. Jenkins bavardait avec une infirmière à l'autre bout du couloir. Le garçon de ferme avait disparu.

À l'instant où j'entrais dans l'ascenseur, je vis du coin de l'œil Jenkins prendre congé de l'infirmière et se diriger à grands pas dans ma direction. Sans réfléchir, j'appuyai sur la commande de fermeture des portes, plus parce que j'avais envie d'être seul qu'à cause d'une quelconque appréhension. Je pris aussitôt conscience de l'image que cela pouvait donner, celle d'un coupable cherchant à se soustraire à un nouvel interrogatoire. Mais c'était trop tard : la cabine avait déjà commencé sa descente.

Lorsque les portes se rouvrirent, je sortis et pris vers la gauche. Au bout de trois pas, je me rendis compte que je m'étais trompé d'étage. Dans ma hâte d'éviter Jenkins, je n'avais pas appuyé sur le bon numéro. Je me trouvais au deuxième, alors que je voulais me rendre au premier. Y étant venu plusieurs fois rendre visite à Sarah, je reconnus aussitôt la maternité. Je fis demi-tour, mais l'ascenseur était déjà reparti.

Il y avait trois infirmières de permanence, derrière un long comptoir en forme de L, peint en orange, semblable à celui de l'étage où se trouvait Jacob. Les trois femmes avaient levé la tête en me voyant sortir de l'ascenseur, et je sentais maintenant leurs regards peser sur moi. Savaient-elles qui j'étais ? M'avaient-elles vu à la télé ou bien avaient-elles entendu parler de moi à l'intérieur de l'hôpital ? Je les imaginais en train de murmurer : « C'est le type dont le frère s'est fait descendre hier soir », tout en scrutant mon visage pour voir si j'avais du chagrin.

J'entendis le timbre de la cabine de droite. Les portes

s'ouvrirent. À l'intérieur se trouvait Carl Jenkins. Je rougis, mais parvins à conserver un ton de voix égal.

« Bonjour, shérif Jenkins », dis-je en avançant vers lui.

Il me fit un grand sourire. « Hank, qu'est-ce que vous fabriquez ici ? Vous m'avez fait un autre poupon dans le dos ? »

Je lui rendis son sourire et appuyai sur le bouton du premier. Les portes se refermèrent. « L'habitude de rendre visite à Sarah : je me suis trompé d'étage. »

Il eut un petit rire, un rire de convenance. Puis il prit un air grave. « Je suis vraiment désolé pour tout ce qui est arrivé. » Il tenait son chapeau à la main. Tout en parlant, il le regardait et en tripotait machinalement le bord.

« Oui, c'est affreux.

— S'il y a quelque chose que je puisse faire...

— C'est très gentil à vous, shérif. »

Le timbre retentit. Nous étions au premier. Je sortis de la cabine. Jenkins bloqua les portes avec son bras. « Il vous a dit quelque chose ?

— Qui ça ? Jacob ? »

Il hocha la tête.

« Non, rien. »

Je regardai de part et d'autre du couloir. Plus loin sur la droite, deux médecins conversaient à voix basse. On entendit un rire de femme venant de la gauche. Jenkins maintenait toujours les portes ouvertes.

« Au fait, qu'est-ce que vous faisiez tous les trois ensemble hier soir ? »

Soupçonnait-il quelque chose ? Il était présent lorsque les autres policiers m'avaient posé cette même question, et il avait entendu ma réponse. Les portes voulurent se refermer, imprimant un à-coup à son bras, mais il tint bon.

« Nous arrosions la naissance. Jacob y tenait. »

Jenkins semblait attendre autre chose.

« Ça ne me disait trop rien, dis-je. Mais d'être tonton, ça l'avait remué, et j'avais peur de le blesser en refusant. »

L'ascenseur essaya à nouveau de se refermer.

« Est-ce que Lou a dit quelque chose à Jacob avant de tirer ?

— Comment cela ?

— Est-ce qu'il a proféré des jurons, est-ce qu'il l'a insulté ?

— Non. Il a juste ouvert la porte, levé son fusil et appuyé sur la détente. »

Là-bas, les deux médecins se séparèrent, et l'un d'eux vint vers nous. Ses souliers crissaient sur le carrelage.

« Vous descendez ? » demanda-t-il. Jenkins acquiesça d'un signe de tête.

« Et la fois où je vous ai rencontrés du côté du parc naturel ? »

Mon cœur fit un bond. J'avais espéré qu'il aurait oublié. « Oui, eh bien ?

— Qu'est-ce que vous faisiez ce soir-là ? »

Je ne savais que répondre ; je ne me souvenais plus de ce que je lui avais raconté sur le moment. Je cherchais une réponse plausible, mais mon cerveau fatigué ne m'était d'aucun secours. Le médecin se rapprochait. « C'était la Saint-Sylvestre, dis-je en désespoir de cause, pour gagner du temps.

— Vous étiez de sortie ? »

Je savais que c'était une erreur, mais, ne trouvant rien d'autre, je hochai lentement la tête. Puis le médecin passa à côté de moi et entra dans la cabine. Jenkins recula d'un pas.

« Hank, surtout, n'hésitez pas à m'appeler si vous avez besoin de quoi que ce soit, dit-il tandis que les portes se refermaient. Vous savez que je serai content de vous être utile dans la mesure de mes moyens. »

Même si les médecins me disaient que je pouvais aussi bien rentrer chez moi, je passai à l'hôpital le restant de l'après-midi. Jacob sortait de temps à autre de son coma, mais l'on ne me permit pas de retourner le voir. Les hommes de l'art restaient pessimistes.

Aux alentours de cinq heures, alors que le jour commençait à baisser, Amanda se mit à pleurer. Sarah tenta de lui donner le sein, puis de lui chanter une berceuse, puis de la promener à travers la pièce, mais rien n'y fit. Ses braillements devenaient de plus en plus forts. Cela me donna mal à la tête, et je demandai à Sarah de la ramener à la maison.

Elle me conseilla de rentrer avec elle.

« Hank, ta présence ici n'est d'aucune utilité. À présent, tout ça nous échappe. »

Amanda hurlait sans discontinuer. Son petit visage était tout rouge de l'effort qu'elle faisait. Tout en la regardant, j'essayai de réfléchir, mais j'étais trop fatigué. Finalement, non sans un horrible sentiment d'arrachement, je hochai la tête.

« D'accord, dis-je. On rentre à la maison. »

J'éprouvai une merveilleuse impression de délivrance en montant dans la voiture. De toute la journée, je n'avais cessé de refouler au plus profond de moi les choses que je ne pouvais partager qu'avec Sarah.

J'allais enfin pouvoir lui raconter ce qui s'était passé. Ensuite, une fois à la maison, je mangerais un morceau et j'irais me coucher. Et pendant ce temps, tandis que je dormirais, le corps meurtri de Jacob, dans sa lutte pour la vie, déciderait de mon sort.

Sarah installa Amanda à l'arrière, dans le porte-bébé, puis se mit au volant. Je me laissai tomber à côté d'elle, complètement vidé. Mes muscles étaient si douloureux de fatigue que j'en étais nauséeux. Le soleil avait disparu derrière l'horizon, et le ciel, bleu foncé, s'assombrissait de seconde en seconde. Les étoiles apparaissaient une à une. La lune n'était pas levée.

J'avais la tête appuyée contre la fenêtre, et la fraîcheur de la vitre me tenait éveillé. J'attendis pour parler que nous ayons quitté le parking. Alors, je racontai tout à Sarah. Je lui racontai le bar et le retour chez Lou. Je lui dis comment nous étions parvenus à enregistrer sa confession, comment étaient morts Lou et Nancy, puis comment j'étais allé réveiller Sonny et l'avais fait se déshabiller sous la véranda. Je lui racontai aussi notre poursuite jusqu'à la chambre. Elle m'écouta attentivement, légèrement inclinée vers moi. De temps à autre, elle hochait la tête, pour me montrer que j'avais toute son attention. Ses mains actionnaient le volant. Elle nous ramenait à la maison.

Derrière nous, sanglée sur son siège, Amanda pleurait toujours.

Parvenu au point où Jacob avait commencé à craquer, je me tus. Sarah me lança un coup d'œil et son pied relâcha un peu l'accélérateur.

« Il a commencé à pleurer, dis-je. C'est à ce moment-là que j'ai compris que je ne pouvais pas faire autrement. J'ai compris qu'il ne tiendrait pas le coup : dès que la police et la presse seraient là, il finirait par s'effondrer. »

Sarah hocha la tête, comme si elle avait déjà tout deviné.

« Il était incapable de se ressaisir, dis-je. Alors, j'ai décidé de le supprimer et j'ai tiré. En plus, j'avais le sentiment d'avoir raison. Pas une seconde je n'ai douté de la nécessité de ce que je faisais. »

Je regardai par la fenêtre, attendant sa réaction. Nous passions devant le lycée de Delphia. C'était une énorme construction moderne tout éclairée. Il devait y avoir quelque chose ce soir-là, un match, une pièce ou un concert. Des voitures s'engageaient sur l'allée circulaire. Des adolescents s'assemblaient en groupes épars au bord du trottoir. On voyait rougeoyer des cigarettes. Leurs parents traversaient l'aire de stationnement en direction des grandes portes vitrées.

Sarah restait silencieuse.

« C'est seulement après avoir appelé la police, quand j'ai découvert qu'il n'était pas mort, que je suis resté cloué sur place. À ce moment-là, même si j'avais trouvé un moyen de l'achever, je ne l'aurais pas fait. »

Je me tournai vers Sarah.

« Je ne voulais pas qu'il meure.

— Et maintenant ?

— C'est mon frère. C'est comme si je m'étais efforcé d'oublier ce lien et que je m'en souvenais tout à coup. »

Je fermai les yeux pour me laisser emporter par le sommeil. Je prêtais l'oreille aux pleurs d'Amanda, à leur rythme pareil à la propagation des vagues. Peu à peu, j'eus l'impression qu'ils s'éloignaient.

Lorsque je rouvris les yeux, nous entrions dans Fort Ottowa. Trois jeunes garçons jaillirent d'un massif pour nous lancer une salve de boules de neige. Jaunies par les phares, elles éclatèrent devant nous sur la chaussée.

Sarah ralentit. « S'il s'en tire, on ira tous les deux en prison.

— Je voulais agir au mieux, mais je ne voyais pas trop comment m'y prendre. Je voulais nous protéger, et en même temps je voulais que Jacob s'en tire. Je voulais les deux. »

Je regardai Sarah pour voir sa réaction, mais son visage était dénué d'expression.

« Seulement, c'était pas possible, dis-je. J'ai été obligé de choisir. »

La voix de Sarah se fit murmure : « Tu as agi au mieux, Hank.

— Tu crois ?

— S'il avait craqué, on serait déjà en prison à l'heure qu'il est.

« — Et tu crois qu'il aurait craqué ? »

J'aurais voulu qu'elle réponde par l'affirmative, j'avais besoin qu'elle me conforte, mais elle n'en fit rien. « C'est ton frère, se borna-t-elle à dire. Si tu as estimé qu'il représentait un danger, tu as certainement eu raison. »

Je considérai mes mains d'un air maussade. Elles tremblaient légèrement. Je tentai de les immobiliser, mais elles ne m'obéissaient pas.

« Raconte-moi la suite », dit Sarah.

Je lui dis comment j'avais tiré sur Jacob, qu'ensuite j'étais retourné chez Sonny pour éteindre la lumière et que Jacob m'avait attrapé la cheville. Quand Sarah s'engagea dans l'allée, j'en étais à mon entretien avec les adjoints du shérif. Elle rentra la voiture au garage, et nous restâmes là, moteur coupé, jusqu'à ce que j'eusse terminé mon récit. La température baissait rapidement dans l'habitacle. Amanda pleurait toujours. Elle paraissait maintenant plus fatiguée que grognonne. Je me retournai pour la sortir de son siège et la donnai à Sarah, qui tenta en vain de l'apaiser tandis que je parlais, la faisant sauter sur ses genoux, lui couvrant le visage de petits baisers.

Je lui racontais maintenant ma visite à Jacob.

« Il m'a souri, comme s'il comprenait », dis-je sans y croire. Je regardai Sarah pour voir si elle pensait la chose possible, mais elle s'amusait avec Amanda. « Un peu comme s'il me pardonnait.

— Il est sûrement en état de choc, dit-elle. Il ne se rappelle probablement pas encore ce qui s'est passé.

— Tu crois que cela va lui revenir ? » Je voulais croire qu'il ne se souviendrait plus de rien ; je me raccrochais à cet espoir. Je voulais qu'il vive et qu'il oublie tout, l'argent, la tuerie.

« Je n'en sais rien.

— S'il parle, nous ne le saurons que quand on viendra nous arrêter. »

Elle se baissa pour embrasser Amanda sur le front. La petite pleurait toujours, mais plus calmement maintenant, en une suite de petits hoquets. Sarah murmura son nom.

« On ne devrait pas garder l'argent à la maison », dis-je, les mots se bousculant dans ma tête, un fil de panique les reliant les uns aux autres, écrasant leurs intervalles. « Il faudrait l'enterrer quelque part, ou bien l'emporter...

— Chhh, fit Sarah pour apaiser la petite. Ça va aller, Hank. Tout va bien se passer.

— Pourquoi ne pas s'enfuir ?

— Nous enfuir ?

— On fait tout de suite les valises. On prend l'argent et on s'évanouit dans la nature. »

Elle me lança un regard sévère. « Nous enfuir reviendrait à passer aux aveux. Ce serait le meilleur moyen de nous faire prendre. Ce qui est fait est fait ; maintenant, il faut attendre en croisant les doigts. »

Une voiture passait dans la rue ; elle la suivit dans le rétroviseur.

« Les médecins pensent qu'il va mourir, reprit-elle d'une voix très douce.

— Je ne veux pas qu'il meure », fis-je. Je ne le pensais pas vraiment, mais le dire me mettait du baume au cœur.

Elle me regarda droit dans les yeux. « Hank, si on veut surmonter tout ça, on doit faire très attention à une chose : on ne peut pas se permettre d'éprouver la moindre culpabilité. Tout cela n'a été qu'un accident. On n'avait pas le choix.

— Jacob, c'était pas un accident.

— Si. À partir du moment où Lou est allé chercher son fusil, les choses se sont enchaînées d'elles-mêmes. On n'y était pour rien. »

Elle caressa la joue d'Amanda qui, enfin, se tut. Sans ses cris, l'intérieur de la voiture parut tout à coup gagner en volume.

« Ce qu'on a fait est horrible, reprit Sarah. Mais cela ne veut pas dire qu'on est mauvais, et cela ne signifie pas non plus qu'on a eu tort de le faire. On était bien obligés de se protéger. Dans tout ce que tu as fait, chaque fois que tu as brûlé une cartouche, tu étais en état de légitime défense. »

Elle se tourna vers moi, écarta les cheveux de son visage et attendit ma réaction. Elle avait raison. C'était ce que nous devions nous dire. Ce que nous avions fait était compréhensible, pardonnable ; nos initiatives, si brutales eussent-elles été, n'étaient pas un effet de nos projets ou de nos envies, mais de la situation dans laquelle, bien malgré nous, nous nous retrouvions enfermés. C'était, oui, la seule issue : nous devions nous considérer non pas comme les agents de cette tragédie, mais simplement comme deux de ses victimes. Ainsi, et seulement ainsi, nous pourrions vivre avec ce que nous avions fait.

« D'accord ? » murmura Sarah.

Je regardai le petit crâne tout rond d'Amanda. Amanda, ma petite fille.

« D'accord », murmurai-je.

Nous descendions de voiture lorsque le garage s'emplit tout à coup de lumière. Deux phares remontaient l'allée. Je plissai les paupières pour essayer d'y voir quelque chose.

« C'est la police », dit Sarah.

En entendant cela, je vacillai d'épuisement. *Jacob a parlé*, disait une petite voix dans ma tête. *Ils viennent t'arrêter.* Cette pensée voletait sous mon crâne à la manière d'un oiseau, mais sans s'y poser, sans s'y imprimer. J'étais au bout du rouleau, trop crevé pour me laisser facilement émouvoir.

Les phares s'éteignirent et la voiture prit forme, ombre sur la pénombre de l'allée. La portière s'ouvrit.

Je m'entendis gémir.

« Chut », fit Sarah. Elle me tendit la main par-dessus le toit de la voiture. « Ils viennent juste t'annoncer qu'il est mort. »

Elle se trompait.

Je m'obligeai à descendre l'allée. L'adjoint au visage de garçon de ferme m'attendait près de sa voiture.

Il passait déposer le chien de Jacob.

Sarah fit réchauffer le reste de lasagnes. Je m'assis à la table de la cuisine et elle s'installa en face de moi. Elle en avait mis un peu dans un bol pour Mary Beth, mais il se borna à les renifler, puis sortit de la pièce en gémissant. Tout en mangeant, je l'entendais parcourir la maison.

« Il cherche Jacob », commentai-je.

Sarah leva le nez de son assiette. « Hank, chut, dit-elle. Ne pense plus à ça. »

Je mangeai à peine. La vue de ces pâtes me faisait penser à notre ultime dîner avec mon frère. J'étais très ému. Il s'agissait moins de tristesse ou de culpabilité que d'une indéfinissable bouffée de tendresse. J'étais suffisamment fatigué pour pleurer, mais je ne voulais pas inquiéter Sarah.

Elle emporta son assiette jusqu'à l'évier.

Amanda se remit à pleurer. Nous l'ignorâmes.

Le chien revint dans la cuisine, poussant toujours les mêmes petits cris plaintifs.

Je fixai un moment mon assiette, puis me pris la tête entre les mains. En fermant les yeux, je revoyais le dépliant que nous avait montré le médecin. Y figurait le schéma du corps de Jacob.

Sarah faisait couler de l'eau dans l'évier.

Il y avait partout des cercles rouges.

Je me réveillai dans notre chambre. Je me sentais courbatu, engourdi. Sans doute Sarah m'avait-elle mis au lit, je ne me souvenais de rien. J'étais tout nu. Mes vêtements étaient pliés sur une chaise à l'autre bout de la chambre.

À en juger par la lumière grise qui filtrait entre les lames des stores, ce devait être le matin. Je n'avais pas le courage de me retourner vers la pendule. Je n'étais pas désorienté au point de ne plus me rappeler les événements de la veille. J'avais mal d'un côté de la cage thoracique, un début d'hématome là où la crosse m'avait frappé sous l'effet de recul du fusil.

Je pris peu à peu conscience que le téléphone sonnait. Sarah décrocha au rez-de-chaussée, je l'entendis répondre d'une voix assourdie par la distance. Mais je ne discernais pas ce qu'elle disait.

Le chien gémissait toujours, mais il me semblait très éloigné, comme s'il se trouvait à l'extérieur de la maison.

J'étais en train de me rendormir quand les pas de Sarah résonnèrent dans l'escalier. Dans un demi-sommeil, les yeux à peine entrouverts, je la vis entrer dans la chambre.

À la voir se déplacer, je compris qu'elle me croyait toujours endormi. Elle se dirigea d'abord vers la fenêtre pour déposer Amanda dans son berceau. Puis elle s'approcha du lit et commença, très lentement, à se déshabiller. Je contemplais entre mes cils ce corps qu'elle révélait peu à peu. Elle enleva d'abord son sweat-shirt, puis son soutien-gorge, ses socquettes, son jean et enfin sa culotte.

Ses seins étaient gonflés de lait, mais son corps était mince, compact, de toute beauté.

Amanda se mit à pleurer, contrefaisant les plaintes lentes et sourdes, toutes chargées de mélancolie, que faisait entendre le chien dans le jardin.

Sarah regarda le berceau, puis se tourna vers moi. Elle parut hésiter, puis elle ôta une à une ses boucles d'oreilles et les déposa sur la table de nuit. Elles produisirent un léger cliquetis en touchant le bois.

Toute nue, elle se glissa sous les couvertures et se colla étroitement contre moi, remontant sa jambe droite sur mon sexe, glissant un bras autour de mon cou. Je demeurai parfaitement immobile. Elle avait la peau douce et veloutée, et je m'en sentis d'autant plus crasseux. Elle déposa un baiser léger sur ma joue, puis approcha les lèvres de mon oreille.

Je sus ce qu'elle allait me murmurer avant même qu'elle ne le fasse, mais attendis, sur le qui-vive, comme s'il s'agissait d'une surprise.

« Il est mort », dit-elle.

8

La presse mit trente-six heures à localiser mon domicile. Sans doute les gens des médias crurent-ils d'abord que j'habitais Ashenville, ou peut-être laissèrent-ils s'écouler ce laps de temps par je ne sais quel souci archaïque des convenances ; toujours est-il que le dimanche après-midi ils arrivèrent en force : les trois stations de télévision de Toledo et une chaîne de Detroit, Canal 5 ; plus des journalistes et photographes du *Blade* de Toledo, du *Free Press* de Detroit et du *Plain Dealer* de Cleveland.

Tout le monde fit preuve d'une surprenante courtoisie. On ne vint pas frapper à la porte, on n'essaya pas d'espionner par les fenêtres, on n'alla pas importuner les voisins. Ils attendaient que Sarah ou moi apparaissions, soit que nous quittions la maison, soit que nous y arrivions ; alors, pris de frénésie, ils se massaient autour de la voiture pour nous filmer, nous prendre en photo et nous assaillir de questions. Nous passions sans nous arrêter et sans lever les yeux. À quoi d'autre pouvaient-ils s'attendre ?

Leur nombre s'amenuisa au fil des jours. Ce furent d'abord les équipes de télévision qui partirent, le soir même, puis les journalistes de la presse écrite, un à un, appelés vers de nouveaux faits divers, plus brûlants, jusqu'à ce qu'une semaine plus tard les abords de la maison fussent de nouveau déserts et tranquilles. Seuls, leurs traces dans la neige, les emballages de sandwich chiffonnés et autres gobelets à café traînant dans le caniveau rappelaient leur passage.

Puis ce fut la succession rapide des obsèques. Celles de Nancy eurent lieu le mardi, celles de Sonny le mercredi, celles de Lou le samedi et celles de Jacob le lundi suivant. Elles furent célébrées à St. Jude, et j'assistai aux trois cérémonies.

La presse se déplaça encore, et cela me donna l'occasion de me voir une nouvelle fois à la télévision. Mon apparence m'étonnait toujours. J'avais l'air sombre et lugubre, terrassé par le chagrin, plus digne et compassé que je ne l'ai jamais été dans la réalité.

Comme Jacob ne possédait pas de costume, je dus en acheter un pour en revêtir son cadavre. Quoique ce fût en un sens une anomalie — jamais il ne l'aurait porté de son vivant — , je fus assez satisfait de l'effet produit. Avec cravate et pochette, en cachemire brun, ce costume le faisait paraître plus jeune et même en bonne forme. L'entrepreneur des pompes funèbres avait soigné sa toilette : on n'aurait pas pu deviner de quoi il était mort. Il avait les yeux fermés et on lui avait mis ses lunettes. Je le contemplai quelques secondes, me penchai pour lui baiser le front, puis un jeune type avec un œillet à la boutonnière vissa le couvercle.

Sarah était venue avec Amanda. La petite pleura pendant toute la durée du service. Elle geignait contre la poitrine de sa mère et émettait de proche en proche un braillement aussi soudain que saisissant qui allait se répercuter contre la voûte de la nef et s'étirait comme un hurlement monté d'un cachot médiéval. Sarah avait beau la changer de position, la bercer, lui parler à l'oreille, rien n'y faisait. Elle était inconsolable.

Il y avait pas mal de monde, bien qu'aucune des personnes présentes ne comptât parmi les amis de Jacob. Il s'agissait de gens qui nous avaient vus grandir, de gens avec lesquels j'étais en relation dans mon travail, ou encore de simples curieux. Son seul vrai ami avait été Lou. Or, celui-ci était déjà en terre et attendait qu'il vînt le rejoindre derrière l'église.

Le pasteur m'avait demandé si je souhaitais dire quelques mots, mais j'avais répondu non, prétextant que je ne m'en sentais pas le courage, que je risquais de m'effondrer si je m'y essayais, ce qui était d'ailleurs probablement exact. Il se montra compréhensif et se chargea lui-même de l'oraison. Il prétendit, non sans talent, avoir bien connu Jacob et l'avoir toujours considéré comme son propre fils.

Puis nous nous rendîmes au cimetière, où la tombe, trou rectangulaire dans la neige, attendait le défunt.

Le pasteur prononça quelques mots. « Le Seigneur donne, dit-il. Le Seigneur reprend. Béni soit le nom du Seigneur. »

Il commença à neiger un peu lorsqu'on descendit le cercueil dans le trou. Je lançai une poignée d'argile gelée, qui atterrit sur le couvercle avec un bruit creux. La photo parut ce soir-là dans le *Blade*. On m'y voyait, isolé du reste du cortège, en costume noir, penché au-dessus de la tombe, de la terre tombant de ma main, des flocons de neige voletant tout autour de moi. On l'aurait crue tirée d'un livre d'histoire.

Sarah s'avança, Amanda pleurant toujours dans ses bras, pour laisser tomber une simple rose sur le cercueil.

En repartant, je me retournai une dernière fois vers la tombe. Un vieux bonhomme s'affairait sur une pelleteuse, se préparant déjà à reboucher le trou. Quelques mètres derrière lui, j'aperçus une femme en train de jouer à cache-cache dans le cimetière avec deux petits garçons. Elle courut se cacher derrière une grande croix de marbre, et les deux gosses trottèrent en riant à travers la neige. Ils hurlèrent de joie quand ils la trouvèrent. Elle se releva pour courir vers la tombe suivante, mais, à mi-chemin, elle me vit et s'immobilisa. Les deux garçonnets tournaient autour d'elle avec des fous rires.

Je ne voulais pas qu'elle me crût froissé par son manque de componction, aussi lui adressai-je un petit signe de la main. Les enfants me virent et me rendirent mon salut en agitant la main au-dessus de leur tête, à la façon des gens qui partent en croisière, mais la femme leur dit quelque chose et, aussitôt, ils cessèrent.

Je sentais la présence de Sarah dans mon dos, j'entendais les miaulements d'Amanda dans ses bras. Cependant, je ne tournai pas les talons et demeurai parfaitement immobile.

De tout le jour, je n'avais jamais été aussi près de pleurer. Je ne sais pas pourquoi — peut-être ces deux petits garçons me rappelaient-ils Jacob et moi au même âge — , mais j'avais tout à coup la poitrine oppressée, la gorge serrée, un bourdonnement dans les oreilles. Ce n'était ni du chagrin ni du remords ou de la culpabilité, mais simplement une sorte de désarroi, d'égarement soudain face à ce que j'avais fait. Mes crimes s'étalaient devant moi et je ne leur trouvais plus aucun sens. Ils étaient impénétrables et comme étrangers ; ils semblaient le fait d'un autre.

Sarah me rappela à la réalité en me posant la main sur l'épaule.

« Hank ? » dit-elle avec douceur et sollicitude.

Je me tournai lentement vers elle.

« Ça va ? »

Je la dévisageai et elle m'adressa un paisible sourire. Elle portait un long manteau de laine noir, une paire de bottines, de fins gants de cuir et un foulard blanc. Elle était extraordinairement jolie.

« Amanda commence à avoir froid », dit-elle en me prenant par le bras.

Je hochai la tête et, comme un vieillard sénile, me laissai ramener jusqu'au parking.

Comme nous montions en voiture, j'entendis le moteur de la pelleteuse se mettre en marche.

Les jours qui suivirent, nous fûmes l'objet de toutes les attentions. Des voisins venaient déposer sur le pas de la porte des plats en cocotte, des bocaux de confiture, des pains tout frais sortis de leur four, des saladiers en Pyrex remplis de potage. Collègues et relations de travail me téléphonaient pour m'exprimer leur sympathie. De parfaits étrangers, bouleversés par mon histoire, m'écrivaient des lettres, y citant des psaumes et tel ou tel traité sur le chagrin, m'offrant leurs conseils et avis. Cette sollicitude spontanée était le fait d'une étonnante générosité. Elle avait cependant sur moi un effet singulièrement dérangeant en ce qu'elle mettait en évidence un vide dont je n'avais jamais vraiment pris conscience : Sarah et moi n'avions pas d'amis.

Je ne saurais dire exactement comment nous en étions arrivés là. Nous ne manquions pas d'amis à l'université ; Sarah en avait une ribambelle. Mais, d'une façon ou d'une autre, après notre installation à Delphia ils étaient sortis de notre vie et nous ne les avions pas remplacés. Ce n'était pas que j'en souffrisse — je ne me sentais pas seul —, simplement, je m'en étonnais. Avoir pu vivre aussi longtemps en vase clos, en satisfaisant à nos besoins réciproques, en ne désirant ni l'un ni l'autre d'ouvertures sur l'extérieur, me paraissait mauvais signe. Il y avait là quelque chose de malsain, de morbide. J'imaginais d'ici la réaction de nos voisins si jamais nous nous faisions prendre : ils diraient que cela n'avait rien de surprenant, étant donné que nous étions des gens si peu sociables, et tellement réservés. Les meurtres en série sont toujours le fait de solitaires, et que l'on pût nous apposer cette étiquette m'incitait à pousser plus loin l'analyse. Peut-être n'étions-nous pas ce que nous prétendions être, à savoir des gens ordinaires confrontés à des situations extraordinaires. Peut-être étions-nous responsables de ce qui était arrivé.

Mais je n'y croyais qu'à moitié. Lorsque je passais en revue le long enchaînement d'événements qui s'était terminé par les funérailles de Jacob, j'étais toujours en mesure d'expliquer logiquement comment chacun d'eux avait inexorablement entraîné le suivant, sans qu'il y eût d'alternative, de possibilité de prendre une autre voie ou de revenir en arrière, sans qu'il fût possible de défaire ce qui était déjà fait. J'avais supprimé Jacob parce qu'il allait craquer parce que j'avais tué Sonny parce que j'avais dû maquiller le meurtre de Nancy que j'avais abattue parce qu'elle allait me tirer dessus parce que Jacob avait descendu Lou parce celui-ci me menaçait avec son fusil parce que je l'avais enregistré en train d'avouer l'assassinat de Dwight Perderson parce qu'il me faisait chanter parce que je refusais de lui remettre sa part avant l'été parce que je voulais être certain que personne ne recherchait l'avion...

Il me semblait pouvoir remonter ainsi jusqu'au début, chaque cause parant à la nécessité pour moi d'accepter la responsabilité de ses effets. Mais ce besoin que j'éprouvais de reconstituer la suite des événements — et je le faisais sans cesse, jusqu'à l'obsession, me la répétant comme un mantra — était en soi inquiétant. Je commençais à douter. Je commençais à remettre en question nos motivations.

Une semaine après les obsèques de Jacob, l'attention du public s'estompa subitement.

Je repris le travail le lundi, et ma vie retrouva son train-train quotidien. J'entendais de temps à autre des gens parler de ce qui était arrivé, et ils utilisaient invariablement des mots comme *tragédie, affreux, horrible*, ou *insensé*. Nul ne semblait avoir le moindre soupçon. J'étais moi-même au-dessus de tout soupçon : il n'y avait pas de mobile, et ne fût-ce qu'évoquer la possibilité de ma culpabilité aurait été cruel et tout à fait dénué de tact. Car enfin, j'avais perdu mon frère.

On avait retrouvé le peignoir et le rouge à lèvres de Nancy dans la caravane de Sonny. Je suivis à la télévision l'interview d'une de ses collègues du salon de beauté, qui disait que, selon elle, la liaison durait déjà depuis un moment. Elle ne précisa pas ce qui le lui faisait penser, et le journaliste ne le lui demanda pas, jugeant sans doute suffisant ce soupçon rétroactif. Des témoins rapportaient combien Lou s'était montré agressif ce fameux soir au Wrangler. Il avait même accusé un jeune d'avoir voulu le faire tomber. Ils se souvenaient d'un type en état d'ébriété, hargneux et violent, qui ne cherchait que la bagarre. Et enfin, pour finir d'apporter de l'eau à notre moulin, le *Blade* de Toledo publia un article où étaient évoquées ses dettes de jeu. Sa vie, y lisait-on, s'en allait à vau-l'eau. Il était devenu une bombe à retardement, une calamité en puissance.

Amanda poussait. Elle sut bientôt se retourner, ce qui, selon sa mère, était signe de précocité. Sarah reprit son emploi à temps partiel à la bibliothèque de Delphia. Elle y emmenait le bébé, qu'elle posait par terre derrière le comptoir.

Février s'écoula lentement.

Je devais aller débarrasser l'appartement de Jacob, mais je remettais toujours à plus tard. Finalement, vers la fin du mois, son propriétaire m'envoya un mot au magasin, m'annonçant que le studio devait être libéré pour le 1er mars.

Je repoussai encore jusqu'au 29. C'était un lundi. Je quittai mon travail une heure plus tôt et fis un crochet par le supermarché pour y prendre des cartons. Également muni d'un gros rouleau de ruban adhésif pris au magasin, je me rendis à la quincaillerie et gravis l'escalier escarpé qui menait au studio de Jacob.

Là, tout était exactement comme dans mon souvenir. C'était la même odeur, la même saleté, le même désordre. Une épaisse poussière en suspension dans l'air, des boîtes de bière vides éparses sur le plancher, des draps sales entassés au pied du lit.

Je commençai par ses vêtements, car cela me paraissait le plus facile. Je me contentai de les mettre sans les plier dans un carton. Il n'y avait pas grand-chose : six pantalons — des jeans et des treillis kaki — , une demi-douzaine de chemises en flanelle, un pull à col roulé rouge vif, un grand sweat à capuche, un assortiment hétéroclite de T-shirts, de slips et de chaussettes. Une unique cravate, pendue à un cintre, bleue avec, brodé dessus, un cerf en train de bondir ; deux paires d'espadrilles et une paire de bottes ; des bonnets et des gants, un passe-montagne, un maillot de bain et plusieurs blousons et vestes. Je retrouvai le pantalon gris et les souliers en cuir marron qu'il portait le matin où il m'avait demandé de l'aider à racheter la ferme paternelle. Dès qu'un carton était plein, je descendais le charger à l'arrière de la voiture.

Je passai ensuite à la salle de bains — affaires de toilettes, serviettes, un pistolet à eau, une pile d'exemplaires de *Mad* —, et de la salle de bains au coin-cuisine — deux casseroles, une poêle, un plein plateau d'ustensiles dépareillés, quatre verres, une demi-douzaine d'assiettes, un balai usé, un pot de beurre de cacahuètes vide. Tout était sale et recouvert d'une pellicule de graisse. Je jetai les comestibles aux ordures — une boîte de raviolis, un carton de Frosted Flakes, un carton de lait pourri, un sac de beignets au chocolat, un paquet de pain moisi, trois tranches de fromage sous vide, une pomme ratatinée.

Je ramassai ensuite tout ce qui traînait, les boîtes de bière et les vieux journaux, les emballages de barres de céréales et les sacs vides de croquettes pour chien. Puis je m'attaquai au lit. J'enlevai les draps, enveloppai le radio-réveil dans une paire de caleçons, et déposai le tout dans un carton. Je lançai son oreiller du côté de la porte. Tout était vaguement imprégné de son odeur.

Le mobilier appartenait au propriétaire des lieux. Aussi, quand j'en eus terminé avec la literie, il ne me resta plus que la malle. Il s'agissait d'une vieille cantine militaire, dont notre oncle s'était servi pendant la Seconde Guerre mondiale. Il l'avait donnée à Jacob le jour de ses dix ans. J'avais prévu de la descendre sans l'ouvrir, et puis, au dernier moment, je me ravisai et la traînai auprès du lit.

Son contenu était étonnamment bien rangé. À gauche, soigneusement pliés, une paire de draps et des serviettes de bain. Celles-ci étaient bleues, un peu élimées, et portaient le monogramme de notre mère. Les draps étaient imprimés de petites roses. Dans le coin droit de la malle, un coffret contenant du matériel de pêche, une vieille bible, un gant de base-ball, une boîte de cartouches et une machette. La machette avait appartenu à ce même oncle, qui l'avait rapportée d'une île du Pacifique. Elle était longue et très impressionnante, avec un manche en bois marron clair et une lame épaisse, légèrement courbe. Un instrument primitif et meurtrier comme on en voit dans les musées.

237

En dessous de la machette, il y avait un grand livre apparemment assez ancien. Intrigué, je le pris et m'assis sur le bord du lit. Le soleil venait de se coucher et il faisait sombre dans la pièce. Seul le cabinet de toilette était éclairé, et j'eus du mal à lire le titre, marqué à l'or sur la reliure : *L'Exploitation agricole de A à Z.*

Sur la page de garde, mon père avait écrit son nom au crayon de bois. En dessous, Jacob avait griffonné le sien au stylo bille. Sans doute s'agissait-il d'un de ces menus objets que mon père avait légués par testament à Jacob, pathétique substitut de la ferme elle-même, pourtant promise de longue date. Mais en feuilletant le volume, je m'aperçus que mon frère n'avait en aucune façon traité ce legs à la légère. Le texte était abondamment souligné, ses marges entièrement noircies de notes. On y traitait de l'irrigation, du drainage, de l'entretien du matériel, des fertilisants, des marchés céréaliers, de la réglementation, des tarifs d'expédition, toutes choses dont j'avais dit à Jacob qu'il ne connaissait rien.

Il étudiait donc pour devenir agriculteur.

Je regardai le copyright au début du livre. Il avait été publié en 1936, soit cinquante ans plus tôt. Il n'y était pas question de pesticides ou de désherbants. Les réglementations gouvernementales sur lesquelles ce traité s'étendait à n'en plus finir étaient plus que périmées. Mon frère s'était échiné à potasser un texte suranné et complètement inutile.

Je trouvai à la fin du livre une grande feuille de papier pliée en deux. Il s'agissait d'un plan de la ferme de notre père, apparemment établi par Jacob lui-même. On y voyait l'emplacement de la grange, du hangar à matériel, du silo à grain. Y étaient dessinées les parcelles, avec des cotes précises d'angle à angle et des petites flèches montrant le cheminement du drainage. Agrafée en haut et à droite du plan, il y avait une photographie de notre maison, prise, à en juger d'après l'absence de rideaux aux fenêtres, juste avant qu'elle ne soit rasée. Peut-être Jacob avait-il assisté à la démolition.

Il m'est difficile de formuler avec exactitude ce que j'ai ressenti devant ce cliché, ce plan et ce livre abondamment annoté. Sans doute en premier lieu du regret, le simple regret d'avoir inconsidérément ouvert cette malle, de n'avoir pas suivi mon intention première, qui était de la descendre sans toucher à son contenu. J'avais prévu de ne pas traîner, de m'acquitter de cette corvée sans aucun état d'âme. Ayant subodoré les dangers que pouvaient receler pour moi les biens de mon frère, j'avais abordé cette tâche avec la plus grande circonspection, comme si ce lieu était piégé, comme si les plus menus objets y étaient raccordés à de petites amorces de chagrin et de regret. Opération presque réussie d'ailleurs, jusqu'à ce qu'au tout dernier moment je m'arrête devant la cantine et que la curiosité me fasse oublier toute prudence. Et je me retrouvais assis au bord du lit de Jacob, les larmes aux yeux, la poitrine oppressée.

« Chagrin » est le mot que j'emploierais pour décrire au plus près ce que j'éprouvais. C'était comme si une tumeur s'épanouissait tout à coup dans ma poitrine, comprimant mes poumons, occupant l'espace dont ils avaient besoin pour fonctionner, de sorte que j'étais contraint pour les remplir à de pénibles hoquets. J'étais toujours pénétré de ce qu'avait dit Sarah : nous avions agi au mieux, nous avions fait la seule chose possible, qui était de nous préserver ; si je n'avais pas supprimé Sonny et Jacob, nous nous serions fait prendre et jeter en prison. Et cependant, j'aurais souhaité de tout mon cœur que rien de tout cela ne soit arrivé. Je pensais à la souffrance qu'avait dû endurer Jacob, à ses entrailles déchiquetées, à son pauvre corps sillonné de tuyaux ; je pensais à ses projets concernant la ferme, à ses notes et ses croquis ; je pensais enfin qu'il avait tué son meilleur ami pour me sauver, moi, son frère, et toutes ces considérations me faisaient terriblement mal.

Jacob, j'en prenais conscience, était un innocent, un enfant. Même si Sarah parlait d'accident, de légitime défense et d'absence de choix, je n'en étais pas moins à blâmer pour ce qui lui était arrivé. J'étais son meurtrier ; tel était mon crime, mon péché, ma responsabilité pleine et entière.

Pendant dix, peut-être quinze minutes, je restai là à sangloter entre mes mains. C'est alors que, sans vraiment l'avoir cherché, à pleurer ainsi, je me sentis subitement mieux que cela ne m'était arrivé depuis des mois. Je me sentais purifié, comme purgé. Je me sentais mieux comme l'on se sent mieux après avoir vomi. Et de son propre chef, mon corps cessa tout bonnement de pleurer.

J'attendis un moment en respirant profondément pour voir ce qui se passerait ensuite, mais rien ne se produisit. Il se faisait tard. Quelqu'un allait et venait dans l'appartement du dessus. Les lames du plancher grinçaient à chacun de ses pas. De temps en temps, j'entendais le bruit d'une voiture passant à faible allure dans Main Street.

Je m'essuyai le visage avec la main. Puis je repliai le plan et le glissai dans le livre. Après avoir remis celui-ci au fond de la malle, je refermai le couvercle, déroulai mes manches que j'avais retroussées pour ranger et les reboutonnai posément.

Je me sentais fébrile, un peu faible, comme si je n'avais pas mangé de toute la journée. J'étais curieusement conscient du poids de mes vêtements. Mon visage était encore humide de larmes, et ma peau me tirait un peu en séchant. J'avais un goût salé sur les lèvres.

Avant même de me lever, je sus que j'allais bientôt considérer ce qui venait de m'arriver comme une anomalie, une sorte de parenthèse, un tout petit espace de désespoir où j'étais tombé et d'où je m'étais sorti. Je n'en dirais rien à Sarah, je garderais cela secret. Et lorsque cela se reproduirait, ce qui était inévitable, je répéterais le même processus. Car même pendant que je pleurais, même pendant que je suffoquais, j'avais conscience que cela n'avait pas de sens, que je ne pouvais pas plus effacer mes crimes que modifier les sentiments qu'ils m'inspiraient. Pour continuer à fonctionner, pour survivre à la mort de mon frère, je n'avais d'autre choix que de m'y résigner. Sinon, si je me laissais aller, mon chagrin se changerait lentement en regret, le regret en remords, et le remords en un insidieux désir de châtiment. Cela m'empoisonnerait la vie. Il me fallait tenir ce chagrin en respect, le discipliner, le circonscrire.

Au bout d'un moment, je me levai et enfilai ma parka. J'allai me rincer le visage dans le cabinet de toilette. Puis je descendis la malle et, après avoir refermé à clé, le carton de draps.

Je rangeai toutes ces affaires à l'arrière de la voiture. Je savais que, lorsque je les en ressortirais, ce serait pour les jeter, mais je ne m'en sentais pas le courage pour l'instant.

À part moi, Mary Beth était apparemment la seule créature qui souffrît de l'absence de Jacob. Son caractère changea complètement dans les semaines qui suivirent son arrivée à la maison. Il devint méchant. Dès que nous tentions de le flatter, il se mettait à gronder en montrant les dents.

Sarah s'inquiétait pour Amanda. Elle craignait que le chien ne la morde et je décidai qu'il resterait dehors. Tous les matins avant de partir travailler, je l'attachais avec une corde à linge à l'aubépine qui poussait devant la maison, et le soir je le mettais dans le garage. Ce nouvel arrangement parut accroître encore son irascibilité. Toute la journée dans la neige, il aboyait au passage des voitures, quand les enfants attendaient le car scolaire au coin de la rue, et lorsque le facteur faisait sa tournée. À force de tirer sur sa corde, il eut bientôt le cou à vif. La nuit, dans le garage, il hurlait à la mort, et cela s'entendait d'un bout à l'autre de la rue. La rumeur se propagea parmi les gosses du voisinage que notre maison était hantée et que ces hurlements étaient ceux du fantôme de mon frère.

Amanda devenait également irritable, braillarde, difficile à satisfaire ou à apaiser. Elle pleurait plus que par le passé, et d'une voix plus perçante, comme sous l'effet d'une réelle souffrance plutôt que d'une simple gêne. Elle se montrait de plus en plus viscéralement attachée à sa mère et se mettait à brailler dès qu'elle ne pouvait plus la voir, sentir son contact ou entendre sa voix. Détail horrible, l'ours de Jacob était encore ce qu'il y avait de mieux pour la calmer. Lorsqu'elle entendait la voix masculine sortir de la peluche, elle se figeait, paraissant écouter de tout son être.

> *Frère Jacques, frère Jacques,*
> *Dormez-vous ? Dormez-vous ?*
> *Sonnez les matines, sonnez les matines,*
> *Ding, dung, dong. Ding, dung, dong.*

Pour ma part, je n'arrivais à l'apaiser que le soir, quand il faisait nuit et qu'elle tombait de sommeil.

Après moult tractations, le magasin me racheta le pick-up de Jacob. Désormais, tous les matins en arrivant au bureau, je le voyais garé en face, chargé de sacs de grain.

Une semaine après que j'eus débarrassé le studio, le shérif passa à mon bureau pour me demander ce que je comptais faire du fusil de Jacob.

« À vrai dire, répondis-je, je n'y ai pas encore réfléchi. Je vais sans doute essayer de le vendre. »

Jenkins occupait le fauteuil en face de moi. Il était en uniforme et il avait enfilé son blouson vert foncé par-dessus. Son chapeau était posé sur ses genoux. « Oui, c'est ce que je m'étais dit. Et j'avais espéré que vous me laisseriez faire la première offre.

— Vous voulez l'acheter ?

— Oui. Ça fait un moment que je cherche un bon fusil de chasse. »

L'idée que le fusil de Jacob pût devenir sa propriété me fit froid dans le dos. Cette arme avait quand même tout d'une pièce à conviction, et je n'avais aucune envie de la lui céder. Mais je ne voyais aucune échappatoire.

« Vous savez, shérif, je ne vais pas chercher à le vendre au plus offrant. Dites-moi votre prix et il est à vous.

— Que diriez-vous de quatre cents dollars comptants ? »

J'esquissai un geste de la main. « Je vous le laisse pour trois cents.

— Je vois que vous avez la bosse du commerce, fit-il en souriant.

— Je ne voudrais pas vous en demander plus que son prix.

— Je connais les armes. Quatre cents dollars, ça me paraît convenable.

— Entendu, alors. Il ne faudrait pas que vous ayez des scrupules. Mais je vous l'aurais laissé à trois cents. »

Je voyais bien qu'il aurait maintenant voulu en donner moins, mais il n'osait pas se dédire.

« Je vous le dépose demain matin à votre bureau ? demandai-je. Vous n'aurez qu'à m'envoyer un chèque quand vous l'aurez examiné de près. »

Il hocha lentement la tête. « Ça me semble bien. »

Puis nous parlâmes d'autre chose, du temps, de Sarah, du bébé. Toutefois, en se levant pour prendre congé, il en revint au fusil : « Vous êtes bien sûr de vouloir le vendre ? Je ne voudrais surtout pas vous forcer la main.

— Je n'en aurais guère l'utilité, shérif. Je n'ai jamais chassé de ma vie.

— Votre père ne vous emmenait pas à la chasse quand vous étiez gosse ? » Il paraissait surpris.

« Non. Je n'ai même jamais tiré un seul coup de fusil.

— Pas un seul ? »

Je secouai la tête.

Debout devant le bureau, il me fixa plusieurs secondes tout en jouant avec le bord de son chapeau. Pendant une minute je crus qu'il allait se rasseoir. « Mais vous sauriez vous servir d'un fusil, non ? »

Je fus subitement sur mes gardes. Sa voix avait changé, son ton était moins détaché. Ses questions n'avaient plus pour but d'entretenir la conversation ; il entendait obtenir des réponses.

« Je suppose que oui », dis-je.

Il resta sur place comme s'il attendait quelque chose de plus. Je détournai les yeux et m'absorbai dans la contemplation de mes mains, posées à plat sur le bureau. Sous l'éclairage intense de la lampe, les poils de mes phalanges paraissaient gris. Je fermai les poings.

« Sonny, vous le connaissiez bien ? » demanda-t-il tout à trac.

Je levai les yeux vers lui. Les battements de mon cœur s'accéléraient. « Sonny Major ? »

Il acquiesça d'un signe de tête.

« Non, pas très bien. Je savais qui il était, il savait qui j'étais. Ça s'arrêtait là.

— Vous vous connaissiez de vue.

— Oui, c'est ça. On se saluait quand on se croisait dans la rue, mais on ne se serait pas arrêtés pour parler. »

Jenkins attendit encore une seconde, puis il remit son chapeau. Il allait partir.

« Pourquoi me demandez-vous cela ? »

Il haussa les épaules. « Oh, pour rien. Je me posais la question, c'est tout. » Il eut un petit sourire.

Je le croyais, je voyais bien qu'il était plus intrigué que soupçonneux. De même que l'idée qu'il se faisait de moi l'empêchait d'envisager la possibilité que j'aie tué mon frère, l'idée qu'il se faisait de Lou lui rendait notre scénario difficilement crédible. Il pressentait, je pense, que quelque chose ne collait pas, mais il n'arrivait pas à mettre le doigt dessus.

Il ne menait pas véritablement une enquête, il se contentait de passer les faits en revue tout en recherchant les détails qui lui manquaient. Conscient de cela, je ne ressentais pas son attitude comme une menace. Néanmoins, cela me tracassait. Après son départ, je repensai à tout ce que j'avais dit, aux gestes que j'avais faits, pour vérifier que je n'avais pas commis d'erreurs, que je n'avais pas, même de la façon la plus ténue, montré de signes de culpabilité. Mais ce n'était bien sûr qu'une angoisse vague, de plus en plus diffuse à mesure que je cherchais à la cerner.

J'annonçai à Sarah que le shérif allait m'acheter le fusil, mais je ne lui parlai pas des questions qu'il m'avait posées.

Ce soir-là, les pleurs d'Amanda nous tinrent éveillés une partie de la nuit. Elle était couchée avec nous dans le noir. Sarah la tenait entre ses bras, tandis que je remontais sans discontinuer le mécanisme de l'ours en peluche. Minuit était largement passé lorsque la petite s'endormit enfin. Sarah et moi demeurâmes un long moment immobiles, stupéfaits par ce silence soudain et terrorisés à la pensée que le moindre mouvement pourrait la tirer de son premier sommeil. Nos jambes se touchaient sous les couvertures, et je sentais la peau de Sarah, toute chaude contre mon mollet.

« Hank ? souffla-t-elle.

— Quoi ?

— Est-ce que tu serais capable de me tuer pour l'argent ? » Elle me demanda cela d'un ton enjoué, sur le mode de la plaisanterie, mais j'y perçus, comme glissée à son insu, une note plus sérieuse.

« Ce n'est pas pour l'argent que je les ai tués. »

Elle tourna la tête vers moi, dans le noir.

« Je l'ai fait pour nous protéger. Pour nous éviter la prison. »

Amanda poussa un soupir, et Sarah se mit à la bercer doucement. « Alors, est-ce que tu me tuerais pour éviter la prison ? » murmura-t-elle. Elle était tout à fait sérieuse à présent.

« Bien sûr que non », dis-je, puis je me nichai ostensiblement au creux de mon oreiller afin de mettre un terme à la conversation.

« Oui, mais imagine que tu sois certain de ne pas être accusé et que, si tu ne me supprimes pas, je te dénonce.

— Tu ne me dénoncerais pas.

— Disons alors que j'ai changé d'avis. Que je veux me livrer. »

Je laissai passer un instant, puis me retournai vers elle. « Qu'est-ce que tu as dit ? »

Sarah, toujours assise, était une ombre noire au-dessus de moi. « Ce n'est qu'un jeu. Une hypothèse. »

Je ne répondis pas.

« Du coup, tu irais en prison, dit-elle.

— C'est pour toi que je les ai tués, Sarah. Pour toi et pour Amanda. »

Le lit grinça. Elle changeait de position. Sa jambe abandonna la mienne. « Tu as dit que tu avais tué Pederson pour sauver Jacob. »

Je m'accordai le temps de la réflexion. C'était la vérité et pourtant cela sonnait faux. Je tentai de contourner l'obstacle :

« Je ne pourrais pas. J'irais en prison. Vous deux, vous êtes tout ce que j'ai. »

Je voulus la toucher, mais ma main rencontra le crâne d'Amanda qui se réveilla et se remit à pleurer.

« Chhh », fit Sarah. Nous attendîmes tous les deux, immobiles, jusqu'à ce que la petite se calme.

« Est-ce que tu te serais cru capable de tuer Jacob avant de le faire ? murmura Sarah.

— C'est tout à fait différent. Tu le sais bien.

— Différent en quoi ?

— Toi, je peux te faire confiance. Contrairement à lui. » Je vis aussitôt comment elle pouvait entendre cela. Ce n'était qu'une partie de ce que je voulais dire, mais je n'ajoutai rien. En essayant de rattraper cette parole malheureuse, je me serais enferré un peu plus.

Sarah restait silencieuse.

« Tu sais bien ce que je veux dire », murmurai-je.

Je la vis hocher imperceptiblement la tête. Au bout d'un moment, elle se glissa hors du lit et emporta Amanda jusqu'à son berceau. À son retour, elle se lova tout contre moi. Son souffle dans mon cou me donnait des frissons.

Après un moment de réflexion, je lui demandai : « Et toi, est-ce que tu me tuerais ?

— Oh, Hank. » Elle étouffa un bâillement. « Je ne me crois pas capable de tuer qui que ce soit. »

Dans le garage, qui paraissait plus proche qu'il ne l'était en réalité, le chien commença de hurler à la mort. *Le fantôme de Jacob*, pensai-je.

Sarah leva la tête pour m'embrasser sur la joue.

« Bonne nuit », dit-elle.

En rentrant le mercredi soir, je trouvai trois feuilles de papier bien en évidence sur la table de la cuisine. Il s'agissait de photocopies d'articles parus dans le *Blade* de Toledo. Le premier était daté du 28 novembre 1987 et avait pour titre :

Six meurtres pour un enlèvement
Les faux policiers exigent une énorme rançon

Le soir du 27, racontait cet article, Alice McMartin, dix-sept ans, fille du milliardaire Byron McMartin de Detroit, avait été enlevée dans la propriété de son père à Bloomfield Hills, dans le Michigan. Les deux kidnappeurs, en tenue d'agent de police avec insignes, revolvers de service et matraques, s'étaient fait introduire dans la maison peu avant vingt heures. Une caméra de surveillance les avait filmés en train de passer les menottes dans le dos aux employés de maison — quatre agents de sécurité, une bonne et un chauffeur — et de les faire agenouiller face au mur. Puis, à l'aide de l'arme d'un des gardes, ils les avaient abattus tous les six d'une balle dans la nuque.

C'est en rentrant d'une soirée, peu après vingt-deux heures, que Byron McMartin et son épouse avaient découvert les six cadavres et la disparition de leur fille. L'article précisait ensuite que, selon une source restée anonyme, les kidnappeurs avaient laissé derrière eux un billet précisant le montant de la rançon demandée : quatre millions huit cent mille dollars en billets non marqués.

Le deuxième article, comme le premier, provenait de la une du *Blade* et avait pour titre :

L'héritière a été assassinée
McMartin perd sa fille et la rançon

Daté de Sandusky, Ohio, le 8 décembre, l'article disait que le cadavre d'Alice McMartin menottée et bâillonnée, avait été sorti trois jours plus tôt du lac Erié par un pêcheur. Le corps avait apparemment séjourné un bon moment dans l'eau, le FBI ayant dû recourir au dossier dentaire de la jeune femme pour confirmer l'identification. Elle avait été tuée d'une balle dans la nuque avant d'être jetée dans le lac, probablement au cours des vingt-quatre heures qui avaient suivi l'enlèvement.

La rançon avait été versée, le FBI ayant affirmé au père d'Alice que cela aiderait à coincer les ravisseurs.

Le dernier article provenait de la page 3 du *Blade*.

Il commençait ainsi :

LES KIDNAPPEURS ONT ÉTÉ IDENTIFIÉS

Detroit, le 14 décembre (AP). Grâce à une caméra de surveillance qui a filmé l'enlèvement, le 27 novembre, d'Alice McMartin, fille du milliardaire et ex-magnat du gobelet en carton Byron McMartin, au cours duquel six employés de la propriété des McMartin ont trouvé la mort, le FBI a pu établir l'identité de deux suspects et organiser une vaste chasse à l'homme dans tout le pays.
Les deux hommes, identifiés comme étant Stephen Bokovsky, 26 ans et Vernon Bokovsky, 35 ans, tous deux originaires de Flint, Michigan, sont frères.
Le FBI, agissant sur l'intuition qu'au moins un des malfaiteurs est un ancien employé de Mr. McMartin, a passé au crible une masse de dossiers, comparant des milliers de photos aux images très granuleuses et de piètre qualité prises par la caméra de surveillance. Les efforts des enquêteurs se sont vu récompensés quand ils ont ouvert le dossier du plus jeune des Bokovsky. Il a été employé chez les McMartin au cours de l'été de 1984.
Vernon Bokovsky, l'aîné des deux frères, a été identifié suite à l'interrogatoire de leurs parents, Georgina et Cyrus Bokovsky, de Flint, Michigan. Les deux suspects auraient séjourné chez leurs parents pendant tout le mois de novembre. Joint par téléphone, Cyrus Bokovsky a déclaré à notre reporter qu'il n'avait pas vu ses fils depuis le 27 novembre, jour de l'enlèvement.

Vernon avait été libéré sur parole de l'établissement pénitentiaire de Milan après avoir purgé sept ans d'une peine de trente-cinq années de prison pour le meurtre, en 1977, d'un voisin, suite à un désaccord concernant la vente d'une voiture. Les services du FBI se montraient confiants quant aux chances de mettre la main sur les deux hommes. « Maintenant que nous les avons identifiés, avait déclaré un des agents, ce n'est plus qu'une question de temps. Ils peuvent cavaler tant qu'ils veulent ; tôt ou tard, que ce soit la semaine prochaine ou dans un an, nous finirons par les coincer. »
Une déclaration de ce même agent concluait l'article. Il s'y montrait révolté par l'atrocité du crime perpétré par les deux frères.

« Ils ont opéré avec une froideur de professionnel, a déclaré l'agent Teil. Ces deux types ont visiblement préparé leur coup avec le plus grand soin. Ils n'ont pas tué sous l'effet de la panique. Ce que l'on retient surtout après avoir visionné la bande, c'est le calme avec lequel ils ont agi. Ils savaient exactement ce qu'ils faisaient. »

Teil suppose que s'ils ont assassiné les six employés, c'est pour éliminer le risque que l'un d'eux reconnaisse Stephen Bokovsky.

« Ils pensaient mettre ainsi toutes les chances de leur côté, a-t-il ajouté. Heureusement pour nous, ils ont oublié la présence de cette caméra. »

Je relus le premier article, puis les deux autres. Le dernier était accompagné de trois photos. La première était un cliché en buste de Stephen Bokovsky provenant de son dossier chez les McMartin. Il était menu, le cheveu brun, avec un sourire aux lèvres minces. Il avait les yeux creux et l'air fatigué.

La deuxième photo représentait Vernon. Il s'agissait d'un cliché anthropométrique remontant à l'époque de son incarcération. Il portait la barbe. Il avait l'air tendu, la mâchoire serrée, comme s'il souffrait. Il était bien plus costaud que Stephen. On n'aurait pas dit deux frères.

La troisième photo était une image agrandie provenant de la fameuse caméra. On y voyait Stephen ajustant un homme agenouillé face à un mur.

Je regardai autour de moi. Quelque chose mijotait sur le feu dans une cocotte. Cela sentait le bœuf en sauce. Sarah était en haut avec la petite. J'entendais un doux murmure, comme si elle lisait quelque chose à voix haute. Son tricot était posé en tas de l'autre côté de la table, les longues aiguilles pointées vers le plafond. Je pensai à un piège vietcong.

Je lus une nouvelle fois les articles, puis montai à l'étage.

Sarah prenait un bain avec Amanda. Elle leva les yeux vers moi, arrêtant brièvement son regard sur les photocopies que j'avais à la main. Elle était visiblement contente de sa découverte. Son visage rayonnait. Elle me souriait d'un air triomphant.

La salle de bains était emplie de vapeur. Je refermai la porte, m'assis sur le couvercle des waters et desserrai ma cravate.

Allongée sur le dos dans l'eau tiède, maintenue à la surface par les cuisses de sa mère, Amanda était tout sourires. Sarah se tenait penchée en avant, les doigts croisés sous la tête du bébé. Un des petons d'Amanda était appuyé sur son sein et le creusait légèrement.

Sarah improvisait une histoire pour sa fille. Elle s'interrompit brièvement à mon entrée, puis reprit son récit :

« La reine était très fâchée. Elle sortit en trombe de la salle de bal en lançant des regards furibonds de tous côtés. Le roi s'élança à sa poursuite, suivi à bonne distance par toute la cour. " Ma bien-aimée ! criait-il. Pardonnez-moi ! " Il envoya ses hommes d'armes fouiller la cité. Mais la reine restait introuvable. »

Amanda gloussait. Elle frappait l'eau de sa petite main. Elle donna du pied dans le sein de Sarah. Et celle-ci se mit à rire.

Ne sachant si l'histoire était terminée, j'attendis encore un moment avant de prendre la parole. Les photocopies étaient posées sur mes genoux. Dans cette atmosphère humide, il s'en dégageait une faible odeur de produit chimique.

Sarah leva les cuisses, puis les laissa retomber, arrachant un hoquet de surprise à la petite. L'eau chaude leur rosissait la peau. Sarah avait le bout des cheveux mouillé.

« Tu as trouvé cela à la bibliothèque ? » questionnai-je.

Elle hocha la tête.

« Il doit s'agir de notre argent, tu ne crois pas ? »

Elle hocha à nouveau la tête et déposa un baiser sur le front du bébé. « Est-ce que tu reconnais le pilote de l'avion ? » demanda-t-elle.

J'examinai les photos des deux frères. « Je ne saurais dire. Son visage était complètement bouffé.

— C'est sûrement notre argent.

— Ça devait être le plus jeune. Il était plutôt gringalet. » Je lui montrai la photo. « L'autre a l'air plus costaud. »

Elle ne regardait pas la photo, mais contemplait Amanda. « C'est drôle, non ? qu'ils soient frères.

— Que veux-tu dire ?

— C'est comme toi et Jacob. »

Ce n'était pas vraiment un aspect des choses sur lequel je souhaitais m'attarder. Je posai les photocopies sur le rebord du lavabo.

« Comment es-tu tombée là-dessus ? » demandai-je.

Sarah enleva la bonde et on entendit l'eau s'engouffrer dans la vidange, dont le tuyau passait sous le plancher de la salle de bains. Amanda, immobile, écouta ce bruit nouveau.

« J'ai tout simplement consulté les journaux à partir du jour où tu as découvert l'avion. Je n'ai pas eu à remonter bien loin. Ça s'étalait en première page. En tombant dessus, je me suis même souvenue l'avoir lu à l'époque.

— Oui, moi aussi, ça me revient maintenant.

— Mais ce n'était qu'un fait divers parmi d'autres. Ça ne nous avait pas paru important.

— Ça change tout, non ? »

Elle me lança un regard perplexe. « Comment cela ?

— On a décidé de garder cet argent parce que c'était, pensions-nous, de l'argent égaré. Il n'était à personne. Personne ne le recherchait.

— Et maintenant ?

— Et maintenant, on sait que quelqu'un le recherche. On ne peut plus prétendre que ce n'est pas du vol.

— Ça a toujours été du vol, Hank. Sauf qu'avant, on ne savait pas à qui on le volait. Le fait de savoir d'où vient cet argent ne change rien. »

Elle avait raison, bien sûr. Je m'en aperçus tout de suite.

« Je pense que c'est une bonne chose d'en connaître la provenance, dit-elle. Je commençais à me dire qu'il était peut-être marqué ou que c'était de la fausse monnaie. Qu'on avait peut-être fait tout cela pour rien, qu'on ne pourrait jamais s'en servir.

— Rien ne prouve qu'il n'est pas marqué », dis-je. Mon cœur se serra à cette pensée. Et si les billets étaient sans valeur ? Et si nous les avions tous tués pour un sac de papier ? J'en avais le vertige. Nous nous étions démenés, nous avions été confrontés à des choix atroces, et tout cela allait, d'un coup, aboutir à rien.

Mais Sarah écarta cette hypothèse d'un geste de la main. « Ils ont exigé des billets non marqués. C'est dit dans l'article.

— Justement, c'est peut-être pour ça qu'ils l'ont tuée. Peut-être qu'en touchant la rançon ils se sont aperçus que...

— Non. Ils l'ont tuée aussitôt. Avant de toucher l'argent.

— Est-ce que ça peut se déceler ? Par exemple, en regardant les billets devant une lampe à ultraviolets ou ce que je sais ?

— Ils ne leur auraient pas remis des billets marqués. Le risque aurait été trop grand.

— Pourtant, rien ne prouve...

— Crois-moi, Hank, les billets ne sont pas marqués. »

Je ne répondis pas.

« Tu nages en pleine parano. Tu cherches une raison de t'en faire. »

L'eau formait une petite spirale au fond de la baignoire. Nous la regardions tourbillonner. La vidange émettait un fort bruit de succion.

« Tout ça me donne envie de retourner à l'avion, dis-je. Pour voir si oui ou non c'est lui.

— Est-ce qu'il avait un portefeuille ?

— Je n'ai même pas pensé à regarder.

— Hank, ce serait complètement stupide de retourner là-bas. Pour se faire coincer, y a pas mieux.

— Oui, tu as raison. »

Sarah souleva Amanda. La baignoire était presque vide. « Va chercher une serviette. »

J'allai décrocher un drap de bain, pris la petite et l'en enveloppai. Sans doute un peu trop secouée, elle se mit à pleurer.

« Ce qui me fait peur, dis-je en regardant Sarah se sécher, c'est que l'autre mec est dans la nature.

— Il est aux abois, Hank. La police connaît son identité.

— Les types du FBI sont certains de le coincer. Il leur dira que son frère s'est enfui en avion avec l'argent.

— Et alors ?

— Le lien entre les différents éléments affleure à la surface, Sarah. Il suffirait d'un rien pour qu'ils s'assemblent. Jenkins sait que j'ai entendu un avion dont le moteur cafouillait du côté du parc naturel. C'est du moins ce que Jacob lui a raconté. Il sait aussi, bien évidemment, que Jacob, Lou, Sonny et Nancy se sont fait descendre. S'ils découvrent l'avion et apprennent qu'il devrait y avoir à bord plus de quatre millions de dollars... » Je laissai ma phrase en suspens. De telles considérations éveillaient en moi un début de panique. J'en avais des frissons dans la nuque. Je montrai les photocopies posées sur le lavabo. « C'est comme eux qui ne pensent pas à la caméra de surveillance. On oublie toujours fatalement quelque chose. »

Elle laissa tomber la serviette dans la corbeille à linge sale. Son peignoir était accroché derrière la porte. Elle l'enfila, puis me reprit la petite.

« Ce lien dont tu parles n'est évident que pour nous, dit-elle calmement. Il échappe aux autres. » Amanda cessa peu à peu de pleurer.

Je commençais d'être en nage sous mon costume. J'ôtai mon veston. Ma chemise me collait à la peau. « Jacob ou Lou ou Nancy ont peut-être laissé quelque chose derrière eux, un journal intime, ou ce que je sais. L'un d'eux a pu, sans qu'on le sache, se confier à un tiers...

— Hank, on n'a rien à craindre. Tu gamberges trop. » Elle passa un bras autour de mes épaules. Le bébé, qui geignait encore un peu, était serré entre nous. Sarah posa sa joue contre la mienne. Sa peau était moite et fraîche. Elle sentait le propre.

« Pense à l'idée que les gens ont de toi, dit-elle. Tu es un type normal. Un gentil garçon tout ce qu'il y a de rangé. Jamais personne ne t'imaginerait capable de faire ce que tu as fait. »

L'anniversaire de Sarah tombait un samedi, le 12 mars. J'entendais le lui célébrer de façon mémorable, non seulement parce qu'elle allait souffler ses trente bougies, mais aussi à cause de l'argent et du bébé. Je lui préparai donc deux gros cadeaux, tous les deux bien au-dessus de mes moyens d'avant l'avion.

Le premier était un appartement en Floride. À la fin de février, j'avais vu dans le journal l'annonce de la mise en adjucation de biens saisis à la suite de raids antidrogue. Suivait une liste de ce qui était mis en vente : bateaux, voitures, aéroplanes, motocyclettes, antennes paraboliques, maisons, appartements, bijoux, et même un haras. Il était possible d'acheter tout cela pour moins de dix pour cent de la valeur d'expertise. La vente avait lieu le samedi 5 mars à Toledo. Ayant fait croire à Sarah que je travaillais ce jour-là, j'arrivai sur les lieux dès neuf heures du matin pour le début des enchères.

L'adresse, précisée sur l'annonce, était celle d'un petit entrepôt sur le port. À l'intérieur, des chaises pliantes étaient alignées face à un podium en bois. Aucun des articles de la vente n'était visible sur place. Mais à l'entrée, on vous remettait un catalogue comportant des photographies et des descriptions exhaustives de chacun d'eux. À mon arrivée, il y avait déjà une quarantaine de personnes présentes, rien que des hommes, et quelques autres entrèrent encore après moi.

La vente débuta une demi-heure en retard, aussi eus-je tout

loisir de compulser le catalogue. J'étais venu avec l'idée d'acheter un beau bijou, mais, tout en tournant les pages de papier glacé, je changeai peu à peu d'avis. Le quatrième article était un cinq-pièces avec vue sur la mer, jacuzzi, solarium et terrasse, le tout situé à Fort Myers, en Floride. La notice était assortie de photos en couleurs de l'intérieur et de l'extérieur. Le petit immeuble était enduit de stuc, avec un toit de tuiles dans le style espagnol. C'était splendide, luxueux au possible, et je décidai aussitôt d'en faire l'acquisition pour Sarah.

Sa valeur estimée était de trois cent trente-cinq mille dollars, mais la mise à prix serait de quinze mille. Sarah et moi avions mis de côté, sur un compte à la banque d'Ashenville, un peu plus de trente-cinq mille dollars en prévision de notre départ de Fort Ottowa, et je me dis, sans trop hésiter, que je pouvais en dépenser au besoin une trentaine de mille. Si les choses tournaient mal et que nous fussions contraints de brûler les billets, je pourrais toujours revendre cet appartement, et même en retirer sans doute un bénéfice. Je voyais la chose comme un investissement astucieux et forcément profitable.

Je n'avais jamais assisté à une vente publique, aussi, quand elle commença, je regardai comment les autres procédaient. Ils se contentaient de lever la main pour enchérir, et une dame emmenait à part celui qui concluait pour recueillir quelques renseignements sur un bloc.

Nous fûmes quatre enchérisseurs pour l'appartement. Le prix monta progressivement. À l'approche de trente mille dollars, je commençai à me faire des cheveux. J'étais presque certain que l'affaire allait me passer sous le nez quand, tout à coup, tout le monde renonça, me laissant acquéreur pour la somme de trente et un mille dollars.

J'allai trouver la femme au bloc-notes. Elle était jeune, le visage mince, les cheveux coupés court. Elle portait un badge avec son nom : miss Hastings. Elle m'expliqua rapidement, à voix basse, la marche à suivre.

Je devais envoyer un chèque correspondant au montant de la vente à l'adresse indiquée sur une carte qu'elle me remit, cela avant la fin de la semaine à venir. Après réception de mon règlement, un délai de dix jours ouvrables leur serait nécessaire pour établir le contrat. Passé ce délai, mais pas avant, je pourrais retirer à la même adresse les titres de propriété. Lorsque je lui eus donné mes coordonnées, elle s'occupa de la personne suivante.

Je retournai m'asseoir et tentai de faire le point. Je venais de m'engager à dépenser trente et un mille dollars, presque toutes nos économies. Cela paraissait de la folie. Mais ce n'était rien comparé à la masse d'argent qui dormait bien sagement sous notre lit. Et puis, je faisais une véritable affaire en achetant cet appartement pour le dixième de sa valeur estimée. Plus j'y pensais, plus cette vision des choses s'imposait. Après tout, n'étais-je pas quatre fois millionnaire ? Il me paraissait naturel de commencer à me comporter comme tel. Quand arriva le moment de partir, j'étais suffisamment persuadé du bien-fondé de mon achat pour m'en aller d'un pas sautillant, et je me pris même à regretter de n'avoir pas une canne avec laquelle j'eusse fait des moulinets.

Mon second cadeau à Sarah fut un piano à queue. Elle en avait toujours voulu un, même quand elle était petite. Elle ne savait pas jouer, mais je pense que, pour elle, cet instrument était un symbole d'aisance matérielle et de position sociale, c'est pourquoi ce présent me paraissait tout indiqué.

De mon bureau, je fis la tournée téléphonique des différents magasins d'instruments de musique. Je fus surpris du prix des pianos. Je finis par en trouver un que l'on soldait en raison d'un défaut de vernis, une tache grande comme la main sur le couvercle. Je le payai deux mille quatre cents dollars, soit presque le solde de notre compte.

Je le fis livrer le matin du 12. Sarah, de service à la bibliothèque, n'était pas présente lorsqu'il arriva. Il fallut démonter les pieds pour que les trois livreurs puissent, à grand-peine, le passer par la porte. Je leur demandai de l'installer dans le séjour. Sa présence ici paraissait absurde et monstrueuse, et écrasait tout le reste du mobilier. Néanmoins, j'étais satisfait. C'était un très beau cadeau qui allait lui faire grand plaisir, et puis il s'intégrerait mieux dans notre prochaine maison.

Je collai un petit nœud rouge sur une feuille que je déposai sur le couvercle du piano. J'avais conservé la page du catalogue sur laquelle figurait l'appartement, et je la plaçai à côté du nœud. Puis je m'assis pour attendre son retour.

Le piano l'impressionna davantage que l'appartement en Floride, peut-être en raison de sa présence physique, tangible, indéniable dans la pièce. elle pouvait appuyer sur une touche, produire un son, alors que l'appartement n'était matérialisé que par la photo d'un lieu inconnu situé à des milliers de kilomètres.

« Hank chéri ! s'exclama-t-elle en découvrant l'instrument. Je suis folle de joie ! »

Et de pianoter *When the Saints Go Marching In*, seul morceau qu'elle connût. Elle souleva le couvercle pour contempler les cordes. Elle appuyait sur les pédales, faisait courir ses doigts sur les touches. Elle essaya de jouer *Frère Jacques* pour Amanda, mais sans grand succès, et chaque fois qu'elle faisait une fausse note, la petite se mettait à pleurer.

Plus tard dans la soirée, après un dîner de circonstance — poulet farci, haricots verts et purée de pommes de terre — préparé par mes soins, et deux bouteilles de vin, nous fîmes l'amour sur le piano.

L'idée venait d'elle. Je me demandais s'il n'allait pas céder sous notre poids, mais elle ôta ses vêtements, sauta sur le couvercle de l'instrument et s'y allongea, le buste relevé sur les coudes, les jambes écartées.

« Allez, viens », dit-elle en souriant.

Je me débarrassai de mes vêtements et, lentement, guettant le craquement annonciateur d'un pied en train de rompre, je m'étendis sur elle.

Ce fut une remarquable expérience. La caisse de résonance nous renvoyait nos soupirs et nos gémissements subtilement altérés, y ajoutant une richesse vibratoire très particulière, les enrobant dans le doux frémissement de ses cordes.

« Voici notre second départ dans la vie », murmura Sarah, la bouche tout contre mon oreille, ce qui rendait sa respiration profonde et étrangement lointaine.

Au moment où j'acquiesçais d'un hochement de tête, je me cognai le genou contre le bois. Le piano sembla gémir sous le choc ; une longue plainte lugubre le fit vibrer sous nos corps nus.

Ensuite, Sarah alla prendre dans le placard un flacon d'encaustique pour essuyer les traces de transpiration.

Le lundi, pendant la pause du déjeuner, je fis une rapide visite au cimetière. Je m'arrêtai de proche en proche pour lire les inscriptions sur les tombes, celle de Jacob, celle de mes parents, celles de Pederson, de Lou, de Nancy, de Sonny.

C'était un jour plombé, avec un ciel bas qui était comme une banne pesant sur la terre. Le paysage était vide et désolé. Par-delà l'église et l'éparpillement ras des tombes, il n'y avait que l'horizon, distant de plusieurs kilomètres. Un bouquet de fleurs avait été déposé à côté de la concession des Pederson, des chrysanthèmes jaunes et rouges, dont les teintes vives paraissaient déplacées dans le jour parcimonieux ; et l'on pensait plus aux aspersions de peinture d'un vandale de passage qu'à la sincère affliction qu'ils étaient censés témoigner. À l'intérieur de St. Jude, quelqu'un faisait des exercices à l'orgue. J'entendais, assourdie par la muraille de brique, la même séquence de notes vrombissantes répétée encore et encore.

Il n'avait pas neigé depuis la dernière série d'enterrements, à part les quelques flocons tombés pendant l'inhumation de Jacob, et les tombes les plus récentes dessinaient de grands rectangles sombres, un peu en creux, sur le sol blanc.

Quand j'étais petit, j'imaginais la mort comme une étendue d'eau, une espèce de flaque, peut-être un peu plus noire, un peu plus profonde que d'ordinaire. Quand on venait à passer à côté, elle vous saisissait de ses deux bras liquides, vous attirait et vous engloutissait. Je ne sais d'où je tenais cette image, mais elle me resta longtemps, jusqu'à l'âge de dix ou onze ans. Peut-être ma mère m'avait-elle dit cela un jour ; peut-être était-ce sa façon d'expliquer la mort aux enfants. Si tel est le cas, alors Jacob devait s'en faire la même représentation.

Les tombes toutes fraîches ressemblaient à des flaques d'eau.

Avant de m'en aller, je demeurai quelques minutes devant notre concession familiale. Le nom de Jacob avait été gravé juste en dessous de celui de notre père. En bas et à droite de la pierre un espace vide m'était réservé, et je me plaisais à penser qu'à moins que je ne décède dans les prochains mois, jamais ce blanc ne serait rempli. Je serais enterré loin d'ici, sous un nom différent, et cette pensée me remplit aussitôt de joie. Je ne m'étais pas senti aussi heureux depuis la tuerie, ni plus confiant dans notre trajectoire. C'était peut-être la première et unique fois que ce que nous avions semblait valoir le prix que nous avions dû payer. Nous échappions à une destinée toute tracée. Cette plaque de granite m'était promise, elle était ma destination finale, et je venais de m'en détourner. Dans quelques mois,

j'allais m'en aller de par le monde, affranchi de toute entrave
J'allais me recréer, tracer moi-même mon itinéraire. Je déci-
derais de mon destin.

En rentrant du travail le jeudi soir, je trouvai Sarah en
train de pleurer dans la cuisine.

Je ne m'en aperçus pas tout de suite. Je remarquai seulement une espèce de raideur, de froideur un peu affectée,
comme si elle était fâchée contre moi. Elle faisait la vaisselle
debout devant l'évier. J'entrai, toujours en costume-cravate,
et m'assis à la table pour bavarder un peu avec elle. Je
l'interrogeai sur sa journée, et elle me répondit par monosyl-
labes, de petits grognements brefs venus du fond de la gorge.
Elle ne me regarda pas une fois, se tenant tête baissée,
concentrée sur les mouvements de ses mains dans l'eau
savonneuse.

« Ça va ? » finis-je par demander.

Elle hocha la tête sans se retourner, les épaules voûtées, le
dos rond. Les assiettes s'entrechoquaient dans l'évier.

« Sarah ? »

Comme elle ne répondait pas, je m'approchai d'elle. Lorsque ma main toucha son épaule, elle parut se figer.

« Qu'est-ce qui se passe ? » demandai-je, puis, me penchant vers l'avant pour accrocher son regard, je vis que des
larmes roulaient lentement sur son visage.

Elle ne pleurait pas facilement ; je pouvais compter sur les
doigts d'une seule main les fois où je l'avais vue en larmes.
Cela n'arrivait qu'à la suite de grands malheurs. Paniqué, je
pensai aussitôt au bébé.

« Où est Amanda ? » demandai-je précipitamment.

Sans interrompre sa vaisselle, elle tourna la tête, renifla et
dit : « En haut.

— Elle va bien ?

— Elle dort. »

Je tendis le bras pour couper l'eau. Un grand silence se fit
dans la cuisine. L'atmosphère s'en trouva plus lourde, et
mon inquiétude plus grande.

« Mais qu'est-ce qu'il y a ? » Je la pris par la taille. Elle
commença par se raidir, les mains posées sur le bord de
l'évier, puis, secouée par un gros sanglot, elle se laissa aller
contre moi. Je la serrai dans mes bras. Elle pleura un

moment en me rendant mon étreinte. De l'eau savonneuse s'égouttait de ses mains dans mon cou et sur l'encolure de ma veste.

« Là, tout va bien, murmurai-je. Tout va bien. »

Quand elle fut un peu apaisée, je la conduisis jusqu'à la table.

« Je ne peux plus travailler à la bibliothèque, dit-elle en s'asseyant.

— Ils t'ont virée ? m'écriai-je, même si je ne pouvais pas imaginer une chose pareille.

— Non, on m'a demandé de ne plus venir avec Amanda. Des gens se sont plaints du bruit. » Elle s'essuya la joue d'un revers de main. « Je pourrai revenir quand elle ne pleurera plus autant. »

Je lui pris le bras. « On ne peut pas dire que tu aies absolument besoin de ce travail.

— Oui, je sais. Seulement, tu comprends...

— Nous avons suffisamment d'argent sans cela, ajoutai-je en souriant.

— Oui, je sais.

— Ça ne vaut pas la peine de pleurer.

— Ce n'est pas pour ça que je pleure.

— Mais alors, pourquoi ? »

Elle s'essuya à nouveau le visage. Puis elle ferma les yeux. « C'est compliqué. C'est toutes sortes de choses mises bout à bout.

— Cela a à voir avec ce que nous avons fait ? »

Sans doute ma voix lui parut-elle singulière, peut-être tendue ou angoissée, car elle rouvrit les yeux. Elle me regarda fixement, comme pour me jauger. Puis elle secoua la tête.

« Ce n'est rien, dit-elle. Je dois juste être fatiguée. »

Ce week-end-là, la neige commença de fondre.

Le samedi, la température monta à dix au-dessus de zéro, et ce fut comme si toute chose, le monde entier, entrait subitement en déliquescence. De grands nuages d'un blanc intense glissèrent dans le ciel tout l'après-midi, doucement poussés par une brise humide venue du sud. L'air fleurait trompeusement le printemps.

Le dimanche fut encore plus doux. Le thermomètre afficha plus de quinze degrés, et le dégel s'en trouva accéléré. En fin de matinée, le sol avait commencé de réapparaître en petits ovales de la taille d'une empreinte de pas, qui ponctuaient de taches sombres la neige sale. Et, dans la soirée, quand je sortis pour détacher le chien et l'emmener au garage, je le trouvai dans une flaque de boue de deux centimètres d'épaisseur. La terre était en train de perdre son voile de blancheur.

J'eus du mal à trouver le sommeil ce soir-là. L'eau qui gouttait de l'avant-toit faisait un incessant flic-floc sous les fenêtres. La maison craquait et geignait. Régnait dans l'atmosphère comme une sensation de mouvement, de choses en train de se disjoindre, de se défaire.

Allongé dans le noir, je cherchais à ruser avec mon corps, je détendais mes muscles, je forçais ma respiration à ralentir et à devenir plus profonde, mais, dès que je fermais les yeux, l'image de l'avion s'imposait à moi avec une grande netteté. Il était posé sur le ventre dans le verger, ailes et fuselage luisant au soleil comme une balise. Il attendait, je percevais son impatience. Il aspirait à ce qu'on le découvre.

Le mercredi de la semaine suivante, il m'arriva une chose étrange. J'étais à mon bureau en train de travailler sur des erreurs d'écritures, lorsque j'entendis la voix de Jacob dans l'entrée du magasin.

Ce n'était pas lui qui parlait, bien évidemment, mais le ton et le volume de cette voix m'étaient tellement familiers que je ne pus m'empêcher d'aller entrouvrir la porte pour glisser un œil dans l'entrée.

Il y avait là un gros homme que je n'avais encore jamais vu. Il ne s'agissait pas d'un client. Il était entré pour demander son chemin.

Il ne ressemblait pas du tout à Jacob. Il était âgé, presque chauve, avec une épaisse moustache tombante. Et, alors que je l'écoutais parler, que j'observais le mouvement de ses mains, ses jeux de physionomie, l'illusion qu'il utilisait la voix de Jacob s'estompa peu à peu. La sienne était un peu trop rauque, un rien trop éraillée, c'était celle d'un vieil homme.

Mais je fermai les yeux, et cela redevint aussitôt la voix de mon frère. Parfaitement immobile, tout entier concentré sur ces intonations, je fus tout à coup saisi d'un irrésistible accès de tristesse. Je n'avais jamais rien éprouvé de tel. Ce fut si violent que cela eut sur moi un effet physique, comme une crise de nausée. Je me cassai en deux, comme si j'avais reçu un coup à l'estomac.

« Mr. Mitchell ? » fit une voix féminine.

Je rouvris les yeux, me redressai. Cheryl, debout derrière le comptoir, me regardait avec inquiétude. Le gros homme se tenait au centre du hall, tortillant de la main le bout de sa moustache.

« Ça va aller ? » questionna Cheryl. Elle paraissait sur le point de s'élancer à mon secours.

Je tentai de passer rapidement les tout derniers instants en revue, pour voir si j'avais émis un bruit quelconque, hoquet ou gémissement, mais je ne me souvenais de rien. « Oui, oui, ça va », dis-je. Je me raclai la gorge et adressai un sourire au gros homme. Il me fit un signe de tête amical, que je lui rendis. Puis je battis en retraite et refermai ma porte.

Ce soir-là, je lus dans le journal un article au sujet d'une énorme escroquerie qui avait eu lieu récemment dans le Middlewest : des investisseurs innocents s'étaient fait délester de millions de dollars.

Un avis bidon passait dans le quotidien local, annonçant la vente par l'État de biens saisis à la suite de raids antidrogue. Les gens achetaient sans avoir vu la marchandise, considérant apparemment que, puisque cette vente était organisée par l'administration, rien de frauduleux ne pouvait l'entacher. Les escrocs avaient plusieurs complices mêlés à la foule, dont le rôle était de pousser artificiellement les enchères. Les victimes payaient par chèque, certains d'avoir acquis quelque chose à dix pour cent de sa valeur, puis se présentaient deux semaines plus tard pour découvrir qu'ils avaient acheté du vent.

Je pris la nouvelle avec un grand calme. Je venais de passer à ma banque : mon chèque avait été débité la veille. Mon crédit n'était plus que de mille six cent soixante-dix-huit dollars et vingt et un *cents*. J'avais perdu trente et un mille dollars, pratiquement toutes nos économies, mais je n'arrivais pas à y croire. C'était trop horrible pour avoir fait aussi peu de vagues. Un grand malheur me frappait, mais il m'était annoncé si discrètement — une brève en page intérieure — que j'avais du mal à en prendre conscience. J'avais besoin de beaucoup plus, il m'aurait fallu un coup de fil au milieu de la nuit, le bruit d'une sirène dans le lointain, une douleur vive et soudaine dans la région du cœur.

En fait, je me surpris à éprouver plus de réconfort que de peine. Tant que je gardais à l'esprit l'image du sac de voyage bourré d'argent, je pouvais considérer que la perte de ces trente et un mille dollars était sans importance, qu'elle n'était qu'une bourde minime, due à une malencontreuse erreur de jugement. Et, bizarrement, l'idée de me les être fait voler plutôt que de les avoir simplement perdus me réconfortait. Ainsi, il était des hommes aussi mauvais que moi, pires même, toute une bande de malfrats qui sillonnaient le pays pour voler leurs économies à de pauvres dupes. Du coup, ce que j'avais fait paraissait un peu plus explicable, un peu plus naturel, un peu plus facile à comprendre.

Bien sûr, je ne peux le nier, ce sentiment de réconfort n'allait pas sans un frisson de peur, de terreur froide. Le filet de sécurité que j'avais tendu pour protéger notre descente dans le crime, l'idée de brûler l'argent au premier signe de danger, venait d'être emporté. Dorénavant, quoi qu'il arrive dans l'avenir, nous ne pourrions y renoncer, car, sans cet argent, nous n'avions plus rien. Je prenais conscience avec une parfaite lucidité que je venais de perdre ma dernière illusion de liberté, et c'était cette pensée qui était au centre de ma peur. J'étais pris au piège, toutes mes décisions concernant l'argent me seraient désormais dictées par le fait qu'il était devenu indispensable ; elles seraient l'effet non du désir, mais de la nécessité.

Je déchirai l'article, allai le jeter dans la cuvette des waters et tirai la chasse d'eau. Je ne voulais pas que Sarah apprît la chose avant que nous ne fussions en sécurité loin d'ici.

Plus tard le même soir, en détachant Mary Beth de son arbre pour le mener dans le garage, je remarquai que les plaies à vif sous son collier avaient considérablement empiré. S'en écoulait maintenant un mélange de sang et de pus. Tout autour, son poil était figé dans une gangue de boue.

Pris de compassion pour cette pauvre bête, je m'agenouillai sur le sol humide afin de desserrer son collier, mais, dès que je le touchai, il leva la tête et, avec vitesse et précision, comme l'on coupe une branche dans un buisson, il me mordit au poignet.

Je me relevai d'un bond, sidéré. Le chien adopta aussitôt un profil bas. Jamais je n'avais été mordu par un chien et je ne savais comment réagir. Devais-je lui flanquer un coup de pied ou bien lui faire passer la nuit dehors ? Mais je n'étais pas vraiment fâché ; j'avais simplement le sentiment que j'aurais dû l'être.

J'examinai soigneusement mon poignet. Le soleil était couché et le jardin était plongé dans la pénombre, mais je sentis en me palpant que la peau n'était pas entamée. Il m'avait juste pincé, comme l'on choisit de donner une gifle plutôt qu'un coup de poing.

Vautré dans la boue, Mary Beth se mit à se lécher le bout des pattes. Il fallait prendre une décision à son sujet. Attachée toute la journée, enfermée toute la nuit, cette bête était malade et malheureuse.

L'éclairage extérieur s'alluma et Sarah passa la tête dehors. « Hank ? » appela-t-elle.

Je me retournai vers elle en me tenant toujours le poignet.

« Qu'est-ce que tu fabriques ?

— Le chien m'a mordu.

— Comment ? » Elle n'avait pas entendu.

« Rien », dis-je. Je me penchai pour prendre Mary Beth par son collier. Il se laissa faire. « Je le mets dans le garage », ajoutai-je.

Dans la nuit du jeudi, je me redressai brusquement, les yeux grands ouverts, pris d'un sentiment d'urgence teinté de peur panique. Au fin fond de mon sommeil, je venais d'échafauder un plan. Je réveillai Sarah pour lui en faire part.

« Sarah, soufflai-je en lui secouant l'épaule.

— Arrête », geignit-elle en se dégageant.

J'allumai la lumière. « Sarah », répétai-je à voix basse. Elle ouvrit enfin les yeux. « Je sais comment nous débarrasser de l'avion.

— Quoi ? » Toujours à moitié endormie, elle jeta un coup d'œil en direction du berceau, puis me regarda en clignant les paupières.

« Je vais louer un chalumeau et on va l'emmener là-bas pour découper l'avion en petits morceaux.

— Un chalumeau ?

— Après, on les enterrera dans les bois. »

Elle me fixa un moment, essayant de comprendre ce que je lui racontais.

« C'est la dernière pièce à conviction, dis-je. Une fois qu'elle aura disparu, on n'aura plus aucune raison de s'inquiéter. »

Sarah s'assit à son tour en écartant les cheveux de son visage. « Tu veux découper l'avion ?

— Il faut le faire avant que quelqu'un tombe dessus. » Je réfléchis un bref instant. « On peut faire ça demain. Je prendrai ma journée. On va passer quelques coups de fil pour trouver un endroit où on loue des...

— Hank », dit-elle.

Quelque chose dans sa voix m'arrêta net. Je la regardai. Elle semblait effrayée. Elle avait les bras croisés sur la poitrine.

« Qu'est-ce qui ne va pas ? demandai-je.

— Non mais, écoute-toi un peu. »

Je la fixai sans comprendre.

« Tu déjantes complètement. On ne va pas emporter un chalumeau dans les bois pour découper l'avion. Ça ne tient pas debout. »

Je l'admis aussitôt. Tout cela me parut complètement absurde. C'était comme si j'avais parlé dans mon sommeil.

« Il faut qu'on reste tout à fait calmes, dit-elle. Il ne faut pas se laisser tournebouler.

— Oui, mais tu comprends...

— Non. On file un mauvais coton. Ce qui est fait est fait. À présent, on doit juste vivre notre vie. »

Je voulus lui prendre la main pour lui montrer que j'étais redescendu sur terre, mais elle se dégagea.

« Si ça continue comme ça, dit-elle, on va finir par tout perdre. »

Amanda émit un petit geignement. Nous regardâmes tous deux dans la direction du berceau.

« On finira par aller se livrer, fit Sarah à voix basse.

— Ça, pas question.

— On a plus longtemps à attendre, Hank. Bientôt, quelqu'un va trouver l'avion, ça va mettre tout le monde en émoi, et puis les gens vont commencer à oublier. Dès que ça se sera tassé, on pourra partir. On prendra l'argent et on filera d'ici. »

Elle ferma les yeux, comme pour mieux imaginer ce qu'elle disait.

« L'argent est ici, dit-elle en tapotant le matelas. Juste ici, sous nos fesses. Il est à nous si nous savons le garder. »

Je la contemplais. La lumière de la lampe de chevet faisait un halo doré autour de ses cheveux.

« Tu n'as pas des remords, parfois ? demandai-je.

— Bien sûr que si. Tout le temps. »

Je hochai la tête, soulagé qu'elle l'admît.

« Mais on doit vivre avec. À nous de gérer cela comme n'importe quelle autre peine.

— Ce n'est pas une peine comme les autres. J'ai tué mon frère.

— Ce n'était pas ta faute, Hank. Tu n'as pas choisi de le faire. Il faut le croire. » Elle me toucha le bras. « C'est la vérité. »

Comme je ne répondais pas, elle accentua sa pression sur mon bras. « Est-ce que tu comprends ça ? »

Elle me regardait droit dans les yeux, me serrant le bras jusqu'à ce que je finisse par acquiescer. Puis elle jeta un coup d'œil au réveil. Sa tête sortit de la lumière et le halo disparut. Il était trois heures dix-sept du matin. J'étais bien réveillé à présent, j'avais les idées parfaitement claires. Je me répétais intérieurement : *C'était pas de ta faute.*

« Allez, viens », dit Sarah.

Elle noua les bras autour de moi et, lentement, me fit me rallonger.

« Tout va bien se passer, murmura-t-elle. Je te le promets. » Elle attendit un moment, comme pour voir si je n'allais pas me rasseoir, puis elle se tourna sur le côté et éteignit la lumière.

Mary Beth se mit à hurler à la mort.

« Je vais lui loger une balle dans la tête, dis-je. Je vais mettre fin à ses misères.

— Oh, Hank », soupira-t-elle, déjà à moitié rendormie. Elle se trouvait à quelques centimètres de moi sur la droite ; dans l'espace qui nous séparait, les draps étaient tout froids. « Non, c'est fini maintenant, toutes ces tueries. »

L'hiver revint en force peu avant le lever du jour. Le vent du nord se mit à souffler et l'air se refroidit brutalement.

Le vendredi matin, alors que je roulais dans la campagne pour me rendre à mon travail, la neige commença à tomber.

9

La neige continua de tomber toute la matinée et tout l'après-midi. Elle était dense, incessante, comme jetée du haut des nues. Les clients en amenaient dans le magasin. Ils la brossaient de leurs épaules, elle tombait de leurs semelles, et cela formait de petites flaques du côté de la porte. Tout le monde paraissait excité et même un peu étourdi par cette neige, sans doute en raison de la soudaineté de sa venue, de la rapidité avec laquelle elle s'abattait et du grand silence qui enveloppait la localité. Il y avait une espèce de frénésie dans les voix qui me parvenaient du hall, une cordialité et une chaleur un rien extravagantes, des sonorités qui évoquaient les vacances.

Sur moi, en revanche, cette tempête agissait non comme un stimulant, mais comme un sédatif. Elle avait un effet rassurant et calmant. Délaissant mon travail, je passai une bonne partie de la matinée à contempler la neige qui tombait sur Ashenville, adoucissant la forme des voitures et des bâtiments, occultant les couleurs et privant toute chose de traits bien marqués. Je la regardais descendre sur le cimetière de l'autre côté de la rue, y effacer le rectangle sombre des sépultures de Jacob, de Lou, de Nancy et de Sonny. Et, quand je fermais les yeux, je la voyais tomber sur la réserve naturelle, descendre silencieusement entre les arbres rabougris du verger, et lentement, flocon après flocon, recouvrir l'avion.

Je reconnaissais le bien-fondé de ce que disait Sarah : l'épave finirait forcément par être découverte. Il fallait qu'elle le soit, puis que les gens n'y pensent plus, pour que nous puissions quitter la région et commencer une nouvelle vie. Néanmoins, je savais aussi que plus cette découverte tarderait, moins nous

265

risquerions d'être inquiétés. Et de prier mentalement : *Faites qu'on ne fasse pas le lien entre les meurtres et l'argent de l'avion. Faites que personne ne se souvienne de l'un en pensant à l'autre.*

Tout en contemplant la tempête de neige, je me pris à rêvasser aux endroits où nous irions, à ce que serait notre nouvelle vie. Et de crayonner sur mon bloc des voiliers miniatures, des Concorde au milieu des nuages, des noms de pays étrangers. Je nous voyais faisant l'amour sur une plage déserte, je m'imaginais offrant à Sarah de coûteux présents achetés sur des marchés indigènes, des parfums exotiques, de petites statuettes de bois et d'ivoire, des bijoux de toutes tailles et de toutes couleurs.

La neige continua de tomber tout le jour, comblant les empreintes de pas du matin, recouvrant la rue fraîchement déblayée.

Peut-être une demi-heure avant la fermeture, je reçus un coup de fil du shérif Jenkins :

« Hank ? Comment va ? Vous êtes occupé ?

— Pas vraiment, dis-je. Je règle juste quelques petites choses avant le week-end.

— Est-ce qu'il vous serait possible de faire un saut jusqu'à mon bureau ? J'ai ici quelqu'un à qui vous pourriez donner un sérieux coup de main.

— Qui ça ?

— Un agent du FBI, Neal Baxter. »

Tout en traversant la rue dans la neige, je me dis : *Ça n'a rien à voir avec ce que j'ai fait. S'ils voulaient m'arrêter, ils ne me demanderaient pas de passer, ils viendraient me chercher.*

Le bureau de Jenkins occupait un angle du rez-de-chaussée de l'hôtel de ville, édifice en brique à un étage. Un perron en béton menait à une porte d'entrée à deux battants. Je m'arrêtai au bas des marches, près du mât des couleurs, le temps de rassembler mes idées. Je fis tomber la neige de mes cheveux, déboutonnai mon pardessus, rajustai ma cravate.

Jenkins m'accueillit dans le hall. Je pense qu'il était venu m'y attendre. Tout sourires, il me salua comme un vieil ami. Il me prit par le bras et m'entraîna vers la gauche en direction de son bureau.

Il occupait en fait deux pièces, une grande, où se trouvait l'accueil, et une autre, plus petite, sur l'arrière. Linda Jenkins, son épouse, petite femme au visage agréable, tapait à la machine dans la première pièce. Elle sourit à notre entrée et me murmura bonjour. Je lui rendis son sourire. Derrière elle, par la porte ouverte, je vis un homme assis, de dos. Il avait les cheveux en brosse et il portait un costume anthracite.

Je suivis Jenkins dans son bureau. Il referma la porte, et le crépitement de la machine à écrire ne nous parvint plus que très assourdi. Il y avait fort peu de choses dans cette pièce minuscule : un bureau en bois, trois chaises en plastique et une rangée de classeurs métalliques contre le mur du fond. Y étaient posées deux photographies, l'une de Linda tenant un chat sur ses genoux, l'autre du clan Jenkins au grand complet, avec enfants, petits-enfants, cousins, neveux, nièces et rapportés, massé sur une pelouse devant une maison jaune à volets bleus. Le bureau était propre et bien rangé. Un petit drapeau américain sur un socle de plastique voisinait avec une boîte en fer-blanc pleine de crayons de bois jaunes et un presse-papiers en pierre sous lequel il n'y avait aucun papier. Derrière le bureau, était accrochée au mur une vitrine contenant des armes à feu.

« Hank, voici l'agent Baxter », dit Jenkins.

L'homme se leva de sa chaise et se tourna vers moi. Il s'essuya la main sur le côté de son pantalon avant de se pencher en avant pour me la tendre. Il était mince, large d'épaules, avec un visage carré et le nez aplati comme celui d'un boxeur. Il avait la poignée de main brève, nette et ferme, et il soutint mon regard pendant que Jenkins faisait les présentations. Bizarrement, son visage me disait quelque chose, comme s'il ressemblait à un acteur de cinéma ou à un sportif célèbre, mais je n'arrivais pas à mettre un nom dessus ; la ressemblance devait être trop vague, rien de plus que la trace d'un souvenir ancien. Il était poli et distingué. Il donnait une impression de calme compétence.

Tout le monde s'assit, et le shérif s'adressa à moi : « Vous vous rappelez, il y a quelques mois, quand je vous ai rencontré du côté de la réserve naturelle ?

— Oui, fis-je, une boule d'angoisse dans la gorge.

— Est-ce que Jacob ne m'avait pas dit que vous aviez entendu quelques jours plus tôt un avion qui semblait avoir des problèmes de moteur ? »

267

Je hochai la tête.

« Voudriez-vous expliquer à l'agent Baxter ce que vous avez entendu exactement ? »

Je ne voyais pas comment me défiler, mentir ou éluder, aussi fis-je exactement ce que Jenkins me demandait. Je repris la fable inventée par Jacob et la servis sur un plateau au type du FBI. « Il neigeait, dis-je. Très fort, comme aujourd'hui. Alors, on ne pouvait être sûrs de rien. Ça ressemblait à un moteur qui a des ratés. On s'est garés sur le bas-côté pour écouter, mais on n'a plus rien entendu : plus de moteur, pas de crash, rien. »

Jenkins et l'autre demeuraient silencieux.

« Ce n'était peut-être qu'une motoneige », dis-je.

L'agent Baxter avait un carnet noir ouvert sur les genoux. Il prenait des notes. « Vous souvenez-vous de la date ? demanda-t-il.

— On a rencontré le shérif le 31 décembre. Ça s'est passé quelques jours plus tôt.

— C'était pas loin de l'endroit où je vous ai vus, c'est ça ? demanda Jenkins. Du côté d'Anders Park ?

— C'est exact.

— Sur quelle route étiez-vous ?

— Celle qui passe au sud du parc.

— Du côté de chez Pederson ? »

Je hochai la tête. Le sang me battait les tempes.

« Voudriez-vous nous y emmener ? » demanda l'agent Baxter.

Je dus poser sur lui un regard éperdu. « Au parc naturel ?

— Il va falloir attendre demain matin, dit Jenkins. Que la tempête soit terminée. »

De la neige fondue gouttait de mon pardessus sur le sol. Je commençai à l'enlever, mais me ravisai en remarquant combien mes mains tremblaient dès qu'elles n'étaient plus à plat sur mes cuisses.

« Qu'est-ce qu'il se passe ? » demandai-je.

Il y eut un court silence pendant lequel les deux représentants de la loi parurent se demander qui parlerait le premier et ce qu'il convenait de révéler. Pour finir, d'un signe de tête quasi imperceptible, l'agent Baxter opina à l'adresse de Jenkins.

« Le FBI recherche un avion, dit le shérif.

— Bien sûr, tout ceci doit rester confidentiel, précisa Baxter.

— Je suis sûr que Mr. Mitchell le comprendra aisément. »

268

L'agent du FBI se laissa aller contre son dossier et croisa les jambes. Le cuir noir de ses souliers cirés était marqué de petites taches d'eau. Il posa sur moi un regard pénétrant.

« En juillet dernier, commença-t-il, à Chicago, un fourgon blindé a été attaqué au moment où il quittait la banque de la Réserve fédérale. Dès le début, nous avons suspecté une complicité à l'intérieur, mais l'enquête a piétiné jusqu'au mois de décembre, quand le chauffeur du fourgon a été arrêté pour le viol d'une de ses anciennes petites amies. Lorsque son avocat lui a dit qu'il pourrait écoper de vingt-cinq ans, il a sauté sur le téléphone pour nous proposer de déposer contre ses complices dans l'affaire qui nous intéresse.

— Il vous a livré ses copains ?

— Oui. Il avait d'ailleurs une grosse dent contre eux parce qu'ils s'étaient évanouis dans la nature sans lui donner sa part. Alors, il les a balancés, et nous avons ramené les charges pesant contre lui à un simple délit mineur.

— Et vous avez arrêté des deux autres ?

— Nous avons remonté leur piste jusqu'à Detroit, d'où ils sont originaires, et nous avons mis des hommes en planque devant leur appartement.

— En planque ? Pourquoi ne pas les avoir tout de suite arrêtés ?

— Nous voulions être certains de récupérer aussi l'argent. Rien ne prouvait qu'ils avaient déjà tapé dedans. Tous deux avaient un boulot et habitaient ensemble un appartement miteux du côté du stade. C'est pourquoi nous supposions que l'argent était caché quelque part et qu'ils attendaient d'être sûrs de ne pas être recherchés. Malheureusement, notre surveillance s'est relâchée et les suspects ont décampé. Nous en avons pris un, le lendemain, au moment où il tentait de passer au Canada, mais l'autre avait disparu. Nous avions presque fait une croix dessus quand un informateur a appelé mon collègue pour lui dire que le suspect était sur le point de décoller à bord d'un petit avion d'un terrain d'aviation de la périphérie de Detroit. Nous nous y sommes précipités, mais nous avons juste eu le temps de l'apercevoir qui s'envolait en bout de piste.

— Vous ne pouviez pas vous lancer à sa poursuite ? demandai-je.

— Nous n'avions aucune raison de le faire.

— Ils connaissaient sa destination », expliqua Jenkins, apparemment réjoui à cette pensée. Il se carra dans son fauteuil et adressa un grand sourire au type du FBI. L'autre l'ignora.

« Notre informateur nous avait communiqué sa destination. Un autre petit terrain, dans la banlieue nord de Cincinnati. » Baxter se tut sans cesser de me regarder. Il se renfrogna. « Malheureusement, l'avion n'est jamais arrivé là-bas.

— Peut-être qu'il s'est posé ailleurs.

— C'est possible, mais peu probable. Pour différentes raisons, nous tenons les renseignements de notre informateur pour tout à fait dignes de foi.

— Ils pensent qu'il s'est écrasé en route, dit Jenkins. Ils suivent son itinéraire, commune par commune.

— Est-ce que l'argent se trouvait à bord de l'avion? demandai-je.

— Nous le supposons, dit Baxter.

— Combien? »

Baxter lança un regard à Jenkins, puis revint à moi.

« Plusieurs millions de dollars. »

Je sifflai et haussai les sourcils, feignant l'incrédulité.

« On pensait se mettre en route vers neuf heures demain matin, dit le shérif, quand le temps se sera éclairci. Est-ce que ça vous va?

— Shérif, je n'ai pas vu le moindre avion. J'ai seulement entendu un bruit de moteur. »

Les deux hommes me regardaient, dans l'expectative.

« Je veux dire, je ne pense pas qu'on trouvera quoi que ce soit là-bas.

— Nous savons bien que ce n'est qu'une vague hypothèse, Mr. Mitchell, dit l'agent du FBI. Mais, au point où en est l'enquête, nous en sommes réduits à travailler sur des hypothèses.

— C'est juste que je n'ai rien de particulier à vous montrer. Je ne suis même pas descendu de voiture. Vous n'avez qu'à prendre Anders Park Road et vous serez aussi avancés que moi.

— Nous vous serions quand même reconnaissants de nous y accompagner. Une fois sur place, il se pourrait que vous soyez étonné de tout ce qui vous reviendra en mémoire.

— Neuf heures ne vous convient peut-être pas? s'enquit le shérif. On pourrait au besoin partir plus tôt. »

Je secouai la tête, presque sans le vouloir.

Jenkins me fit un grand sourire. « Au retour, je vous offrirai une tasse de café. »

Alors que je me levais pour partir, l'agent Baxter ajouta : « Mr. Mitchell, je ne saurais trop insister sur le caractère confidentiel de tout ceci. Le Bureau est très embêté par toute cette affaire. Nous le serions plus encore si la presse en avait vent d'une manière ou d'une autre. »

Jenkins mit son grain de sel avant que je puisse répondre : « La presse, s'il n'y avait que ça ! Il y a quatre millions de dollars dans la nature. Si jamais ça s'ébruite, on se retrouve avec une putain de chasse au trésor sur les bras. »

Il éclata de rire et m'adressa un de ces clins d'œil dont Lou avait le secret. L'agent Baxter affichait un sourire glacé.

Le dîner était déjà prêt lorsque j'arrivai à la maison.

« Un braquage ? » fit Sarah, quand je lui eus raconté les derniers développements. « C'est impossible. »

Assis en face d'elle à la table de la cuisine, je la regardais se servir une cuisse de poulet. L'autre pilon était déjà dans mon assiette. « Comment ça, impossible ?

— Ça ne tient pas debout, Hank. L'enlèvement, ça, c'était plausible.

— Mais, Sarah, ce n'est pas une supposition. Ce n'est pas une hypothèse. Je viens de parler avec un type du FBI. Il m'a dit d'où vient l'argent. »

Elle fixait son assiette, mélangeant machinalement du bout de la fourchette son riz et ses petits pois. Installée dans sa chaise haute au bout de la table, la petite la regardait faire. Elle avait la tête qui lui était devenue habituelle : elle paraissait sur le point de se mettre à pleurer.

« Il recherche un avion bourré de fric. Ne me dis pas qu'il y a en ce moment dans le coin plusieurs avions accidentés qui répondent à cette description.

— Il s'agit de coupures de cent dollars, dit-elle. Si l'argent provenait d'un fourgon blindé, il y aurait des billets de cinquante, des billets de vingt et de dix.

— Tu n'écoutes pas ou quoi ? Je viens de te dire que je quitte à l'instant un agent du FBI.

— Ce sont des billets usagés. Si l'argent sortait tout droit de la Réserve fédérale, ce seraient des billets neufs. On y brûle les vieux billets pour les remplacer par des neufs.

271

— Alors, je suis un menteur ? »

Elle parut ne pas avoir entendu. Tournée vers le bébé, elle se mordillait la lèvre. Tout à coup, son expression s'anima. « Est-ce qu'il t'a montré son insigne ?

— Pourquoi me l'aurait-il montré ? »

Elle lâcha sa fourchette, recula sa chaise et sortit d'un pas rapide.

« Sarah ? lançai-je, stupéfait.

— Je reviens », cria-t-elle par-dessus son épaule.

Dès qu'elle eut quitté la pièce, le bébé se mit à pleurer. Je ne lui adressai même pas un regard. Je réfléchissais à la manière d'aller remettre l'argent dans l'avion sans laisser de traces. Machinalement, je triturais du bout du couteau ma cuisse de poulet.

Amanda pleurait de plus en plus fort, tout son petit corps crispé, le visage cramoisi.

« Chhhh », faisais-je sans quitter des yeux mon assiette, où les aliments refroidissaient lentement. Il faudrait que j'y aille juste après le dîner, avant que la neige ne cesse de tomber. J'allais devoir opérer dans le noir. Je ne garderais que trois liasses de mille dollars, l'équivalent de ce que j'avais perdu avec l'appartement.

Sarah reparut bientôt, un papier à la main. Elle se rassit avec un air de triomphe qui lui rosissait les joues, et me tendit le papier, comme si elle me faisait un cadeau.

Je reconnus immédiatement la photocopie de l'article sur le kidnapping.

« Pourquoi m'apportes-tu ça ? »

Elle arborait un grand sourire. « C'est lui, n'est-ce pas ? » Elle se pencha pour poser le dos de la main sur le front d'Amanda. La petite arrêta de brailler.

Je considérai la coupure de journal. Il s'agissait du troisième article, celui avec des photos. Je les examinai de gauche à droite, d'abord le plus jeune des deux frères, puis l'aîné, et enfin l'image où on voyait le plus jeune exécuter un des gardes.

« Il recherche son frère », dit Sarah.

Mon regard se reporta sur la photo centrale et j'eus, un court instant, une impression de déjà-vu. Les yeux, le port de tête, la façon dont les joues se creusaient près de la bouche, tout cela m'était vaguement familier. Puis, l'instant d'après, tout s'évanouit sous l'influence des autres traits : la barbe et l'épaisse chevelure, le côté massif et l'air patibulaire typiques des photos anthropométriques.

« D'après toi, le type que je viens de rencontrer serait Vernon, l'aîné des deux frères ? » Je posai le papier entre nous sur la table.

Elle hocha la tête, souriant toujours. Ni elle ni moi n'avions encore avalé une seule bouchée. Tout était froid et la sauce se figeait. Je scrutai à nouveau la photo, cherchant à reconnaître l'agent Baxter en Vernon Bokovsky. Sourcils froncés, concentré au possible, je réussis à le faire apparaître, mais cela ne dura une fois encore qu'une seconde. Ce cliché datait de plusieurs années. Il était flou, avec des ombres très marquées.

« Ce n'est pas lui, dis-je. Le type que j'ai rencontré aujourd'hui est plus mince. » Je fis glisser l'article en direction de Sarah. « Il a les cheveux en brosse et pas de barbe.

— Il a peut-être perdu du poids, Hank. Il se sera coupé les cheveux et rasé la barbe. » Elle regarda la photocopie, puis leva les yeux vers moi. « Ne me dis pas que c'est impossible.

— Tout ce que je dis, c'est que ça ne me semble pas être le même homme.

— C'est forcément lui. J'en suis certaine.

— Il avait tout d'un mec du FBI, Sarah. Il avait cet air professionnel, comme une vedette de cinéma, un air plus vrai que nature. Très calme, très bien mis, avec un beau costume sombre...

— C'est à la portée de n'importe qui », dit-elle, agacée. Elle abattit la main sur l'article. « Pour enlever la fille, il s'est fait passer pour un flic en uniforme. Pourquoi il ne se ferait pas passer pour un agent du FBI pour récupérer la rançon ?

— Mais ce serait courir un risque énorme. Il faudrait qu'il se pointe dans tous les bleds d'ici à Cincinnati et qu'il se présente dans autant de postes de police où sa photo est probablement affichée. S'il voulait se faire prendre, il n'agirait pas autrement.

— Mets-toi à sa place, dit Sarah. Ton frère part en avion avec l'argent et disparaît. Tu penses que l'avion s'est écrasé et tu attends un bon moment, mais les médias restent muets sur le sujet. Est-ce que tu n'essaierais pas de le retrouver par tes propres moyens ? »

Je méditai cela en contemplant les trois photos.

« Tu ne renoncerais pas comme ça. Tu essaierais au moins d'inventer quelque chose pour retrouver l'argent.

— Il est plus mince, dis-je d'un ton égal.

— Pense à tout ce que nous avons fait pour le conserver, cet argent. Ce qu'il fait lui n'est rien, comparé à ça.

— Tu te trompes, Sarah. Tu échafaudes tout ça dans ta tête.

— Tu crois vraiment que le FBI procéderait de cette manière pour retrouver un avion ? Tu crois qu'un agent parcourrait comme ça tout l'Ohio en bagnole ? Tu ne penses pas qu'ils enverraient plutôt des dépêches un peu partout ?

— Ils veulent éviter les fuites.

— Dans ce cas, ça se passerait par téléphone. Jamais on n'enverrait un agent.

— Eh bien alors, pourquoi le kidnappeur ne les passerait-il pas, ces coups de fil ? Ce serait moins risqué. Il aurait moins de chances de se faire prendre.

— Il tient à être sur place. Il espère convaincre les gens par sa façon d'agir, son apparence. Comme il t'a convaincu, toi. C'est quelque chose qu'il ne peut pas faire par téléphone. »

Je me repassai mentalement mon entrevue avec l'agent Baxter. Je le revis s'essuyer la main sur son pantalon avant de me la tendre, comme si elle était moite de transpiration. Je me rappelai combien il avait insisté sur le caractère confidentiel de la chose, sur la nécessité d'empêcher la presse de se saisir de l'affaire.

« Je ne sais pas quoi penser...

— Fais un peu travailler ton imagination, Hank. Essaie de te le représenter avec les cheveux plus longs et une barbe.

— Sarah, dis-je avec un soupir, est-ce que c'est si important que ça ? »

Elle avait repris sa fourchette et la piquait machinalement dans son poulet. « Qu'est-ce que tu veux dire ? fit-elle, soupçonneuse.

— Si on pensait tous les deux qu'il s'agit bien du kidnappeur, en quoi est-ce que ça changerait mon emploi du temps de demain matin ? »

Elle coupa un morceau de viande et le porta à sa bouche. Elle mastiqua lentement, s'arrêtant entre chaque bouchée, comme si elle craignait que cette viande ne fût empoisonnée. « Cela changerait bien des choses.

— Supposons maintenant qu'il est bien du FBI.

— Ce qui n'est pas le cas.

— Ce n'est qu'une hypothèse.

— Bon, admettons. » Elle tenait sa fourchette en suspens au-dessus de son assiette, attendant l'occasion de me contredire.

« Qu'est-ce que je fais ?

— Tu le conduis à l'avion.

— Alors, il faudrait que j'aille ce soir même y remettre l'argent. »

Elle reposa sa fourchette qui cliqueta contre l'assiette. « Y remettre l'argent ?

— Ils savent que l'argent est à bord. Rien ne peut expliquer qu'il en manque une partie. »

Elle me regarda un moment, pensant sans doute que j'allais ajouter quelque chose. « Tu ne vas tout de même pas rapporter l'argent ?

— Il le faudrait, Sarah. Je suis un suspect tout désigné. Dès qu'on quittera la ville, ils comprendront.

— Après tout ce que tu as fait pour le garder, tu y renoncerais ?

— Après tout ce que nous avons fait », rectifiai-je.

Mais elle ne releva pas. « Non, Hank, t'es pas obligé de rapporter l'argent. Si c'est toi qui le conduis jusqu'à l'avion, cela te met au-dessus de tout soupçon. Comme il n'y a pas d'empreintes sur la neige, il se dira que personne n'est passé par là. Il trouvera les cinq cent mille dollars et en conclura que son informateur s'est trompé, que le pilote a laissé le reste de l'argent quelque part. »

Cela semblait tenir debout. Il y avait une part de risque, mais pas plus que si j'allais replacer l'argent dans l'avion.

« Bien, dis-je. Donc, si on décide qu'il est bien du FBI, je ne me laisse pas démonter et je le conduis à l'avion. »

Elle hocha la tête.

« Bon, et qu'est-ce que je fais si on décide qu'il s'agit du kidnappeur.

— Tu n'y vas pas.

— Et pourquoi cela ?

— Parce qu'il est un assassin. Il a tué des tas de gens, les gardes, le chauffeur, la bonne et la fille. Tu appelleras Jenkins en prétextant un empêchement. Tu lui raconteras que la petite est malade et que tu dois l'emmener chez le médecin.

— Sarah, moi aussi, je suis un assassin. Ça ne veut pas nécessairement dire grand-chose.

— Dès qu'il verra l'avion, il vous abattra tous les deux. C'est pour ça qu'il veut que vous y alliez, c'est pour éliminer tous les témoins.

— Si je n'y vais pas, Jenkins l'y conduira tout seul.

— Et alors ?

— Eh bien, en suivant ta logique, s'ils tombent sur l'avion, ce type le descendra. »

Elle réfléchit à cet aspect des choses. Lorsqu'elle reprit la parole, ce fut d'une voix sourde où perçait la honte : « Ce ne serait pas une si mauvaise chose pour nous, dit-elle. Toute violence de sa part aura pour effet de camoufler notre rôle dans cette histoire. Cela nous repousserait en marge de l'affaire.

— Oui, mais si on est certains qu'il s'agit bien de ce Bokovsky, ce serait comme si on tendait un traquenard à ce pauvre Jenkins. Ce serait aussi moche que de l'abattre nous-mêmes.

— Ce sont les deux seules personnes qui peuvent représenter une menace pour nous. Eux seuls seraient en mesure de faire le rapprochement entre toi et l'avion.

— Et tu n'aurais pas de scrupules à voir Jenkins se faire descendre de cette façon ?

— Hank, ce n'est pas comme si je te demandais de le supprimer. Je veux seulement que tu restes à l'écart.

— Oui, mais si on est au courant...

— Et alors ? Tu veux le mettre en garde ?

— On devrait, non ?

— Et qu'est-ce que tu lui dirais ? Comment tu t'y prendrais pour expliquer tes soupçons ? »

Elle avait raison. Je ne pouvais pas l'avertir du danger sans révéler que je connaissais l'emplacement de l'avion et la provenance de l'argent.

« Remarque, ce n'est qu'une supposition, reprit Sarah. Il se peut qu'il ne le tue pas. Peut-être qu'il va se contenter de prendre l'argent et de disparaître. »

Je n'y croyais pas vraiment. Elle non plus, d'ailleurs. Nous mangions l'un comme l'autre du bout des lèvres.

« Tu n'as pas le choix, Hank. »

Je soupirai. Nous en revenions une fois de plus à cela, à nous dire que nous n'avions pas le choix. « De toute manière, on est condamnés à l'incertitude, fis-je.

— Qu'est-ce que tu veux dire ?

« — On saura si c'est lui seulement quand ce sera fini. »

Sarah regardait Amanda tout en cogitant. La petite avait les deux bras tendus par-dessus le plateau métallique de sa chaise haute, l'un pointé vers sa mère, l'autre vers moi. On aurait dit qu'elle voulait nous prendre la main, et je fus tenté d'allonger le bras pour la toucher. Mais je me ravisai aussitôt : cela n'aurait servi qu'à la faire pleurer.

« On n'a qu'à appeler le siège du FBI à Detroit, proposa Sarah, et demander l'agent Baxter.

— Il est trop tard. Tout est fermé à cette heure-ci.

— On peut téléphoner demain matin.

— Je dois les retrouver à neuf heures. Ce ne sera pas ouvert avant cette heure-là.

— Tu n'auras qu'à les faire patienter un peu. J'appellerai d'ici. Tu feras un saut à ton bureau pour me téléphoner. Comme ça, tu seras fixé.

— Et s'il n'y a pas d'agent Baxter ?

— Dans ce cas, tu n'iras pas. Tu diras à Jenkins que je viens d'appeler, que la petite est malade et que tu dois rentrer à la maison.

— Et si, au contraire, il y a bien un agent Baxter ?

— Alors, tu les accompagneras. Tu les conduiras à l'avion.

— C'est risqué dans les deux cas.

— Oui, mais au moins, il va se passer quelque chose. Finie l'attente. Tout va s'étaler au grand jour. »

Le bébé émit un petit glapissement annonciateur d'une imminente crise de larmes. Sarah lui prit la main. Mon dîner était devant moi, intact et froid.

« On va bientôt partir, dit Sarah, comme pour consoler Amanda. On va partir et tout ira bien. On va prendre l'argent, changer de nom et disparaître dans la nature, et tout ira bien. »

Peu après minuit, j'ouvris les yeux en entendant Amanda se réveiller. Elle signalait toujours l'approche de ses crises de larmes nocturnes par plusieurs minutes de paisibles glousse-ments, gazouillis assourdi entrecoupé de petits hoquets. Elle s'y employait à présent, partant de très bas, quelque chose comme le ralenti d'un moteur de voiture, pour monter peu à peu en régime jusqu'à un hurlement à faire vibrer les carreaux.

Je me glissai hors des couvertures et, pieds nus, allai la prendre dans son berceau. Sarah était allongée sur le ventre.

Elle tendit le bras, se saisit de mon oreiller et le ramena contre sa poitrine.

Je berçai un moment la petite dans mes bras.

« Chhhh », lui soufflai-je.

Mais le processus était trop avancé pour que je puisse l'endiguer ; elle me le fit savoir d'un unique cri, quelque chose comme un super-rot, et je l'emportai promptement dans la chambre d'amis, pour qu'elle ne réveille pas sa mère. Je m'installai sur le lit et ramenai la courtepointe sur nous.

J'en étais venu à apprécier ces séances nocturnes avec Amanda. Elles étaient notre unique occasion de contact corporel, car, durant la journée, elle se mettait à brailler dès que je la touchais. Il n'y avait que la nuit que je pouvais la prendre dans mes bras, lui caresser le visage ou l'embrasser doucement sur le front. Il n'y avait que la nuit que je pouvais la consoler, l'apaiser, la rendormir.

Ses pleurs incessants me chagrinaient. Ils pesaient sur moi comme un sentiment de culpabilité. Chaque fois qu'elle se retrouvait seule avec moi, elle commençait immédiatement à pleurer. Bien qu'il ne pût nous dire avec certitude quand cela prendrait fin, notre pédiatre affirmait que ce n'était qu'une phase, une courte période de sensibilité accrue à son environnement. Même si je ne mettais pas sa parole en doute, et quoique je tentasse de me raisonner, mes sentiments pour la petite s'en trouvaient affectés. Je développais une douloureuse ambivalence à son égard, de sorte que si sa présence m'emplissait d'un sentiment de tendresse mêlée de pitié, j'éprouvais également une vague répulsion, comme si ses pleurs marquaient un vice de caractère en train d'éclore, une irritabilité et une mesquinerie innées, un jugement porté sur ma personne, un refus de mon amour.

La nuit, sans que je sache pourquoi, tout était différent. Elle m'acceptait, et je débordais d'amour pour elle. Je nichais ma tête contre la sienne et humais le doux parfum de savonnette qu'exhalait son petit corps. Je la blottissais contre ma poitrine et laissais ses menottes me pincer la peau, m'explorer le nez, les yeux, les oreilles.

« Chhh », soufflai-je, et je murmurai son nom.

La pièce était froide et obscure. Par la porte ouverte, je voyais le couloir, dont les murs blancs luisaient dans la pénombre.

Très lentement, Amanda commença à s'apaiser. Elle dodelinait de la tête, ses petites mains s'ouvraient et se refermaient au rythme de sa respiration. Ses pieds m'appuyaient sur les côtes. Par deux fois, j'avais rêvé qu'elle parlait. Chaque fois, elle était assise dans sa chaise haute à la table de la cuisine, en train de manger avec une fourchette et un couteau. Elle divaguait d'une voix étonnamment basse, les yeux braqués droit devant elle, comme si elle s'adressait à une caméra de télévision. Elle se livrait à des énumérations, établissait des listes de marques automobiles — Pontiac, Mercedes, Chevrolet, Jaguar, Toyota, Volkswagen — , d'essences d'arbres — sycomore, prunier, saule, chêne, marronnier, myrte. Sarah et moi la regardions, sidérés, déverser en souriant cette avalanche de mots. Venaient ensuite une série de noms — Pederson, Sonny, Nancy, Lou, Jacob... À Jacob, je me levais pour la gifler. Les deux fois, c'était ainsi que le rêve s'était terminé — à la gifle, je me réveillais — , et j'avais eu chaque fois le sentiment que, si je ne l'avais pas frappée, elle eût continué de prononcer des noms les uns à la suite des autres jusqu'à la fin des temps.

La petite se rendormant, je commençais à entendre les bruits de la maison. Il ne neigeait plus, mais il y avait du vent. Les murs craquaient comme la coque d'un navire. Les vitres tremblaient dans leur cadre. Frissonnant, je ramenai un peu plus la courtepointe sur nous.

Maintenant, j'aurais pu, remettre Amanda dans son berceau, mais j'avais envie de demeurer encore un peu dans cette position, avec elle si paisible dans mes bras.

Nous étions sur le lit de Jacob. Cette pensée s'imposa impromptu à mon esprit. Suivit aussitôt la vision de mon frère couché ici, bien cuité, et de moi en train de déposer un baiser sur son front. Sans y penser, je portai un pan du couvre-lit à mes narines pour le humer, dans l'espoir d'y retrouver un peu de son odeur.

Le baiser de Judas, avait-il murmuré.

Dans la rue, un chasse-neige passait avec fracas. Je baissai les yeux sur Amanda. Elle était immobile et détendue, comme si elle dormait, mais elle avait toujours les yeux ouverts. Je les voyais briller dans l'ombre comme deux billes de verre.

Lorsque je me prenais à penser à la matinée qui m'attendait, mon estomac se nouait. Je n'arrivais pas à me défaire de l'idée que, quoi que je fasse, ce serait une erreur.

279

La meilleure solution, pensai-je tout à coup, l'issue la plus radicale, serait tout bonnement de prendre l'argent et de m'enfuir. D'abandonner Sarah et Amanda, et de partir tout seul dans la nuit. Je pourrais recommencer de zéro, changer de nom, endosser une nouvelle identité. Les yeux fermés, je m'imaginais en train d'acheter une voiture de sport, de marque étrangère et de couleur vive, sans avoir à me soucier de financement, de crédit ou d'échelonnement des paiements. Je comptais les billets de cent dollars d'une liasse tirée de ma poche pour les déposer dans la main d'un vendeur éberlué. Je m'imaginais partant à bord de mon cabriolet, n'emportant avec moi qu'une valise, achetant de nouveaux vêtements quand les autres étaient sales, allant d'hôtel en hôtel — des établissements de luxe avec piscine et sauna, salle de gym et lits surdimensionnés — , parcourant le pays en d'immenses zigzags, repartant dès que j'étais lassé d'un endroit, vers l'est, l'ouest, le nord ou le sud, dans n'importe quelle direction pourvu qu'elle ne me ramène pas où je me trouvais à présent, à savoir chez moi, dans l'Ohio, là où j'avais toujours vécu.

Et pourquoi pas ? Si j'avais été capable de tuer mon frère, je devais être capable de n'importe quoi. Je devais être le mal personnifié.

Au-dessus de ma tête, dans le grenier, le vent passait en gémissant. Je regardai Amanda, ses yeux à l'éclat fixe.

Je pourrais la tuer. L'envelopper dans la courtepointe et l'étouffer. La prendre par les chevilles et la jeter contre le mur. Lui serrer le crâne entre mes mains jusqu'à ce qu'il éclate. Et je pourrais également tuer Sarah, traverser le couloir à pas de loup et l'étrangler dans son sommeil, l'asphyxier sous un oreiller, lui fracasser le visage à coups de poing.

Ces images se succédaient dans ma tête. Oui, je pouvais le faire, si j'étais capable de l'imaginer, de le concevoir. Il suffisait que mon cerveau en envoie l'ordre à mes mains. Rien ne m'était impossible.

Il y eut un bruissement dans le couloir, et, levant les yeux, je vis Sarah sur le seuil. Elle avait enfilé son peignoir et achevait d'en nouer la ceinture. Ses cheveux étaient retenus par une barrette.

« Hank ? »

Je la regardai sans répondre. Mes visions sanguinaires refluèrent lentement, comme les images d'un rêve, laissant derrière elles de petites mares de culpabilité pareilles à des flaques après une forte pluie.

Bien sûr que non. Cette pensée me traversa, s'enfonça dans le tréfonds de mon esprit et en revint changée, comme un écho de l'original : *Je les aime toutes les deux si violemment.*

Je penchai la tête et frôlai du bout des lèvres les cils d'Amanda. « Elle a du mal à se rendormir », murmurai-je.

Sarah s'avança dans la chambre. Les lames du plancher grinçaient sous ses pas. Elle grimpa sur le lit et j'entrouvris la courtepointe pour qu'elle vienne se serrer contre moi. Je passai un bras autour de sa taille. Elle noua ses jambes autour des miennes et posa la tête sur mon épaule, tout près de celle d'Amanda.

« Il faut que tu lui racontes une histoire, dit-elle.

— Je n'en connais pas.

— Tu n'as qu'à en inventer une. »

Je cherchai un moment, mais j'avais la tête vide. « Aide-moi.

— Il était une fois un roi et une reine. » Elle s'arrêta pour que je continue.

« Il était une fois un roi et une reine, répétai-je.

— Une reine très belle.

— Oui, une reine très belle et un roi très bon. Ils vivaient dans un château au bord d'une rivière, au milieu d'une prairie. »

Je me tus, ne sachant comment poursuivre.

« Est-ce qu'ils étaient riches ? demanda Sarah.

— Non. Ils étaient normaux. Ils étaient comme les autres rois et reines.

— Est-ce que le roi allait livrer des batailles ?

— Uniquement quand il y était obligé.

— Raconte l'histoire d'une de ses batailles. »

Je me creusai la tête pendant près d'une minute. Une idée me vint, qui me parut astucieuse.

« Un jour, dis-je, alors que le roi se promenait dans la forêt, il buta du pied contre un vieux coffre en bois. Il pensa d'abord à un cercueil. Cela en avait la forme, et le couvercle était cloué, seulement cette chose n'était pas enterrée, mais posée sur l'herbe. Et puis c'était bien plus lourd qu'un cercueil. Le roi voulut le soulever, mais n'y arriva point.

— Qu'est-ce qu'il y avait dedans ? interrogea Sarah, mais je fis comme si je n'avais pas entendu.

— Le roi rentra chez lui et parla de cette étrange boîte à la reine très belle. " Ma reine ", dit-il...

— Ma bien-aimée, me souffla Sarah.

— Ma bien-aimée ?

— C'est comme cela qu'ils s'appellent : ma bien-aimée, mon bien-aimé.

— " Ma bien-aimée, dit le roi, j'ai trouvé un coffre fort pesant dans la forêt. Venez m'aider à le transporter jusqu'ici. " Elle fit comme il disait, et ils rapportèrent le coffre au château. Le roi manda deux de ses ducs dans la salle du trône pour l'aider à arracher le couvercle.

— Et il y avait une sorcière à l'intérieur, proposa Sarah.

— Non. Il était plein d'or. De lingots étincelants.

— De l'or ? » fit-elle pour m'encourager à poursuivre. Mais j'hésitai. Ce n'était finalement peut-être pas si astucieux que cela.

« Combien y en avait-il ?

— Beaucoup, dis-je. Plus qu'ils n'avaient jamais rêvé d'en posséder.

— Et ils étaient tout excités ?

— Ils étaient plus effrayés qu'excités. Il se disaient que les rois et reines du voisinage allaient maintenant les jalouser, et qu'ils enverraient leurs armées les attaquer pour s'approprier le trésor. Ils allaient devoir, avant que la nouvelle ne se répande, recruter une armée et creuser de nouvelles douves. Sinon, ils perdraient non seulement leur trésor mais également leur royaume. Aussi le roi demanda-t-il aux deux ducs de n'en point parler, et, pour récompenser leur silence, il promit à chacun une part du trésor. »

Je me tus le temps de voir si Sarah avait saisi l'analogie. Mais non : parfaitement immobile, elle attendait la suite.

« Les jours passèrent, et le roi avait commencé de creuser ses nouvelles douves, quand, de façon assez soudaine, lui revinrent aux oreilles d'inquiétantes rumeurs qui couraient au sein de sa cour, des rumeurs à propos de l'or. La reine vint le trouver. " Mon bien-aimé, lui dit-elle, il faut prendre des mesures concernant les ducs. "

— Oh, Hank ! fit Sarah d'un ton douloureux.

— Le roi acquiesça, et ils décidèrent de tuer les deux ducs. Mais comme ils ne pouvaient les exécuter sans du même coup confirmer les rumeurs, ils organisèrent un tournoi et firent en sorte que les deux hommes trouvent la mort au cours des épreuves, de façon apparemment accidentelle, l'un transpercé par une lance, l'autre piétiné par son cheval.

— L'un d'eux était-il le frère du roi ? »

Je commençai par secouer la tête, mais me ravisai : « Oui.

— Et, du coup, l'argent était à l'abri de la convoitise de leurs voisins ?

— L'or, rectifiai-je.

— L'or était-il à l'abri ? Ont-ils creusé les douves et recruté une armée ?

— Non. Juste après le meurtre des ducs, leurs voisins arrivèrent avec leurs armées et les firent ranger en ordre de bataille dans la prairie entourant le château. »

Je me tus. Baissant les yeux, je vis qu'Amanda me regardait fixement. Elle avait écouté ma voix. La chambre était sombre et froide, mais nous avions bien chaud sous la courtepointe.

Sarah glissa la main vers le bébé et lui caressa le front du bout des doigts. « Comment l'histoire se termine ? » demanda-t-elle. Sa tête sur mon épaule était lourde comme une pierre.

« Le roi s'isola pour méditer. À son retour, il trouva la reine sur les remparts de leur château. Son secret l'avait usé. Son visage était blême. Ses lèvres tremblaient lorsqu'il se pencha pour lui baiser la main. " Ma bien-aimée, dit-il, peut-être n'aurions-nous pas dû ouvrir la boîte. Peut-être aurions-nous dû la laisser là où elle était. "

— La reine embrassa le roi sur le front, poursuivit Sarah en levant la tête pour faire de même. Elle dit : " Mon bien-aimé, il n'est plus temps de s'interroger là-dessus. Les armées sont rangées pour la bataille. " Elle tendit le bras par-dessus le crénelage en direction des feux de camp qui parsemaient la prairie à perte de vue.

— Quand fallait-il s'interroger ?

— Au début, mon bien-aimé. Avant d'ouvrir la boîte.

— Mais nous ne l'avons pas fait. Nous ne savions pas ce que nous savons aujourd'hui. »

Sarah renversa la tête en arrière pour essayer de distinguer mon visage dans la pénombre. « Crois-tu que tu laisserais tout tomber si c'était encore possible ? »

Je demeurai un moment silencieux. Lorsque je pris la

parole, ce ne fut pas pour répondre à sa question, mais simplement pour murmurer : « J'aurais dû avertir immédiatement les autorités. »

Sarah se serra un peu plus contre moi. Amanda s'était endormie, petite boule de chaleur contre ma poitrine.

« Maintenant c'est trop tard, Hank, chuchota Sarah. C'est trop tard. »

10

De très bonne heure le lendemain matin, avant même que le soleil ne se montre, la neige commença à fondre. Elle s'en fut comme elle était arrivée, avec force et impétuosité, comme si la tempête eût été une erreur plutôt embarrassante de la part de dame Nature, une regrettable bévue qu'elle eût voulu effacer le plus rapidement possible. Une brume épaisse monta du sol, masquant l'aube, et la température s'éleva d'un coup pour avoisiner les dix degrés. Geignant, sifflant et gouttant, la neige se mua bien vite en une boue jaunâtre, et cette boue se changea plus vite encore en eau, de sorte que sur les coups de huit heures, quand je pris la voiture, le danger n'était plus le verglas mais la gadoue.

Je trouvai le shérif Jenkins dans son bureau, en train de lire le journal.

« Bon sang, Hank, vous êtes sacrément matinal, dit-il lorsqu'il leva la tête et me vit debout sur le seuil. On ne se mettra pas en route avant neuf heures. »

Sa voix était sonore dans ce local désert, sonore et chaleureuse. Comme toujours, il semblait absurdement content de me voir, comme s'il se sentait seul et fût heureux d'avoir de la compagnie. Il me servit une tasse de café, m'offrit un beignet, puis nous nous assîmes de part et d'autre de son imposant bureau.

« J'avais l'intention de faire un rapide crochet par le magasin, mais j'ai oublié ma clé.

— On vous confie une clé ? » fit Jenkins avec un sourire. Il avait une moustache de sucre glace sur la lèvre supérieure.

« Que voulez-vous, j'ai une tête qui inspire confiance. »

285

Il étudia ma physionomie, prenant sans doute au pied de la lettre ce qui n'était qu'une boutade. « Oui, dit-il, c'est bien possible. » Il s'essuya la bouche et regarda par la fenêtre en direction du magasin, de l'autre côté de la rue.

« Je ne vais pas pouvoir partir avant que Tom n'arrive, fis-je. Il commence aux alentours de neuf heures. Aussi, il se peut que je vous fasse attendre quelques minutes. »

Il fixait toujours le magasin Raikley, une vague moue sur les lèvres. « Ce n'est pas bien grave, dit-il. Rien ne presse. »

La rue était mouillée, pleine de neige boueuse. Une petite bruine s'était mise à tomber.

« Croyez-vous qu'il y ait un avion par là-bas ? » demanda-t-il.

J'inclinai la tête de côté, comme pour réfléchir. « J'en doute fort. Je pense qu'on aurait entendu quelque chose s'il y avait eu un crash.

— C'est ce que je pense aussi.

— D'ailleurs, je regrette un peu de vous avoir parlé de cela. Cela m'embêterait de déranger ce gars-là pour rien.

— Je ne crois pas que ça le dérange. Parcourir tout l'État de cette façon, il faut tout de même qu'il ait de la suite dans les idées. »

Nous restâmes un moment sans rien dire, puis je demandai : « Est-ce qu'il vous a montré un insigne ou quelque chose ?

— Un insigne ?

— Je me suis toujours demandé s'ils étaient comme dans les films.

— C'est-à-dire ?

— Vous savez, en argent, très brillants, avec le sigle FBI frappé au milieu.

— Oui, c'est sûrement les mêmes.

— Vous avez vu le sien ? »

Il dut réfléchir une seconde, puis il secoua la tête. « Non, mais j'en ai déjà vu dans le passé. » Il m'adressa un clin d'œil. « Je suis sûr qu'il vous le montrera si vous le lui demandez.

— Non, j'étais juste curieux. Je me sentirais un peu idiot de lui demander ça. »

Je me remis à siroter mon café. Jenkins mordit dans son beignet et reprit son journal. Je regardai par la fenêtre. Une camionnette passait lentement dans la rue. Sur son plateau, un chien tout mouillé se plaquait piteusement contre la paroi de la cabine. Cette vision me fit immédiatement penser à Mary Beth, attaché court à l'aubépine du jardin, lui aussi tout transi.

Dès que cette image se forma dans ma tête, il se passa une chose étrange. Sans même l'avoir cherché, alors que j'étais assis là avec une tasse de café entre les mains et un beignet entamé posé devant moi sur le bureau, il me vint une idée pour régler le problème.

Abandonnant la fenêtre, mon regard se porta sur la vitrine qui se trouvait derrière Jenkins.

« Shérif, est-ce que vous me prêteriez une arme ? » demandai-je.

Il leva les yeux de son journal en battant des paupières. Il avait de nouveau la lèvre blanche, ce qui lui donnait un air puéril et peu crédible. « Une arme ?

— Un pistolet.

— Quel besoin avez-vous d'un pistolet ? » Il paraissait sincèrement étonné.

« J'ai décidé de supprimer le chien de Jacob.

— Vous voulez lui loger une balle dans la tête ?

— Il ne s'est pas vraiment habitué à l'absence de son maître. Il devient de plus en plus méchant, et, avec le bébé, je ne suis pas tranquille. » J'ajoutai un mensonge : « L'autre jour, il a mordu Sarah.

— Quelque chose de sérieux ?

— Suffisamment pour nous flanquer une bonne frousse. Maintenant, elle exige que je le laisse dans le garage.

— Pourquoi ne pas l'emmener chez le vétérinaire ? Miller lui ferait une petite piqûre. » Je fis mine de réfléchir à cette idée, puis secouai la tête en soupirant : « Non, je dois le faire moi-même, shérif. Ce chien était le plus proche compagnon de mon frère. Il aurait voulu que ce soit moi qui m'en charge.

— Vous avez déjà abattu un chien ?

— Non, ni un chien ni quoi que ce soit d'autre.

— Ça fait une impression horrible, Hank. C'est une des pires choses qui soient. Si j'étais vous, je l'emmènerais chez Miller.

— Non. Si je faisais cela, je me sentirais fautif. »
Jenkins se renfrogna.

« Ce serait juste pour la journée. Je m'en occupe cet après-midi, et vous le récupérerez ce soir avant de partir.

— Savez-vous seulement vous servir d'un pistolet ?

« — Vous voudrez peut-être bien m'expliquer ce que je dois savoir.

— Vous comptez l'emmener quelque part dans un champ ?

— J'avais pensé faire ça près de notre ancienne maison. Et aussi l'y enterrer. Je suppose que c'est ce que Jacob aurait souhaité. »

Il réfléchit un moment, l'air sérieux, le visage fermé. « Pour la journée, on doit pouvoir arranger ça, dit-il finalement.

— Cela me rendrait un fier service, shérif. »

Il fit pivoter son fauteuil pour faire face à la vitrine. « C'est un pistolet que vous voulez ? »

Je me levai afin de mieux voir. « Pourquoi pas celui-là, par exemple ? » Je montrais un revolver noir accroché à un piton dans le coin inférieur droit. Cette arme ressemblait à celle qu'il avait sur la hanche.

Il tira une clé de sa poche, ouvrit la vitrine et y prit le revolver. Puis il revint s'asseoir et sortit du tiroir inférieur de son bureau une petite boîte en carton pleine de cartouches. Il fit basculer le barillet du revolver sur le côté et me montra comment il se chargeait.

« Vous ajustez et vous appuyez sur la détente. Allez-y en douceur, sans à-coup. » Il me tendit l'arme ainsi que deux cartouches. « Le barillet se met en place automatiquement pour le coup suivant. Il n'y a pas de sécurité ou de truc comme ça. »

Je déposai les cartouches l'une contre l'autre sur le bureau.

« C'est mon ancien revolver », précisa Jenkins.

Je le soupesai. Il était dense et compact. Froid et huileux au toucher.

« C'est le même que celui que vous portez actuellement ?

— Oui, le même, sauf que celui-ci est plus vieux. Peut-être même plus vieux que vous. Je l'ai eu quand je suis rentré en fonction. »

Je me rassis et posai l'arme sur le bord du bureau à côté des cartouches. Elles étaient plus petites que je ne l'avais imaginé, avec une douille argentée et une balle grisâtre, de forme conique. Elles ne semblaient pas faites pour ce revolver. Elles ne paraissaient pas suffisamment menaçantes ; il leur manquait l'aspect inquiétant, l'évident potentiel de violence du pistolet. Elles avaient plutôt l'air de jouets inoffensifs. Je me penchai pour en prélever une. Tout comme le revolver, elle était entourée d'une pellicule huileuse.

« Avant, il va sans doute falloir que j'en brûle deux ou trois pour me faire la main. »

Jenkins me regarda sans comprendre.

« Est-ce que je pourrais en prendre quelques-unes de plus ? »

Il rouvrit son tiroir.

« Combien ?

— Combien est-ce qu'il en contient ?

— Six.

— Alors, peut-être quatre de plus. »

Il préleva quatre cartouches dans la boîte et les fit rouler une à une sur le bureau. Je les récupérai dans ma main.

Par la fenêtre, j'avisai Tom Butler en train de décharger quelque chose du coffre de sa voiture. Il portait un ciré orange vif et rentrait la tête dans les épaules pour se protéger de la pluie.

« Tiens, voilà Tom », dis-je. Je me levai, consultai ma montre. Il était neuf heures moins dix. « Je devrais en avoir terminé vers neuf heures cinq. Ça ne vous fait rien de poireauter un peu ? »

Jenkins agita la main. « Prenez votre temps, Hank. Rien ne presse. »

Je partis vers la porte, mais il me rappela.

« Attendez », dit-il. Je me retournai, interdit. Il tendit la main. « Passez-moi le pistolet. »

Il prit le sachet de beignets et le vida sur le bureau. Il y en avait trois à l'intérieur, deux au sucre et un au chocolat. Celui au chocolat roula lentement sur le bureau, resta un instant en équilibre au bord du plateau, puis tomba à mes pieds. Je me baissai pour le ramasser. En me relevant, je vis que Jenkins glissait le revolver dans le sac en papier.

« Je ne veux pas qu'il soit mouillé », dit-il.

Le sachet était rose et blanc, avec de grandes lettres bleues qui proclamaient : Pâtisserie Lizzie. L'inscription épousait de biais la forme de la crosse du pistolet.

« Vous ferez bien attention, hein ? Ça m'embêterait de vous prêter une arme et que vous vous blessiez avec.

— Je ferai attention, c'est promis. »

Du perron de l'hôtel de ville, j'aperçus l'agent Baxter qui descendait de voiture à quelque distance de là. Je m'arrêtai sur le trottoir pour l'attendre.

Il arrivait à grands pas, le corps bien droit, la tête baissée à cause de la pluie. Il foulait sans s'en soucier les amoncellements de neige molle qui jonchaient encore le trottoir. Je le regardai approcher, scrutant son visage pour y chercher d'éventuelles ressemblances avec la photo de Vernon Bokovsky. J'examinai les yeux très rapprochés, le nez camus, le front bas et large ; puis j'essayai de lui dessiner une barbe, de lui rallonger les cheveux, de redonner du volume à ses joues. Tout ceci en l'espace d'une seconde. L'instant d'après, il était devant moi et me retournait mon regard avec une insistance qui me déstabilisa. Mal à l'aise, je détournai aussitôt les yeux.

« Bonjour, Mr. Mitchell », dit-il.

Il était vêtu exactement comme la veille : complet sombre, pardessus et souliers de cuir noir. Il était tête nue et ne portait pas de gants. Il affichait cette assurance que j'avais trouvée si intimidante lors de notre première rencontre. À côté de lui, avec mon vieux jean, ma chemise de flanelle et ma parka trop grande, je me faisais l'effet d'un péquenaud, d'un cul-terreux débarquant tout droit de son champ.

Mon trouble, toutefois, s'en fut aussi vite qu'il était venu. En considérant ce type, sa brosse aplatie par la pluie, ses joues rougies par le froid, je pris conscience que sa démarche, son maintien, sa façon de serrer la main n'étaient que des apparences. Il avait froid, il avait la tête et les pieds trempés, et, une fois là-bas dans les bois, avec de la neige jusqu'aux genoux, il perdrait beaucoup de sa superbe.

« Le shérif est dans son bureau, dis-je. Avant d'y aller, il faut que je fasse un saut en face. » Je montrai le magasin. Tom Butler était à présent devant la porte vitrée, un carton détrempé sous le bras. Il cherchait ses clés dans ses poches et son grand ciré ne lui facilitait pas les choses.

J'allais traverser lorsque l'agent me rappela :

« Hé, qu'est-ce que vous avez dans ce sac ? »

Je me retournai à demi vers lui. Debout sur le trottoir, il arborait une ombre de sourire. Je regardai le sachet. Je le tenais serré contre ma poitrine, et le papier humide épousait la forme facilement identifiable d'un pistolet.

« Dans ce sac ?

— Je tuerais père et mère pour manger un beignet. »

Je lui souris, le soulagement investissant mon corps

comme une drogue. « Oh, les beignets ? Ils sont dans mon estomac. J'ai pris le sachet pour ne pas mouiller mon appareil photo. »

Il regarda à nouveau le sachet. « Votre appareil photo ? »

Le mensonge était devenu pour moi une seconde nature. « Oui, je l'avais prêté au shérif. »

Je repartis, mais m'immobilisai au bout de deux pas. « Vous voulez que je vous prenne en photo ? » demandai-je.

L'agent Baxter monta à reculons une des marches du perron. « Non, non, ça ira.

— Vous êtes sûr ? Ce n'est pas un problème. » Je fis mine d'ouvrir le sac en papier.

Il gravit une seconde marche tout en secouant la tête. « Ce serait gâcher de la pellicule.

— Comme vous voulez. »

En opérant mon demi-tour, je vis mon reflet dans le pare-brise ruisselant de pluie d'une voiture en stationnement. Par-dessus mon épaule, l'agent Baxter continuait de monter vers les grandes portes de bois de l'hôtel de ville.

Sans même y avoir pleinement réfléchi, je lançai : « Vernon ! »

Son reflet, brouillé par le verre mouillé, s'immobilisa au moment où il poussait la porte. Il tourna à moitié la tête vers moi, geste ambigu où je lus ce que je voulais savoir.

« Hé, Vernon ! » lançai-je à nouveau en faisant signe à Tom Butler qui disparaissait à l'intérieur du magasin. Je traversai la rue à petites foulées. Tom se retourna pour me regarder, sa boîte en carton toujours coincée sous le bras. Il m'attendit en me tenant la porte.

« Vous m'avez appelé Vernon ? » demanda-t-il.

Je secouai ma parka pour en faire tomber les gouttes de pluie et frottai mes bottes sur le paillasson de caoutchouc. « Vernon ? fis-je en posant sur lui un regard étonné. Non, j'ai dit : " Hé, Tom ! " »

Lorsque je me retournai vers la rue, le perron de l'hôtel de ville était désert.

Dans mon bureau, les stores étaient baissés, mais je n'allumai pas la lumière. Je sortis le revolver. Il était couvert de miettes.

L'horloge murale affichait 9 : 01.

Je frottai le revolver contre la jambe de mon pantalon pour le nettoyer, puis je chargeai les six cartouches dans le barillet.

Quand l'horloge passa à 9 : 02, je téléphonai à Sarah.

La ligne était occupée.

Je raccrochai et mis le revolver dans la poche droite de ma parka, mais il était trop volumineux : la crosse dépassait à l'extérieur et son poids déjetait le vêtement vers la droite. Je déboutonnai alors ma chemise et glissai le pistolet dans la ceinture, au centre de mon ventre, la crosse à droite. Son contact anguleux et froid contre ma peau me donna une petite bouffée d'excitation ; je me faisais l'effet d'un de ces porte-flingue de cinéma. Je reboutonnai ma chemise, mais ne la rentrai pas dans mon pantalon afin qu'elle masque le revolver.

L'horloge cliqueta sur 9 : 03.

Je refis le numéro de la maison. Sarah décrocha à la première sonnerie.

« C'est bien lui, annonçai-je.

— Qu'est-ce que tu veux dire ? »

Je la mis rapidement au courant au sujet de l'insigne, de son refus de se faire photographier et de la manière dont je l'avais appelé par son nom dans la rue. Elle m'écouta sans m'interrompre, sans mettre en doute aucune de mes déductions. Pourtant, dès que je commençai mon exposé, je sentis mes certitudes s'effondrer. Je pris subitement conscience que chacun de ces indices pouvait s'accommoder d'une autre explication tout aussi plausible, sinon plus.

« J'ai appelé le FBI, dit Sarah.

— Et alors ?

— On m'a dit qu'il était en mission. »

Il me fallut une seconde pour assimiler la chose. « Ils ont un agent Baxter ?

— C'est ce qu'ils m'ont dit.

— Tu as demandé Neal Baxter ?

— Oui. L'agent Neal Baxter. »

Le combiné plaqué contre le visage, je demeurai un moment comme tétanisé. Je ne m'étais pas du tout attendu à cela.

« D'après toi, demandai-je, qu'est-ce qu'il faut en conclure ?

— Ce n'est peut-être qu'une coïncidence. »

Je voulus me raccrocher à cette idée, mais cela ne marchait pas.

« Baxter, ce n'est pas tellement rare comme nom », dit-elle.

Mon revolver me rentrait dans le ventre. Je le changeai de position.

« Il se peut aussi qu'il ait appris qu'il y avait un dénommé Baxter au FBI, ajouta-t-elle. Il aura emprunté ce nom.

— Donc, tu crois que c'est lui ?

— Pense à ce que tu viens de me raconter, Hank. Cette histoire d'insigne et le reste.

— Je n'ai pas dit qu'il n'a pas d'insigne. J'ai juste dit qu'il ne l'a pas montré à Jenkins. »

Sarah resta silencieuse. J'entendais en arrière-fond la chanson de l'ours en peluche de Jacob.

« Alors, dis-moi, la pressai-je.

— Te dire quoi ?

— Est-ce tu penses que c'est lui. »

Elle marqua une hésitation, puis : « Oui, Hank, je le crois. Je le crois vraiment. »

Je hochai la tête, mais ne répondis rien.

« Et toi ? demanda-t-elle.

— Je le croyais », dis-je. Je contournai le bureau pour aller à la fenêtre et j'écartai les lames du store. La brume enveloppait toute chose. Le portail du cimetière en paraissait noir, pareil à une nasse. Les tombes étaient toutes grises, indistinctes et glacées.

« Je le crois toujours, ajoutai-je.

— Donc, tu rentres à la maison ?

— Non, j'y vais.

— Mais tu viens de dire que...

— J'ai un pistolet, Sarah. Je l'ai emprunté au shérif. »

Il y eut un silence. J'avais l'impression qu'elle retenait sa respiration.

« Je vais le protéger, dis-je. J'y vais pour qu'il en revienne vivant.

— Qui ça ?

— Jenkins. Si c'est bien Bokovsky et s'il sort son arme, je l'abats.

— Hank, tu ne peux pas faire ça ! T'es fou !

— Détrompe-toi. J'ai bien réfléchi, c'est la seule chose à faire.

— Si c'est Bokovsky, il vaut mieux pour nous qu'il s'en tire. Comme ça, personne ne saura combien il y avait à bord de l'avion.

— Si c'est Bokovsky, il va supprimer le shérif.

— Ce n'est pas notre problème. On a rien à voir là-dedans.

— Qu'est-ce que tu racontes ? Cela nous concerne au premier chef. On sait parfaitement ce que Bokovsky a l'intention de faire.

— Ce n'est qu'une supposition, Hank. On n'en est pas certains.

— En y allant, je peux l'en empêcher.

— Peut-être, peut-être pas. Un pistolet, ce n'est pas comme un fusil de chasse. C'est beaucoup plus facile de rater sa cible avec un revolver. Et si tu le rates, il vous tuera tous les deux.

— Je ne vais pas le rater. Je ne vais pas le quitter d'une semelle. Je serai trop près pour le rater.

— Hank, ce type est un meurtrier. Il sait ce qu'il fait. Tu n'aurais pas une chance contre lui. »

L'ours continuait de chanter derrière elle, d'une voix maintenant plus lente, un peu saccadée. J'enfonçai le revolver un peu plus dans ma ceinture. Je ne voulais pas écouter Sarah, je voulais me mettre en route, mais ses paroles se déposaient dans ma tête comme autant de petits germes de doute. Je commençais à hésiter. Je tentai de raviver ma détermination en m'imaginant les jambes fléchies comme les flics à la télé, visant Bokovksy à la poitrine, appuyant sur la détente... Mais, au lieu de cela, je songeais à tout ce qui pouvait marcher de travers : le revolver se prenait dans ma chemise ; mon pied glissait sur la neige ; le coup partait trop haut, ou trop de côté, ou dans le sol à mes pieds, ou encore pas du tout, et Bokovsky se retournait vers moi avec son sourire mécanique.

Je me rendis compte alors avec saisissement que j'avais peur de lui.

« Pense au bébé, Hank, dit Sarah. Pense à moi. »

Mon dilemme paraissait tout simple : soit j'allais avec eux, soit je n'y allais pas. La première possibilité était la plus courageuse, la plus noble, mais aussi la plus risquée. Si le type qui m'attendait de l'autre côté de la rue était effectivement Vernon Bokovsky, son intention était probablement de nous descendre, le shérif Jenkins et moi. En rentrant à la maison, je me soustrayais à ce péril. J'abandonnais Carl Jenkins à son sort, quel qu'il soit, et je sauvais ma peau.

Sarah attendait en silence que je me prononce pour l'une ou l'autre solution. J'avais la main gauche dans la poche de mon jean ; elle contenait de la monnaie, mes clés de voiture, un petit canif qui avait appartenu à mon père. J'en tirai une pièce de monnaie. Une pièce de vingt-cinq *cents*, commémorant le bicentenaire de l'Indépendance.

Si c'est face, j'y vais.

Je lançai la pièce en l'air et la rattrapai dans la paume de ma main.

C'était face.

« Hank ? fit Sarah. Tu es toujours là ? »

Je fixais la pièce de monnaie, la peur au ventre. J'aurais voulu qu'elle tombe côté pile, je l'avais souhaité de tout mon cœur. J'envisageai un moment de recommencer, de jouer à deux sur trois, mais je savais bien que cela n'avait pas vraiment d'importance. J'aurais continué à lancer la pièce en l'air jusqu'à obtenir ce que je désirais. Ce n'était qu'un stratagème pour faire taire ma conscience, un moyen de nier ma lâcheté. J'avais bien trop la frousse pour y aller.

« Oui, dis-je, je suis toujours là.

— Tu n'es pas policier, Hank. Tu ne connais rien aux armes à feu. »

Je ne répondis pas. Je fis sauter la pièce dans ma main jusqu'à ce qu'elle tombe côté pile.

« Hank ?

— C'est bon. Je rentre. »

J'appelai Jenkins pour lui dire que le bébé n'arrêtait pas de vomir et que Sarah était complètement affolée.

Il montra beaucoup de sollicitude. « Linda arrive à l'instant. Elle s'est beaucoup occupée de bébés en son temps. Je suis sûr qu'elle voudra bien vous accompagner si vous avez besoin d'aide.

— C'est très gentil à vous, shérif, mais je ne pense pas que ce soit très grave.

— Vous êtes sûr ?

— Tout à fait. Je veux juste la conduire chez le médecin pour être rassuré.

— Bon, eh bien, rentrez chez vous. On peut se débrouiller tout seuls. De toute manière, vous n'avez rien vu, n'est-ce pas ?

— Non, rien du tout.

— Ce bruit de moteur, vous dites l'avoir entendu du côté sud du parc ? Vers chez Pederson ?

— Juste un petit peu plus loin.

— Très bien, Hank. Je vous passerai peut-être un petit coup de fil à notre retour pour vous dire comment ça s'est passé.

— Entendu comme ça.

— Et j'espère que tout va bien aller pour la petite. »

Il était sur le point de raccrocher. « Shérif ? fis-je au dernier moment.

— Oui ?

— Soyez prudent, d'accord ?

— Pourquoi prudent ? »

Je restai plusieurs secondes sans répondre. Je voulais le mettre en garde, mais je ne voyais pas comment m'y prendre. « À cause de la pluie, dis-je finalement. La température doit redescendre. Il va y avoir du verglas sur les routes. »

Il rit, mais il parut touché par ma sollicitude.

« Vous aussi, faites attention », dit-il.

De ma fenêtre, j'apercevais le pick-up du shérif garé devant l'église. Je restai à mon poste d'observation, dissimulé derrière les lames du store, afin de les regarder partir. Ils apparurent presque immédiatement, marchant côte à côte. Jenkins portait son blouson vert foncé et son chapeau de garde forestier. Il tombait maintenant une bruine très dense qui engorgeait le caniveau et ajoutait à cette journée comme une douloureuse et froide âpreté que je percevais même à travers la fenêtre.

Le véhicule du shérif ressemblait à n'importe quel pick-up, à ceci près qu'il était équipé d'un gyrophare rouge et blanc, d'un émetteur-récepteur sous le tableau de bord et, contre la paroi arrière de la cabine, d'un râtelier où était accroché un fusil de calibre douze. Il était bleu foncé et portait sur ses flancs l'inscription Ashenville Police en grandes lettres blanches. Le shérif se mit au volant, se pencha pour ouvrir la portière de droite et lança le moteur. Ils attachèrent leur ceinture de sécurité, puis commença le ballet des essuie-glaces. Jenkins ôta son chapeau pour se lisser les cheveux du plat de la main, mais il s'en recoiffa.

Je restai tapi derrière la fenêtre de mon bureau obscur jusqu'à ce qu'ils démarrent et prennent vers l'ouest, vers la ferme des Pederson et le parc naturel, vers le verger en friche de Bernard Anders et l'avion qui y gisait comme dans la

296

paume d'une main, attendant, libéré par la pluie de son cocon de neige, leur arrivée imminente.

Avant que le pick-up disparaisse de ma vue, les feux stop brillèrent, comme pour un adieu ; puis la brouillasse retomba derrière eux, ruisselant sur Main Street, ses trottoirs déserts et glacés, ses ternes devantures.

Je repris le chemin de la maison.

Fort Ottowa était comme endormi. Ces rues sinueuses, ces petites maisons tristes, ces pelouses vides avec leurs monticules de terre me donnaient l'impression de parcourir un cimetière. Les enfants étaient tous à l'intérieur. De temps en temps, une fenêtre était éclairée par une lampe ou par la lueur bleutée d'un écran de télévision derrière un rideau tiré. Tout en traversant le quartier, j'imaginais les dessins animés du samedi matin, les tables de jeu jonchées de pièces de puzzle et de Scrabble, les parents en peignoir sirotant leur café, les adolescents traînant au lit. Tout avait l'air tellement tranquille, tellement normal ; quand j'arrivai devant ma propre maison, je fus soulagé de voir que — au moins de l'extérieur — elle était exactement comme les autres.

Je me garai dans l'allée. Il y avait de la lumière dans le séjour. Mary Beth était assis sous la pluie à côté de son arbre, semblable à un bouddha, le poil plaqué sur le corps.

Je descendis de voiture et gagnai le garage. Une petite bêche était pendue à un crochet sur le mur. J'avais la main dessus lorsque Sarah ouvrit la porte derrière moi.

« Qu'est-ce que tu fabriques ? » demanda-t-elle.

Je me retournai vers elle, la bêche à la main. Elle se tenait sur le pas de la porte avec Amanda dans les bras. La petite suçait une tétine. « Je vais abattre le chien, dis-je.

— Ici ?

— Non. Je vais l'emmener à Ashenville. À la ferme de mon père. »

Elle se rembrunit un peu. « Le moment n'est peut-être pas très bien choisi.

— J'ai promis à Jenkins de lui rapporter son pistolet cet après-midi.

— Pourquoi ne pas remettre ça à lundi ? Tu pourras l'emmener chez le vétérinaire, tu n'auras pas besoin d'un pistolet.

— Je ne veux pas le faire piquer. Je tiens à m'en charger moi-même. »

Sarah fit passer Amanda sur son autre bras. Elle portait un jean et un pull marron foncé. Elle s'était fait une queue-de-cheval, ce qui lui donnait un air juvénile. « Pourquoi ? demanda-t-elle.

— C'est ce que Jacob aurait voulu », dis-je, sans trop savoir si c'était la vérité ou tout simplement la continuation du mensonge que j'avais fait gober au shérif.

Sarah parut prise de court. Je ne pense pas qu'elle me crut. Elle me fixait à hauteur de la poitrine.

« Cette bête est malheureuse, dis-je. On ne peut pas continuer de la laisser dehors par ce froid, ce n'est pas bien vis-à-vis de Jacob. »

Lorsqu'elle entendit le son de ma voix, Amanda tourna la tête vers moi et laissa échapper sa tétine, qui tomba sur le sol du garage. J'allai la ramasser. Elle était trempée de salive.

« Je suis de retour dans une heure. Je n'en ai pas pour longtemps. »

Je tendis la tétine à Sarah. Elle la saisit entre deux doigts, sans que nos mains se touchent.

« Tu n'aurais pas l'intention de faire un crochet par la réserve naturelle ? »

Je secouai la tête.

« Tu me le promets ?

— Oui, je te le promets. »

Postée derrière la baie vitrée, elle me regarda détacher Mary Beth et le conduire jusqu'à la voiture. Les affaires de Jacob se trouvaient toujours à l'arrière, et, dès qu'il fut à l'intérieur, le chien commença à renifler les cartons en remuant la queue. Je me mis au volant. Derrière la vitre, Sarah agitait la petite main d'Amanda.

Je la voyais bouger démesurément la bouche. « Au revoir, articulait-elle. Au revoir, le ouah-ouah. »

Couché au fond sur la banquette arrière, Mary Beth dormit durant tout le trajet.

Le temps ne changeait pas. Le ciel déversait un crachin impalpable qui se perdait dans la brume. Les maisons, les granges, les silos, les bâtiments de ferme défilaient de chaque côté de la route, décolorés, tout ruisselants d'eau, fantomatiques. Des carcasses de voitures étaient disséminées aux abords des habitations. Par endroits, le sol commençait d'apparaître en cercles boueux, comme si des poings gantés avaient troué la neige ; dans certains champs, vestige des sillons de l'année précédente, des lignes entières couraient parallèlement vers l'horizon, leur extrémité se perdant dans le brouillard.

Une fois arrivé à la ferme, le chien refusa de descendre. Je lui ouvris la portière, et il recula sur la banquette, grondant et montrant les crocs, l'échine hérissée. Je dus empoigner la corde pour le tirer à l'extérieur.

Dès qu'il fut sur le sol, il s'ébroua, s'étira, puis partit en trottinant.

Je lui emboîtai le pas, tenant la corde d'une main, la bêche de l'autre. Le revolver était toujours glissé à ma ceinture.

La neige fondait rapidement, mais, par endroits, elle m'arrivait encore à mi-mollet. Elle était lourde et humide, pareille à de l'argile blanche. Trempé, mon jean me collait tellement aux jambes que j'avais l'impression de porter un pantalon de golf et des chaussettes montantes. Le crachin se déposait avec légèreté sur ma tête et mes épaules.

Frissonnant de froid, je relevai le col de ma parka. Mary Beth se déplaçait en zigzag devant moi, la truffe collée à la neige. Il remuait la queue.

Nous nous dirigions vers le centre du champ, là où s'élevait jadis la maison de mes parents. L'éolienne se dressait à quelque distance vers la gauche, à peine visible à travers la brouillasse. De l'eau dégouttait de ses pales sur la neige.

Je m'arrêtai à l'endroit où je pensais que devait se trouver le porche de la maison, laissai tomber la bêche à terre et posai le pied sur la corde pour empêcher le chien de se sauver. Puis j'empoignai le revolver.

Mary Beth repartit en direction de la route, mais ne put parcourir que trois mètres avant que la corde se tende. Nos traces faisaient deux lignes irrégulières de taches plus foncées qui nous reliaient au break garé au bord de la route. Le paysage avait quelque chose de sinistre. Comme pour nous couper toute possibilité de retraite et nous emprisonner dans ce champ boueux, le brouillard formait un mur laiteux juste derrière la voiture. On aurait dit une illustration de contes de fées, une image en noir et blanc pleine de menaces cachées,

299

et, à la contempler, j'éprouvais un sentiment singulier, quelque chose qui ressemblait à de la peur.

Ce brave vieux Jenkins était peut-être déjà mort. Je voulais croire qu'il était toujours vivant, qu'après avoir vainement tourné dans le coin, les deux hommes s'en revenaient déjà en ville, mais je ne parvenais pas à m'en persuader. Bien malgré moi, je ne cessais d'imaginer l'avion. La neige devait avoir suffisamment fondu pour qu'il soit impossible de le rater. Je le voyais nettement, je voyais les corbeaux, les arbres rabougris. Je voyais Vernon Bokovsky sortir très posément un pistolet de son pardessus — si posément que son geste paraissait parfaitement anodin — et loger une balle dans la tête du shérif Jenkins. Je voyais celui-ci s'effondrer et son sang rougir la neige. Les oiseaux prenaient leur essor au bruit de la détonation et leurs cris se répercutaient sur les bords de la cuvette.

Je loupai complètement mon coup, et ce qui devait être un acte de miséricorde fut une séance de torture.

Je me plaçai derrière le chien et visai la nuque, mais il se retourna vers moi au moment où je fis feu. Le projectile le frappa à la mâchoire inférieure, la brisant, de sorte qu'elle se mit à pendre selon un angle grotesque. Mary Beth s'abattit sur le flanc en couinant. Il avait la langue sectionnée, il crachait le sang.

Lorsqu'il voulut se relever, je fis feu une seconde fois. J'étais complètement paniqué ; je le touchai cette fois juste au-dessous de l'épaule. Il roula sur le côté, les pattes raidies. Sa poitrine se soulevait et s'abaissait avec un gargouillis sonore. Pendant un instant, je crus que cela suffirait, qu'il allait mourir, mais il recommença à faire des efforts pour se relever, et un son effrayant sortit de sa gorge, une plainte plus proche du cri que de l'aboiement. Et cela continua sans relâche, de plus en plus fort.

Je m'approchai, les mains moites et tremblantes, et appuyai le canon du revolver contre son crâne. Au bord de la nausée, je fermai les yeux et pressai sur la détente.

Il y eut le fracas du coup de feu, son écho assourdi, puis un grand silence.

La pluie se faisait plus forte et de grosses gouttes criblaient la neige.

Le cadavre de Mary Beth se détourait sur fond rouge : un grand cercle de sang cernait sa tête et ses épaules. Je me sentis soudain extrêmement coupable en pensant à mon père qui avait toujours refusé de tuer des animaux dans sa ferme, malgré le mépris et les moqueries de ses voisins. Je venais de transgresser l'interdit.

Je m'écartai du chien et m'essuyai le visage avec ma manche. La brouillasse m'environnait, effaçant le reste du monde réel.

Je ramassai la bêche et commençai de creuser un trou. Le sol était meuble, humide et boueux, mais seulement sur une vingtaine de centimètres ; ensuite, c'était comme essayer d'entamer une dalle de béton. La terre était gelée, et le fer de la bêche y butait en vain. Je tentai de creuser à coups de talon, mais sans plus de succès. Si j'enterrais le chien ici — ce que j'étais bien obligé de faire, car je ne pouvais pas transporter sa carcasse ensanglantée jusqu'à la voiture — , ce serait donc dans une tombe de vingt centimètres de profondeur.

Je pris Mary Beth par les pattes et la tirai dans le trou, puis je ramenai la terre sur lui. Mais il y en avait à peine assez pour le recouvrir tout à fait, et je dus finir avec de la neige dont je fis un petit monticule. Bien sûr, ce n'était pas fait pour durer. Si un charognard ne le déterrait pas d'ici le printemps, George Muller, l'actuel propriétaire de l'endroit, le mettrait au jour lorsqu'il labourerait ce champ. Mon cœur se serra en songeant à ce que Jacob aurait pensé d'une telle sépulture pour son chien.

Pendant le trajet du retour, je pleurai à chaudes larmes. Cela ne m'était pas arrivé depuis le jour où j'avais vidé le studio. Je ne saurais dire aujourd'hui ce qui déclencha cette crise de larmes. Sans doute m'apitoyais-je sur le sort de tout le monde, de ce pauvre Jenkins, de Jacob et de Mary Beth, de Sonny, de Lou, de Nancy, du vieux Pederson, de mes parents, de Sarah et de moi-même. Je tentai aussi de penser à Amanda, de me dire qu'elle resterait toujours dans l'ignorance de toutes ces horreurs, qu'elle aurait une vie harmonieuse grâce au bénéfice de nos crimes, mais je ne parvenais pas à y croire vraiment, je voyais cela comme une chimère, l'heureux dénouement d'un conte de fées. Je prenais subitement conscience que nous nous étions fait une image idéalisée de l'avenir, et cela ajouta un poids supplémentaire à mon chagrin, une impression de futilité et de gaspillage. Notre nouvelle vie ne correspondrait nullement à ce que nous avions imaginé : nous allions mener une existence de fugitifs, pleine de mensonges et de subterfuges, avec l'angoisse permanente de nous faire prendre. Et jamais nous ne serions quittes de nos péchés ; ils nous accompagneraient jusqu'à ce qu'on nous descende à notre tour dans le trou.

Je dus me garer au bord de la route avant d'entrer dans Fort Ottowa, et attendre que mes larmes sèchent. Je ne tenais pas à ce que Sarah voie que j'avais pleuré.

Il était presque midi quand j'arrivai à la maison. J'avais le visage bouffi, les mains faibles et tremblantes.

Sarah m'appela depuis le séjour.

« C'est moi, lançai-je. Je suis rentré. »

Je l'entendis se lever pour m'accueillir, mais le téléphone se mit à sonner et elle alla prendre la communication dans la cuisine.

Je venais juste de me déchausser quand elle passa la tête dans le couloir : « Hank, c'est pour toi.

— Qui est-ce ? murmurai-je en venant vers elle.

— Il n'a pas dit son nom. »

Il me revint que le shérif avait promis de me passer un coup de fil à son retour, et j'en eus une bouffée de soulagement. « C'est Carl Jenkins ? »

Sarah secoua la tête. « Je ne crois pas. Il m'aurait demandé des nouvelles de la petite. »

Elle avait raison ; néanmoins, je conservais quelque espoir que ce fût lui. Je passai dans la cuisine et empoignai le téléphone, m'attendant à entendre sa voix.

« Allô ?

— Mr. Mitchell ?

— Oui.

— Ici le shérif McKellroy du comté de Fulton. Est-ce qu'il vous serait possible de passer à Ashenville pour qu'on vous pose quelques questions.

— Des questions ?

— Au besoin, on peut vous envoyer une voiture, mais si vous pouviez venir par vos propres moyens, cela nous faciliterait bien les choses. On est un peu débordés pour l'instant.

— Mais de quoi s'agit-il ? »

Le shérif McKellroy marqua une hésitation, comme s'il cherchait ses mots. « C'est au sujet de l'agent Jenkins. Carl Jenkins. Il est mort.

— Il est mort ? » répétai-je d'un ton horrifié où il n'y avait pas une once d'hypocrisie. Seule ma surprise était contrefaite.

« Oui. Il a été assassiné.

— Seigneur Dieu ! Comment est-ce possible ? Je l'ai encore vu ce matin même.

— C'est justement de cela qu'on aimerait vous... »

Quelqu'un l'interrompit, et je l'entendis mettre la main sur le combiné. Sarah me regardait, debout de l'autre côté de la cuisine. La petite commençait à pleurnicher dans la pièce voisine, mais elle n'y prêtait pas attention.

« Mr. Mitchell ? fit McKellroy.

— Oui ?

— Avez-vous rencontré, hier après-midi, un homme du nom de Neal Baxter ?

— Oui, en effet. Du FBI.

— Vous a-t-il montré une pièce d'identité ?

— Une pièce d'identité ?

— Une pièce d'identité avec sa photo. Ou un insigne.

— Non, rien du tout.

— Pouvez-vous me le décrire ?

— Il était grand. Environ deux mètres. Large d'épaules. Brun avec les cheveux courts. Je ne me rappelle pas la couleur de ses yeux.

— Vous souvenez-vous de ce qu'il portait ?

— Aujourd'hui ?

— Oui.

— Un pardessus. Un costume sombre. Des souliers noirs.

— Et avez-vous vu sa voiture ?

— Oui, ce matin. Je l'ai vu en descendre.

— À quoi ressemblait-elle ?

— Bleue, quatre portes. Le genre voiture de location. Je n'ai pas regardé les plaques d'immatriculation.

— Sauriez-vous me dire la marque ?

— Non. C'était une berline de forme assez carrée, une Buick ou quelque chose comme ça. Non, je ne pourrais pas vous dire précisément la marque.

— Très bien. On va sans doute vous montrer des photos à partir desquelles il vous sera peut-être possible d'identifier le modèle. Pouvez-vous venir tout de suite ? On est à l'hôtel de ville.

— Je ne sais toujours pas comment ça s'est passé.

— Il vaut mieux que vous attendiez d'être ici. Est-ce qu'on vous envoie une voiture ?

— Non, je vais prendre la mienne.

— Et vous faites vite, n'est-ce pas ?

— Oui. Je pars immédiatement. »

11

Avant de partir, j'allai prendre le revolver dans la voiture et le remisai dans le garage. Ce n'était pas le genre d'objet que je souhaitais avoir avec moi lors de mon entretien avec la police.

Il pleuvait toujours, une sorte de crachin glacé, mais cela allait bientôt cesser. Le ciel devenait plus lumineux et la température baissait. Les champs du bord de route étaient panachés de brun et de blanc.

Ashenville bourdonnait d'activité. Deux équipes de télévision — une de Canal 11 et une de Canal 24 — installaient leurs caméras sur le trottoir. Plusieurs voitures de police stationnaient devant l'hôtel de ville. La rue était noire de monde.

Je me garai à quelque distance de là.

Un agent commença par m'interdire le passage, puis la lourde porte s'entrouvrit et un petit homme replet se pencha à l'extérieur.

« Vous êtes Hank Mitchell ? demanda-t-il.

— Oui. »

Il me tendit la main et je montai les marches du perron pour le saluer. « Je suis le shérif McKellroy, dit-il. C'est moi que vous avez eu au téléphone. »

Il me conduisit à l'intérieur. Il était vraiment tout petit et il marchait en se dandinant. Il avait le visage blême et un peu empâté, des cheveux courts, d'une couleur indéfinissable, qui sentaient fortement la lotion capillaire, comme s'il sortait de chez le coiffeur. Le bureau de Carl Jenkins fourmillait de policiers en uniforme. Tous paraissaient fort affairés, comme s'ils avaient je ne sais quel délai à respecter. Nul ne leva les yeux à mon entrée. Je reconnus un des hommes auxquels j'avais eu affaire la fois précédente, le policier à tête de garçon de ferme, celui qui était passé déposer Mary Beth à la maison. Assis au bureau de Linda, il parlait au téléphone.

« Collins ! hurla McKellroy. Vous allez prendre la déposition de Mr. Mitchell. »

Un des policiers se détacha du groupe, un grand type, apparemment plus âgé que McKellroy, grisonnant, le visage émacié, la cigarette au bec. Il me conduisit dans le hall, là où c'était plus tranquille.

La perspective de faire une déposition n'était pas pour me rassurer, mais cela se passa le plus simplement du monde. Je fis mon récit et Collins se borna à le coucher par écrit. Pas véritablement d'interrogatoire, pas de question piège. Il ne paraissait même pas montrer un intérêt particulier pour ce que j'avais à dire.

Je remontai trois mois en arrière, soit à la fin du mois de décembre. Je racontai avoir entendu comme un bruit d'avion du côté du parc naturel. J'en avais touché un mot à Jenkins, mais, comme on n'avait signalé aucune disparition d'avion, il n'y avait pas accordé d'importance.

« Ça m'était complètement sorti de la tête, dis-je, jusqu'à hier après-midi, quand, juste comme j'allais quitter mon bureau, le shérif Jenkins m'a téléphoné pour me demander de passer le voir. Il était avec un agent du FBI à la recherche d'un avion qui se serait crashé dans les environs.

— Il s'agissait de l'agent Baxter ? demanda Collins.

— C'est cela. Neal Baxter. »

Il nota la chose sur son carnet. « Il vous a dit pour quelle raison il recherchait cet avion ?

— Il m'a parlé d'un type en cavale.

— Un type en cavale ?

— Un individu recherché par le FBI.

— Il a précisé de qui il s'agissait ?

— J'ai posé la question, mais ils ne m'ont pas répondu.

— Qui ça, " ils " ?

— Lui et le shérif Jenkins.

— L'agent Jenkins était donc au courant ?

— Je pense que oui. C'est du moins ce qu'il m'a semblé. »

Il commença une nouvelle page de carnet. « Et vous les avez revus ce matin ?

— C'est exact. On avait prévu de se mettre en route aux

alentours de neuf heures pour rechercher cet avion hypothé-
tique, mais ma femme a appelé juste au moment où on allait
partir. Notre petite fille n'arrêtait pas de vomir. Alors je suis
rentré chez moi.

— Et c'est la dernière fois que vous avez vu les deux
hommes ?

— Oui. Ils sont partis de leur côté, et moi du mien. »

Collins relut ce qu'il avait noté, souligna quelque chose, puis
referma son calepin.

« Pouvez-vous me dire ce qui s'est passé ? demandai-je.

— Vous n'êtes pas au courant ?

— Je sais seulement que Carl Jenkins a été assassiné.

— Il a été abattu par le type en question.

— L'agent Baxter ?

— Oui.

— Mais pour quelle raison ?

— Tout ce que nous savons, nous l'avons appris par vous et
par Mrs. Jenkins. L'agent Jenkins et Baxter ont quitté la ville
aux alentours de neuf heures quinze. Peu après onze heures,
Mrs. Jenkins a vu par la fenêtre de son bureau Baxter revenir
seul, à bord du véhicule de son mari. Il s'est garé en face, puis il
est monté dans sa voiture et il est parti. Elle a appelé chez elle,
pensant que son mari s'y était peut-être fait déposer. Et comme
ça ne répondait pas, elle a décidé d'aller faire un tour du côté du
parc naturel, histoire de voir de quoi il retournait. Arrivée là-
bas, elle a vu leurs traces dans la neige et les a suivies sur peut-
être huit cents mètres jusqu'à l'épave d'un avion de tourisme.
C'est là qu'elle a trouvé le corps de son mari.

— C'est Linda qui l'a trouvé ! » fis-je, horrifié.

Collins hocha la tête. « Ensuite, elle a couru jusqu'à la
route et elle nous a appelés par radio.

— Mais pourquoi il l'aurait abattu ? »

Collins parut hésiter. Il glissa son stylo dans sa poche de
poitrine. « Baxter ne vous a rien dit à propos d'une certaine
somme d'argent qui aurait disparu ?

— Non, rien.

— Selon Mrs. Jenkins, il aurait dit à son mari qu'il y avait
quatre millions de dollars dans l'avion.

— Quatre millions de dollars ? répétai-je en le regardant
d'un air incrédule.

— C'est ce qu'elle affirme.

— C'est donc pour ça qu'il a abattu Jenkins ?

— On n'est sûrs de rien. Baxter a peut-être menti. Selon lui, cet argent provenait de l'attaque d'un fourgon blindé à Chicago en juillet dernier, mais nous on n'a rien là-dessus. Tout ce qu'on sait, c'est que cela avait quelque chose à voir avec l'avion. À partir de là, toutes les hypothèses sont permises »

Collins me quitta pour aller montrer ma déposition à McKellroy. Je n'étais pas certain de pouvoir m'en aller. Le shérif avait parlé de me soumettre des photos afin d'identifier la voiture de Baxter, aussi restai-je dans les parages. On avait disposé des chaises pliantes dans la première salle ; j'en pris une et allai m'asseoir près de la fenêtre. Le garçon de ferme me salua d'un signe de tête lorsque j'entrai à la suite de Collins, mais par la suite plus personne ne fit attention à moi. Quelqu'un avait apporté un émetteur-récepteur qui sifflait et crachotait dans un coin de la pièce. De temps en temps, le shérif McKellroy venait tracer une ligne sur une grande carte punaisée au mur.

Ils étaient en train de traquer Vernon Bokovsky.

Dehors, la foule avait grossi. Des gens ne cessaient d'arriver en voiture. Les deux équipes de télévision réalisaient des interviews. Canal 11 interrogeait un gradé de la police, Canal 24, Cyrus Stahl, le maire octogénaire d'Ashenville. Le temps s'éclaircissait, et Main Street avait pris comme un air de fête. Les gens conversaient par groupes importants. Quelques enfants avaient sorti leur vélo et faisaient des allées et venues dans la rue. Les mains en œillères, des petits garçons regardaient à l'intérieur des voitures de police.

La pluie avait cessé. Une brise irrégulière s'était levée du nord, dont les risées capricieuses faisaient claquer le drapeau de l'hôtel de ville et battre avec un bruit creux sa drisse contre le mât d'aluminium. On pensait à un glas sonnant au loin. Le drapeau était en berne.

Il y avait peut-être une heure que j'étais assis là à regarder par la fenêtre, l'esprit ailleurs, lorsque derrière moi la pièce fut soudain en ébullition.

« Où est passé Mitchell ? demanda le shérif dans mon dos. Il est rentré chez lui ? »

Je me retournai pour voir un de ses hommes me montrer du doigt : « Il est là. »

Collins et le garçon de ferme enfilèrent leur blouson, mirent

308

leur chapeau et sortirent en trombe. Tout le monde parlait en même temps et je ne parvenais pas à saisir ce qui se disait.

« Collins ! rappela McKellroy. Vous et Sweeney, emmenez Mr. Mitchell avec vous. Il faut qu'il identifie le corps.

— Le corps ? répétai-je, interdit.

— Ça vous ennuie ? demanda le shérif de l'autre côté de la pièce. Vous nous fileriez un sacré coup de main.

— Qu'est-ce qui m'ennuie ?

— Nous tenons un gars qui correspond à la description que vous nous avez donnée de Baxter, mais il faudrait l'identifier formellement. » Il désigna Collins et le garçon de ferme qui attendaient sur le seuil. « Ils vont vous y emmener. »

Je ramassai ma parka et partis vers la porte. « Est-ce que je pourrais passer un coup de fil à ma femme ? demandai-je en m'immobilisant à mi-chemin. Juste pour lui dire où je suis.

— Bien sûr », répondit-il avec un regard compréhensif. Il délogea un de ses hommes, qui était assis au bureau de Linda, et me fit signe de m'y installer.

Je décrochai le combiné et composai le numéro de la maison.

Linda avait sur son bureau une photo d'elle en compagnie de son mari ; je m'en détournai en faisant pivoter la chaise vers la fenêtre, mais pas assez vite pour ne pas me demander où elle pouvait se trouver en ce moment. Probablement chez elle, me dis-je. Jamais elle n'oublierait ce qu'elle avait vu ce matin-là, son mari allongé sans vie dans la neige. Une grande lassitude, comme un engourdissement du côté du cœur, m'envahit à cette pensée.

Comme la fois précédente, Sarah décrocha dès la première sonnerie.

« C'est moi, dis-je. Je suis au poste de police.

— Tout va bien ?

— Jenkins est mort. Le type du FBI l'a abattu.

— Je suis au courant. J'ai entendu ça à la radio.

— Il semblerait qu'ils l'aient pris. Là, je pars avec eux pour vérifier qu'il s'agit bien du même homme.

— Tu pars où ?

— Je n'en sais rien. Il se pourrait qu'il soit mort.

— Mort ?

— Ils ont parlé du " corps ". Ils veulent que j'identifie le corps.

— C'est eux qui l'ont abattu ?

— Je ne sais pas trop. Il semblerait que oui.

— Oh, Hank, murmura-t-elle, mais c'est parfait.

— Sarah, dis-je d'un ton pressant, je suis au poste de police. » Je jetai un coup d'œil autour de moi pour voir si quelqu'un écoutait. Collins et le garçon de ferme se tenaient près de la porte, le chapeau à la main. Tous deux me regardaient, attendant que j'en aie terminé.

Sarah ne disait plus rien. J'entendais la radio en arrière-fond, une voix d'homme dans les aigus, sans doute une publicité. « Est-ce que tu sais quand tu vas rentrer ? demanda-t-elle.

— Sans doute pas avant un petit moment.

— Hank, je suis tellement soulagée. Je suis tellement heureuse.

— Chhhh.

— Ce soir, on fête ça. On va célébrer notre nouveau départ dans la vie.

— Sarah, il faut que je te quitte. On reparlera de tout cela à mon retour. »

Et je raccrochai.

Le garçon de ferme se mit au volant. Je pris place à côté de lui et Collins s'installa derrière. Nous prîmes vers le sud, à grande vitesse, gyrophare en batterie. La température dégringolait et des plaques de verglas se formaient sur la chaussée. L'atmosphère s'asséchait rapidement et le paysage y gagnait en ampleur et en netteté. De temps en temps, une trouée de ciel bleu s'ouvrait dans la course rapide des nuages.

« Le shérif McKellroy a bien parlé d'un " corps " ? demandai-je au garçon de ferme.

— C'est exact.

— Donc, Baxter est mort ?

— Ça, pour être mort, il est mort, fit Collins depuis le siège arrière, d'un ton presque enjoué. Il est plein de trous.

— Complètement criblé, dit le garçon de ferme.

— Une vraie passoire. »

Ils souriaient jusqu'aux oreilles. Ils semblaient aussi excités que deux gamins lors d'une sortie scolaire.

« Il a été abattu pas loin d'Appleton, expliqua Collins, au péage de l'autoroute. Il s'est trouvé nez à nez avec deux collègues, il en a touché un à la jambe, et l'autre lui a vidé son chargeur dans le buffet.

— Quatre impacts, dit le garçon de ferme.

— Trois au thorax, un à la tête. »

Le garçon de ferme me lança un regard. « Est-ce que ça vous embête ? demanda-t-il, redevenu tout à coup sérieux.

— Quoi donc ?

— De devoir identifier un cadavre, Le sang, tout ça...

— Une blessure à la tête, c'est pas joli à voir, dit Collins. Je vous conseille d'y jeter juste un coup d'œil. Essayez de penser à de la bidoche, comme si vous tombiez sur un tas de viande hachée... »

L'autre le coupa : « Le frère de Mr. Mitchell a été assassiné. »

Collins en resta coi.

« Tu te souviens pas ? Il y a peut-être deux mois de ça. Ce type qui, en rentrant chez lui, a trouvé sa femme au lit avec leur proprio et qui a complètement perdu les pédales.

— C'était votre frère ? s'enquit Collins. Celui qui jouait aux courses ? »

Le garçon de ferme secoua la tête. « Non, son frère, c'était l'autre type. Celui qui s'est fait descendre au moment où il venait voir ce qui se passait. »

L'ambiance retomba de façon quasi palpable. C'était comme si nous venions d'entrer dans un tunnel. Le garçon de ferme se pencha pour hausser le chauffage. Je sentis un flux d'air chaud sur mon visage.

« Je suis désolé, Mr. Mitchell, dit Collins. Je ne savais pas.

— C'est pas grave.

— Et comment va le chien ? » demanda le garçon de ferme. Il regarda son collègue dans le rétroviseur. « Son frère avait un chien superbe. Mr. Mitchell l'a pris chez lui.

— Ah oui ? Quel genre de chien ? » interrogea Collins. Tous deux travaillaient à raviver leur bonne humeur.

« Un bâtard, dis-je. Moitié berger allemand, moitié labrador. Mais j'ai dû le faire piquer. »

Ils ne firent pas de commentaire. Le garçon de ferme se mit à tripoter les boutons de la radio.

« Il ne s'est jamais habitué à l'absence de mon frère. Il est devenu méchant. Il a même mordu ma femme.

— Les chiens sont comme ça, dit Collins. Ils s'attachent. Ils éprouvent du chagrin tout comme nous. »

Après cela, plus personne ne parla pendant le restant du trajet. Le garçon de ferme se concentra sur sa conduite. Collins alluma une cigarette. Et moi, je m'absorbai dans la contemplation du paysage.

Bokovsky avait été tué au poste de péage d'Appleton, au moment où il s'apprêtait à entrer sur l'autoroute. Comme il s'arrêtait pour prendre son ticket, sa voiture avait dérapé sur une petite plaque de verglas et percuté le véhicule qui se trouvait devant lui. Deux motards de la police se trouvaient de l'autre côté du terre-plein central. Ils s'étaient approchés. Si Bokovsky était resté calme, il aurait pu s'en tirer. Il avait troqué sa voiture bleue pour une rouge quelque temps après avoir quitté Ashenville, et il avait mis un blouson et un bonnet de laine destiné à dissimuler sa coupe en brosse. Il ne répondait donc plus au signalement de l'homme recherché par la police. Mais il avait paniqué en voyant arriver les deux hommes. Il était descendu de son véhicule et avait sorti son arme.

Il nous fallut un bon bout de temps pour arriver sur les lieux. La bretelle d'accès était barrée, et un motard détournait la circulation. Cinq ou six voitures de police étaient arrêtées selon des angles insolites sur la petite esplanade. Au moment où nous arrivions, une ambulance démarra, gyrophare allumé.

Il n'y avait pas grand-chose de part et d'autre de l'autoroute : deux stations-service, une laiterie désaffectée et une épicerie ouverte vingt-quatre heures sur vingt-quatre. C'était une zone agricole, plate et sans caractère.

Nous nous garâmes au bord de la route et fîmes à pied le reste du chemin jusqu'au péage. La voiture de Bokovsky, un break Toyota rouge cerise, se trouvait, portière ouverte, près du distributeur de tickets. Le secteur avait été délimité à l'aide d'un ruban de plastique jaune vif. L'endroit fourmillait de policiers en uniforme, dont aucun pourtant ne semblait avoir d'occupation précise. La voiture percutée par Bokovsky avait été enlevée.

Un corps recouvert d'une couverture argentée était étendu près de la Toyota.

Nous franchîmes le ruban, et mes deux compagnons me frayèrent un chemin jusqu'au cadavre. Le garçon de ferme s'accroupit à côté de lui, et je fis de même. Il rabattit un pan de la couverture.

« C'est lui ? » questionna Collins, resté debout derrière moi.

C'était Vernon Bokovsky. Il avait été touché sur le côté du

crâne, juste au-dessus de l'oreille. Cela faisait un trou noir, pas plus grand qu'une pièce de dix *cents*. Il y avait du sang partout, sur son visage, sur la couverture, sur le sol, et même sur ses dents. Le col de sa chemise en était rosi. Ses yeux étaient grands ouverts ; ils fixaient le ciel avec comme une expression de surprise. Je dus prendre sur moi pour ne pas les lui fermer.

« Ouais, dis-je, c'est bien lui. »

Le garçon de ferme remit la couverture en place et nous nous relevâmes.

« Ça va aller ? » demanda-t-il. Il me prit par le coude pour me détourner du cadavre.

« Oui, oui, ça va », dis-je. C'est alors que j'eus la surprise de sentir un sourire commencer de s'épanouir sur mon visage. Je dus me concentrer pour le réprimer, serrer les dents, crisper la mâchoire. C'était un effet de mon soulagement, et j'étais étonné de sa puissance. Il éclipsait la tristesse que m'inspirait la mort de Jenkins ; sa disparition en devenait presque salutaire, c'était le prix que l'on peut s'attendre à payer pour décrocher la timbale. Pour la première fois depuis le soir où nous avions décidé de garder l'argent, je me sentais absolument tranquille. Sarah avait vu juste : tout était parfait maintenant qu'il n'y avait plus personne pour faire le lien entre nous et l'avion. Ils étaient tous morts. Les frères Bokovsky, Carl, Lou, Nancy, Jacob, Sonny, Pederson. Il n'en restait plus un.

Et l'argent était à nous.

Collins appela le shérif McKellroy par radio pour lui annoncer que j'avais identifié le corps. Le garçon de ferme, lui, était en grande conversation avec plusieurs de ses collègues. Je fis quelques pas en direction de la voiture — il commençait à faire froid et j'avais envie d'aller m'y asseoir — , mais je me ravisai et demeurai sur place. J'étais curieux de savoir si l'on avait retrouvé le sac et l'argent, et je me disais qu'en restant dans les parages j'apprendrais peut-être quelque chose. J'allai me placer à côté du ruban jaune, les mains dans les poches, essayant de me faire oublier.

Un policier rouquin se mit à prendre des photos. Il écarta la couverture et photographia le cadavre de Bokovsky. Il prit ensuite la Toyota, le poste de péage, le sang sur le béton, le tout sous différents angles. Bien que le temps continuât de s'éclaircir, il faisait encore sombre, et le photographe se servait d'un flash. Les petites explosions de lumière se déclenchaient à un rythme rapide, pareilles au reflet du soleil dans un miroir que l'on agite.

Quelques minutes plus tard, une équipe de télévision arriva à bord d'un fourgon jaune. Sur son flanc, une inscription de biais en grandes lettres rouges : CANAL 13, et en dessous, en noir : ACTIONEWS. Ils commencèrent à filmer les lieux avec un caméscope, puis ils voulurent faire un plan du cadavre, mais un des policiers leur demanda de s'éloigner.

Une voiture marron foncé arriva sur ces entrefaites. Deux hommes en descendirent. Je sus en les voyant qu'ils étaient du FBI. Grands, minces, tête nue, le cheveu court, ils avaient la même apparence que Bokovsky. Tous deux étaient en pardessus, costume sombre et cravate sans fantaisie. Ils avaient des souliers noirs et des gants de cuir assortis. Dans leur façon de se mouvoir, dans les gestes qu'ils faisaient en s'entretenant avec les policiers, ils étaient empreints de cet air professionnel un rien détaché, de cette attitude faite de contrôle de soi et de précision dépassionnée que Bokovsky savait si bien contrefaire. Et je m'en trouvai aussi intimidé que la première fois. Ma poitrine se serra, mon pouls s'accéléra, mon dos se mouilla de sueur. Peu à peu, je me sentais gagné par la peur horrible d'avoir omis quelque chose, d'avoir laissé quelque indice, je ne sais quelle trace fatale. Si je devais être confondu, ce serait par ces hommes.

Je les regardai s'approcher du cadavre. Ils s'agenouillèrent de part et d'autre, enlevèrent la couverture et se mirent à lui retourner les poches. L'un d'eux prit Bokovsky par le menton et lui tourna la tête d'un côté et de l'autre, comme pour examiner son visage. Puis il s'essuya la main sur la couverture et murmura quelque chose à son collègue. Celui-ci secoua la tête.

De là, ils passèrent à l'inspection de la Toyota et conférèrent brièvement avec un des policiers en uniforme. Au bout d'une minute ou deux, celui-ci appela le garçon de ferme et le présenta aux deux fédéraux. Ils s'entretinrent quelques secondes, puis le garçon de ferme se retourna pour me désigner du doigt.

« Mr. Mitchell ? » s'enquit un des types en civil. Il vint vers moi. « Hank Mitchell ?

— Oui ? » dis-je en m'avançant vers lui.

Il glissa la main dans son pardessus, en sortit son portefeuille et l'ouvrit pour me montrer son insigne. Cette entrée en matière était inquiétante : j'avais l'impression qu'il venait m'arrêter. « Agent Renkins, du FBI », dit-il.

Je hochai la tête en fixant l'insigne.

« Mon collègue et moi souhaiterions que vous rentriez en ville avec nous, pour que nous puissions vous entendre sur cette affaire.

— J'ai déjà dit tout ce que je savais à la police locale. Est-ce que vous ne pourriez pas vous procurer ma déposition ?

— Nous préférerions l'entendre de votre bouche. Vous le comprenez, n'est-ce pas ? » Il me gratifia d'un faux sourire à la Baxter.

Je ne répondis pas. Il était clair que je n'avais pas le choix. L'autre type vint nous rejoindre. Il serrait sous son bras un sac-poubelle noir.

« Nous sommes garés là-bas », dit Renkins en montrant leur voiture. Il tourna les talons et je lui emboîtai le pas.

Je pris place à l'arrière. Renkins s'installa au volant, et son collègue, l'agent Fremont, monta à côté de lui. Vus de dos, ils étaient pratiquement identiques : leurs épaules avaient la même largeur, leurs deux têtes s'élevaient à la même hauteur au-dessus du dossier, leurs cheveux, du même brun, couvraient leurs crânes pareillement ronds avec la même épaisseur et la même longueur.

Un seul détail les distinguait, mais il était saisissant. Les oreilles de Fremont étaient beaucoup trop grandes pour sa tête. Je n'arrivais pas à en détacher les yeux cependant que nous quittions l'esplanade du péage. C'était deux immenses ovales convolutés, apparemment rigides et d'une étonnante blancheur, qui eurent sur moi un effet singulièrement positif : cet homme me fut tout de suite sympathique. Qu'est-ce qu'il a dû se faire charrier quand il était gosse ! me dis-je en repensant à l'enfance de Jacob et aux tourments que les autres lui infligeaient à cause de son obésité. Et j'éprouvai une bouffée de pitié pour lui.

À l'aller, j'avais voyagé à l'avant. À présent, assis à l'arrière dans la voiture de ces deux agents du FBI, la sensation était toute différente. C'était une voiture tout ce qu'il y a de normal, qui aurait pu être celle d'un représentant de commerce, avec un intérieur en vinyle noir, des petits cendriers dans les portes et un autoradio bas de gamme sur le tableau de bord. Cependant, assis tout seul à l'arrière, j'avais la très nette impression de me trouver en état d'arrestation, d'être en leur pouvoir. C'était un sentiment qui ne m'avait pas effleuré à bord de la voiture de patrouille.

Nous roulions en direction d'Ashenville, progressant par décrochements à angle droit sur les routes perpendiculaires de la grande plaine agricole, d'abord vers le nord, puis vers l'est, puis à nouveau vers le nord. Je leur faisais mon récit. Ils m'enregistraient sur un magnétophone, mais paraissaient relativement peu intéressés par ce que je racontais. Ils ne me posaient aucune question, ils ne me lançaient pas un coup d'œil lorsque je marquais une pause ni ne m'encourageaient à poursuivre d'un hochement de tête. Ils regardaient impassiblement droit devant eux. Nous refaisions l'itinéraire que j'avais suivi plus tôt dans l'après-midi avec Collins et le garçon de ferme, nous passions devant les mêmes maisons, les mêmes fermes. À ceci près que le temps était maintenant bien dégagé, l'air plus sec et plus limpide. Approchant de la fin de sa course vers le couchant, le soleil se réfléchissait sur les toits dans le lointain.

Tout en débitant mon histoire, je me disais que leur silence ne pouvait signifier que deux choses. Soit ils me croyaient et cette seconde déposition n'était qu'une formalité, soit ils avaient découvert un indice accablant lors de leur passage sur le lieu du crime, une preuve contradictoire qui infirmait mes déclarations, et ils attendaient que je m'enferre encore plus dans mes mensonges avant de confondre le voleur et l'assassin que j'étais. Approchant de la conclusion, je faisais traîner mon monologue en longueur, m'interrompant, me répétant, redoutant de découvrir laquelle de ces alternatives m'attendait.

Mais, inexorablement, j'arrivai à la fin de mon récit.

Fremont éteignit le magnétophone, puis se retourna vers moi.

« Il n'y a qu'un petit problème dans toute votre histoire, Mr. Mitchell. »

À ces mots, tout se noua en moi. J'affectai de contempler les champs qui défilaient, me forçant à laisser passer un instant avant de réagir. Au loin, j'apercevais un épouvantail tout de noir vêtu, suspendu à une perche. Il était coiffé d'un chapeau de paille et, à cette distance, en le regardant vite, on pouvait le prendre pour une personne réelle.

« Un petit problème ? » dis-je enfin.

Fremont hocha la tête, ses oreilles éléphantines battant l'air comme des nageoires.

« Cet homme, dont vous venez d'identifier le cadavre, n'était pas du FBI. »

Mon soulagement fut si intense qu'il eut un effet physique sur moi. Sur toute la surface de mon corps, les pores de ma peau s'ouvrirent et je me mis à transpirer. Sensation étrange et même horrible, un peu comme de perdre le contrôle de sa vessie, de perdre les pédales. Je sentis monter un fou rire, mais je le réprimai. J'essuyai la sueur qui perlait sur mon front.

« Je ne vous suis pas », fis-je d'une voix rauque. Fremont parut ne pas remarquer cette altération.

« Il s'appelait Vernon Bokovsky. L'avion que vous avez entendu en décembre, cet avion dont le moteur cafouillait, transportait son frère. Il s'est écrasé dans le parc naturel.

— Il recherchait son frère ? »

Fremont secoua la tête. « Il recherchait ceci. » Il souleva le sac en plastique noir entre ses pieds. Je me penchai en avant pour mieux voir. J'en frissonnai de plaisir, le plaisir de connaître un secret.

« Un sac à ordures ?

— Exact. » Fremont eut un sourire. « Mais des ordures de valeur. » Il ouvrit le sac et le secoua pour que je voie l'argent.

Je fixai le contenu en comptant jusqu'à dix, m'efforçant d'afficher tous les signes de l'ahurissement. « Ce n'est pas de la fausse monnaie ? demandai-je.

— Non, non, cet argent est tout ce qu'il y a d'authentique. » Il y plongea une main gantée de noir pour en sortir une liasse. Il me la montra. « Il provient d'une rançon, dit-il. Bokovsky et son frère sont les types qui ont kidnappé la fille McMartin en novembre dernier.

— La fille McMartin ?

— L'héritière McMartin. Celle qu'ils ont tuée et balancée dans le lac. »

Je continuais de dévorer l'argent des yeux. « Est-ce que je peux y toucher ? Je porte des gants. »

Les deux agents s'esclaffèrent. « Bien sûr, dit Fremont. Allez-y. »

317

J'avançai la main et il y déposa la liasse. Je la soupesai. Renkins me regardait dans le rétroviseur avec un sourire amusé.

« C'est lourd, n'est-ce pas ? dit-il.

— Oui. Comme un petit bouquin. »

Nous n'étions plus très loin d'Ashenville. Je voyais monter de l'horizon le bas monticule des constructions serrées autour du carrefour de deux routes. Cela paraissait faux, illusoire, comme un décor en trompe-l'œil.

Je rendis la liasse à Fremont et il la laissa retomber dans le sac.

Durant ma courte absence, la vie à Ashenville avait repris son cours normal. Les équipes de télévision s'en étaient allées, les attroupements s'étaient dispersés, et maintenant le bourg ressemblait exactement à ce qu'il était n'importe quel autre samedi après-midi : vide, endormi, un peu délabré sur les bords. Le seul indice qui rappelât encore la toute récente tragédie était le drapeau en berne qui battait mollement à mi-hauteur de son mât.

Renkins arrêta la voiture devant l'hôtel de ville, et nous descendîmes pour nous dire au revoir.

« Je regrette que vous ayez été mêlé à tout ceci, dit Fremont. Vous nous avez été d'un grand secours. » Nous nous tenions au bas des marches du perron. Il ne restait plus qu'une seule voiture de patrouille.

« Je ne sais toujours pas ce qui s'est passé », remarquai-je.

Renkins m'adressa un grand sourire. « Je vais vous expliquer. Deux frères ont enlevé une jeune personne dans la banlieue de Detroit. Ils ont descendu sept personnes, dont la fille, et se sont sauvés avec une rançon de quatre millions huit cent mille dollars. Un des deux frères s'est écrasé en avion. L'autre s'est lancé à sa recherche en se faisant passer pour un agent fédéral. Lorsqu'il a trouvé l'avion, il a abattu Carl Jenkins. » Son sourire s'élargit. « Et ensuite, un motard de la police lui a mis quatre balles.

— Il y a quatre millions huit cent mille dollars dans ce sac ? demandai-je.

— Non, dit Renkins, seulement cinq cent mille.

— Où est passé le reste ? »

Il haussa les épaules, lança un regard à son collègue. « On n'en sait trop rien. »

Je détournai les yeux. À quelque distance de là, deux moineaux se disputaient quelque chose dans le caniveau. Ils tentaient tour à tour, avec force piaillements, de s'envoler en emportant l'objet de leur convoitise, mais il était trop lourd et aucun d'eux n'y parvenait. Je n'arrivais pas à voir ce que c'était.

« Il y a donc quatre millions trois cent mille dollars qui se baladent dans la nature ?

— Ils finiront bien par pointer le nez », dit Fremont.

Je le considérai avec attention, mais son visage était dénué d'expression. Renkins s'absorbait dans la contemplation des oiseaux.

« Que voulez-vous dire ? demandai-je.

— Nous avons eu l'argent pendant deux heures avant que MacMartin l'emporte à l'endroit convenu avec les ravisseurs. Nous ne pouvions pas le marquer, car nous avions peur qu'ils s'en aperçoivent et tuent la fille. Aussi avons-nous réuni une équipe de vingt hommes pour relever autant de numéros de série que possible. » Il sourit, comme s'il venait de m'en raconter une bien bonne. « Nous avons réussi à noter un peu moins de cinq mille numéros, soit un billet sur dix. »

J'en restai coi. Je le regardais, complètement effaré. Je ne parvenais pas à assimiler tout à fait le sens de ses paroles.

« Nous mettrons la main dessus, reprit-il. Il suffit d'attendre que les numéros sortent. Si vous écoulez des billets de cent dollars à droite, à gauche, il y a toujours quelqu'un qui finit par vous photographier mentalement.

— L'argent est marqué », dis-je lentement. Je me mis à fixer mes pieds, les traits crispés, m'efforçant de ne pas réagir, de paraître calme, lointain, extérieur à tout ceci. Je me concentrais sur mes chaussures, essayais de trouver des mots qui convinssent pour en désigner la couleur. J'employais toute mon énergie à cet exercice, sachant implicitement que si j'accusais le coup de la révélation de Fremont, j'allais m'effondrer.

« Oui, dit-il, cela revient au même. C'est comme s'il était marqué.

— Comme quoi le crime ne paie pas », dit Renkins.

Havane, pensais-je, *beige foncé*. Avec un effort, je trouvai encore *ambre*. Mais l'épouvantable nouvelle coulait comme de l'eau autour de ces mots, s'infiltrait dans les interstices. L'argent était marqué.

Fremont me tendit la main. Je me forçai à la prendre. Je répétai le rituel avec Renkins.

« Bien sûr, tout cela doit rester entre nous, dit celui-ci. Il n'y a que comme ça que nous arriverons à coincer le ou les complices.

— Donc, si jamais vous faites une déclaration à la presse..., enchaîna Fremont.

— Oui, je comprends.

— Si jamais nous avons encore besoin de vous, vous êtes dans le coin ?

— Bien sûr. » Je montrai le magasin de l'autre côté de la rue. « Je travaille ici. »

Ils regardèrent dans cette direction. « Il est fort probable que nous ne vous embêterons plus, dit Renkins. C'est du tout cuit maintenant.

— Oui », fis-je faiblement.

Sépia, pensai-je, *terre cuite, grège.*

« Je suis absolument désolé que vous ayez été mêlé à tout ceci. Cela a été une horrible tragédie, un fichu merdier du début à la fin. »

Il me donna une tape amicale sur l'épaule, puis tous deux tournèrent les talons, gravirent les marches et disparurent à l'intérieur de l'hôtel de ville.

Je regardai mes pieds se diriger vers le bord du trottoir, se traîner sur la chaussée et traverser Main Street. Ma voiture était garée à quelque distance de là. Mes chaussures me la firent contourner par l'arrière et s'immobilisèrent devant la portière côté conducteur. Comme par magie, ma main sortit de ma poche en tenant les clés.

Elle déverrouilla la portière, l'ouvrit, mon corps se plia en deux, ma tête se baissa, et je m'affalai sur le siège.

Alors seulement, dans la sécurité de l'habitacle, la portière bien refermée sur moi, je laissai mon esprit assimiler pleinement ce qu'avait dit Fremont, l'absorber comme une éponge.

L'argent était inutilisable.

Je fus tout d'abord submergé par une irrésistible vague de désespoir, qui avait déjà commencé de sourdre lorsque je me tenais sur le trottoir avec les deux agents du FBI. Les cadavres ensanglantés de Pederson, de Nancy, de Sonny et de Jacob me sautèrent au visage ; quatre vies auxquelles j'avais mis un terme afin de conserver l'argent, cet argent qui se réduisait maintenant à un tas de papier verdâtre.

La fatigue succéda sans transition au désespoir. C'était la réaction de mon corps face à l'horreur de ce que j'avais fait : un engourdissement profond, un sentiment de démission et de résignation. Je m'enfonçai dans mon siège, prostré, la tête penchée en avant. Je venais de passer près de trois mois étranglé par un nœud inextricable de tension et d'anxiété, et ce nœud venait d'un coup d'être desserré, et même tranché. Au moins cela m'apportait-il quelque soulagement, car maintenant tout était vraiment terminé. Je pouvais rentrer chez moi et brûler l'argent, preuve ultime de mes crimes.

Démarre.

Cette pensée clignota à travers le marasme du désespoir et de la lassitude, mise en garde venue du fin fond de ma cervelle, d'un avant-poste qui, ignorant que les hostilités étaient terminées, échafaudait toujours des stratégies, assurait toujours la veille, menait toujours le combat.

Si Fremont ou Renkins regardent par la fenêtre, me souffla cette petite voix, *et qu'ils te voient assis là à ruminer, cela pourrait les faire gamberger. Démarre. Fiche le camp d'ici.*

Elle avait de la force, la voix de la prudence. C'était elle que j'écoutais depuis près de trois mois et, automatiquement, comme conditionné, je me conformai aussitôt à ce qu'elle m'intimait. Ma main introduisit la clé de contact dans le Neiman.

Mais je n'allai pas plus loin.

À une quinzaine de mètres derrière moi, au coin de la rue, se dressait une cabine téléphonique, dont les parois de plexiglas reflétait les teintes du couchant.

Fiche le camp, répétait la petite voix. *Tout de suite.*

Je promenai un regard circulaire sur les environs. De l'autre côté du carrefour, en face de l'église, une femme approchait en poussant devant elle une petite fille dans une poussette. Elle parlait, et l'enfant se dévissait le cou pour la regarder. Elles portaient des manteaux du même jaune éclatant. Je les reconnus : il s'agissait de Carla et Lucy Drake, fille et petite-fille d'Alex Freedman, le propriétaire de la laverie automatique. J'étais allé à l'école avec Carla ; elle avait trois ans de plus que moi et elle était dans la même classe

321

que Jacob. Elles obliquèrent vers l'église et disparurent à l'intérieur.

La voix se faisait insistante : *Démarre !*

Je l'ignorai. J'avais une excellente vue sur la fenêtre du bureau de Carl Jenkins, mais le soleil s'y réfléchissait comme dans un miroir. Je ne pouvais donc pas voir les deux types du FBI.

Je regardai la cabine téléphonique, puis vérifiai une nouvelle fois les environs. Il n'y avait personne en vue.

Je redescendis de voiture.

Sarah décrocha à la troisième sonnerie.

« Allô ? » dit-elle.

Dans la voiture, j'avais pensé que cela me soulagerait de lui annoncer la nouvelle sans attendre, qu'en lui faisant porter une partie du fardeau j'allégerais d'autant le mien. Je voulais qu'elle soit au courant pour pouvoir la consoler, lui dire que tout s'arrangerait, parce que j'espérais que cela me consolerait moi-même. Mais, dès que j'entendis sa voix, je sus que je ne pourrais rien lui raconter au téléphone ; il fallait que je sois auprès d'elle, que je puisse la toucher tout en lui parlant.

« Salut, dis-je enfin.

— Tu es toujours au poste de police ? demanda-t-elle.

— Non, je suis dehors. J'appelle d'une cabine.

— On peut parler alors ?

— On peut parler.

— J'ai tout vu aux infos. »

Je la sentais à la fois excitée et soulagée. Elle pensait que tout était terminé, que nous étions libres. J'aurais voulu me trouver dans le même état d'esprit.

« Ah bon ? dis-je.

— Tout est terminé, n'est-ce pas ? Nous sommes seuls à savoir. » Elle paraissait euphorique. Je m'attendais presque à ce qu'elle rie.

« Oui, dis-je.

— Rentre à la maison, Hank. J'ai hâte de commencer notre petite fête. J'ai tout préparé. »

Sa joie était sans mélange. Cela me retournait le fer dans la plaie.

« Nous sommes multimillionnaires maintenant, n'est-ce pas ?

— Sarah...

— J'espère que tu ne vas pas te fâcher, Hank, mais j'ai fait quelque chose de stupide.

— Quoi donc ?

— Je suis allée acheter une bouteille de champagne. »

Je fermai les yeux et pressai le combiné contre ma joue. Je devinais ce qui allait suivre, je le sentais venir.

« J'ai pioché dans l'argent, dit-elle. J'ai utilisé un des billets. »

Je n'en éprouvai ni surprise ni panique. C'était comme si je savais depuis le début, depuis que j'avais sorti le sac de l'avion, que cela devait arriver. Cela paraissait aller de soi. J'appuyai mon front contre la paroi lisse et fraîche de la cabine.

« Hank ? fit Sarah. Chéri, tu es fâché ? »

Je voulus parler, mais je dus d'abord m'éclaircir la gorge. Je me sentais comme drogué, à moitié endormi, à demi moribond.

« Pourquoi ? dis-je d'une toute petite voix.

— Pourquoi quoi ?

— Pourquoi as-tu pris un des billets ? »

Elle fut immédiatement sur la défensive. « Je trouvais que c'était une bonne façon de commencer les choses.

— Tu avais promis de ne pas y toucher.

— Mais je voulais être la première à m'en servir. »

Je restai un moment silencieux. Je cherchais le moyen de réparer sa bêtise. « Où ça ? demandai-je.

— Où ça quoi ?

— Où as-tu acheté ce champagne ?

— C'est là que j'ai été futée. Je ne l'ai pas acheté par ici. Je suis allée jusqu'à l'aéroport.

— De quel côté ?

— Oh, Hank, ne te mets pas en colère.

— Je ne suis pas en colère. Je veux juste savoir où.

— Ça s'appelle Alexander's. C'est une petite épicerie au bord de l'autoroute, juste avant la voie d'accès à l'aéroport. »

Je me tus à nouveau. Je cherchais laborieusement une solution.

« Tu sais, Hank, j'ai été très bonne. Tu aurais été fier de moi. J'ai raconté qu'on m'avait donné ce billet pour mon anniversaire, que j'avais eu l'intention de le garder, mais comme on venait de demander ma sœur en mariage, ça valait la peine de le casser.

— Tu avais Amanda avec toi ? »

Elle hésita. « Mais oui. Pourquoi ? »

Je ne lui répondis pas.

« N'en fais pas une montagne, reprit-elle. Le type à la caisse n'a même pas fait attention à moi. Il a pris le billet et m'a rendu la monnaie.

— À part lui, est-ce qu'il y avait du monde dans le magasin ?

— Comment ça ?

— Des clients ? Des employés ? »

Elle réfléchit une seconde. « Non, seulement ce type.

— Comment était-il ? »

Il y eut un silence à l'autre bout de la ligne.

« Hank, dit-elle, il n'a même pas fait attention à moi, je t'assure.

— Comment était-il ? répétai-je en haussant le ton.

— Écoute, Hank. Il ne me connaît pas. Ce n'est pas bien grave.

— Je n'ai pas dit que c'était grave. Je veux juste savoir à quoi il ressemble. »

Elle soupira comme si je l'exaspérais. « Il était grand et costaud, dit-elle. Barbu, les cheveux noirs. Large d'épaules, le cou puissant, le genre joueur de foot.

— Quel âge ?

— Je ne sais pas. Plutôt jeune. Dans les vingt-cinq ans. Pourquoi ?

— Évite de faire d'autres dépenses jusqu'à ce que je rentre », dis-je avec un petit rire forcé, comme pour me donner l'air de plaisanter.

Elle resta de glace. « Quand est-ce que tu rentres ?

— Dans un moment.

— Pardon ?

— Dans un moment, dis-je plus distinctement. Je règle quelques petites choses ici. Et puis je rentre.

— Hank, tu es fâché ?

— Non.

— Jure-moi que tu n'es pas fâché. »

Là-bas, de l'autre côté du carrefour, Carla et Lucy Drake venaient de ressortir de l'église. Elles marchaient maintenant sur le trottoir opposé, le visage dissimulé par leur capuche jaune. La petite semblait endormie. Ni l'une ni l'autre ne sentirent que je les regardais.

« Hank ? » fit Sarah.

Je soupirai. « Je te jure que je ne suis pas fâché », dis-je d'une voix fatiguée.

Puis nous raccrochâmes.

Un annuaire pendait au bout d'un câble sous le téléphone. J'y cherchai le numéro d'Alexander's et le composai. Une voix masculine, plutôt jeune, me répondit :

« Allô, ici Alexander's.

— Oui, bonjour. À quelle heure fermez-vous ce soir ?

— Dix-huit heures. »

Je regardai ma montre. Il était seize heures cinquante-deux. « Merci », dis-je.

J'étais presque à la voiture lorsque me vint une idée, premier élément d'un plan. Je retournai dans la cabine.

Je cherchai dans l'annuaire le numéro de la police à Toledo.

Une voix de femme me répondit : « Police de l'Ohio. J'écoute.

— Oui, allô, dis-je en travestissant ma voix au cas où ils auraient enregistré les appels. Je voudrais vous signaler un individu suspect.

— Un individu suspect ?

— Oui, un auto-stoppeur que j'ai pris à la sortie d'Ann Arbor. Je roulais bien tranquillement lorsqu'il a sorti une machette et s'est mis à l'affûter, là, à côté de moi, sur le siège avant.

— Il a sorti quoi ?

— Une machette, un grand coutelas. Quand j'ai vu ça, je lui ai demandé de descendre peu après, ce qu'il a fait sans problème. Seulement, ensuite, j'ai pensé que ce môme était peut-être dangereux. Alors je me suis dit comme ça que j'allais vous appeler, on ne sait jamais.

— Est-ce qu'il vous a menacé avec sa machette ?

— Non, non, pas du tout. Je lui ai demandé de descendre et il est descendu. Simplement, je me suis dit que vous voudriez peut-être le contrôler.

— Où l'avez-vous déposé ?

— À l'entrée de Toledo, tout près de l'aéroport. Il a parlé en plaisantant de détourner un avion avec sa machette.

— Sur la voie d'accès de l'aéroport ?

325

— Oui, c'est ça. En face des magasins qui se trouvent là.

— Pouvez-vous me donner son signalement, je vous prie ?

— Il est jeune, environ dix-huit ans. Plutôt mince. Avec une drôle de tête, comme s'il était à moitié endormi ou drogué...

— Un Blanc ?

— Oui. Roux, la peau très pâle, avec des taches de rousseur. Il portait un sweat gris avec une capuche.

— Sa taille ?

— Moyenne. Un mètre quatre-vingts, peut-être un peu moins.

— Puis-je avoir votre nom ?

— J'aimerais mieux pas. Je vis en Floride. Je suis sur le point de rentrer chez moi. Je ne voudrais pas être entraîné dans des complications administratives par ici.

— Je comprends, dit la femme d'un ton un peu mécanique. Merci d'avoir appelé. Je vais demander au standard de le signaler aux hommes de patrouille dans le secteur. »

Je passai les vingt minutes qui suivirent assis dans la voiture, toujours dans Main Street. L'heure sonna au clocher de St. Jude, un petit carillon, puis cinq coups de bourdon. Le soleil descendait sur l'horizon et le ciel environnant se teintait de rose. Cela avait finalement été un après-midi radieux. En abattant les poussières au sol, la pluie avait donné à l'atmosphère une qualité toute cristalline. Les voitures en stationnement le long de la rue, les devantures des magasins, les parcmètres, le clocher de l'église, toutes les choses étaient plus nettement définies que d'habitude, comme si de fines lignes noires en délimitaient les contours.

La modeste bourgade était silencieuse, comme désertée par ses habitants.

Je savais qu'il y avait neuf chances sur dix que le billet utilisé par Sarah passe inaperçu. Peut-être cela aurait-il dû me suffire. J'y réfléchis longuement. Si un seul billet, ou seulement dix, ou même une centaine avaient été marqués, j'aurais sans doute agi différemment. Mais les numéros de cinq mille billets avaient été relevés, soit un sur dix, et c'était trop. Je ne pouvais pas prendre ce risque.

Fremont et Renkins ressortirent de l'hôtel de ville peu après dix-sept heures. Ils ne me virent pas. Ils suivirent le trottoir vers la droite. Fremont parlait d'un air animé et Renkins hochait énergiquement la tête à tout ce qu'il disait. Ils montèrent dans leur voiture et partirent vers l'est, en direction de Toledo. C'était Renkins qui conduisait.

J'attendis jusqu'à cinq heures dix. Puis je démarrai à mon tour et, prenant la même direction, un énorme soleil rouge dans mon rétroviseur, je quittai Ashenville à faible allure.

Il fallait trente-cinq minutes pour se rendre à l'aéroport.

12

Les terres agricoles se prolongeaient jusqu'aux abords de l'aéroport. Puis l'autoroute passait de trois à quatre voies et commençaient à surgir des constructions en tout genre — magasins ouverts vingt-quatre heures sur vingt-quatre, arcades de jeux vidéo, tavernes, hôtels bon marché, salles de billard, fast-foods — de plus en plus serrées, de plus en plus hautes et de plus en plus illuminées à mesure que l'on progressait vers l'est. La circulation devenait aussi plus dense ; des voitures prenaient la voie express, d'autres la quittaient, le tout dans une débauche de clignotants. C'était la banlieue de Toledo, et ce long boulevard de néons et de lumières fluorescentes partait comme un tentacule du cœur même de la grande cité.

Alexander's était un magasin plutôt miteux, une sorte de blockhaus en béton aux murs bas, avec un toit en terrasse et des fenêtres munies de barreaux. Au-dessus de l'entrée, une enseigne clignotante annonçait BIÈRES en lettres roses et bleues. Une seule voiture occupait, près de la route, le mouchoir de poche destiné au stationnement, une Jeep noire toute maculée de boue.

Je passai devant, puis effectuai un demi-tour dans la contre-allée.

Une jardinerie se dressait à une trentaine de mètres derrière le magasin. Tout était éteint : elle était fermée pour le week-end. J'entrai sur son aire de stationnement et me garai face à la rue pour faciliter mon départ.

De l'autre côté de l'autoroute et parallèlement à celle-ci, courait une clôture grillagée surmontée d'une double rangée de barbelés qui marquait les limites de l'aéroport. Je discernais tout juste, dans le lointain, la spirale des feux clignotants de la tour de contrôle et, en dessous, la lueur vague, rouge et vert, des pistes.

Je descendis de voiture et allai ouvrir le hayon arrière. Comme c'était la dernière chose que j'avais descendue de son studio, la cantine de mon frère se dressait au premier plan. J'en soulevai rapidement le couvercle et glissai la main à l'intérieur, cherchant à tâtons, parmi les serviettes, la boîte à pêche, le gant de base-ball, l'arête froide de la lame de la machette.

Elle se trouvait sur la droite, exactement là où je l'avais laissée. Je la sortis et la déposai sur le pare-chocs. Puis je commençai à fouiller dans les cartons. Dans le premier, je pris le passe-montagne, et dans le second le sweat-shirt à capuche.

Je troquai ma parka contre le sweat. Il était bien trop grand pour moi — les manches m'arrivaient au bout des doigts et la capuche me faisait comme un capuchon de moine — , mais c'était exactement ce que je voulais. Ainsi, mes cheveux et mon visage seraient dissimulés le temps que j'entre dans le magasin et m'assure qu'il était désert. Ensuite, je pourrais mettre le passe-montagne.

Je glissai la machette à l'intérieur de ma manche droite, la poignée vers le haut. Sa pointe reposait sur la paume de ma main, douloureuse comme une piqûre d'épingle. Je fourrai le passe-montagne dans la poche de mon pantalon, refermai le coffre de la voiture et partis en direction du magasin.

Il était six heures moins le quart et le soleil venait de se coucher. Les automobilistes allumaient leurs phares.

Comme j'arrivais sur le parking d'Alexander's, un avion passa dans un bruit de tonnerre à moins d'une trentaine de mètres au-dessus de ma tête. Ses phares éclairèrent le bitume une fraction de seconde et il survola l'autoroute dans le sifflement de ses moteurs en pleine décélération, abaissant ses volets, sortant ses trains d'atterrissage. Je le suivis des yeux jusqu'à ce qu'il touche le sol.

Au moment où je poussai la porte du magasin, un timbre tinta au-dessus de ma tête, avertissant le caissier de ma présence. Assis derrière un comptoir, sur la gauche, il lisait son journal. Un poste de radio était placé à côté de lui, réglé sur une station évangéliste. Un prédicateur y braillait son sermon :

« Prenez garde à ce que vous écoutez. De même qu'il y a la parole de Dieu, il y a la parole de Satan. Et elle lui ressemble beaucoup. Vraiment beaucoup. »

L'homme leva un œil, m'adressa un signe de tête, puis se replongea dans sa lecture. Il était exactement tel que Sarah me l'avait décrit : grand, costaud, barbu. Il portait un jean et un T-shirt blanc, et il avait un oiseau en vol tatoué en noir et vert sur le bras.

Je passai devant lui et m'engageai dans l'allée centrale. Je marchais le bras droit collé au corps. Le magasin était plus long que large. Une fois que je fus à l'arrière, le type ne pouvait plus me voir.

Je baissai ma capuche et inspectai les alentours.

Le mur du fond était équipé de portes en verre coulissantes, derrière lesquelles étaient présentés des boîtes de soda et de bière, des cartons de crème glacée et des aliments congelés.

J'allai rapidement jeter un coup d'œil dans les deux autres allées. Elles étaient désertes. Il n'y avait personne d'autre dans le magasin.

L'évangéliste poursuivait son prêche, citant maintenant la Bible : « " C'est un grand avantage que la piété dans le contentement, car nous n'avons rien apporté dans le monde, et nous ne pouvons rien emporter du monde ; mais si nous avons le pain et le vêtement, cela nous suffira... " »

Après l'armoire réfrigérante, dans l'angle arrière droit du bâtiment, il y avait une porte entrebâillée sur une pièce obscure. Sans doute la réserve.

« Quant à toi, homme de Dieu, recherche la justice, la piété, la foi, l'amour, la persévérance, la bonté... »

Au bout de l'allée centrale se dressait un gigantesque étalage de vin rouge. Deux rangées de trois bonbonnes en verre de deux litres et demi étaient alignées sur le sol. Dessus, il y avait une feuille de carton, et sur ce carton six autres bonbonnes. Ça continuait comme cela sur cinq étages, soit un total de trente bonbonnes. Elles m'arrivaient un peu au-dessous du menton.

Je sortis le passe-montagne et me le passai sur la tête. Il avait conservé l'odeur de mon frère, l'odeur de sa sueur ; cela me suffoqua au début, m'obligeant à respirer par la bouche.

« Telle est la parole de Dieu. J'ai eu un jour une auditrice en ligne... »

Je tirai la machette de ma manche.

330

« " Qui a écrit la Bible ? " » m'a-t-elle demandé... »

En remontant l'allée vers l'avant du magasin, je me sentais remarquablement calme, et ce calme semblait se nourrir de lui-même, se fortifiant de seconde en seconde ; une peur panique aurait fonctionné de même.

L'homme était toujours plongé dans sa lecture. Il était assis sur un tabouret, les avant-bras posés sur le comptoir. Il me dépassait d'une bonne quinzaine de centimètres et devait peser environ quarante kilos de plus que moi. Je regrettai de n'avoir pas apporté le revolver de Jenkins. Je restai planté devant lui plusieurs secondes avant qu'il ne lève la tête. Il se contenta de me regarder, sans paraître effrayé ni surpris. Très lentement, il replia son journal.

Je brandis la machette d'un geste menaçant et désignai du menton la caisse enregistreuse.

Il allongea le bras pour baisser la radio. « Qu'est-ce que c'est que ces conneries ? demanda-t-il.

— Ouvre la caisse », dis-je. Ma voix était rauque, tendue. Mais c'est plutôt la sienne qui aurait dû avoir cette tonalité.

Il sourit. De près, il n'était pas aussi jeune que je l'avais d'abord pensé ; il se pouvait même qu'il fût plus vieux que moi.

« Sors de mon magasin », dit-il calmement.

J'étais complètement dérouté. L'odeur de la sueur de Jacob me faisait tourner la tête. Je comprenais que les choses n'allaient pas se dérouler comme prévu. Un début de nausée me contractait l'estomac. Je me sentais défaillir.

« Tu comptes me découper en morceaux ? T'as dans l'idée de me zigouiller avec ce machin ? » Sa voix se teintait de colère.

« Tout ce que je veux, c'est le fric. »

Il gratta son tatouage, puis remonta sa barbe vers son nez en ayant l'air de réfléchir. « Écoute, je vais te laisser une chance. » Il montra la porte. « Tu te tires tout de suite et je te laisse partir. »

Je ne bronchai pas. Je restai cloué sur place, silencieux.

« Soit tu te barres, soit tu restes, dit-il. C'est à toi de décider. »

Je levai la machette au-dessus de ma tête comme pour frapper. Je me sentais ridicule, je voyais bien tout ce que ce geste avait de factice. Je brandis la machette. « Je ne veux pas vous faire de mal. » C'était censé être une menace, mais cela ressemblait à une prière. « J'ai déjà tué des gens, vous savez. Je suis un meurtrier. »

Il me sourit à nouveau. « Alors, tu restes ?

— Donnez-moi l'argent et je m'en vais. »

Il descendit de son tabouret et, d'un air presque détaché, fit le tour du comptoir. Je reculai vers le centre du magasin en tenant la machette devant moi. Il se dirigea vers la porte, et je crus un instant qu'il allait sortir, mais il tira de sa poche un trousseau de clés et ferma le verrou. Ce faisant, il me tournait le dos comme pour me montrer combien il me craignait peu.

« Allez, dis-je, arrêtez de déconner. »

Il remit les clés dans sa poche et fit un pas dans ma direction. Je reculai encore dans l'allée centrale en tenant toujours la machette à deux mains, droit devant moi. J'essayais d'adopter un air menaçant, de reprendre le contrôle de la situation, mais je voyais bien que ça ne marchait pas.

« À partir de maintenant, dit-il d'une voix brusquement teintée de malveillance, tout ce que je vais te faire sera considéré comme de la légitime défense. C'est comme ça que la police verra les choses. Tu t'es pointé ici avec ce coupe-choux, tu m'as menacé et tu as essayé de voler ce qui m'appartient. Tu t'es mis de toi-même en dehors de la protection de la loi. »

Il s'approchait lentement en souriant. Il semblait s'amuser. Je continuais de reculer.

« Je t'ai laissé la possibilité de partir. En bon chrétien, je t'ai donné ta chance. Mais tu n'as pas voulu la saisir. Aussi, maintenant, quoi qu'il advienne de toi, une fois que la police sera ici, je vais faire en sorte que tu ne recommences jamais ce genre de truc. Je vais t'inculquer le respect de la propriété d'autrui. »

À présent, il me suivait dans l'allée. Trois mètres peut-être nous séparaient. Je pris la machette dans ma main droite et la brandis à nouveau, mais il parut ne pas le remarquer. Il regardait l'étagère qui se trouvait à sa droite, comme s'il y cherchait quelque chose. Il attrapa une boîte de petits pois et, posément, arma son geste et la lança sur moi. Elle m'atteignit durement juste en dessous du mamelon gauche. Je titubai à reculons, le souffle coupé. Je devais avoir une côte cassée.

« C'est une occasion rare, dit-il. Il ne se présente pas des masses de situations où on peut amocher quelqu'un comme je vais t'amocher et s'en tirer avec les honneurs. »

Je ne voyais pas comment reprendre le dessus. Il aurait dû me donner l'argent sans discuter. Puis je lui aurais demandé de se mettre à plat ventre et de compter jusqu'à cent, le temps que je coure jusqu'à la voiture.

« Car on va me féliciter pour ça. Je vais apporter ma modeste contribution à la lutte contre la criminalité. On va parler d'héroïsme. »

Je reculais toujours. Il y avait probablement une sortie à l'arrière, sans doute au fond de la réserve que j'avais remarquée un moment plus tôt. Si je parvenais à le tenir en respect jusque-là, peut-être pourrais-je me ruer dehors et piquer un sprint jusqu'à la voiture.

Il leva à nouveau le bras, prit un bocal d'olives et le lança sur moi. Il m'atteignit à l'épaule, puis alla se fracasser à mes pieds. Une douleur sourde, lancinante, se répandit dans mon bras, et mes doigts, comme de leur propre chef, s'ouvrirent et laissèrent tomber la machette. Elle atterrit sur les olives. Je dus la ramasser de la main gauche.

« Ça va, dis-je. Vous pouvez garder votre argent. Je m'en vais. »

Il secoua la tête en rigolant. « Tu n'as pas saisi ta chance quand la porte était ouverte. Maintenant elle est fermée. »

Au bout de l'allée, quelque chose m'accrocha le bras. Sans quitter l'autre des yeux, je tentai de me libérer. D'un coup d'œil rapide, je vis l'imposant étal de vin. Il y avait une grosse agrafe dans le carton qui séparait la troisième rangée de bonbonnes de la suivante, et c'est là-dedans que mon sweat-shirt s'était pris.

Le type était à moins de deux mètres de moi. Encore un pas et il pourrait m'attraper en tendant les bras. Avec l'énergie du désespoir, je tirai un grand coup pour me libérer de l'agrafe. Au lieu de cela, ce fut tout le carton qui vint. Les bonbonnes qu'il supportait restèrent un moment en équilibre, puis commencèrent à tomber. L'ensemble de l'étalage s'écroula sous mes yeux, les bonbonnes se brisant les unes après les autres sur le sol en un fracas qui semblait ne devoir jamais finir.

Un bref silence s'abattit sur le magasin, une courte parenthèse pendant laquelle nous arriva la voix du prédicateur : « Et y a-t-il une différence entre un péché par omission et un péché commis ? L'un d'eux mérite-t-il plus que l'autre les feux de l'enfer ? »

Le carrelage à mes pieds était rouge de vin. Des éclats de verre étaient disséminés un peu partout, comme autant d'îlots déchiquetés. Je reculai jusqu'au mur sans quitter des yeux la flaque qui s'élargissait.

L'autre siffla doucement en secouant la tête. « À ton avis, demanda-t-il, qui va payer pour tout ça ? »

Nous considérions les tessons de bouteilles. La feuille de carton pendait à mon bras. Je l'en arrachai et la laissai tomber. Mes doigts me lançaient toujours, et ma poitrine me faisait souffrir à chaque inspiration. J'aurais voulu gagner la porte de la réserve, mais mes jambes me refusaient tout concours. Elles étaient comme paralysées et je restais adossé à l'armoire réfrigérante.

L'homme s'avança en contournant la mare de vinasse. Il s'arrêta de l'autre côté, à guère plus d'un mètre de moi, et me tourna le dos pour ramasser un éclat de verre en forme d'entonnoir. Ce morceau de goulot se trouvait au centre de la flaque, il dut se baisser et tendre le bras pour l'attraper.

Il allait s'en servir comme d'une arme, je le savais. Il allait me taillader le visage.

Je lançai un regard en direction de la réserve. J'étais sûr de pouvoir l'atteindre si je me dépêchais. L'autre était accroupi, en déséquilibre vers l'avant. J'allais le prendre par surprise. Et c'est ce que je pensais faire lorsque je m'écartai du congélateur. Je voulais foncer vers la porte. Mais je n'en fis rien. Au lieu de cela, sans même l'avoir vraiment décidé, je m'avançai vers lui, tenant la machette à deux mains, comme on tient une batte de base-ball. Le regard rivé sur sa nuque, je la levai au-dessus de ma tête et l'abattis de toutes mes forces.

En entendant siffler la lame, je compris que c'était ce que je brûlais de faire depuis le début.

Il sentit le coup arriver et commença à se relever en se contorsionnant vers la droite. Suivant une trajectoire oblique, la lame le frappa juste en dessous du menton. Elle pénétra profondément dans sa gorge, mais pas autant que je l'aurais voulu. Mon intention était de lui trancher la tête d'un seul coup. Mais je n'étais pas assez fort, ou alors la lame n'était pas assez tranchante, car elle ne s'enfonça que de quatre ou cinq centimètres. Je dus tirer d'un coup sec pour la dégager tandis qu'il s'effondrait.

Il y eut un nouveau silence, une nouvelle parenthèse.

La voix du prédicateur retentit dans le magasin : « Et le Christ dit : " *Éli, Éli, lama sabachthani ?* ", ce qui signifie : " Mon Dieu, mon Dieu, pourquoi m'as-tu abandonné... ? " »

L'homme était couché sur le ventre, les mains ramenées de chaque côté du torse, comme s'il s'apprêtait à faire des pompes. Une formidable quantité de sang, plus que je ne m'y serais attendu, plus même que je ne pensais qu'en contenait le corps humain, jaillissait de sa gorge en jets puissants et saccadés pour aller se mêler à la flaque de vin.

Je lui avais sectionné la carotide.

« Et donc, si notre Sauveur en vint, au moment de son trépas, à interroger Dieu, qu'est-ce qui nous empêche, nous, simples mortels, individus imparfaits que nous sommes, de L'interroger pareillement ? »

Je restais planté là à le regarder saigner, tenant la machette loin de moi pour ne pas mettre de sang sur mon pantalon. Je compris que ce n'était plus qu'une question de secondes, et j'en fus soulagé. Je me sentais trop vidé pour le frapper à nouveau.

« Quelque chose se détraque dans votre vie. Vous tombez malade, vous perdez votre emploi, et vous vous demandez : " Où est la main de Dieu dans tout cela ? " »

Je m'avançai au milieu de la flaque et fis passer la machette dans ma main gauche. Du sang jaillissait toujours de sa blessure, mais il était parfaitement inerte. Même si je ne le croyais pas encore mort, je savais que la fin approchait, qu'il allait bientôt basculer dans le néant. Je me souviens m'être dit tout à fait clairement : *Tu es en train de le regarder mourir.*

Mais il se passa une chose surprenante. Très lentement, comme soulevé par des fils, il se mit à genoux.

J'étais trop stupéfait pour reculer. Je restai près de lui, penché en avant, la tête inclinée de côté, comme en état de choc.

En une succession de mouvements gauches et décousus, il parvint, je ne sais comment, à se relever. Et il se tint là, plié en deux, les mains sur les cuisses, le sang giclant toujours de son cou à gros bouillons. Son T-shirt en était trempé et lui collait au corps. Je pouvais voir la forme de ses mamelons. Il avait le visage complètement exsangue.

« Vous vous dites : " Soit le Seigneur s'est détourné de moi, soit Il m'envoie délibérément des épreuves. " Et vous ne voyez pas en quoi vous avez mérité un tel traitement. Vous êtes vertueux, tout de piété et d'amour, vous êtes constant et bon, et cependant le Seigneur a choisi de... »

Je reculai d'un pas, en direction du congélateur. Il leva la tête et me regarda en battant des paupières. Sa respiration faisait un bruit mouillé dans sa poitrine : ses poumons se remplissaient de sang. Il porta les mains à sa gorge.

Je fis un autre pas en arrière. J'aurais dû le frapper à nouveau afin de mettre un terme à son supplice, mais je n'avais pas la force de soulever la machette. Je me sentais fini, complètement vidé.

Il essaya de parler. Sa bouche s'ouvrait et se refermait, mais il ne produisait aucun son en dehors de ce gargouillis dans sa poitrine. C'est alors que, très lentement, comme s'il se mouvait sous l'eau, sa main gauche quitta sa gorge pour se tendre vers l'étagère la plus proche. Il referma les doigts sur le goulot d'une bouteille de ketchup et la poussa plus qu'il ne la lança vers moi.

Elle m'atteignit à la jambe sans me faire grand mal, rebondit et se brisa en trois morceaux sensiblement égaux. Je regardai se répandre cette autre nuance de rouge.

« Et vous vous dites : " Les voies du Seigneur sont impénétrables ? Qu'est-ce que cela veut dire en ce qui me concerne ? N'y aurait-il pas un moyen de s'y soustraire ? Une espèce de clause de sauvegarde pour quand les choses vont mal et que vous autres prédicateurs n'avez pas d'explication ? " Vous vous dites : " A qui la responsabilité ? Où est la justice dans tout cela ? " Vous êtes mécontent et vous pensez qu'on vous doit une réponse... »

Il ramena la main contre sa gorge. Le sang lui giclait entre les doigts, mais avec moins de force à présent.

Lorsqu'il tomba, ce ne fut pas d'un seul coup, mais avec comme un instant d'hésitation avant chaque étape, à la manière d'un comédien qui force un peu la note. Il tomba d'abord à genoux, atterrissant sur un gros tesson de verre qu'il broya sous son poids avec un bruit horrible. Il s'immobilisa, s'assit sur ses talons, marqua une nouvelle pause, puis s'affaissa sur le côté. Sa tête alla donner contre la base d'un présentoir et fut rejetée selon un angle bizarre. Ses mains retombèrent de sa gorge.

Tout ceci se passa au ralenti.

« Supposons que quelqu'un vous dise : " Le Seigneur donne. Le Seigneur reprend. " Qu'est-ce que cela signifie pour vous ? »

Je le regardais en comptant dans ma tête comme je l'avais fait avec Pederson à l'orée du parc naturel. Je comptai jusqu'à cinquante, en respirant profondément entre chaque nombre. Peu à peu, le sang cessa ses pulsations.

Je passai la machette à ma ceinture à la façon d'un flibustier. Puis j'ôtai mon passe-montagne. L'air frais me fit du bien, mais l'odeur de Jacob me collait toujours à la peau, aussi tenace que du cambouis. J'enlevai le sweat-shirt. Mon dos ruisselait de sueur. Des petites rigoles coulaient le long de ma colonne vertébrale jusqu'à l'élastique de mon slip.

« Ou bien on va vous dire : " L'homme choisit sa voie, mais le Seigneur dirige ses pas "... »

Je voulus vérifier le pouls de ma victime, mais cette pensée me souleva le cœur, et je renonçai. Il avait cessé de vivre. Il suffisait de voir la quantité de sang répandu sur le sol — une véritable mare qui s'étalait à l'arrière du magasin et s'écoulait dans l'allée centrale. Tout ce sang, mêlé de vin, de ketchup et de verre brisé, avait quelque chose d'irréel, de macabre, de cauchemardesque.

« Ou bien on va encore vous dire : " Tout ce que le Seigneur a créé s'inscrit dans un dessein, même les méchants pour le jour de Sa colère... " »

Je demeurais cloué sur place, à écouter la voix du prédicateur. Il parlait d'un studio, quelque part, et il semblait entouré de plusieurs personnes qui lui offraient de temps à autre un « Amen ! », un « Gloria ! » ou un « Alléluia ! » Et des centaines, voire des milliers de gens dans toute la région — l'Ohio, le Michigan, l'Indiana, l'Illinois, le Kentucky, la Virginie-Occidentale, la Pennsylvanie — , assis chez eux ou bien au volant de leur voiture, l'écoutaient. Chacun était relié aux autres, et tous l'étaient à moi par la seule voix de cet homme.

Et ils ne savent pas, me dis-je. *Ils ne savent rien de tout ceci.*

Très lentement, je me calmai. Les battements de mon cœur s'apaisèrent ; mes mains cessèrent de trembler. J'avais failli tout gâcher en venant ici, mais j'avais réussi à rattraper le coup. Nous ne serions pas inquiétés.

Je soulevai ma chemise. Une ecchymose violacée s'épanouissait sur ma cage thoracique.

« Mes frères et mes sœurs, permettez-moi de vous entretenir du *destin*. Que signifie ce mot pour vous ? Si je vous dis que vous êtes *destinés* à mourir un jour, s'en trouvera-t-il parmi vous pour mettre ma parole en doute ? Assurément non. En revanche, si je vous disais que vous êtes *destinés* à mourir tel jour, à telle heure et de telle façon, vous secoueriez la tête et diriez que je déraisonne. Et pourtant, c'est bien ce que je vous dis, je vous affirme que... »

Je sortis brusquement de ma torpeur et empruntai l'allée centrale pour gagner l'avant du magasin et arrêter la radio. Sur un écriteau accroché à la porte, on lisait : DÉSOLÉ, NOUS SOMMES FERMÉS. J'allai le retourner afin qu'il se voie de l'extérieur. Je voulus également éteindre les lumières, et je cherchai l'interrupteur pendant près d'une minute avant de renoncer et de retourner au fond du magasin.

Sans la voix du prédicateur, l'endroit était plongé dans un silence inquiétant. Chaque bruit que je faisais résonnait contre les rayonnages et me revenait, furtif et subreptice comme les grignotements d'un rat.

Je pris le mort par les pieds et commençai à le traîner vers la réserve. Vidé de son sang, il était plus léger que je ne l'aurais imaginé. Cela n'en était pas moins un exercice malaisé. Le cadavre était volumineux et flasque, le sol fort glissant.

Chaque mouvement me provoquait des élancements dans la poitrine.

La pièce du fond était un rectangle exigu. Une serpillière, un seau et des produits d'entretien étaient posés sur une étagère. Au bout, il y avait un évier et des W.-C. crasseux. Ce réduit ne comportait pas de sortie sur l'extérieur. Si je m'y étais engouffré, j'aurais été fait comme un rat.

J'engageai le cadavre à l'intérieur, les pieds d'abord, mais je dus m'interrompre pour dégager ses bras qui se prenaient dans le passage étroit de la porte. Je les lui croisai sur la poitrine, comme un mort dans un cercueil, puis j'achevai de le traîner à l'intérieur, posant ses jambes sur la cuvette des W.-C. afin d'avoir assez d'espace pour fermer la porte. Je pris son portefeuille, sa montre et son trousseau de clés et fourrai le tout dans ma poche.

Le corps ainsi dissimulé, je retraversai la flaque de vin et de sang pour gagner l'avant du magasin. Je passai derrière le comptoir et ouvris la caisse. Le billet de cent dollars se trouvait au fond, sous le casier à monnaie. Il n'y en avait qu'un. Je le pliai en deux et le glissai dans la poche de devant de mon jean.

Il y avait une pile de sacs en papier sur le comptoir. J'en prélevai un, l'ouvris et y déversai le contenu du tiroir-caisse, la monnaie, les billets, tout.

Alors que je refermais la caisse, parcourant les alentours du regard en quête d'autres objets sur lesquels un petit braqueur aurait fait main basse, une voiture arriva sur le parking. Je me figeai littéralement, la main en suspens au-dessus de la caisse. Je voyais les phares entre les étalages de la devanture. Le véhicule vint s'arrêter à l'angle du bâtiment.

Le sweat-shirt et le passe-montagne étaient posés devant moi sur le comptoir. Je ramassai le sweat pour l'enfiler en vitesse, mais les manches étaient retournées et je ne pus y passer la tête. Finissant par renoncer, je le tins devant ma poitrine, comme pour me cacher derrière.

Les phares s'éteignirent et le moteur se tut. Une femme descendit de la voiture.

Je tirai la machette de ma ceinture, la posai sur le comptoir et étendis par-dessus le journal du caissier.

La mare de sang qui s'étalait au bout de l'allée centrale était visible depuis la porte d'entrée. De plus, j'avais laissé, du fond du magasin jusqu'au comptoir, des empreintes qui semblaient peintes sur le carrelage, pareilles à ces marques que l'on voit dans les écoles de danse, rouge vif, nettes et précises, leurs contours encore luisants d'humidité. Je les remarquai pour la première fois avec un coup au cœur. Je pris alors conscience que je ne réfléchissais pas, que je commettais des erreurs par négligence. Je semais des indices sur mon passage.

Alors que la femme approchait de la porte, un nouvel avion passa à basse altitude. Le grondement de ses moteurs fit vibrer le bâtiment. La femme se baissa instinctivement, puis leva la tête pour le regarder. Elle était plutôt âgée, dans les soixante-cinq ans, et élégamment vêtue — manteau de fourrure sombre, boucles d'oreilles à pendants de perles, souliers noirs à hauts talons, minuscule sac à main noir. En dépit d'une épaisse couche de fond de teint, son visage était fort pâle, comme si elle relevait de maladie. Elle avait l'expression tendue et

339

pénétrée des gens qui sont en retard et s'efforcent de rattraper le temps perdu.

Elle essaya d'ouvrir. Comprenant que la porte était fermée à clé, elle mit la main en visière pour jeter un coup d'œil à l'intérieur. Ses yeux se posèrent immédiatement sur moi, debout, immobile derrière le comptoir. Elle regarda ostensiblement sa montre. Puis elle leva deux doigts et je compris qu'elle articulait : « Six... heures... moins... deux ! »

Je secouai la tête et lançai à pleins poumons : « C'est fermé ! »

Sous mon crâne, une petite voix suraiguë me murmurait frénétiquement : *Laisse-la partir. Elle ne se souviendra de rien. Tu as tout du type qui ferme sa boutique et s'apprête à s'en aller. Laisse-la partir.*

Je m'appuyai des deux mains sur le comptoir et secouai à nouveau la tête, désireux de la voir remonter dans sa voiture.

Elle cogna contre la vitre avec ses clés.

« Il me faut juste une bouteille de vin ! » cria-t-elle. Je l'entendais, mais comme assourdie par la distance. Sa voix me rappelait quelqu'un que je connaissais, cependant je n'arrivais pas à retrouver qui.

« C'est fermé ! » hurlai-je.

Elle frappa du poing contre la porte : « Je vous en prie. »

Je baissai les yeux sur mes mains pour les examiner lentement, doigt après doigt, et vérifier qu'elles n'étaient pas tachées de sang. Lorsque je relevai la tête, elle était toujours là. Et je compris qu'elle allait m'obliger à le faire, qu'elle ne s'en irait pas.

Elle cogna derechef à la porte. « Jeune homme ! »

Je savais déjà comment cela allait se terminer. Ces trois derniers mois m'avaient mis en condition et le poids de tout ce qui avait précédé semblait exclure toute autre possibilité ; un autre choix n'aurait été qu'une demi-mesure, là où seule une solution extrême pouvait résoudre le problème. Je venais de passer trois heures à m'entretenir avec la police. Si jamais cette femme parvenait à décrire mes vêtements, ils comprendraient tout de suite de qui il s'agissait. On m'arrêterait et j'irais en prison. J'avais conscience que ce serait la pire chose que j'aurais jamais faite — pire même que le meurtre de mon frère —, et que je le regretterais jusqu'à la fin de mes jours ; cependant, je décidai de la faire. J'étais apeuré, tendu, pris au piège. Je venais de tuer un homme avec une machette. Il y avait du sang sur mon pantalon et mes chaussures, et chaque fois que je respirais, l'air avait l'odeur de Jacob.

Je sortis de derrière le comptoir.

« Juste une bouteille de vin », cria-t-elle à travers la vitre.

Je déverrouillai la porte, et jetai un coup d'œil à sa voiture pour m'assurer qu'elle était seule. Il n'y avait personne d'autre.

« Je vais faire vite, dit-elle, légèrement essoufflée. Il me faut juste un bon vin de table, pour apporter à un dîner. »

Elle entra, et je refermai derrière elle, faisant jouer le penne avec un cliquetis léger. Je rempochai les clés.

Elle se retourna vers moi. « Vous vendez bien du vin ?

— Bien sûr, dis-je. Du vin, de la bière, du champagne... »

Elle attendait que je poursuive l'énumération, mais je me tus. Je me trouvais entre elle et la porte. Je souriais. Maintenant que ma décision était prise, je me sentais remarquablement calme. J'avais éprouvé la même chose avec Sonny, le sentiment de jouer un rôle, de mettre en action un processus préétabli.

« Bon, où est-ce que cela se trouve ? » Elle n'avait pas encore remarqué les traces de sang.

« Il faut d'abord que nous passions un marché.

— Un marché ? » répéta-t-elle, interloquée. C'est alors qu'elle me regarda, me regarda vraiment, s'arrêtant sur mon visage, sur l'expression de mes yeux. « Jeune homme, je n'ai pas le temps de badiner, dit-elle avec un haussement de tête impérieux.

— Voyez-vous, j'ai renversé tout un présentoir de vin », dis-je en montrant le fond du magasin.

Elle se retourna vers l'allée centrale. « Doux Jésus...

— Ma serpillière se trouve sur une étagère dans la réserve, et je dois monter sur une échelle pour l'attraper. Or, j'ai besoin que quelqu'un me tienne cette échelle. »

Elle fit des yeux ronds. « Vous voulez que je vous tienne l'échelle ?

— Je vous ai fait une faveur en vous laissant entrer.

— Une faveur ? » Elle renifla de dégoût. « Vous avez fermé en avance sur l'horaire. Vous vouliez rentrer chez vous plus tôt que prévu. Je ne pense pas que votre patron considérera cela comme une faveur.

— Tout ce que je vous demande, c'est de tenir... »

Elle tapota sa montre du bout de l'index. « Il était six heures

341

moins deux. Une faveur! Je n'ai jamais entendu une chose pareille.

— Écoutez, je ne peux pas nettoyer cela sans serpillière. Et je ne peux pas attraper la serpillière sans votre aide.

— Une serpillière en haut d'une étagère, quelle idée !

— Je vous demande juste un tout petit peu de votre temps.

— Mais enfin, regardez-moi ! Je suis habillée pour sortir. Je ne vais pas tenir une échelle dans cette tenue.

— Et si votre vin vous était offert par la maison ? La bouteille de votre choix. Tout ce que vous avez à faire, c'est de venir me tenir l'échelle dans la réserve. »

Son visage se plissa. Elle réfléchissait. Dehors, les voitures défilaient en un flux régulier de lumières de phares.

« Vous avez dit que vous aviez du champagne ? »

Je hochai la tête.

« Du dom-pérignon ?

— Oui. Bien sûr.

— Alors, c'est ce que je vais prendre.

— Entendu, va pour le dom-pérignon. » Je retournai au comptoir pour y chercher la machette, prestement enveloppée dans le journal. Puis je vins prendre la femme par le bras. « En passant par l'allée du bout, nous pouvons éviter la mare de vin. »

Elle se laissa guider. Ses talons cliquetaient sur le carrelage. « Ma toilette ne risque pas d'en souffrir, au moins ? S'il faut toucher quelque chose de sale, je refuse.

— Tout est très propre. Il s'agit uniquement de maintenir l'échelle. »

Nous suivions l'allée latérale. Mon regard courait sur le présentoir, notant au petit bonheur la nature des articles exposés — pain, sauces de salade, papier hygiénique, Kleenex, éponges, fruits au sirop, riz, biscuits, bretzels, pommes chips.

« Je n'ai pas beaucoup de temps », dit-elle. Elle épousseta son manteau de fourrure, regarda rapidement sa montre. « Je suis déjà en retard. »

Je la tenais toujours par le coude. J'avais la machette dans la main gauche. J'en sentais la lame à travers le papier journal.

« Le temps de monter à l'échelle, d'en redescendre, de

342

vous donner votre champagne et — je lui lâchai le bras pour faire claquer mes doigts — vous êtes dehors.

— Quelle situation incroyable ! dit-elle. Je n'ai jamais rien vécu de tel. »

Je lui repris le bras. Elle leva les yeux vers moi. « Vous savez, c'est la dernière fois que j'honore ce magasin de ma présence. Voilà le résultat, jeune homme, quand on met les clients dans une position embarrassante. Cela les rebute, et ils ne reviennent pas. »

J'opinai, écoutant à peine. Sans signes avant-coureurs, j'étais subitement devenu très tendu. Je sentais le sang circuler puissamment dans ma tête, comme si mes veines s'étaient soudain rétrécies. Nous approchions du bout de l'allée. La flaque s'était répandue jusqu'au mur, nous bloquant l'accès à la réserve. On y voyait des empreintes de chaussures et la trace laissée par le cadavre lorsque je l'avais traîné par les pieds. La femme s'immobilisa net.

« Je ne vais certainement pas marcher là-dedans », dit-elle en tapant du pied.

J'affermis ma prise et, me plaçant en retrait, la dirigeai vers la porte.

« Mais, qu'est-ce qui vous prend, jeune homme ? »

Je coinçai la machette, toujours emballée, sous mon bras et, la saisissant à deux mains, la portai autant que je la poussai dans la flaque rouge foncé. Elle leva haut les genoux pour essayer de traverser en mouillant le moins possible ses escarpins.

« Cela passe les bornes ! » dit-elle d'une voix de plus en plus aiguë.

Je m'arrêtai, le temps de trouver la poignée de la porte. Baissant les yeux, je vis ses souliers, tout tachés de rouge. Ils étaient minuscules ; on aurait dit des chaussures d'enfant.

« Je... je n'accepte... pas... de me... faire... », bredouilla-t-elle en essayant de se libérer. Mais je la tenais solidement par son manteau de fourrure.

« ... brutaliser... par un... vulgaire... »

J'ouvris la porte et, d'une poussée dans le dos, la projetai à l'intérieur. De l'autre main, je débarrassai la machette de son emballage. Le journal alla se coller à plat sur le carrelage.

Elle resta étonnamment solide sur ses jambes et parut pressentir la nature de ce qui se trouvait devant elle avant de prendre vraiment conscience de ce dont il s'agissait. Elle recouvra l'équilibre en deux pas rapides, posant un pied près de la tête du cadavre, l'autre à proximité de sa poitrine.

Elle commençait de se retourner vers moi, ouvrant la bouche pour continuer à protester, lorsque son regard tomba sur la forme horrible qui se trouvait à ses pieds.

« Seigneur Dieu », souffla-t-elle.

J'avais prévu d'agir promptement, le plus vite et le plus proprement possible, de la frapper par-derrière, de toutes mes forces, puis de m'en aller. Mais le son de sa voix m'arrêta. Je compris soudain avec stupeur qui elle me rappelait : Sarah. Cette femme avait la même voix, les mêmes intonations, rendues toutefois un peu plus aiguës par l'âge ; la même autorité, la même confiance en soi, la même fermeté. Et je me dis : *C'est ainsi que Sarah parlera quand elle sera vieille.*

Elle profita de ce flottement pour prendre l'offensive, et l'expression de son visage, mélange de peur, de dégoût et de confusion, accentua encore mon hésitation.

« Je ne... », commença-t-elle, puis elle se tut en secouant la tête.

Le réduit était plongé dans la pénombre, le peu de lumière qui y entrait venait de la porte, devant laquelle je me tenais. Mon ombre la couvrait jusqu'à la taille. Je brandissais la machette devant moi, comme pour l'empêcher d'avancer.

« Qu'est-ce que c'est que ça ? » s'enquit-elle d'une voix un peu tremblante, mais toujours remarquablement posée. Elle se déplaça avec soin, de façon à me faire face. Elle se tenait au-dessus du cadavre, les pieds de part et d'autre de son buste. Le bas de son manteau de fourrure traînait dessus.

Il fallait que je la tue. Plus je m'attardais ici, plus je courais le risque de me faire prendre, mais toute une vie à pratiquer les bonnes manières, l'habitude de répondre lorsque l'on m'adressait la parole prirent le pas sur cette certitude. Sans réfléchir, par pur automatisme, je répondis à sa question : « C'est moi qui l'ai tué. »

Elle baissa les yeux vers le mort, puis reporta son attention sur moi.

« Avec ça ? demanda-t-elle en montrant la machette.

— Oui, avec ça. »

Nous nous dévisageâmes peut-être quinze ou vingt secondes, quoique cela me parût durer plus longtemps. Chacun attendait que l'autre prît l'initiative.

Je serrai plus fortement le manche de mon arme. Mon cerveau envoya un ordre à mon bras, un ordre clair, direct, précis : *Frappe-la*. Mais le bras ne bougea pas.

« Quel genre d'homme êtes-vous donc ? » finit-elle par demander.

La question me prenait au dépourvu. Je réfléchis sans la quitter des yeux. Il me paraissait important de lui répondre avec sincérité. « Je suis quelqu'un de tout à fait normal, dis-je. Je suis comme n'importe qui d'autre.

— Normal ? Seul un monstre serait capable de...

— J'ai un boulot. Une femme, une petite fille. »

À ces mots, elle détourna les yeux, comme s'il s'agissait de quelque chose qu'elle ne voulait pas entendre. Elle remarqua que son manteau touchait le mort, et voulut le déplacer, mais il était trop long. Elle reporta son regard sur moi.

« Comment avez-vous pu faire cela ?

— J'étais obligé.

— Obligé ! » répéta-t-elle, comme si l'idée lui paraissait absurde. Elle considéra la machette avec dégoût. « Vous étiez *obligé* de le tuer avec cette chose ?

— J'ai volé de l'argent.

— Vous auriez sûrement pu le prendre sans le tuer. Vous auriez pu... »

Je secouai la tête. « Pas à lui. De l'argent que j'ai trouvé dans un avion.

— Un avion ?

— Oui, quatre millions de dollars. »

Elle n'y comprenait plus rien. « Quatre millions de dollars ?

— L'argent d'une rançon. Après un kidnapping. »

Elle fronça les sourcils, l'air de penser que je mentais. « Qu'est-ce que cela a à voir avec lui ? demanda-t-elle avec humeur en montrant le cadavre. Ou avec moi ? »

J'essayai de tout lui expliquer : « Mon frère et moi, nous avons tué quelqu'un pour l'empêcher de découvrir l'avion où nous avions trouvé l'argent. Ensuite, mon frère a tué son copain pour me protéger, puis j'ai tué la petite amie de son copain et leur propriétaire pour protéger mon frère, mais après, lui-même a commencé à craquer, alors je l'ai tué pour me protéger, et encore après le ravisseur... »

Elle me fixait, et, voyant la peur qui se peignait sur son

345

visage, je me tus. Visiblement, elle me prenait pour un détraqué, un psychopathe.

« Je ne suis pas fou, dis-je en m'efforçant de prendre un ton calme et rationnel. Tout cela tient debout. Ça s'est passé comme je vous dis, une chose en entraînant une autre. »

Il y eut un long silence, finalement interrompu par un nouvel avion passant à basse altitude. Le vacarme de ses réacteurs résonna dans tout le bâtiment.

« J'ai bien essayé de vous faire partir, repris-je, mais vous n'arrêtiez pas de cogner à la vitre. Vous n'avez pas voulu m'écouter. »

La femme ouvrit son sac à main. L'une après l'autre, elle ôta ses boucles d'oreilles et les laissa tomber à l'intérieur.

« Tenez », dit-elle en me le tendant.

Je le regardai. Je ne voyais pas ce qu'elle attendait de moi.

« Prenez-le », insista-t-elle.

Je tendis la main gauche et pris le sac.

« Je n'ai pas fait ça pour l'argent, dis-je. J'ai fait ça pour ne pas me faire prendre. »

Elle ne répondit pas. Elle n'avait pas la moindre idée de ce dont je parlais.

« C'est comme dans ces vieilles histoires où des gens vendent leur âme. J'ai commis une mauvaise action, et cela en a amené une bien pire, et ainsi de suite, jusqu'à ce que je finisse par aboutir ici. Maintenant, je touche le fond. » Je brandis la machette en direction du mort. « C'est ça que j'ai fait de pire. Je ne peux pas descendre plus bas.

— Non, dit la femme en se raccrochant à cette dernière affirmation, comme si elle y voyait son salut. Non, vous ne pouvez pas continuer comme cela. »

Elle tendit la main vers moi, et je reculai d'un pas.

« Cela va en rester là, n'est-ce pas ? »

Elle tenta d'accrocher mon regard, mais je détournai les yeux, d'abord vers le mort, puis en direction du plafond.

« Restons-en là », insista-t-elle. Elle s'avança avec précaution, en frottant les pieds sur le carrelage, comme si elle se risquait sur la surface d'un étang gelé.

J'entendais toujours Sarah à travers sa voix, malgré mes efforts pour chasser cette impression. Je tenais le sac dans une main, la machette dans l'autre.

« Je vais vous y aider », dit la femme.

Tout près de moi à présent, elle me contournait afin de gagner le seuil. Elle se mouvait lentement, sans heurts, comme si j'étais un petit animal sauvage qu'elle craignait d'effrayer.

« Tout va bien se passer », dit-elle.

Glissant les pieds sur le sol, elle avança encore d'un pas vers la porte. Je me retournai pour la suivre du regard.

L'espace d'un instant, je crus effectivement que j'allais la laisser partir. J'abandonnerais mon destin entre ses mains. Elle mettrait un terme à toute cette histoire.

C'est alors qu'elle me présenta son dos. Et soudain, au moment où elle commençait à traverser la flaque sur la pointe des pieds, ce qui me retenait d'agir, quoi que ce pût être, disparut. Je lui emboîtai le pas, levai la machette et l'abattis en visant la nuque. Comme le type du magasin, elle sentit le coup arriver. Elle voulut se retourner, ébaucha un geste de la main, fit entendre un bruit de gorge comme si, absurdement, elle avait tenté de réprimer un rire, puis la lame l'atteignit. Elle fut projetée vers la gauche, percuta un présentoir et s'effondra en entraînant dans sa chute quelques boîtes de soupe.

Rien de comparable avec l'agonie mélodramatique de tout à l'heure. Elle s'affaissa dans la flaque en saignant abondamment et mourut aussitôt. Les conserves roulèrent sur le carrelage en produisant un petit bruit métallique qui, quand il cessa, intensifia le silence.

Tout était très paisible.

Il était près de dix-neuf heures lorsque j'arrivai à la maison. Je me garai dans l'allée et, par prudence, à cause de la proximité des fenêtres de mes voisins, je laissai la machette et le manteau de fourrure dans la voiture.

En montant les marches de la véranda, je sentis l'odeur puissante et réconfortante du bois en train de brûler. Sarah avait allumé un feu dans la cheminée.

Avant d'entrer, je me déchaussai et pris mes chaussures à la main.

L'entrée était plongée dans la pénombre. La porte du séjour était close. Sarah s'activait dans la cuisine. J'entendis le léger bruit de succion de la porte du réfrigérateur, puis un tintement de verres. En peignoir, les cheveux dénoués, Sarah passa rapidement devant la porte. Elle eut le temps de me sourire au passage.

« Attends, lança-t-elle. Ne viens pas avant que je te le dise. »

La lumière de la cuisine s'éteignit, et je l'entendis entrer dans la salle de séjour. Je demeurais immobile, mes chaussures dans une main, le sac en papier plein d'argent dans l'autre. Je savais au son de sa voix qu'elle était tout excitée, rayonnante de bonheur. Elle nous croyait libres à présent, libres et richissimes, et elle avait préparé une petite fête. Comment m'y prendre pour la détromper ?

« C'est bon, cria-t-elle. Tu peux entrer. »

J'avançai en chaussettes, le sac en papier coincé sous le bras gauche, et fis coulisser la porte.

« Et voilà ! » dit Sarah d'un air triomphant.

Elle était couchée sur le dos, appuyée sur les coudes. Elle avait ôté son peignoir et s'était enveloppée dans la peau d'ours comme dans une couverture. Ses cheveux étaient ramenés à dessein devant son visage, mais je savais, à la façon dont elle tenait la tête, qu'elle me souriait. Posés près d'elle, la bouteille de champagne et deux verres.

Toutes les lumières étaient éteintes. La pièce n'était éclairée que par le feu de bois, dont le miroir du mur opposé me renvoyait le reflet. Il semblait trembler légèrement, comme si quelqu'un donnait du poing à l'extérieur de la maison. Les rideaux étaient tirés.

Je vis le sac de voyage avant de voir l'argent. Il se trouvait près de l'entrée de la cuisine, renversé, vide. Les billets étaient disposés par terre, méticuleusement rangés, liasse par liasse, pour former sur la moquette une sorte de matelas vert. Sarah était allongée dessus.

« Voilà l'idée », dit-elle d'une voix rauque à travers ses cheveux. Elle leva la bouteille dans ma direction. « On se prend une légère biture, et après on baise sur l'argent. »

La voix de baryton qu'elle contrefaisait la trahit dans les derniers mots et, retrouvant tout à coup un rien de timidité, elle conclut avec un petit rire en montrant les billets : « Nous avons fait notre lit, et maintenant nous allons dormir. »

Je ne bougeais pas du seuil. J'avais toujours ma parka et mon bonnet. Il y eut un long silence pendant lequel elle attendit que je dise quelque chose. J'avais la tête complètement vide.

« Est-ce que tu veux d'abord manger quelque chose ? s'enquit-elle avec sollicitude. As-tu dîné ? »

Elle se redressa un peu. Le tapis glissa de son épaule, dénudant son sein gauche.

« Il y a du poulet froid dans le réfrigérateur », dit-elle.

Je refermai la porte derrière moi, puis me tournai de nouveau vers elle. Je ne savais pas comment lui annoncer la chose. J'attendais qu'une occasion se présente. J'avais l'impression de me préparer à faire quelque chose de très cruel.

« Où est Amanda ? » demandai-je, pour gagner du temps.

D'un coup de tête, elle écarta ses cheveux de son visage. « En haut, dit-elle. Elle dort. » Puis, après un silence : « Pourquoi ? »

Je haussai les épaules.

Elle s'assit et posa sur moi un long regard interrogatif. « Hank ? Qu'est-ce qui ne va pas ? »

J'entrai dans la pièce et, contournant l'argent, allai m'asseoir sur le tabouret du piano. Je me penchai en avant pour déposer mes chaussures par terre, mais me ravisai et les mis sur mes genoux, sur le sac en kraft. Cela fit un bruit de papier froissé. Les semelles de mes chaussures étaient toutes noires. Elles empestaient la vinasse.

« Tu as bu ? » interrogea Sarah. Elle se retourna pour me faire face et croisa les jambes en tailleur.

Je secouai lentement la tête. « L'argent, il est marqué. »

Elle se bornait à me fixer. « Hank, tu es ivre. Je le sens d'ici. » Elle ramena le tapis sur ses épaules, s'en couvrit les seins. Son genou gauche en dépassait, lisse et pâle à la lumière du feu, pareil à de l'albâtre.

« Il est marqué, répétai-je.

– – Où est-ce que tu es allé traîner ? Dans un bar ?

— Si nous l'utilisons, nous nous ferons prendre.

— Hank, tu sens mauvais. Tu sens comme Jacob. » Elle haussait la voix. Elle m'en voulait de tout gâcher.

« Je n'ai rien bu, Sarah. Rien du tout.

— Ça se sent d'ici.

— Ça vient de mes chaussures et de mon pantalon. » Je soulevai mes bottes pour les lui montrer. « Elles sont tout imbibées de vin. »

Elle les regarda, puis baissa les yeux vers les traces d'éclaboussures sur le bas de mon pantalon. Elle ne me croyait pas.

349

« Et où est-ce que tu es allé pour te mettre dans cet état ? demanda-t-elle avec acrimonie.

— Du côté de l'aéroport.

— De l'aéroport ? » Elle pensait visiblement que j'étais en train de lui mentir. Elle n'avait pas encore saisi.

« Sarah, l'argent est marqué. Si on s'en sert, on se fera coincer tôt ou tard. »

Elle me fixa longuement, et la colère disparut peu à peu de sa physionomie. Je voyais qu'elle agençait les pièces du puzzle dans sa tête, je les voyais se mettre en place une à une.

« L'argent n'est pas marqué, Hank. »

Je ne répondis pas : je savais que c'était inutile. Elle était en train de comprendre.

« Pourquoi veux-tu qu'il soit marqué ? »

Je passai en revue tout ce que j'avais fait après avoir tué la femme, vérifiant un à un chacun de mes gestes. J'étais crevé, ma cervelle fonctionnait au ralenti, j'avais l'impression d'oublier un détail de première importance.

« Tu fais de la parano, dit Sarah. S'il était marqué, on l'aurait lu dans le journal.

— J'ai parlé avec les types du FBI. Ce sont eux qui me l'ont dit.

— Peut-être qu'ils te soupçonnent de l'avoir pris. Peut-être qu'ils cherchaient à te faire peur. »

Je secouai la tête en lui souriant tristement.

« Ç'aurait été précisé dans le journal, Hank. J'en suis certaine.

— Non. C'est le piège qu'ils ont tendu. C'est comme ça qu'ils comptent coincer ceux qui ont cet argent. Avant de remettre la rançon, ils ont relevé les numéros de série, et maintenant toutes les banques sont alertées. Dès qu'on commencera à la dépenser, ils nous tomberont dessus.

— C'est impossible. Il y avait quarante-huit mille billets. Cela leur aurait pris une éternité.

— Ils n'ont pas relevé le numéro de tous les billets. Uniquement de cinq mille d'entre eux.

— Cinq mille ? »

Je hochai la tête.

« Alors, les autres sont toujours utilisables ? »

Voyant où elle voulait en venir, je repris : « Sarah, on ne peut pas les distinguer les uns des autres. Chaque fois que tu irais en dépenser un, il y aurait une chance sur dix qu'il soit marqué. On ne peut pas prendre ce risque. »

Elle réfléchit. Le feu projetait des ombres changeantes qui dansaient sur son visage. « Je pourrais me faire embaucher dans une banque, dit-elle. Je pourrais voler la liste des numéros.

— Tu ne la trouverais pas dans une banque normale. Uniquement dans une banque de la Réserve fédérale.

— Alors, je vais me faire embaucher dans une de celles-là, Il y en a une à Detroit, non ? »

Je soupirai. « Laisse tomber, Sarah. C'est terminé. Tu rends seulement les choses plus difficiles. »

Elle considéra le matelas de billets avec un froncement de sourcils. « J'en ai dépensé un cet après-midi. »

Je sortis de la poche de mon jean le billet de cent dollars et je le dépliai pour le lui montrer.

Elle le fixa plusieurs secondes, puis posa les yeux sur mes chaussures.

« Tu l'as tué ? »

Je hochai la tête. « Tout est fini, ma bien-aimée.

— Comment ? »

Je lui racontai comment j'avais opéré : mon coup de fil à la police au sujet d'un auto-stoppeur ; le type du magasin qui ne s'était pas laissé impressionner et que j'avais dû tuer d'un coup de machette. Je soulevai ma chemise pour lui montrer l'ecchymose, mais elle ne put la voir dans la pénombre. Elle m'interrompit avant que j'en arrive à la femme.

« Seigneur, Hank, comment as-tu pu faire une chose pareille ?

— Je n'avais pas le choix. Il fallait que je récupère ce billet.

— Tu aurais dû laisser tomber.

— Il se serait souvenu de toi, Sarah. Il se serait souvenu de la petite et de ce que tu lui as raconté à propos de ce billet. Ils nous auraient retrouvés.

— Il ne pouvait pas savoir qui...

— Tu es passée à la télé le jour de l'enterrement de Jacob. Il aurait donné ton signalement, et il se serait bien trouvé quelqu'un pour faire le rapprochement. »

Elle réfléchit quelques secondes. Le tapis avait à nouveau glissé de son épaule, mais elle ne s'en souciait pas.

« Tu aurais pu y aller avec cinq billets de vingt et lui

351

demander de te rendre l'autre en disant qu'il avait une valeur sentimentale pour ta femme.

— Sarah, dis-je en perdant patience, je n'avais pas le temps de me procurer des billets de vingt. Il aurait fallu que je repasse par ici. Il fallait que j'y aille avant la fermeture.

— Tu pouvais passer à la banque.

— La banque était fermée. »

Elle voulut ajouter autre chose, mais je ne lui en laissai pas le temps :

« Cela n'a plus d'importance, puisque c'est fait. »

Elle me regarda, la bouche encore ouverte pour parler. Puis, après un moment, elle murmura :

« Oui, tu as raison. »

Nous demeurâmes silencieux, peut-être une minute. Nous pensions tous les deux à notre situation et à ce que nous réservait l'avenir. Une bûche s'effondra dans l'âtre, projetant vers nous une pluie d'étincelles et une vague de chaleur tout juste perceptible. J'entendais le mécanisme de la pendule sur le manteau de la cheminée.

Sarah prit une des liasses. « Au moins, on s'est pas fait prendre », dit-elle.

Je ne répondis pas.

« Ce n'est pas la fin du monde, je veux dire. » Elle s'obligea à sourire. « On se retrouve à la case départ. On peut revendre l'appartement en Floride, revendre le piano... »

À l'évocation de l'appartement, je ressentis une vive douleur en pleine poitrine. Je portai la main à mon sternum. J'avais complètement oublié, j'avais chassé cet épisode de mon esprit.

Mais Sarah poursuivait : « Si on a fait le mal, c'est uniquement parce qu'on y était forcés. On était pris dans un cercle vicieux où chaque chose en entraînait une autre. »

Je secouai la tête, mais elle n'en tint pas compte.

« L'important, dit-elle, la seule chose qui compte vraiment, c'est qu'on ne se soit pas fait prendre. »

Elle cherchait à enjoliver la situation, à la présenter sous le meilleur éclairage possible. Je reconnaissais bien là son attitude habituelle dans les coups durs. D'ordinaire, outre qu'il me facilitait la vie à moi aussi, ce procédé forçait mon admiration. Mais là, je le trouvais un peu simpliste ; elle voulait prendre les choses à la légère et se voiler la face. Neuf personnes avaient été assassinées. J'en avais supprimé six de ma main. Cela paraissait impossible, et pourtant c'était vrai. Sarah essayait d'occulter le fait que ces gens étaient morts à cause de nous, à cause des plans que nous avions échafaudés au fil des jours, à cause de notre cupidité et de nos peurs. Elle cherchait à éviter ce qu'aurait entraîné une telle prise de conscience, elle voulait échapper aux ravages que cela allait causer dans notre vie. Mais je savais déjà que nous ne pourrions pas nous y soustraire.

« On ne peut pas les revendre », dis-je.

Elle me regarda, comme surprise d'entendre le son de ma voix. « Comment cela ?

— Le piano était en solde. » J'enfonçai une touche du clavier, dans les aigus. On entendit une note aigrelette. « On ne voudra pas me le reprendre.

— On peut faire passer une petite annonce dans le journal et le vendre nous-mêmes.

— Je n'ai pas acheté d'appartement », dis-je en fermant les yeux. Lorsque je les rouvris, elle me regardait, interdite.

« C'était une escroquerie. Je me suis fait avoir.

— Je ne…, commença-t-elle. Mais de quoi tu parles ?

— C'était une adjudication bidon. Ils ont reçu et encaissé mon chèque. L'appartement n'existe pas. »

Elle ouvrit la bouche pour dire quelque chose, puis la referma.

« Comment est-ce possible ? » finit-elle par demander.

Je m'absorbai dans la contemplation de mes bottes, puis je les disposai parallèlement sur mes genoux. Le sang avait séché, et le cuir était raide à présent. « Je n'y ai vu que du feu, dis-je.

— Tu en as parlé à la police ? »

Je lui souris. « Sarah, voyons.

— Alors, tu t'es laissé dépouiller comme ça, sans rien dire ? »

Je hochai la tête.

« Toutes nos économies y sont passées ?

— Oui. Toutes. »

Elle se passa le dos de la main sur le front. Elle tenait toujours la liasse de billets. « Désormais, n'est-ce pas, on est coincés ici ? dit-elle. On ne pourra plus partir.

— On a chacun un emploi. On peut recommencer à mettre de l'argent de côté. »

Je cherchais à la consoler, mais, tandis que je parlais, je saisissais peu à peu toute la portée de ses paroles. En une journée, nous étions passés de la fortune à l'indigence. Nous avions mille six cent soixante-dix-huit dollars à la banque : une misère. D'un jour à l'autre, il nous faudrait commencer à piocher dedans — pour les mensualités de la maison ou de la voiture, pour payer le téléphone, l'électricité, le gaz, l'eau. Il nous faudrait régler les achats effectués avec nos cartes de crédit. Il nous faudrait manger et nous habiller. Ce serait désormais un sempiternel combat pour arriver à joindre les deux bouts. Nous étions pauvres ; nous étions ce que je m'étais toujours juré de ne jamais devenir : nous étions comme mes parents.

Nous ne pourrions jamais partir de Fort Ottowa. Lorsque nous aurions suffisamment économisé pour l'envisager, nous devrions penser aux études d'Amanda, à l'achat d'une nouvelle voiture ou à ma retraite. Nous allions rester ici pour toujours, et jamais nous ne pourrions purger la maison de ce que nous y avions fait. Ses pièces, avec leur trop-plein de souvenirs, seraient pour nous une accusation de tous les instants. Le dessous de notre lit ne cesserait jamais d'être l'endroit où nous avions caché l'argent ; la chambre d'amis, celle où Jacob avait passé sa dernière nuit ; la cuisine resterait l'endroit où nous avions rempli d'argent le sac kangourou, et ce serait toujours sur ce piano que nous avions baptisé notre nouvelle vie en faisant l'amour dans un état d'éthylisme avancé.

Nous n'étions pas simplement revenus à notre point de départ, contrairement à ce que Sarah venait de dire. Nous avions perdu même cela, nous y avions renoncé dès le premier jour, sans même nous en rendre compte, et nous ne serions jamais en mesure, quelle que soit la durée de notre vie, d'y retourner.

« Il nous reste quand même ça, dit Sarah en montrant la liasse de billets de cent dollars.

— Ce n'est que du papier. Ce n'est rien.

— Cet argent nous appartient.

— Il va falloir le brûler.

— Le brûler ? » dit-elle, étonnée. Elle déposa la liasse sur ses genoux et rajusta la peau d'ours autour de ses épaules. « On ne peut pas faire ça. Il y en a toute une partie qui est encore bonne.

— Il faut aussi que je me débarrasse de mes chaussures. » Je les levai à la lumière et les fis lentement tourner au bout de mon bras. « Comment est-ce que je vais me débarrasser de mes chaussures ?

— Hank, je ne vais certainement pas te laisser brûler l'argent.

— Et aussi la bouteille de champagne que tu as achetée, et son portefeuille, et sa montre, et ses clés. »

Elle paraissait ne pas m'entendre. « On pourrait s'enfuir, dit-elle. On pourrait partir et le dépenser au fur et à mesure. On a qu'à quitter le pays, aller en Amérique du Sud, en Australie, quelque part très loin. On peut vivre comme des hors-la-loi, comme Bonnie et Clyde. » Sa voix s'éteignit, et elle contempla les liasses étalées autour d'elle. Certaines luisaient à la lumière du feu. « Toute une partie est encore bonne, murmura-t-elle.

— Il y a aussi un sac à main, dis-je, et un manteau de fourrure ? »

— Peut-être que si on attend assez longtemps, cette histoire de numéros finira par être oubliée. On pourrait le garder jusqu'à ce qu'on soit vieux.

— Comment faire pour se débarrasser d'un manteau de fourrure ?

Elle eut un regard surpris. « Un manteau de fourrure ? »

Je hochai la tête. J'avais comme des étourdissements. Je n'avais rien avalé depuis le petit déjeuner. J'étais si affamé et si fatigué que j'en avais tout le corps douloureux. Je me palpai les côtes pour voir si je n'avais rien de cassé.

« Où as-tu trouvé un manteau de fourrure ?

— Une femme âgée. Elle est arrivée pendant que j'étais dans le magasin.

— Oh, Seigneur...

— J'avais retiré mon passe-montagne. J'ai bien cherché à la faire partir, mais elle n'a rien voulu savoir. »

À l'étage, juste au-dessus de nous, le bébé se mit à pleurer.

Je regardais le feu, hébété. J'avais l'impression que mon esprit était déconnecté, que je ne pouvais plus compter sur lui. Sans savoir pourquoi, je me mis à penser au pilote de l'avion, au frère de Vernon, et à l'attirance que j'avais éprouvée, la première fois, face à son cadavre, cet inexplicable besoin de le toucher. Puis je repensai au magasin et à la façon dont, délayées par la serpillière que j'avais passée juste avant de partir, mes empreintes de pas étaient devenues de plus en plus rouges, puis roses, avant de disparaître. Enfin s'imposa l'image de Jacob debout dans la neige, le nez en sang, pleurant au-dessus du corps de Dwight Pederson. Et, tandis que cette dernière image s'estompait, je fus pris d'un pressentiment. Je ne serais pas seulement confronté à des dettes d'argent. Il y aurait aussi des choses que je devrais expliquer et tenter de justifier en un face-à-face avec moi-même, des choses avec lesquelles il me faudrait vivre et auprès desquelles la perte de l'argent semblerait dérisoire.

On n'a plus rien, songeai-je, la formule s'imposant comme d'elle-même à mon esprit. *On n'a plus rien.*

« Oh, Seigneur », balbutia de nouveau Sarah.

Je me levai, posai mes chaussures sur le tabouret et, contournant précautionneusement le matelas de billets, avançai jusqu'à la cheminée. Sarah se tourna pour voir ce que j'allais faire.

« Hank », dit-elle.

J'écartai le pare-feu et, d'un mouvement rapide, envoyai le sac en papier sur les bûches rougeoyantes.

« Conservons l'argent, poursuivit-elle. On le garde et on verra bien ce qui va se passer. »

Le papier kraft prit instantanément, se ramassant sur lui-même comme un poing. Lorsqu'il s'embrasa, les pièces de monnaie commencèrent à tomber une à une avec un tintement métallique sur la fonte du foyer. L'une d'elles, un quart de dollar noirci, roula paresseusement vers l'extérieur. Du bout du pied, je la réexpédiai dans le feu.

« Hank, dit Sarah, je ne te laisserai pas le brûler. »

Les pleurs d'Amanda s'étaient intensifiés. Elle hurlait à présent, et ses cris résonnaient dans l'escalier. Nous n'y prêtions même pas attention.

« Il le faut, Sarah. C'est la dernière pièce à conviction.

— Non, ne fais pas ça », dit-elle, la voix tremblante, comme si elle était au bord des larmes.

Je m'accroupis devant le feu. Je sentais sa chaleur sur mon visage. « Ne t'ai-je pas promis de le faire si les choses tournaient mal ? »

Elle ne répondit pas.

Je tâtonnai derrière moi jusqu'à ce que ma main rencontre une des liasses. Je la ramassai et, m'obligeant à ne pas la regarder, je la jetai sur les bûches. Elle ne s'enflamma pas car les billets étaient trop serrés. Elle fumait un peu sur son pourtour et l'encre noircissait, teintant les flammes de vert. J'en ramassai une autre et la lançai sur la première. Je voyais bien qu'il me faudrait un bon moment pour brûler le tout. Ensuite, je devrais me débarrasser des cendres, les enterrer derrière la maison ou les vider dans la cuvette des W.-C. Même chose pour les chaussures, le passe-montagne, le sweat-shirt, le sac à main, le manteau de fourrure, la machette, les bijoux de la vieille femme, et la montre, le portefeuille et les clés du type du magasin.

J'entendis comme un bruissement derrière moi. Sarah était en train de ramasser l'argent.

Amanda pleurait toujours, mais cela semblait maintenant venir de plus loin, comme le bruit de la circulation derrière une fenêtre.

Je me retournai pour regarder Sarah. Elle était tassée sur elle-même, toujours enveloppée dans la peau d'ours. On aurait dit une vieille squaw. Son regard me frôlait ; elle fixait le feu.

« S'il te plaît, dit-elle.

— Il le faut, Sarah. Nous n'avons pas le choix. »

Elle leva la tête vers moi et je vis qu'elle pleurait. Son visage était tout luisant de larmes et une fine mèche de cheveux collait à sa joue. Le tapis glissa de ses épaules, révélant une vingtaine de liasses qu'elle avait ramassées, comme dans l'espoir de les sauver des flammes.

« Mais sans cela, qu'est-ce qui va nous rester ? » demanda-t-elle d'une voix étranglée.

Je ne répondis pas. J'écartai doucement ses mains, puis je pris les liasses une à une et les jetai dans le feu.

« Ça va aller, dis-je, mentant pour l'apaiser. Tu verras. Tout va redevenir exactement comme avant. »

Il me fallut quatre heures pour brûler le tout.

ÉPILOGUE

Le dimanche qui suivit, la une du *Blade* était en grande partie consacrée à la relation du meurtre de Carl Jenkins, accompagnée de photos de l'avion, du corps de Vernon Bokovsky et du sac-poubelle contenant l'argent. Mais rien à propos du magasin : les victimes ne furent pas découvertes avant cinq heures ce matin-là, et la nouvelle dut attendre les actualités de la fin de journée.

La vieille dame s'appelait Diana Baker. Elle venait de déposer son fils à l'aéroport et se rendait à un dîner à Perrysburg. Ne la voyant pas arriver, ses hôtes avaient appelé chez elle, puis, en désespoir de cause, ils avaient prévenu la police. Un agent qui patrouillait dans le secteur remarqua sa voiture sur le parking d'Alexander's le lendemain matin de bonne heure. Il descendit de son véhicule pour regarder à travers la vitrine et vit les traces sanglantes que j'avais laissées sur le sol en essayant d'effacer mes empreintes avec la serpillière.

Outre son fils, avocat à Boston, cette femme avait une fille et quatre petits-enfants. Son mari était décédé sept ans plus tôt, mais on ne précisait pas de quelle façon. Le type de l'épicerie s'appelait Michael Morton. Ses parents vivaient à Cincinnati. Il n'avait ni frères ni sœurs, il n'était pas marié et n'avait pas d'enfants.

A la demande de la police de l'Ohio, la presse publia le portrait-robot d'un suspect fondé sur la description que j'avais faite par téléphone. Il avait l'apparence à laquelle on pouvait s'attendre, celle d'un jeune zonard drogué, une épave. Le fils de Diana Baker fit passer des annonces dans les principaux quotidiens de Floride pour demander instamment à la personne qui avait contacté la police ce soir-là de se présenter pour donner un surcroît d'information ; plusieurs personnes répondirent à cet appel, ce qui ne fit guère avancer l'enquête. Dès que Baker et Morton furent enterrés, on cessa de parler de cette histoire.

Une fois l'argent brûlé, j'avais jeté les cendres dans les toilettes. J'ai toujours le reste des affaires : le sac de voyage, la machette, le passe-montagne, le sweat-shirt, le sac à main de la vieille dame, ses bijoux et son manteau de fourrure, la montre du type, son portefeuille et ses clefs. J'avais prévu d'aller quelque part dans les bois une fois que le sol aurait suffisamment ramolli, et d'enfouir le tout dans un grand trou plein de soude, mais cinq ans et demi ont passé, et je ne l'ai toujours pas fait, aussi est-il peu probable que je le fasse jamais. Tout se trouve au grenier, dans la malle de Jacob. C'est courir un risque insensé, j'en suis conscient ; mais si les choses devaient en arriver au point où quelqu'un se présentait chez moi avec un mandat de perquisition, j'aimerais autant que les autorités y trouvent quelque chose de décisif à se mettre sous la dent, pour en finir rapidement.

Quelques mois après la mort des ravisseurs, j'ai lu dans le journal que Byron McMartin avait porté plainte contre le FBI pour négligences ayant entraîné la mort de sa fille, mais je n'ai jamais su les suites de l'affaire.

Sarah et moi avons eu un autre bébé il y a deux ans, un garçon. Dans un accès de ce qu'il faut bien appeler du repentir, j'ai proposé de lui donner le nom de mon frère, et Sarah, encore étourdie par les douleurs de l'accouchement, a accepté, à ma grande surprise. Il m'arrive de le regretter, mais pas aussi souvent qu'on pourrait le penser. Nous l'appelons Jack plutôt que Jacob.

C'est en juin, six mois après la naissance de son frère, qu'Amanda a eu son accident. Nous lui avions installé derrière la maison une petite piscine en plastique. Le temps que j'aille aux toilettes, elle a trouvé le moyen de tomber à plat ventre dans l'eau sans pouvoir se relever. Je l'ai retrouvée inconsciente, les mains et les lèvres bleuies, le corps déjà refroidi. J'ai crié à Sarah d'appeler une ambulance, puis j'ai commencé à lui appuyer en rythme sur la cage thoracique et à lui souffler de l'air dans la bouche comme je l'avais vu faire à la télé. Lorsque l'ambulance est arrivée, j'avais réussi à la réanimer.

Elle est restée deux jours en observation à l'hôpital. Elle avait le cerveau endommagé, une anoxie sur la gravité de laquelle les médecins ne pouvaient se prononcer. On nous a recommandé de la placer quelque temps dans une clinique de Columbus spécialisée dans les lésions du cerveau, ce qui devait, nous assurait-on, accélérer sa guérison ; mais notre assurance ne pouvait prendre en charge les frais de séjour. Lorsque la nouvelle de nos difficultés s'est répandue dans Ashenville, St. Jude a organisé une collecte. Une somme de six mille dollars a été réunie, ce qui a suffi pour payer un séjour d'un mois dans la clinique en question. Tous les donateurs ont signé leur nom sur une grande carte de prompt rétablissement qui nous a été remise en même temps que le chèque. Y figuraient les noms de Ruth Pederson et de Linda Jenkins.

Il serait difficile de dire quel a été le bénéfice de ce séjour à la clinique, mais les médecins semblaient satisfaits du résultat. Aujourd'hui encore, même si Sarah et moi savons qu'Amanda a subi des lésions définitives, ils invoquent toujours le pouvoir de récupération des organismes jeunes et mettent en avant des cas comparables où l'on a observé une guérison soudaine et presque miraculeuse. Ils disent qu'il ne faut pas perdre espoir, mais la croissance d'Amanda est comme suspendue. Elle ressemble toujours à la fillette de deux ans et demi que j'ai sortie de l'eau en ce funeste après-midi, elle a toujours les mêmes bras et les mêmes jambes, le même crâne gros et rond qui attend avec impatience que le corps qu'il couronne se mette à pousser. Elle n'a fait aucun progrès en expression orale, elle est mal coordonnée et contrôle ses sphincters de façon irrégulière. Elle reste très attachée au nounours de Jacob et ne s'en sépare jamais, où qu'elle aille. Parfois, elle se réveille au milieu de la nuit et en remonte le mécanisme, si bien qu'il m'arrive d'être tiré d'un profond sommeil par la musique de *Frère Jacques* arrivant de l'autre côté du couloir. Car Amanda occupe ce qui était la chambre d'amis et elle dort dans l'ancien lit de Jacob.

Sarah affiche une attitude étonnamment fataliste en ce qui concerne l'accident. Elle a plusieurs fois laissé entendre qu'elle le tenait pour une forme de châtiment, une façon de payer pour nos crimes ; et à voir la manière dont elle s'occupe de Jack, il est clair qu'elle pense qu'il pourrait lui arriver quelque chose à lui aussi, si nous n'étions pas vigilants et ne le protégions pas en permanence.

J'occupe toujours le même emploi au magasin d'aliments pour bétail. J'ai été plusieurs fois augmenté, mais seulement en proportion de l'inflation. Sarah a repris son travail à la bibliothèque, à plein temps, car nous avons besoin de son salaire. Les soins médicaux d'Amanda ont fait fondre le peu que nous avions réussi à remettre de côté.

Sans doute voulez-vous savoir de quoi est faite notre existence, comment nous parvenons à vivre après ce que nous avons fait. Sarah et moi ne parlons jamais de l'argent ou des meurtres ; même quand nous sommes entre nous, nous faisons comme si rien de tout cela n'était jamais arrivé. Parfois, bien sûr, j'ai envie d'en parler, mais jamais avec elle. C'est auprès d'étrangers que je souhaiterais m'épancher, de gens qui pourraient, peut-être, me donner une opinion objective sur ce que j'ai fait. Il ne s'agit pas d'un désir de me confesser — je n'éprouve rien de tel — , mais plutôt du besoin de passer les choses en revue étape par étape avec quelqu'un d'impartial, quelqu'un qui serait en mesure de m'aider à découvrir le moment où j'ai commencé de me fourvoyer, à mettre le doigt sur le moment où les choses ont basculé dans l'inéluctable.

Les enfants ne sauront jamais rien de tout cela, et j'y trouve quelque consolation.

Il y a des jours où la pensée de nos crimes ne m'effleure pas du tout, mais ces jours sont rares et fort espacés. D'autres fois, quand je me prends à y penser — lorsque je me revois dans l'épicerie, la machette levée au-dessus de la tête, ou sur le seuil de chez Lou, le fusil entre les mains — , ils me semblent irréels, un peu comme s'ils n'avaient jamais eu lieu. Mais je sais au fond de mon cœur que je les ai perpétrés, je sais exactement ce dont je suis capable, je le sais avec une certitude et une netteté dont vous ne pouvez avoir idée, à moins que vous ne soyez vous-même passé par là, que vous n'ayez été plongé dans une situation comparable et contraint à des choix fatals.

Pendant quelque temps, j'ai fait un rêve où je laissais la vieille femme s'en aller, courir jusqu'à sa voiture et démarrer, mais cette période est révolue.

Comme nous n'abordons jamais le sujet, je ne sais pas vraiment ce qu'éprouve Sarah. Je ne dispose que de signes, par exemple, son consentement à donner à notre fils le nom de mon frère, ou bien la fois où je l'ai trouvée dans le grenier, assise sur la cantine de Jacob, perdue dans ses pensées, le manteau de fourrure au col encroûté de sang séché étalé sur les genoux. Sans doute ressent-elle les choses de la même façon que moi : au lieu de vivre, nous nous contentons d'exister, nous traversons les jours avec un sentiment de vacuité et d'hébétude en nous efforçant en permanence, mais sans grand succès, de ne pas nous souvenir de ce qui s'est passé.

Quand je vais très mal, je m'oblige à penser à Jacob. Je me le représente tel qu'il était le jour où il m'a emmené là où se dressait jadis la ferme de notre père. Il porte son pantalon de flanelle gris, ses souliers de cuir, sa parka rouge vif. Il n'a rien sur la tête, son crâne dégarni doit subir la morsure du froid, mais il s'en moque. Il pivote sur ses talons pour me montrer où se trouvaient notre grange, le hangar à tracteurs et les silos à grain. Dans les rafales de vent, j'entends grincer au loin l'éolienne de notre père. J'en reviens encore et toujours à ce souvenir, parce qu'il me fait pleurer. Et quand je pleure, je me sens, en dépit de l'horreur de mes actes, aussi humain que tout un chacun.

Edition exclusivement réservée
aux adhérents du Club
Le Grand Livre du Mois
15 rue des Sablons
75116 Paris
réalisée avec l'autorisation des éditions Albin Michel

La composition de cet ouvrage
a été réalisée par l'**Imprimerie Bussière,**
l'impression et le brochage ont été effectués
sur presse Cameron
par **Bussière Camedan Imprimeries**
à Saint-Amand-Montrond (Cher).

Achevé d'imprimer en février 1999.
N° d'impression : 990707/4.
Dépôt légal : février 1999